That Scandalous Summer
by Meredith Duran

誓いは夏の木蔭で

メレディス・デュラン
水野麗子[訳]

ライムブックス

THAT SCANDALOUS SUMMER
by Meredith Duran

Published by arrangement with the original publisher,
Pocket Books, a Division of Simon & Schuster, Inc.
through Japan UNI Agency, Inc., Tokyo

誓いは夏の木蔭で

主要登場人物

エリザベス（ライザ／リジー）・チャダリー……未亡人
マイケル・デ・グレイ……公爵家の次男。医師
マーウィック公爵アラステア（アル）……マイケルの兄
オリヴィア・マザー……エリザベスの秘書
ジェーン・ハル……エリザベスの友人
サンバーン子爵ジェイムズ……エリザベスの友人
リディア……ジェイムズの妻
チャールズ・ネルソン（ネロ）……エリザベスの元恋人
モリス……村の医師
ローレンス・パーシャル……村の牧師。マイケルの友人
トマス・ブロワード……村の仕立屋
メアリー……トマスの妻
ウェストン……マイケルの学友
ホリスター……実業家。男爵

プロローグ

一八八五年三月　ロンドン

兄――アラステアの町屋敷《タウンハウス》はまるで墓のようだ。煌々《こうこう》と照らされた玄関広間を抜けると、明かりは落とされ、窓も閉めきられている。ひと筋の光も差し込まない。

マイケルは帽子と手袋を脱いで、兄の執事に渡した。「今日の兄上の調子は？」

執事のジョーンズは本来、極めて慎重な男だ。しかし、毎日同じやり取りを繰り返しているため、もはやためらわずに答えた。「芳しくありません、閣下」

マイケルはうなずき、片手で顔をこすった。早朝から手術を二件こなしたせいで疲れ果て、消毒薬のにおいがまだ体にこびりついている。「来客はあったのか？」

「はい」ジョーンズがサイドボードに置いてある銀製のトレイを取りに行った。サイドボードの上にかかっている鏡は、黒のクレープ織りに覆われている。兄嫁のマーガレットが亡くなってから七カ月以上経《た》っているのだから、とっくにはずしていい頃だ。だが、そのあいだに兄嫁に関する数々の真実――不貞や嘘、嗜癖《しへき》が明るみに出て、それを知るたびにアラステアの悲しみはもっと不穏な感情へと変化していった。

そういうわけで、黒い布で覆い隠された鏡はいまの状況にふさわしく思えた。アラステアの精神状態を正確に映し出している。

マイケルはジョーンズから訪問者の名刺を受け取り、ぱらぱらとめくって名前を確認した。兄は来客を拒みつづけているが、返礼訪問をしないと兄の悪い噂がますます広まってしまう。マイケルは公爵家の紋章がついた馬車と兄の従僕を借りて、代わりに相手の留守時を狙って訪問し、名刺を置いてきていた。状況がこれほど深刻でなければ、このちょっとした雑用を楽しんでいただろう。

ある名刺が目に留まった。「バートラムが来たのか？」

「はい、一時間前に。旦那さまはお会いになりませんでした」

アラステアはまず友人たちと縁を切った。兄嫁と関係を持っていたかもしれないと疑ってのことだ。そしていまでは、政治家仲間まで遠ざけているらしい。非常に悪い兆候だ。

マイケルは階段へ向かった。「せめて食事はとっているのか？」

「はい――閣下、お待ちください」ジョーンズがマイケルを呼び止める。「閣下のことも部屋にお通ししてはいけないと言われているのです！」

これまで、マイケルが拒絶されたことはなかった。それに、昨夜アラステアのほうから手紙を送ってきたのだ。「ぼくを力ずくで追い出すか？」

「あいにくそんな力はありません」

「それはよかった」マイケルは階段を三段ずつ上がった。アラステアは書斎にいるだろう。夕刊を読みあさって、亡妻の新たな醜聞が暴露されていないかどうか必死に確かめているに違いない。あるいは、躍起になってそんな記事を見つけようとしているのかもしれない。裏切り者は誰かはっきりさせるために。

いずれにせよ、今日は何も見つからないはずだ。マイケルも新聞を確認していた。

マイケルは怒りが込み上げるのを感じた。まさか——またしてもこのように一家がおとしめられるとは、思ってもみなかった。子どもの頃、両親の結婚生活が徐々に破綻していったときも、長年にわたって一家の醜聞が新聞の見出しを飾りつづけ、国じゅうの興味の的となっていた。死者を悪く思うべきでないのはわかっているが、今回ばかりは例外だ。〝マーガレット、あなたを恨みます〟

マイケルはノックもせずに書斎に入った。兄は奥にある巨大な机の椅子に腰かけていた。暗がりのなか、机上のランプがかすかな光を放っている。兄が新聞を読みふけったまま言った。「出ていけ」

マイケルは窓辺へ行き、カーテンを開けた。太陽の光が燦々《さんさん》と差し込み、東洋の絨毯《じゅうたん》や空中に漂う埃《ほこり》を照らし出す。「掃除させたほうがいい」室内はしみついた煙と腐った卵のにおいがした。

「放っておいてくれ」アラステアが新聞から目を離した。ブランデーの入ったデカンタと、半分からになったグラスが手元に置いてある。「わたしは留守だとジョーンズに言っておいたはずだが！」

「そもそも兄上は屋敷から一歩も外に出ないんだから、居留守は通用しない」アラステアは一週間ろくに眠っていないような顔をしていた。死んだ父に似て金髪で、太るたちだ。ところが最近はびっくりするほど頬がこけてきて、充血した目は落ちくぼんでいた。

兄のことを政界の実力者《キングメーカー》と呼ぶ者もいる。政治力にせよ何にせよ、アラステアに権力を振るう才能があるのは確かだ。だがいまの兄を見れば、敵も安堵《あんど》のあまり笑い出すだろう。自分自身すらも支配できない男に見えるからだ。

マイケルは別の窓のカーテンを開けた。これほど無力感を覚えたのは久しぶり――両親のゲームの駒にされていた幼少期以来だ。体の病気なら自分が治せるかもしれない。しかし兄の場合は心の病だから、医療でどうにかなるものではない。

振り返ると、兄がまぶしそうに顔をしかめているのが見えた。「外に出なくなってからどれくらい経つ？　一カ月か？　いや、それ以上だな」

「だからどうした？」

このやり取りにはもう飽き飽きした。マイケルは怒鳴りたい衝動に駆られた。「弟としては見過ごせない。医者としてもだ。酒は太陽の代わりにはならない。生焼けの魚に似てきたぞ」

アラステアが薄ら笑いを浮かべた。「ご忠告は心に留めておくよ。さて、これからわたしは仕事をしなくては――」

「いや、嘘だ。兄上の仕事は最近はぼくが代わりに処理している。兄上は酒を飲むか思い悩むことくらいしかしていない」

きついことを言えば、兄も反論する気になるかもしれない。アラステアは長男の権威を重んずる。弟に愚弄されて黙っていられるはずがない。

ところが、兄はただぼんやりと弟を見つめただけだった。

やれやれ。「なあ」マイケルは言った。「ぼくはずっと……兄上のことを気にかけているんだ」こんな言葉では言い尽くせない。「先月はただただ心配だった。いまは心配で頭がどうにかなりそうだ」

「物好きだな」アラステアが新聞に視線を戻す。「おまえにはほかに心配しなければならないことがあるはずだ」

「ぼくもその新聞を読んだが、記事は載っていない」

「ああ」アラステアが『タイムズ』を机に置き、虚空を見つめた。糸を切られた操り人形そっくりだ。マイケルは不安をかきたてられた。

耐えかねて口を開く。「昨日の手紙はなんだ?」

「ああ、そういえば」アラステアが鼻をつまんだあと、目をこすった。「送ったな」

「酔っ払って書いたのか?」

アラステアが手をおろし、にらみつけてきた——まったく喜ばしいことだ。「完全なしらふだった」

「どういうことか説明してくれ。病院の運営費についておかしなことが書かれていたが」マイケルは最後の窓のカーテンを開ける途中で、においのもとに気づいた。床に朝食のトレイが置きっぱなしになっていた。ジョーンズは勘違いをしている――アラステアは卵料理に手をつけていなかった。メイドは兄を恐れるあまり、トレイを回収することもジョーンズに事実を伝えることもできなかったのだろう。

「誰に聞いたか知らないが、資金が不足しているというのは間違いだ」マイケルはそう言って振り返った。くだらないゴシップ記事のせいだ。あの記者を病院に入れるべきではなかった。貧困者の窮状や、法改正の必要性について記事にしてくれることを期待していたのだが、見込みはずれだった。

ところが記者は、公爵である兄が個人的に貧しき者たちを支援しているという視点で記事を書いた。それ以来、病院はいらぬ注目を集めている。退屈した貴夫人たちはフローレンス・ナイチンゲールの中傷をはじめた――食わせ者がありとあらゆる誤った治療法を広めていると。アラステアの政敵たちは、兄の評判を傷つけるために、論説でマイケルの活動を嘲笑した。兄の心の病に気を取られていなかったら、マイケルは激怒していただろう。

「おまえは誤解している」アラステアが言った。「噂話を伝えたかったわけではない。あれは事実だ。おまえは最大の資金源を失おうとしている」

「だけど、ぼくの主な資金源は兄上だ」

「そうだ。そのわたしが手を引く」

兄の向かいの椅子に座ろうとしていたマイケルは、ぴたりと動きを止めた。「いま……なんて言った？」

「わたしは手を引くと言ったんだ」

マイケルは驚きのあまり言葉を失った。椅子に体を沈め、無理やり笑みを浮かべる。「つまらない冗談はよしてくれ。兄上が資金を提供してくれなかったら、病院は――」

「閉鎖せざるを得ない」アラステアが新聞をきっちりとたたんだ。「貧しい人間の治療をするには、不都合な点がひとつある――彼らは治療費を支払えない」

マイケルは必死に言葉をしぼり出した。「まさか……本気じゃないだろう？」

「本気だ」

兄と目を合わせたが、表情は読み取れなかった。

なんてことだ。兄がこんなことを言い出した理由は想像がついた。「あの病院はマーガレットが創ったものではない！」病院に彼女の名前を冠しているとはいえ、それはアラステアが提案したことだ。兄嫁が応援してくれていたのも確かだが、あくまでもマイケルの事業である。病院を創設したのはマイケルだ――自分にできて兄にはできない唯一のことだった。「ぼくの病院だ」この一〇年間の汗と労苦の結晶だ。国内で最低の死亡率を誇っている。「冗談じゃない！　義姉上《あね》がぼくの事業を応援していたからというだけで――」

「勘違いするな」アラステアが反論する。「これはあいつとはなんの関係もない。詳しく検討した結果、賢明な投資とは言えないと判断したまでだ」

とつぶやく。

マイケルは首を横に振った。どうしても信じられなかった。「夢を見ているに違いない」

アラステアが机に指を打ちつけた。「いや、紛れもない現実だ」

「こんなのばかげている」マイケルは机を叩《たた》いて立ち上がった。「兄上の言うことにも一理ある――マーガレットに名を残す資格はない！　今日じゅうに石屋を呼ぶよ。建物に刻んだ名前を削り落としてしまおう。だから――」

「子どもじみたまねはするな」アラステアの口調は氷のように冷たかった。「そんなことをしたら、また新聞に書きたてられるぞ」

マイケルは荒々しい笑い声をあげた。「病院が突然閉鎖したって、同じ目に遭うだろう？」

「いや、そうはならない。おまえがうまくやりさえすれば」

「兄上の愚かな行為に協力しろと、このぼくに言うのか？」髪に指を通して強く引っ張ってみたものの、頭がすっきりするどころか現実感が薄れるばかりだった。「アラステア、まさか本気で思っているわけじゃないだろう？　ぼくがあの病院を――自分で建てた病院をつぶす手伝いをするなんて。兄上の気を晴らすためだけに。いったいなんになると言うんだ？　復讐《ふくしゅう》か？　義姉上は死んだんだぞ、アル！　そんなことをしたって、彼女を苦しめることはできない。苦しむのは、あそこで治療を受けている患者たちだけだ」

アラステアが肩をすくめる。「重病人はどこかの慈善施設に頼んで引き受けてもらえばいい」

マイケルは喉を絞められたような声をもらした。ロンドンでじゅうぶんな資金のある慈善病院はほかにない。すべての患者に必要な治療を行うことができるのは、第五代マーウィック公爵であるアラステアが資金を提供している病院だけだ。アラステアもそれは承知しているはずだ。

マイケルは机から離れると、激しく高ぶる感情を抑え込もうとぐるぐる歩きまわった。感じているのは怒りだけではない。衝撃と憤怒、そして裏切られたという気持ちが入りまじっている。「まるで別人だ」兄に向き直り、強い口調で言った。アラステアはいつだって助けになってくれた。精神的にも経済的にも。〝医学を勉強したいって？　すばらしいじゃないか。病院を開く？　よし、わたしが支援しよう〟アラステアはマイケルの保護者であり、擁護者であり……親代わりでもあった。子どもの頃、父と母は子育て以外の用事で忙しかった。

「こんなの兄上じゃない！」

アラステアが肩をすくめる。「わたしは昔からこうだ」

「よく言うよ！　兄上はすっかり変わってしまった……この数カ月で」マイケルは懸命に言葉を探した。「なんてことだ。これがマーガレットの遺した遺産になるのか？　彼女にぼくたちの仲を引き裂かれるなんて。それでいいのか？　アラステア、正気に返ってくれ！」

「おまえを悲しませることになって、本当に残念に思うよ」アラステアが軽く組んだ両手をじっと見つめた。両手を置いた万年筆の吸い取り紙の台に、紙はのっていない。兄はもう何週間も帳簿に目を通していないし、手紙も読んでいない。それを——全部の仕事を、マイケルが代わりにこなしている。

そのことを不満に思っているわけではない。子どもの頃、アラステアはマイケルを守ってくれた。そのときの借りを喜んで返すつもりだ。だけど……今日されたことを考えると、傷口に塩を塗られたような気分だった。「やれやれ、こんな仕打ちを受けるとは――」

「とにかく、この件にあいつは関係ない。それから代案も用意してある。おまえが冷静になったら聞かせてやるよ」

「冷静になったらだと？」喉から奇妙な笑い声がもれた。「ああ、お互い冷静になろうじゃないか！」アラステアが視線で示した椅子に、マイケルは歯を食いしばってふたたび腰かけた。何かを殴りたい衝動がわいてきて、拳を握りしめた。

アラステアは机越しにこちらを観察している。このいまいましい机の向こうから、彼らの父親も世界を支配していた――まるで厄介な民を相手にする国王のように。「おまえのために相当の財産を贈与してやることもできる。この先何十年も病院を存続させられるほどの額だ」

いったいどういうつもりだ？「そいつは相当な額だ」マイケルの病院はロンドンでもっとも貧しい人々を治療しており、完全に慈善寄付によって運営されている。

「ああ。ただし条件がある」

マイケルは背筋がぞっとした。つい先ほどは、兄がまったく見知らぬ人に見えた。しかしやはり、よく知った人物なのかもしれない。〝条件がある〟父の口癖だった。

「なんだ?」マイケルは警戒した。

アラステアが咳払《せきばら》いをする。「おまえは社交界で人気がある。つまり……魅力的だと思われている」

マイケルは不安をかきたてられた。アラステアが一番の美徳と見なすのは規律や進取の気性であり、〝魅力〟はかたい握手や清潔さよりも低く評価される。「いやな予感がするな」

アラステアが唇をゆがめて笑みらしきものを浮かべたが、しかめっ面にしか見えなかった。「魅力的すぎると言ってもいい。自分の噂は知っているだろう。未亡人のタウンハウスから出てくるところを見られたんだ――あれはお粗末だった」

もう三年も前の話だ。「記憶力がいいんだな!」あれ以来、うかつな行動は取っていない」同じ過ちを繰り返すことはなかった。マイケルは逢引《あいび》きの達人になっていた。

「政治に無関心なこともあいまって」アラステアがブランデーグラスの縁を指先で持って、ゆっくりとまわす。「おまえは……軽く見られているとでも言おうか。だが、そろそろ変わらなければいけない。おまえももう三〇歳だ。結婚に対する嫌悪感を克服してもいい頃だ」

マイケルはまったく話が見えなかった。「嫌悪感なんて抱いていない。ただ、結婚を考えられるような女性とまだ出会っていないだけだ」一生出会うことはないだろう。両親を見てきたので、結婚に夢など抱いていない。しかし、だからなんだと言うのだ?「ぼくが結婚しようとしまいと、この件にはなんの関係もない」

「それがあるんだ」アラステアがグラスを持ち上げ、残っていたブランデーを飲み干した。

「わたしたち一族に直接関わる問題だ。おまえが結婚しなければ、爵位はいとこのハリーの子孫に受け継がれることになる。そんなことは許されない」

「どうしてだ?」マイケルは危険を感じて、思わず鋭い声が出た。「兄上の子どもが継ぐだろう?」

まるで明かりが突然消えたかのように、兄の顔がかげりを帯びた。「わたしに再婚の意思はない」

やれやれ。「アラステア、マーガレットと一緒に死ぬつもりか?」

マイケルの発言は完全に無視された。「そこで、おまえはどちらかを選ばなければならない」アラステアは妙に淡々とした口調で言葉を継いだ。台詞を暗唱しているかのようだ。「わたしはおまえが今年じゅうに結婚することを望んでいる。その見返りとして先ほど言ったとおり、おまえが死ぬまで病院を維持できるだけの財産を贈与し、さらに何不自由ない生活を保障する。ただし、おまえの花嫁はわたしが認めた相手でなければならない。おまえの女の好みは褒められたものではないからな——それに、わたしの轍《てつ》を踏んでほしくはない」

マイケルは水のなかにいる気分だった。声がひずんで聞こえる。「つまりこういうことか」アラステアがいかにばかげた提案をしているかを自覚させるために言った。「ぼくは兄上が選んだ女性と結婚しなければならない。さもないと、病院は閉鎖される」

「まさにそのとおり」

マイケルはふらふらと立ち上がった。「兄上には助けが必要なんだ。もうぼくの手には負えない」完全にお手上げだ。兄上が必要としている助けが、どこで得られるかさえわからない。施設に入れるべきか？　どうしても抵抗がある。それに、治療を強制することはできない。兄はマーウィック公爵だ。兄に命令できる者は誰もいない。

アラステアが立ち上がる。「わたしが出した条件を受け入れなかった場合、おまえが失うのは病院だけではない。おまえは新しい部屋を探さなければならない。ブルック・ストリートのアパートメントにはもう住めなくなる。それから当然、なんらかの仕事についてもらう。手当を打ち切られたら収入が必要だろう」

マイケルはヒステリックな笑い声をたてた。こんな扱いを受けたのは――高圧的に命じられたのは、父が死んで以来だ。よりによって、アラステアに同じことをされるとは思ってもみなかった。「手当を取り上げることはできないはずだ。父上の遺言で決められたことなんだから」

アラステアがため息をつく。「マイケル、おまえが想像も及ばないほど大きな力をわたしは持っているんだ。とはいえ、すぐに手当を再開することになるだろう。貧困を味わったら、おまえもきっとかたくなな態度を改めるに違いない」

かたくなな態度だと？　マイケルは荒々しく息を吸い込んだ。「本音で話そう」兄に耳を傾けてもらえるような、落ちついた声音で話すのに苦労した。怒りのあまり叫び出しそうだ。「そんな脅しも、ぼくの……かたくなな態度とやらも、後継者問題とはなんの関係もない。これは兄上の問題だ」アラステアは一時的に引きこもっているだけだと思っていた。怒りや悲しみの表れだと。だがこんな脅しをかけてくるようなら……兄の心を取り戻さなければならない。「彼女に負けたんだな。兄上はあきらめたんだ。自分の人生を。ちくしょう！」

アラステアが肩をすくめる。「わたしは将来の計画を立てているんだぞ。あのことが世間に知られたら――」

またその話か。「公表すればいい！　マーガレット・デ・グレイはアヘン依存症だったと世に知らしめよう。軍人全員と寝ていたと思わせておけばいい！　どうってことない」

兄の顔に浮かんだ薄ら笑いを見て、マイケルは骨の髄まで凍りつく思いがした。アラステアが言う。「おまえは父親の人生から何も学ばなかったのか？」

「時代が違う。それに、父上は報いを受けたんだ」父は母を虐待していた。愛人をはべらせ、借金を踏み倒した。「社交界から締め出されたのは自業自得だ」一方、アラステアが犯した過ちはひとつだけ――妻を信じたことだけだ。「マーガレットがしたことで兄上が責められるいわれはない。兄上は何も悪いことをしていない！」

アラステアの顔に、不気味なほど陽気な笑みが広がった。「あいつのせいでばかを見たのは確かだ。しかし、もとはと言えばわたしが悪い。秘密を打ち明けたのはわたしだ。それをあいつが愛人たちに教えた結果、わが党は二度も選挙で負けた。もしかしたら、それ以上のものを失ったのかもしれない。あいつはロシア人が好きだったからな、忘れてはいないだろう？　マイケル、おまえはわたしが無傷で切り抜けられると信じるほどうぶなのか？」

マイケルは頰の内側を嚙《か》みしめた。きっと醜聞にまみれ、公私ともに苦しい闘いを強いられるだろう。「だけど、兄上には味方が――」

「もういい。過ぎたことだ」アラステアがうるさそうに新聞を指ではじいた。「スウォンジー卿《きょう》の令嬢のことをどう思う？　奥方は実に品行方正な女性だし、娘のほうも上品で礼儀正しいともっぱらの噂だ。今週の金曜日に開かれるスウォンジー家の舞踏会におまえが出席するのなら、条件をのんだものと見なそう」

沈黙が流れた。兄の条件を受け入れることはできない。そのつもりもなかった。だが、ここで断ったらおしまいだ。ひとまず逆らわないでおこう。「出席するよ」言葉が喉を引っかいて、血が流れたような気がした。「だけど、ぼくのほうもひとつ条件がある。兄上も一緒に行くんだ」

「断る。議論の余地はない」

困ったものだ。「いますぐぼくと一緒に外へ出て、新鮮な空気を吸おう。そうしたら、舞踏会に出席する」

「やれやれ」アラステアが片方の肩をすくめた。

とうとうそこで堪忍袋の緒が切れた。マイケルは兄に詰め寄り、肘をつかんだ。「外に出るんだ！」

アラステアがその手を振りほどこうとする。「放せ――」

マイケルは力ずくで一歩、また一歩とドアのほうへ兄を引きずっていった。アラステアが悪態をつきながら踏ん張り、マイケルの手を引っかく。しかし、三カ月間引きこもっていたせいで、力が衰えているようだ。マイケルは兄の頭に腕をまわして引っ張った。

そのまま前進し、どんどんドアに近づいていく。

不意に顎を拳で殴られ、兄の襟をつかんだままうしろによろめいた。上着が耳障りな音をたてて破れる。

続けざまに手の甲で打たれた。

その勢いで、マイケルはあとずさりした。なんとか体勢を立て直すと、目を押さえた。

「出ていけ」アラステアが静かな口調で言う。

マイケルはつかの間ぼう然としたあと、そろそろと手をおろした。血は出なかったようだ。だからといって許されることではない。「たいしたものだ」唇がしびれていた。「さすが父上の息子だ」

まさにそのとおりだと思って、一瞬、吐き気を催した。〝カエルの子はカエル〟

マイケルはごくりとつばをのみ込んだ。いいや、アラステアは父とは全然似ていない。一時的に正気を失っている――病気にかかっているだけだ。絶対に治る。どうにかして治してみせる。

アラステアがマイケルの横を通り過ぎて、机へ向かった。グラスが鳴り、ブランデーを注ぐ音がした。

マイケルは息を吐き出した。「いいか。ぼくは必ず兄上――」

「よくもそんなに舌がまわるものだ」アラステアが物憂げな口調で話の腰を折った。「脅迫しても無駄だ。おまえにそんな力はない」

マイケルは息を吸い込んだ。「いいや、ある。あの新聞記事がぼくに力を与えてくれた」

アラステアがくるりと振り返る。マイケルは一歩近寄った。引きこもり生活が、兄の心の闇を増幅させていないことを願った。

誰にも自分を殴らせない。もう二度と。マイケルは子どもの頃、父のもとを離れて安全な学校に入ったときにそう誓った。暴力を振るわれる可能性があるとわかったからには、二度と油断するものか。

その思いが刃のごとく心を切り裂き、苦痛が毒薬のごとく全身を駆けめぐったとしても、それを悟られるつもりはなかった。「あの病院は兄上に対する評価を高めている。兄上の政治活動のいい宣伝になっているはずだ。選挙が近づいているときに、兄上が支援している病院が閉鎖されたらみんなどう思うかな？　兄上が何をしたか、ぼくは新聞に寄稿するよ。ぼくの病院の失敗は、兄上の政党の失敗だ。ぼくも兄上たちも望みを果たせなくなる。兄上の政党は、兄上のせいでまた負けるんだ」

アラステアの顔から笑みが消えた。「お見事。だが残念ながら、わたしの意思は変わらない。おまえの大事な患者たちのことを考えろ。結局、おまえはわたしに従うだろう。おまえ自身ではなく、彼らのために」

「試してみるといい」マイケルは本気だった。病気の兄をこれ以上黙って見ているつもりはない。もう七カ月も経っている――これまで放置していたのが間違いだったのだ。「ぼくがこの話を暴露したら、兄上もほっとするだろう。もうマーガレットの記事を探さずにすむんだから。兄上の名声も党の信用も、いずれにせよ損なわれる」

アラステアがグラスを叩きつけるように置いた。「いますぐ出ていけ。ブルック・ストリートのアパートメントから荷物を運び出すんだ。早くしないと捨ててしまうぞ」

もう我慢の限界だ。「それならいっそ、ロンドンを離れることにするよ。どうぞ病院を閉鎖してくれ。世間に愉快なショーを見せてやるといい。ぼくは見られないけど」

アラステアの顔に暗い影がよぎり、唇がゆがんで残忍な笑みが浮かんだ。「見られるさ。行くところなんてないだろう? わたしの領地はどこも立ち入りを禁ずる」

「勝手にしろ」マイケルは兄に背を向けてドアへ向かった。

「しかし……おまえのかくれんぼを見学するのも面白いかもしれないな。三週間、いや、一カ月やろう。わたしの力を借りずに世間を渡るとはどういうことか、おまえには想像もつかないだろう。すぐに途方に暮れるに違いない」

兄の言葉が熱した槍《やり》のごとく胸を突き刺し、プライドが傷つけられた。マイケルはドアの掛け金をつかんだまま、大きく息を吸い込んだ。この部屋——この書斎は昔から大嫌いだ。ここは父の気に入りの場所だった。領主であり、とんでもない暴君だった父の。

「ぼくは兄上の操り人形じゃない。兄上の言いなりにはならない。ぼくだけではなく、兄上のために」

マイケルは廊下に出ると、ドアを乱暴に閉めた。鋭い音が胸の痛みを引き起こし、痛みは全身に広がった。

兄上のためにと言ったのは本心だ。マイケルは街を離れ、アラステアがこの荒涼とした屋敷から出て彼を探しに来るのを待つつもりだった。

1

一八八五年六月　コーンウォール　ボスブレア

マイケルの庭にある薔薇《ばら》の茂みのなかで、酔っ払いが寝ていた。どこかで会ったことのある女性のような気がしたが、こんな顔をした女性を忘れるはずがない。これほど美しい女性はめったにいない。クリームのようになめらかな肌、長い栗色《くりいろ》の巻き毛、身につけているのは――舞踏会に着ていくようなドレスだ。

マイケルは立ち尽くし、長いあいだその女性を見つめていた。

おかしな話だ。このうえなく美しい女性が庭に……。

罠《わな》だ。

マイケルは気がつくとあとずさりしていた。やれやれ、どうかしている！　兄はこんな罠を仕かけるほどの策士ではない。

あのダイヤモンドのティアラは、模造品だろうか。

マイケルは咳払いをした。「やあ、おはよう」

返事はなかった。

マイケルは目をこすった。このような斬新なできごとに対処できるほど、目が覚めていない。朝の紅茶のベルガモットの香りが、手のひらに残っていた。まだ七時にもなっていない――酔いつぶれる時刻ではないのに、目の前の女性はまさに酔いつぶれているように見える。ウイスキーのにおいを発散しているのは、まさか薔薇の花ではないだろう。

庭を見まわしたものの、助けを求められる相手はいなかった。今日は水曜日で、庭師も賃仕事をしてくれる少年も、午前中はまだ自宅で過ごしている。周囲に見えるのは、つややかな緑の木の葉に燦々と降り注ぐ太陽の光と、ツバキの咲く木の枝でさえずる鳥だけだ。酔っ払いの季節ではない。コーンウォールの夏にはレモネードがよく似合う。

女性の体がぴくりと動き、いびきが聞こえた。子猫のようなかわいらしい寝息ではなく、豪快な鼻息だ。ささやき声しか生み出せないような、ほっそりした体をしているのに。コルセットに締めつけられたウエストは信じられないくらい華奢《きゃしゃ》だった。

マイケルは顔をしかめた。こんな慣習はなくすべきだ。女性患者の半分は、コルセットを脱ぎ捨てさえすればすぐに治るだろう。

眠り姫がふたたび鼻を鳴らし、腕を投げ出した。肘の内側にかすり傷ができている。少なくとも、彼女は都合のよい場所で気絶した。医者の庭で倒れるほうが、パン屋の庭で倒れるよりましだろう。あるいは、燭台《しょくだい》職人の庭よりも。マイケルは寝ぼけた頭でだらだらと考えた。

やれやれ。田舎にいるせいで、頭の働きが鈍くなってしまった。

マイケルは女性に近づいて、手首をつかんだ。手袋を片方しかはめていない。繊細なレースの長手袋のもう片方は、どこにも見当たらなかった。

マイケルは胸騒ぎを覚えた。この女性はハヴィランド・ホールの住人で、泥酔して丘をおりてきただけだ。いや、考えすぎだ。おそらく便所か何かを探しに。

両腕で女性を抱え上げた。見た目より重くてうめき声がもれる。女性が頭をもたせかけてきて、よだれが彼の肩を濡《ぬ》らした。

マイケルは思わず笑い声をあげた。たいした歓迎だ！　庭木戸を蹴り開け、玄関を肩で押し開けて家のなかに入った。

「まあまあ！」廊下の奥から叫び声が聞こえたかと思うと、家政婦のミセス・ブラウンが足早にこちらへ向かってきた。マイケルが抱えている女性を見て、あっけにとられている様子だ。「ミセス・チャダリーじゃないですか！」

この女性は結婚しているのか？　妻がこんな状態でほっつき歩くのを放っておくなんて、いったいどういう男だ？　しかもこれほど――。

そこでマイケルは思考を止めた。この女性に対して特別な関心を抱くつもりはない。片方なくした手袋や高価なドレス、本物かもしれない宝石、きついコルセットのことを考えて、やわらかな肌や豊かな臀部《でんぶ》に注意がいかないようにしていた。

いまは女性にうつつを抜かしている場合ではない。アラステアが理性を取り戻すまではお預けだ。兄につけ入る隙を与えるつもりはなかった。兄には自分で跡取りをもうけてもらう。

マイケルは咳払いをした。「ミセス・チャダリーという女性なんだね？ それなら、彼女の夫を呼びにやってくれ」

「あら、ご主人はいらっしゃいませんよ」ミセス・ブラウンが答えた。炉棚の上の埃を見つけたときのように、厳しい口調だ。「新聞はお読みにならないんですか、旦那さま？ ミセス・チャダリーは未亡人です。それも、英国一、美しい！」

情けないことに、マイケルはそれを聞いて興味をかきたてられた。さまざまな点で、格好の恋愛対象になる。昔から未亡人が好みだし……。

そのくらいにしておけ。

すぐに、ばかばかしいと思い直した。ここは一時の仮住まいだ。それに、ミセス・ブラウンから口を酸っぱくして言われているように、修理費を出せるほど家計に余裕はない。マイケルはこの家――五部屋の庭付き、土地はついていない――を、半年の契約で借りていた。彼のささやかな貯金ではこれが精いっぱいだった。だが別に不足はない。マイケルが姿を消せば、アラステアはじきにいらだちを抑えきれなくなるはずだ。弟を探すために、あの古びた屋敷から足を踏み出すだろう。

それまで身を隠す場所として、ボスブレアはうってつけだ。この地域にほかに医者はひとりしかいない。ミスター・モリスは七〇歳を超えていて、マイケルが来たことを喜んでくれた。それに、このあたりに知りあいは住んでいないから、誰かに見つかる可能性は少ない。

アラステアを怒らせ、屋敷から追いたてるための時間稼ぎができる。

〝一カ月やろう〟アラステラはそう言っていた。つくづく尊大な男だ。

マイケルは二階の正面にある部屋のベッドにミセス・チャダリーを寝かせた。まったく目を覚ます気配がないので少し不安になり、彼女の脈に指を当てた。アルコールがまわっているせいで肌が冷たくなっているが、脈拍は力強く安定していた。

上唇は山がくっきりしていて、まるで芸術家が描いたかのようだ。下唇は……ふっくらしている。瞳の色は何色だろう？

髪と同じ茶色だろう、とマイケルは推測した。パリのチョコレートのように深みのある濃い茶色。ほろ苦いけれど……。

実に美味だ。

やれやれ。マイケルはうしろにさがった。自分に驚いていた。喜んで彼の相手をしてくれる女性が大勢いるロンドンから、ここに――慎《つつ》ましい田園地方に移り住んで以来、新しい自分を次々と発見していた。たとえば、禁欲生活を送っていると、下手な詩人になる。

「あんまりきれいすぎるのも困りものですね」ミセス・ブラウンがつぶやいた。そちらを見やると、家政婦は心配そうな表情をあわてて引っ込めた。マイケルがミセス・チャダリーをじっと見つめていたから、そんなことを言ったのだろう。この女性を見たら誰でもついそうするだろうが。

「彼女の写真が売られているんです」ミセス・ブラウンがそう言ったあと、苦々しげに口を引き結んだ。「街に行けばどの店にも置いてありますよ。ミセス・チャダリーは、ええと、〝美貌で世の中を渡る女性〟と呼ばれているんです」

「ああ、思い出した」この女性が英国一の美人と名高い、あのミセス・チャダリーか。マイケルは彼女のことを知っていた。サンバーン子爵とよくつるんでいる仲間のひとりだ。マイケルはサンバーンと同じ学校にいたが、卒業以来、ほとんど交流はなかった。

だが、ミセス・チャダリーには興味を引かれた。眠っている彼女はおとぎ話から抜け出してきた登場人物のように見える。栗色の長い髪は男の手に巻きつけるためにあるようで、ピンクの唇はキスを誘うようにわずかに開かれていた。古典的な美女よりもずっと近づきやすい。

マイケルは目をそらした。「顔色はいいね」眠っている女性をじろじろ眺めるのは失礼だ。開いた窓の外の木々の向こうに、広大な屋敷の小塔がそびえたっている。眠り姫の住居だ。邸宅と言うよりちょっとした城で、塔に旗が飾られ、屋上をバルコニーが取り囲んでいる。けばけばしくて統一感のない建築様式——歴史も伝統もない屋敷だ。

マイケルは思わずひとり笑いした。村医者はふつうこんなことを考えない。

「お仕事道具を用意しましょうか？」ミセス・ブラウンが尋ねた。

「頼む。体じゅう傷だらけになっているだろうから」

体じゅう。

まいったな。マイケルは口のなかが乾くのを感じた。

「腕じゅう傷だらけだ」まじめな口調で言い直した。腕以外の傷は、ハヴィランド・ホールの住人と親しいモリスにまかせればいい。喜んでモリスに委ねよう。いまは上流階級の人々とできるだけ距離を置く必要があった。

頭が痛い。

エリザベス——ライザは目を閉じたまま、急速に意識を取り戻していた。まるでナイフで頭を削られているような感じだった。

何も思い出せない。このひどい頭痛をもたらしたできごとの記憶がよみがえるのを、息を止め、体をこわばらせて待った。きっとこのうえなく屈辱的なものだろう。この痛みからすると、ふた瓶は飲んだに違いない。相当いやなことがなければ、人はふた瓶も飲まない。恥辱がじわじわと骨身にしみていくのを感じた。

「おはようございます」声が聞こえた。感じのよい、低い男性の声……聞き覚えのない声だ。

ライザは目を開けると、息をのんだ。痩せたオオカミのような男性が、そばに立って彼女を見おろしていた。褐色の髪の持ち主で、頬がこけ、燃えるような目をしている。唇がゆっくりとなまめかしい笑みをたたえた。

ライザは不安に駆られた。この男性は上着を着ていない。いったい何者なの？

「眠り姫のお目覚めだ」男性はそうつぶやいたあと、まるで自分の言葉に気を悪くしたかのように笑みを引っ込めた。真顔になると、痩せた顔はたちまちいかめしくなる。頬骨がくっきりしていて、鼻は船の舳先《へさき》のようだ。

ライザは急に喉の渇きを覚え、ごくりとつばをのみ込んだ。口のなかがからからだった。いったい彼は誰なの？「水をいただけるかしら？」ささやくように言った。

男性がうなずいて背を向け、ライザは肘を突いて体を起こした。そのときようやく、ドアのところに背の高いふくよかな女性が立っているのに気づいた。エプロンのひもに鍵輪が結びつけられているところを見ると、家政婦に違いない。どことなく見覚えがある――村の住人だろう。急いで隠された非難するようなまなざしも、なじみのあるものだった。ということは、ライザの評判はここにも伝わっているのだ。ここがどこかはわからないけれど。家政婦の表情からすると、道徳基準の高い家であるのは明らかだから、あのオオカミのような男性を恐れる必要はない。乱暴を働くような男性は道義心の強い年配の女性を雇わないだろう。

ああ、頭が痛い！　どうして思い出せないの――。

男性が戻ってきたので、ライザは微笑《ほほえ》もうとした。彼は部屋に入ろうとせず、ドアのところで立ち止まると、一瞬、警戒するような表情を浮かべた。まるで彼女に近づくのを恐れているかのようだ。

けれども、彼にしげしげと見られた瞬間に、そんな考えは消え去った。女性に対して委縮するような男性には見えなかった。引きしまった腰とがっしりした肩が、扉口を占領している。最近病気にかかったせいで、頬がこけているのかもしれない。日曜日のローストビーフを何回か食べれば、元どおりになるはずだ。筋肉質な体つきからして、役人ではないだろう。でも、従僕ならきちんとした格好をしているはずだ。彼の髪は美しい茶色で、つやがあってやわらかそうだけれど、しょっちゅうかきむしっているのではないかと思わせるほど乱れている。上着は着ていないし、ベストもズボンも地味な灰色で、どちらも少し大きすぎた。男性の目に視線を戻すと、向こうもまだこちらをじっと見つめていた。何を考えているのかわからない。ライザはなぜか胸がときめくのを感じた。きっとあの笑みのせいだわ。それに、彼女をちやほやしない男性――たくましくて落ちつきのある男性は好ましい。手強い相手だとわかってはいるけれど。

これまで彼を知らなかったのが不思議だった。とても人目を引くのに――あの鼻が目立つだけかもしれないけれど。

「ここはどこですか、サー？」名前を尋ねるのはぶしつけだと考えて、ライザはそうきいた。

「ボスブレアの端のほうですよ、マダム」

男性の丁寧な話し方を聞いて、不安が消えた。「じゃあ、ご近所さんなのね」

「そのようですね」

寡黙な男性だ。村の住人は全員知っていると思っていたのだけれど。ライザは好奇心に駆られて室内を見まわした。ベッドカバーはちぐはぐな布切れを継ぎあわせたものだ。床板は磨き上げられているものの、絨毯は敷かれていない。装飾のない質素なクルミ材の家具――整理だんすや衣装戸棚が壁際に並んでいる。壁紙の柄は、小さなブーケが描かれた時代遅れのものだった。

ライザは顔をしかめ、指の節で目を押さえた。どうしてこんなところにいるのだろう？

昨夜は——昨夜は——。

ネロと別れたのだ！

あんなできごとをいままで忘れていられたのが不思議だった。ライザが窮状を打ち明けたら、彼も本音をさらけ出した。ずっとその機会をうかがっていたのだ——昼も夜も——ライザの屋敷の料理を平らげ、ライザの手厚いもてなしを受けながら。記憶が吐き気のごとく押し寄せてきた。

待って——本当に吐きそう。

ライザはあわててベッドから飛びおりようとしてバランスを崩した。すかさず男性が飛んできて、腕をつかんで支えてくれた。感動的だが、胃が抗議の声をあげているときにはありがた迷惑だ。彼女は鋭い口調で言った。「放して——」

男性がひざまずき、ベッドの下から室内用便器を取り出した——酢のにおいがする清潔なものだ。ライザはそれをつかみ取って腹部に押し当て、ひんやりした感触を味わった。そして、目を閉じて必死に吐き気をこらえた。

ネロは去っていった。永久に。ライザが叩き出したのだ。彼女が金銭的な問題を抱えていると知ったとたんに、ネロは結婚を申し込むことに決めた——別の娘に。自分の名前すら口ごもらずには言えないおどおどしたお嬢さんに。

〝エリザベス、彼女は無垢《むく》なんだ。結婚するなら無垢な娘でないとね〟

ネロは自分の爪をさわりながら、平気でそう言った。ライザの涙にも動じなかった。だから——彼の冷たさに打ちのめされて、ライザは口にしかけた言葉をのみ込んだのだ。

ライザは震える息を大きく吸い込んだ。〝わたしと結婚するんじゃなかったの？〟

「苦しいですか？」

心配そうな穏やかな声が聞こえてきた。目を開けると、ひと粒の涙が頬を伝った。なんてこと！　恥ずかしくてしかたがなかった。涙をぬぐうと、頰が熱くなっているのがわかる。「違うの」ライザは首を横に振ってそう言うと、咳払いをした。〝この人を困らせないように、明るくふるまうのよ〟

ライザが顔を上げて微笑むと、男性は眉をひそめた。女性だけがつねに愛想のよい態度を求められることを、ライザはつくづく負担に思った。

〝もう飽き飽きしたよ〟ネロはそう言った。まるでライザの人生が彼を楽しませるための芝居であるかのように。半年前にライザに結婚してくれとせがんだのを忘れたかのように。

男性は返事を待っていた。「ごめんなさい」ライザは笑顔をうまく作れなかった。「ご近所さんなのに、お名前を存じ上げていなくて」

金色の星に取り囲まれた青みがかった灰色の瞳が、品定めするかのようにライザをじっと見つめた。「ぼくは新しく来た医者です」

「新しくって……」このあたりに医者は、ミスター・モリスしかいないはずだ。

ライザが戸惑っているのを見て、男性が言った。「マイケル・グレイです。以後お見知りおきを」

「まあ」ライザはふたたび目元をぬぐった。自分が泣いたことにまだ驚いていた。ネロのために流す涙などない。あんな詐欺師のために！　彼は約束を守るつもりなんてなかったのだ。ふたりで描いた未来の夢はすべて……まやかしだった。失ったことを悲しむ必要はない。どうせ最初から偽物だったのだから。「ミスター・グレイ」咳払いをしてから続ける。「お会いするのははじめてよね？」

「いまはそれより、あなたのことが心配です」ミスター・グレイが穏やかな口調で言う。「何かあったんですか？」

ライザはそのときになってようやく、彼の目がとても美しいことに気づいた。立派な鼻のせいでかすんで見えるのだろう。「いいえ、別になんでもないわ」

ミスター・グレイが疑わしそうに眉をつり上げた。「腕以外に怪我《けが》したところがあるんじゃないですか？　恥ずかしがる必要はありませんよ」

彼はまだライザの噂を知らないらしい。知っていたら、これくらいで恥ずかしがるとは思わないだろう。「いいえ。本当に大丈夫よ」でも泣いていたのだから、当然、ミスター・グレイは納得できない様子だった。「ただちょっと、まぶしくて」彼がいぶかしげに窓のほうを見たので、ライザは急いで言葉を継いだ。「こんなことをきいたら変に思われるでしょうけど、実は、よく思い出せないの。どうしてわたしが」――〝あなたのベッド〟と言うのは不適切だ。「ここにいるのか」

ミスター・グレイがライザに視線を戻した。彼はやはりオオカミ――肉食動物を連想させる。骨張っていて色が黒いせいだろう。よく日に焼けている。それに、ライザが困惑していても、まったく動じない。「それはぼくにもわかりません。庭の薔薇の茂みであなたを見つけたんです」

庭の……薔薇の茂み？　ライザは大きく息を吸い込んで、落ちつきを保とうとした。なんてこと。外で露に濡れながら寝ていたと言うの？　そんなの……最低だわ。いくらわたしでも。

ミスター・グレイは患者を診るように、ライザを観察している。ライザは勇気を出して目を合わせた。顔が赤くなるのを抑えることはできないが、臆病な女の子みたいにうつむいたままでいるつもりはなかった。「薔薇の茂みね」明るい口調で言う。「斬新だわ！」

ミスター・グレイがかすれた低い声で笑った。「たしかに。ぼくも真っ先に〝斬新〟という言葉が頭に浮かんだんです」

彼の唇がからかうような笑みをたたえた。ライザが息をのみ、わずかにのけぞると、ミスター・グレイは頭を傾けてなおも彼女を見つめた。笑みがゆっくりと広がっていく。

彼は自分の笑顔が人に与える効果をちゃんと知っているのだと、ライザはなぜかわかった。それどころか、その効果を楽しんでいる。

ライザはごくりとつばをのみ込んだ。「新しく来たお医者さまと言ったわね？」

「あなたの傷を癒《いや》しに来ました」ミスター・グレイが無礼とも言えるほど軽いお辞儀をする。なめらかな低い声でそんなことを言われると……みだらな感じがした。

ライザは戸惑うばかりだった。オオカミのように野性的なこの人が、医師だなんて信じられない。突然、ふたりのあいだに電流が流れた気がした。

彼は……ベッドのなかでとても大胆なことを言いそうだ。女性に叱られても笑い飛ばして、結局、虜《とりこ》にしてしまうのだ。

ライザは息を吐き出した。薔薇の茂みで夜を明かしたせいで、理性を失ってしまったらしい。「わたしを泊めたせいで、薔薇がだめになってしまったのではないかしら？」彼が噂好きでないことを神に祈るしかない。

「大丈夫だと思いますよ」ミスター・グレイがそう言ってライザの手を取った。素肌が触れあい、ライザはまるで感電したかのように指が痙攣《けいれん》するのを感じた。

視線がからみあう。ふたりのあいだに引力が働いているというのは、ライザの勘違いだろう。ミスター・グレイは穏やかな表情を崩さなかった。「ぼくと一緒に下の階へいらしてください。傷を治療しましょう」

ライザは彼に手を引かれて立ち上がった。ミスター・グレイはネロより背が高い。肩幅も広い。それに、脚の長さときたら……。

壁に手を突いてバランスを取ったあと、彼のあとについて部屋を出ながら、その脚を眺めた。ズボンはゆるいが、歩くとすばらしい筋肉のラインがうっすら見える。ネロは服を着ているときのほうが見栄えがしたけれど、この男性は脱いだときのほうがずっとすてきに違いない。

ライザは自分にあきれて唇を噛んだ。でも……傷心を癒すには気晴らしが必要だ。この謎めいた男性は彼女をじゅうぶんに楽しませてくれそうだった。

2

喜ばしいことに、ミスター・グレイは独身だった――応接間の様子を見れば一目瞭然だ。掃除は行き届いているものの飾り気がなく、美術品のたぐいは置いていない。それに、この花柄の絨毯をそのままにしておく女性がいるとは思えない。厚すぎるし、古びていて、しかも工場製だ。

高価なものを置かないと、使用人はおおらかになるのかもしれない。日光で家具が傷むのもおかまいなしに、カーテンが大きく開かれていた。そのおかげで、おぞましい絨毯が敷かれているにもかかわらず、部屋は明るくて居心地がよかった。

そばかすができやすいのを気にして、ライザは日の当たらない隅の椅子に腰かけた。きれいな緑色の綿ビロードの椅子で、ふんだんに詰め物がしてあり、体が沈み込んでいく。コルセットをつけていなければ、もたれかかっていただろう。

仕事道具を持ったミスター・グレイが、ライザの前に立って顔をしかめた。「ウエストを締めつけすぎるのはよくありませんよ、ミセス・チャダリー。健康を害します」

まあ！　ライザは思わず笑い声をあげそうになるのをこらえた。なんて素朴な人なの！

ロンドンの流行に詳しくないのは明らかだ。それを言うなら、ライザのことも知らないようだ。街にいるあいだは、彼女の姿をひと目見ようと殿方が玄関に列を成す。ウエストをあと一〇センチゆるめると言ったら、彼らはどんな顔をするだろう。

ミスター・グレイは道具を床に置き、ライザの前にひざまずくと、シャツの袖をまくりはじめた。彼の無骨なふるまいに、ライザはあ然とした。むき出しになった腕を見て、口のなかが乾くのを感じた。

手首は太く、前腕は筋肉でできている。ガーゼをほどくあいだ、血管がくっきりと浮かび上がっていた。

ほれぼれするような野蛮人だわ、とライザは思った。その血管を指でなぞりたい衝動に駆られる。見た目と同じくらいかたい腕なのか確かめたかった。

ライザは指を丸めた。純粋な村医者をたぶらかしてはいけない。そんなことをしたら、彼は憂鬱症にかかってしまうだろう。「今日は……とてもいいお天気ね」

「そうですね」前触れもなく腕をつかまれ、はっと息をのんだ。ミスター・グレイはライザの腕を伸ばして調べた。

彼が顔を上げる。「大丈夫ですか？」口調はやさしいのに、ライザの腕をつかむ手は力強い。手のひらは熱く乾いていて、少し荒れていた。

「ええ」ライザは小さな声で答えた。いったいわたしはどうしてしまったのかしら？　理性を失っているに違いない。

無理やりほかのもの――おぞましい絨毯に注意を向けた。ところが、今度は彼の脚が目に留まった。かがみ込んでいるせいで、夏物の薄いズボンの生地が腿に張りついている。腿は腕よりさらにたくましい。

ライザはかすかに首を横に振った。ミスター・グレイは、まさにダイヤモンドの原石だ。

「縫わなければならないような傷は見当たりません」ミスター・グレイが言った。

ライザはわざと笑い声をあげた。「よかった。実は針は苦手なの。わたしの刺繍《ししゅう》を見たらぞっとするわよ」

「おやおや。ぼくはそんなに臆病者に見えますか？　態度を改めないといけませんね」

ライザは思わずくすくす笑い、驚いて唇を噛みしめた。エリザベス・チャダリーが、くすくす笑うなんてあり得ない。「いいえ。でもきっとぞっとするわよ。本当にひどいんだもの。簡単な花を縫おうとしても、できあがるのは……そうね、しみと言ってもまだ生やさしいくらいよ」

ミスター・グレイは軽く微笑んだだけで、何も言わずにうつむいて作業をはじめた。

ライザは少しがっかりすると同時に、困惑した。もしかしたら、彼は身分の差を気にして、自分にはライザと戯れる資格はないと思っているのかもしれない。そんなふうに思う必要はないのに。

ミスター・グレイはまたしても断りなく、ライザの腕をひねった。ベッドのなかでもこんなふうに女性の体を思いどおりにするのかしら？　強引だけれど、乱暴ではない。恥じらいやためらいを許してはくれないに違いない。女性をとても上手に扱うのだろう――やさしく、慎重に、じっくりと。

ライザは自分に驚いた。こんなみだらな想像を、ふだんは絶対にしない。夫以外で関係を持ったのはネロだけだし――。

不意に胸に痛みが走った。彼のことを考えてはいけない。

それにしても、自分がこれほど判断力に欠けているとは思わなかった。ついに愛を見つけたと信じて疑わなかったのだ。

悩みを打ち明けなければよかった。そもそも、彼とつきあうべきではなかったのだ。友人たちはみな、彼のことを信用していなかった。財産目当ての放蕩《ほうとう》者だと言っていた。だけど、財産目当ての放蕩者だって恋に落ちることはある。ライザは自分にそう言い聞かせていた。そう信じていた――救いようのない愚か者ね。

金銭的な問題を抱えていると打ち明けたら、彼は……軽蔑の表情をありありと浮かべていた。

ネロが噂を広めたら厄介なことになる。お金に困っている未亡人ほど社交界で疎まれる存在はない。

「ミセス・チャダリー、あなたはどうやら薔薇の茂みに倒れただけではなくて、その上を転げまわったようですね」

ミスター・グレイが顔を上げると、光のいたずらで瞳の色が青色に変化した。ライザは胸が締めつけられるのを感じた。

彼は顔立ちが整っているとは言えない。でも、眺める価値はある。高い頬骨。印象的な瞳。しっかりした顎。思わず触れたくなるような顎のくぼみ。

胸をときめかせるほうが涙を流すよりずっといい、とライザは思った。「救いようがないわね。本当に薔薇は大丈夫？」屋敷の温室から何か持ってきて弁償しようか。そのときは自ら届けに来よう。

ところがミスター・グレイは、あっけなく答えた。「薔薇は強い植物ですから。きっとあなたの手のほうが繊細だ」

「そうね」ライザはからかうように言った。「レディなら真夜中に冒険するときも手袋をはめるはずなのに。わたしのことをとんでもない恥知らずだと思っているでしょう！」

ミスター・グレイがわずかに眉をつり上げた。表情は読み取れない。読み取りたくないだけかもしれない。ライザはただ薔薇の茂みに倒れていたのではなく、酔いつぶれていたのだから――手袋をはめていなかったことよりはるかに破廉恥なふるまいだ。

ライザはふたたび羞恥心に襲われた。

〝あなたは非難されて当然のことをしたのよ〟

頭のなかで母の声が聞こえた。ライザは顔をしかめて窓を見やり、喉に込み上げてくるものをのみ込んだ。やめて。いまだけは。

母は絶対にネロを気に入らなかっただろう。でも、アラン・チャダリーのことは気に入っていたのだから、結局、母の判断力も確かではなかったのだ。

〝何もかもだめになってしまったわね〟母の声がまた響く。母は娘がこんなふうになるとは予想もしていなかっただろう。〝わたしの前途洋々たる娘〟ライザのことをそう呼んでいた。やさしくて穏やかで、見当違いをしていた母。ライザをそんなふうに思ってくれる人はもう誰もいない。

ライザは胸の痛みに耐えかねて、鋭く息を吐いた。それにミスター・グレイが反応した。「痛むでしょう。この傷が一番深い」太くて低い声を聞いて、心が癒される気がした。耳に甘く響く声――歌うために生まれてきた人の声だ。

実際、ミスター・グレイは医者とは思えないほど話し方が洗練されていた。少しの訛《なま》りもない。「ミスター・グレイ、生まれはどこなの？」ライザは自分の悲惨な状況をひとまず忘れて、彼と打ち解ける努力をすることにした。そんなに堅苦しい話し方をしなくてもいいと教えてあげよう。もっと……戯れていいと。いまは気晴らしが必要なのだから。

家政婦が持ってきた液体――酢のようなにおいのきつい液体に、ミスター・グレイがガーゼを浸した。「北のほうです」ライザが具体的な地名を尋ねる前に、彼が続けた。「少ししみるかもしれません」

前腕についた長い傷にガーゼを当てられ、ライザはお愛想で息をのんでみせた。これくらいで痛みを感じるほど弱くはない。でも、彼にはそう思われているのだから、期待に応えたのだ。

〝そんなことをしたところで、あなたの最近の行動を考えれば、どう思われてもしかたがないわね〟

ライザは頬の内側を噛んで、込み上げる涙をこらえた。母は死んだあともおしゃべりだ。この声に一生悩まされるのだろうか？　日に日にうるさくなっていく気がした。

思いきってウイスキーを一杯飲ませてほしいと頼もうかしら？　飲めば頭痛がやわらぐはずだ。ウイスキーは薬に使われるんでしょう？

「頭痛はじきにおさまります」ミスター・グレイが言った。ライザは一瞬驚いたものの、無意識のうちにこめかみをさすっていたのだと気づいた。「それまで水分をたっぷり取ってください」彼が言葉を継ぐ。「スープとか紅茶とか」

どこまでも純朴な人だわ、とライザは思った。まるで彼女が二日酔いになったのははじめてだと信じ込んでいるかのようだった。けれども、彼の思いやりに満ちたまなざしを見て、笑うのをやめた。その目を見つめていると、胸の痛みが少しやわらぐ気がした。

「あなたはとてもちゃんとした人なのね」ライザは言った。「本物の紳士だわ」もしかしたら、紳士とは中産階級に生息するものなのかもしれない。だから、彼女のいる世界ではめったに見られないのだ。

ライザに褒められると、ミスター・グレイは眉根を寄せた。「ぼくは医師です、ミセス・チャダリー。これがぼくの仕事です」

「あなたならそんなふうに考えるんでしょうね」でも、男のなかには、意識を失っている女性を見つけたら……。

ライザは彼女の肘をつかんでいるミスター・グレイの手に自分の手を重ねた。彼の指がぴくりと動いた。手の甲も少し荒れている。当然だ。生きるために働いているのだから。

そう思ったとたんに、全身が熱くなった。ライザのまわりにはいないたぐいの男性だ。役に立つ器用な手をしている。手綱さばきや猟銃の扱い方以上のことを知っているのだ。本物の紳士のなかに裕福な人がめったにいないのは残念だわ、とライザは思った。「ありがとう」

ふたりの視線がからみあい、ふたたび電流が流れた気がした。

「どういたしまして」ミスター・グレイがつぶやくように言った。

ライザは息を吸い込んで彼の香りをかいだ。とても……男らしい香りがする。筋骨たくましい労働者の香り。しかるべき装いも、ライザが全国的に有名な美女であることも知らない男性。それなのにどういうわけか、彼に対する好意があふれ出るのを感じた。とても魅力的な男性だ。毎朝でも、ライザの傷の手当てをし、二日酔いで頭痛がする自分を、やさしくたしなめてほしかった。

突然、ドアが開いた。ミスター・グレイがライザに握られた手を引き抜いて立ち上がる。もしほんの少しでも不適切なことをしていたら、あるいは彼の物腰がこれほど優雅でなかったら、飛びのいたように見えただろう。

「ちょうどよかった」ミスター・グレイが家政婦に向かって言う。「ありがとう、ミセス・ブラウン」腕を振ってティーテーブルを指し示した。

ライザはミスター・グレイがうろたえていることに気づいた。トレイの置き場所もわからない家政婦などいるはずがない。ソーサーを並べる家政婦を見守っているミスター・グレイを、ライザは愉快な気分で観察した。彼もふたりのあいだに働く引力を感じている。だから、動揺しているのだ。

「その——」ミスター・グレイが家政婦ともライザとも目を合わせないまま、つぶやくように言った。「ぼくはここで失礼します。おふたりでお茶をどうぞ、ミセス・チャダリー」

家政婦が驚いた顔で主人を見た。

ライザは立ち上がった。「あら、そんなことおっしゃらないで」ドアへと歩きはじめたミスター・グレイに向かって、心から言った。「ご一緒してくださいな。わたしの救世主のことを、もっとよく知りたいわ」

一瞬、ミスター・グレイはライザを無視して、その場から逃げ出すようなそぶりを見せた。だがそのとき、家政婦が信じられないといった口調で呼び止めた。「旦那さま?」

ミスター・グレイが立ち止まった。肩を怒らせている。けれども、振り返ったときには笑顔で、迷惑そうな気配はみじんも感じさせなかった。「喜んでご一緒させていただきます」愛想のよい口調で言う。唇に作り笑いを浮かべたまま、ライザの向かいの椅子に座った。

ミスター・グレイはミルク抜きで、砂糖を二杯入れた紅茶を飲んだ。カップの縁越しにライザと目が合うと、まるでやけどをしたかのようにあわててそらした。

ライザは頬が熱くなるのを感じた。〝ええ、わたしもあなたと一緒にいることで胸が高鳴っているわ"と言ってしまいたい。

ライザは心のなかで自分を叱りたい。公爵や王子ともつきあいがある身分なのに、村医者に惑わされて社会的失態を演じるなどばからしい話だ。どんなに彼の前腕がすてきでも。

咳払いをしてから言った。「あなたのような魅力的な男性が北のほうの出身だと聞いても、別に驚かないわ」ミスター・グレイがわずかに眉をひそめたのを見て、ライザはとっておきの励ますようなやさしい笑みを浮かべた。「そちらのほうはさぞかし景色が美しいんでしょうね――まあ、どこだってそう言えるわね。コーンウォールもそう変わりはないから」

ミスター・グレイが驚いたような笑い声をあげる。「そうですね」

話の接ぎ穂がない。さいわい、ライザは寛大な気持ちになっていた。「それで、美しい北のどの地方の生まれなの？」

「一番寒い地域ですよ」

家政婦はまるでテニスの試合を観戦しているかのように、ふたりの顔を代わる代わる見ていた。彼女をとがめる気にはなれなかった。ミスター・グレイのそっけない返事は、たしかに見ものだ。本当に内気なんだから！「じゃあ、あたたかさを求めてコーンウォールに来たのね」

「というより、安らぎを求めてとでも言いましょうか」

ミスター・グレイが一瞬、ライザの体に視線を走らせた。気のせいではない。彼が視線を浴びせた箇所が燃えるように熱くなった。

ミスター・グレイはライザを女性として意識している。

そしてそれを不適切だと思っている。

ライザはがっかりした。内気な男性には寛容になれても、道徳を説く気難し屋はもうたくさんだ。亡き夫の墓の前で誓ったのだ。自分に罪悪感を抱かせるような男性とは二度と関わらないと。

ライザは肩をすぼめ、わずかに身を乗り出した。このドレスはお茶の時間にはふさわしくないけれど、胸の谷間が強調される。「それなのに、わたしがせっかくの安らぎを邪魔してしまったわね」

ミスター・グレイにじっと目を見つめられ、はっとした。こちらの魂胆を見抜かれている。

「すぐに取り戻しますよ」彼がつぶやくように言った。

堅物なら、あんなあからさまに品定めするような目つきはしない。ライザは胸が高鳴るのを感じた。「手当てをしていただいたお礼に、晩餐会《ばんさんかい》にご招待するわ——今夜、もしお暇なら」どのみち、新参者を歓迎するのはライザの義務だ。

「ああ、残念ながら」ミスター・グレイが言う。「今夜は先約があるんです。牧師と」

ライザは躊躇《ちゅうちょ》した。聖職者と進んでつきあうような男性と戯れる覚悟が、自分にはあるだろうか？　きっと散々説教されるに違いない。

でも……リスクを負わないと、恋愛遊戯は楽しめない。「じゃあ、明日はどう？」

ミスター・グレイは一瞬、真顔でライザを見つめたあと、すべてお見通しだというような笑みを浮かべた。「ミセス・チャダリー、それはやめておいたほうがいいと思いますよ」

ライザは目をしばたたいた。予想もしなかった返事だ——ミスター・グレイはつまり、軽率だと言っているのだ。夕食をともにしたら、デザートが出る頃には彼の思いどおりにされてしまうとでも言うの？　ライザは思わず息をのんだ。

ミスター・グレイがにやりとした。「驚かせてしまいましたね」カチリと音をたててカップをソーサーに戻す。「わたしは悪友になってしまうでしょうから、せっかくのお招きですが遠慮させていただきます。北の評判を台なしにしたくはないので」

そう言ったあと、立ち上がってお辞儀をした——上流階級の教育を受けたことを示す、洗練されたお辞儀だ。だがそれをライザが指摘する前に、ミスター・グレイは背を向けると、振り向きざまにこう言った。「ミセス・ブラウンがお見送りします、マダム」

そして、彼は立ち去った。置き去りにされたライザは、腹を立てるべきか、彼の挑戦に応じる覚悟をするべきか決めかねた——悪友なら、彼女を拒むはずがない。

3

玄関広間の高い円天井に、執事の靴音がこだました。ライザのだらしないありさま――マントも帽子も手袋も身につけておらず、七時間も留守にしていて、朝食の時間に間に合わなかった――に、執事も従僕も驚いた様子を見せないのが、無言の抗議に感じられる。

「おはようございます、奥さま」執事のロンソンがみじんも感情をまじえない声で言い、立ち止まってお辞儀をした。顔をしかめているせいで、ますますしわが深くなっている。女主人のふるまいを好ましく思っていないのは明らかだ。「ミス・マザーは一緒ではないのですか?」

「ええ、もちろん」秘書のマザーはいつも、ライザがお酒を飲みはじめると姿を消してしまう――昨夜も例外ではなかった。

ライザは従僕が差し出したトレイから手紙を取った。一〇通余りあるそれらのほとんどが、ロンドンから送られてきた招待状だ。三週間前、事務弁護士たちとのみじめな会合を終えたあと、ロンドンのタウンハウスは閉めてしまった。債権者が次々にやってきたのだ。まるで全員で共謀しているように思えた。ライザが最初に考えたのは、安全な場所へ避難することだった。ひとまず身を隠して、落ちつきを取り戻したかった。

さらに、またひとつ隠れる理由ができた。ロンドンにいたら、社交界の人々は、女相続人をちやほやするネロを目の前にしたライザの反応を見て楽しむだろう。街には戻れない。この夏は田舎で過ごすしかなかった。

ライザは咳払いをし、深呼吸をして込み上げてくる寂しさを振り払った。ネロなどくれてやればいい。彼の約束を信じた自分が愚かだった。出会ったばかりの頃、ネロは甘い言葉をたくさんくれた。なんでも捧《ささ》げると約束してくれた――月も星も、永遠の愛も。それでつい、母を亡くしてからますます、ライザは彼を頼りにしてしまったのだ。

とはいえ、未亡人になったばかりだったし、焦って結婚するとろくなことにならないのは身にしみてわかっていたため、求婚の返事は先延ばしにしていた。少しでいいから考える時間が欲しいと彼に頼んだのだ。

結局、それで正解だった。ネロはライザを愛してなどいなかったのだから。彼が求めていたのは、愛ではなくお金だった。

たぶん、自分もネロを見習うべきなのだろう。

ライザは喉が締めつけられる思いだった。でもほかに選択肢はない。これは自分だけの問題ではないのだ。小作人や使用人たちの生活がかかっている。それに、村の子どもたちのために教育費を援助してやりたいし、教会と学校にも――。

いくつか選択を誤っただけで、どうしてここまで落ちぶれてしまったのだろう。会計士も驚いている様子だった。〝事務弁護士は亡くなったご主人の投資を見直さなかったんですか?〟一方、事務弁護士は、それは会計士の仕事だと言っていた。ライザとしては、自分でちゃんと管理しなかったことを嘆いていた。といっても、株や債券については何もわからないのだけれど。

沈黙が重くのしかかっていた。顔を上げると、ロンソンの意味深長に上げられた眉が目に入った。「ええと、マザーの話だったわよね?」

「はい、奥さま。朝食の席で、ミセス・ハルが奥さまの居場所をご存じでないことがわかると、ミス・マザーは奥さまを探しに行ったのです」

ライザはため息をついた。何度も注意しているのに、マザーはあいかわらず落ちつきがない。少しでも気になることがあると、骨のにおいをかぎつけた犬のごとく飛び出していくのだ。「引き止めてくれればよかったのに。わたしは大丈夫だと、あなたならわかっていたはずよ」

「そうですね」ロンソンがそっけない口調で答える。「誰かに迎えに行かせましょうか?」

「ええ、お願い。わたしは――」

「エリザベス!」階段の上に現れたジェーン・ハルが、胸の前で両手を握りしめた。ジェーンはライザと同じ未亡人で、バーデン=バーデンで温泉に入っていたときに出会った新しい友人だ。ライザが何か面倒に巻き込まれていると考えるほど、純粋な人だったとは知らなかった。

ライザは咳払いをし、明るい声で言った。「おはよう」ジェーンを見ると元気が出てくる。つねに白い服をまとい、金色の髪を腰まで垂らした姿は、まるで空を舞う天使のようだ。愛らしい新人を、次のパーティーでみんなに紹介するのが楽しみでしかたがなかった。ライザが貧窮しているという噂が広まったあとでも招待されればの話だけれど。「ゆうべは寂しい思いをさせてしまったかしら?」

「無事に戻ってきてくれてよかった!」ジェーンが震える高い声で答えた。

ロンソンが鼻を鳴らす音が聞こえてきた。ライザが微笑みかけると、執事はすぐに顔をそらした。

こんなことで傷つく必要はない。ロンソンはただの使用人なのだから。ライザは顎をつんと上げ、執事に背中を向けた。

ジェーンが階段を駆けおりてきて、ライザを抱きしめた。「彼は見つかった?」ライザの耳元でささやく。頬に押し当てられたジェーンの頬は冷たくなめらかで、若いだけにやわらかく、息苦しくなるほど健康的な香り——薔薇香水と石鹸《せっけん》、メイドが洗濯物にまぜ込むラベンダーの香り——がした。

自分はもうこんなふうに新鮮な香りを漂わせてはいない。ライザは体を引こうとしたけれど、ジェーンが放してくれなかった。「ねえ」ライザの腰に腕をまわし、ふたたび階段を上がりはじめる。「隠さないで教えてちょうだい。ミスター・ネルソンは帰ったとメイドが言っていたわ。あなたが追い出したの? それとも」声を潜め、頬をピンクに染める。「ひと晩じゅう一緒にいたの？」

ジェーンがあきれるほど純粋なので、ライザは心配になった。これでは洗練されていないと見なされてしまう。「どちらもはずれよ」応接間で口論になったあと、ネロは出ていった――一度も振り返ることなく。彼にとっては別れなどその程度のものなのだろう。心が石でできているに違いない。

一方、ライザはどうしたかと言えば、森のなかを半狂乱で走り抜けたことをうっすらと思い出した。湖のほとりでしばらく過ごしたような気がする。ああ、そうだ――月を眺め、母のことを思い出しながら、涙がかれるまで泣いたのだった。いまでも喉にひりひりした感触が残っている。それから……どういうわけかミスター・グレイの庭にたどりついた。

ライザはぞっとした。ときどき自分が怖くなる。

「どうしたの？」階段を上がりきると、ジェーンがきいた。「顔が――」

自分がどんな表情をしているか知りたくなかったので、ライザはあわてて口を開いた。

「実は、ある男性に出会ったの」

そう言ったあとですぐに後悔した。ミスター・グレイのことを思い出したとたんに胸がときめき、あのとき感じた引力――厄介な感情がよみがえったからだ。

「まあ！」ジェーンが手を叩いた。「話を聞かせて！　どんな方？　もうあなたに夢中なの？」

ライザは肩をすくめた。「その正反対だと思うわ」

ジェーンが顔をしかめる。「きっと粘土でできているのよ」

「傲慢で、うぬぼれが強いのかもしれないわね」せっかくの招待をあんなに無下に断るのだから！「ネロなら、ロンドン行きの最終列車に乗ったはずよ。いなくなってせいせいしたわ」ライザは話を戻した。

「まあ！」ジェーンが興味津々といった様子で、青い目を見開いた。「彼とは終わったの」

「ええ」突然、ライザは何もかもがいやになった。「容赦ないのね！」

「そうなの」ジェーンの口調は疑わしげで、それもまた癇《かん》に障った。「疲れたでしょう。お風呂に入るといいわ。そのあと、一緒にお茶を飲みましょう」ジェーンが眉を上げる。「詳しく話を聞かせてね？　その傲慢なうぬぼれ屋について」

ふたりはライザの部屋に入った。ジェーンがライザから離れて、すでに用意されていたティートレイに向かって足早に歩いていく。それを見たライザは、一瞬ぴたりと動きを止めた。ジェーンはこの部屋で待っていたの？　ライザの部屋なのに。

ジェーンが上目遣いでライザを見た。「廊下の窓から、屋敷に帰ってくるあなたの姿が見えたの。すぐにお茶が飲みたいんじゃないかと思って用意しておいたのよ。かまわなかったかしら？」

「あら！　もちろんよ。とても気がきくのね」ライザは草原に面した窓際にある、ティーテーブルの椅子に腰かけた。晴れた日には海岸まで見渡すことができる。

きらめく海を見つめながらため息をついた。海を渡って旅をするのもいいかもしれない。

どこへ行こう？　アメリカはどうかしら？　億万長者が大勢いる国だ。結婚にもはや希望なんて見出せない。でも、とにかく今の状況からぬけ出すために、本気で夫をつかまえるつもりなら――そうするしかないのなら、アメリカ人の夫はもっとも望ましい。海外からライザの財政状況を探るのは困難だから、相手が真実を知る前に求婚してもらえれば……。

ネロに洗いざらい打ち明けたのは失敗だった。彼が噂を広めたら、万事休すだ。

「さあ、教えてちょうだい」ジェーンが紅茶を注ぎながら言う。「あなたが出会った傲慢な男性って誰なの？」

ライザは咳払いをした。「ただのお医者さまよ。新しく越してきた人なの」

ジェーンがうなずき、化粧台へ向かうと、クリスタルガラスのデカンタの栓を抜いて、湯気の出ている紅茶にウイスキーを少し垂らした。「頭痛に効くわよ」やさしい口調で言う。

「それで、その人は結婚しているの？」

「いいえ」ライザはありがたくカップを受け取った。「助かるわ」

「歳はいくつ？」

「三〇代だと思うわ」

「あら、若くないのね」ジェーンが興味を失ったかのように言う――ライザの年齢を知らないのだ。

それでも、ライザはいらだちを覚えた。ジェーンは一九歳で結婚し、去年、二二歳の若さで未亡人になった。そうあっさりといなくなってくれる夫ばかりではない。なかには何年も妻を独占しておきながら、ないがしろにする夫もいる。ライザの夫はそれともまた違った。ライザを非難してばかりいた。あれをするな、これをするなと言われつづけた。〝恥知らずめ、育ちが悪い……〟。

ライザは景気付けに紅茶を飲んだ。甘くない紅茶は好きではないけれど、最近ウエストまわりが気になりはじめたので、砂糖は入っていない。ジェーンもライザに倣って砂糖を入れずに飲んでいるものの、ライザより数センチ背が高く、ウィペット犬さながらにほっそりしている。「そうね、三〇代の男性は若いとは言えないわね」ライザはとりあえず同意した。〝わたしももう若くないの？〟同年代の男性が若くないと見なされるのなら、三二歳の女性は年寄りに違いない。

ライザは急に不安になった。できるだけ早く夫を見つけなければ――経済的に困っていることが明るみに出る前に。体に老いが現れる前に。

「でも、美男子なのよね？」ジェーンがさらに質問を浴びせる。

やけに興味を示しているのを見て、ライザの脳裏にある光景が浮かんだ――金髪で、青い目をした磁器の人形のごときジェーンが、ミスター・グレイの田舎家に向かってゆっくりと歩いていく。そして、非の打ちどころのない容貌と無垢な白いドレス――流行より二センチ襟ぐりが深い――であっという間に彼を射止めてしまう。「そんなこと関係ないでしょう？」村医者と結婚するなんて……家具と結婚するようなものだ。

「あら、関係あるわ。その人をひざまずかせるつもりなら」ジェーンが言う。「器量の悪い男性が相手なら、会話を工夫しないとならないわ。あなたに恋愛対象として見てもらえるなんて、簡単には信じられないでしょうから。でも、まずまずの見た目なら、甘い言葉であなたに夢中にさせたあとで、振ってしまえばいいのよ！」

ライザは笑いながらカップを置いた。「あらまあ！　手厳しいのね！」まだ男性をもてあそぶ力があると見なされて、虚栄心をくすぐられた。「もっとお手やわらかに、彼を完全に無視するというのはどう？」

「でも、あなたに失礼な態度を取った人よ」ジェーンが言う。「さあ、どうなの？　彼は美男子？」

ライザはしばしジェーンの顔を眺めた。なぜか一〇年前の自分を見ている気がした。あの頃は自分もこんなふうに肌がすべすべしていて、しわひとつなく、喜びと希望に輝いた顔をしていた。まだ疑念が影を落としてはいなかった。あと一〇年したら、ジェーン・ハルはすばらしい女性になっているに違いない。思いやりの示し方を覚え、挫折を味わい、自分よりも恵まれない人々に憐《あわ》れみをかけられるようになっているだろう。とはいえ、失望は優れた教師であっても、生涯の伴侶である必要はない。ジェーンは美貌と教養を兼ね備えている。ライザが手を貸せば社交界に堂々と出入りすることができる。愛を見つけるには、それでじゅうぶんだ。

ライザはジェーンを妹のように思いはじめていた。前途有望で、いらいらさせられることもあるけれど、守ってやらなければならない妹。ジェーンの手を取り、細くやわらかな指を握りしめた。「ねえ、わたしを信頼している？」

ジェーンが目を見開いた。「もちろんよ、ライザ！」

「あなたには幸せになってもらいたいのよ」ライザは愛を手に入れる最後のチャンスを逃してしまった。ジェーンには必ず見つけてほしい。「そのお医者さまのことだけど――いいえ、美男子ではないわ。残念でした」笑いながら言葉を継いだ。「ただの医者よ。そんな人、放っておきましょう！」

ジェーンは少しがっかりした様子だった。「じゃあ、その人を失恋させる気はないのね」

「あら、そうは言っていないわよ」ライザは微笑んで手を離し、ふたたび紅茶のカップを持ち上げた。ウイスキーは本当に頭痛によく効く。「退屈でしかたがなくなったらまた考えるわ」

4

　将来の親友は牧師だと三カ月前に聞かされていたら、マイケルは笑い転げるか、終末を予言しただろう。宗教はそのほかのあらゆる時代遅れのしきたりとともに、気高い道楽をする余裕のある長男にまかされるべきものだ。それなのに彼はいま、村の酒場で、ローマンカラー（カトリックの司祭の服に用いられる幅広の襟）を身につけた男と一杯やっていた。

　ローレンス・パーシャルは、生活のためではなく、信仰によってその道を選んだ数少ない聖職者だ。とはいえ、ふたりが神について語ることはめったになく、今日も政治やスポーツの話に夢中になっていた。共通の趣味は競馬だ。どちらもそれを存分に楽しむ余裕がないからこそ、余計に興味を引かれるのだろう。ふたりともクリケットよりラグビーのほうが優れた競技だと思っている——殺されたくないのでおおっぴらに口に出しはしないが。政治の問題に関しても、意見が一致していた。アイルランド問題は独立を認めて解決したほうがいい。アイルランドの軍は実に強力だ。

「兵士になろうと考えていた時期もあるんだ」酒場から出て、まぶしい日の光を浴びたとき、パーシャルが打ち明けた。「一四歳の頃は、将来は将官になると決めていた」

「ぼくにもそんな時期があった」マイケルは言った。復讐を夢見て育った少年は、銃を巧みに操ることにあこがれる。だが、アラステアにも言われたように、決闘はとっくの昔に法律で禁止されている。それに、父は射撃の名手だったから、互角には戦えなかっただろう。

「どうしてならなかったんだい？」

マイケルは肩をすくめた。「命を奪うより救いたいと思うようになったんだ」それに、歩兵隊に入隊しようとしたら、アラステアに邪魔されたのだ。兄はその代わりに、近衛騎兵隊の辞令をマイケルのために手配した。めったにバッキンガム宮殿を離れることのないその職務を、マイケルは気に入らなかった。

成功をつねに用意してくれる兄がいると、一人前の人間になるのは難しい。学生時代も卒業してからも、マイケルはアラステアの溺愛ぶりに閉口していた。しかし、年齢とともに見方が変わってきた。子どもの頃、アラステアは父親と母親の両方の役割を果たしていた。両親の非道な行為からマイケルをできるかぎり守ってくれた。弟を守るのが当たり前になっているのだ。

だから、つい最近まで、マイケルは兄の好きなようにやらせていた。

「これでよかったんだと思う」パーシャルが言う。「入隊していたら、ふたりとも一週間も経たないうちに赤痢にかかって死んでいたに違いない」マイケルが笑うと、牧師はこう続けた。「いまの人生に不満なんてない。神の恵みの村に住んでいるんだから――こんな言い方は神に対する冒瀆《ぼうとく》だな」

マイケルはパーシャルの視線をたどって、周囲の景色を眺めた。ボスブレアは石灰岩のなだらかな斜面に沿って造られた村だ。大通りの両側に色鮮やかな店舗や、花で正面を飾った田舎家が立ち並び、ボスブレアの丘の頂上に積み上げられた古い石塚《ケルン》まで続いている。反対の方向には丸石で舗装された道路が延びていて、キュービー川につながっていた。勢いよく流れる川の水が、真昼の日差しを受けてきらきら光っている。

「たしかに、絵のように美しい」マイケルはつぶやくように言った。あまりにも美しすぎて、落ちつかない気分になる――息が詰まりそうだった。マイケルのいるべき場所はここではない。マイケルしか頼る相手がいない患者たちが待っているのだ。病院の資金を提供しているのはアラステアかもしれないが、そこで患者の命を救い、国内で最低の死亡率を誇る病院にしたのはマイケルだった。

くそっ、ロンドンに帰りたい。ここの空気はきれいすぎ、住人たちは健康すぎて、マイケルは時間を持て余していた。行方をくらませば必ず兄を動かせるという確信はあったものの、ただ待ちつづけるのはつらかった。

もはや我慢の限界だった。

まるでマイケルの心を読み取ったかのように、パーシャルが言った。「お兄さんからまだ連絡はないのかい?」

マイケルは首を横に振った。パーシャルにだいたいのところは話してある――兄と大喧嘩《おおげんか》し、理不尽な要求を押しつけられ、兄の影響力が及ばない場所まで逃げざるを得なかったと。

兄がどこまで影響力を及ぼせるのかは知らないが。「もしあったとしても、何も変わらない。和解を望んでいるのなら、兄のほうから足を運んでもらう」

パーシャルが目を見開いた。「それほど深刻な状況なのか？」

マイケルはアラステアが脅しを実行するとは思っていなかった。両親の不義や罷免、そして離婚騒動によって世間の興味の的となっていたあいだずっと、アラステアはそばにいてくれた。嵐の海の防御壁となってくれた。それからは、精いっぱい恩返しをしてきたつもりだ。今回、身を隠したのもまた、結局は兄のためにしたことだ。アラステアもじきにわかってくれるはずだ。兄弟の信頼関係を台なしにするはずがない。

だけどもし……。

愛情の表れとして干渉されるのは、我慢できる。だが病院を閉鎖するのは、悪意以外の何ものでもない。

恐ろしい考えが頭に浮かんだ――そんなことをされたら兄を一生許せないかもしれない。

「とにかく、ぼくから折れるつもりはない」

パーシャルが鼻を鳴らした。「お兄さんが折れると思っているのかい？」

マイケルがにやりとして言い返そうとしたとき、大声で呼びかけられた。「こんにちは！ミスター・グレイ！」

上流階級の気取った口調に不意をつかれた。マイケルは立ち止まり、振り返りながらこう思った――やれやれ、見つかってしまった。どうも自分はついてない。

ところが、そこにいたのはロンドンの知りあいではなく、先週マイケルの家を訪れた招かれざる客だった。マイケルはそわそわした。ミセス・チャダリーはあからさまに誘惑をしてきた。飢饉《ききん》のさなかに窓台に置かれたパイよろしく欲望をかきたてる。「波間から現れたアフロディーテさながら「神々しい眺めだ」パーシャルが吐息をもらす。「波間から現れたアフロディーテさながらだ」

マイケルはからかうような目つきで牧師を見た。「きみが信仰する神ではないだろう。それに、聖職者がそんな目で見ていいのかい?」

パーシャルが笑い声をあげた。「わたしも生身の人間だよ、ミスター・グレイ」

ミセス・チャダリーが軽やかな足取りで近づいてくる。熟した桃のような色合いの、スカートが大きくふくらんだ優美なドレスは、埃っぽい田舎道の散歩には仰々しすぎる。彼女のうしろから背の高い赤毛のメイドが、不機嫌そうな顔つきで、息を切らしながらあわててついてきた。一方の腕にバスケットをぶらさげ、もう一方の手で日傘を持って女主人の頭に差しかけている。日傘もまた非実用的で、日光をしっかりさえぎられるような代物ではなく、縁を飾るリボンはドレスと合わせてあった。

マイケルは大変そうなメイドにうなずきかけたあとで、ミセス・チャダリーにお辞儀をした。ささやかないやみだが、彼女はちゃんと気づいた。軽く目を細めたあと、意を決した様子でにっこり微笑んだ。

たったそれだけで、マイケルは胸が高鳴るのを感じた。やれやれ。ベールでもかぶってくれればいいのに！　一週間前、ミセス・チャダリーが目を開けるまで、瞳の色は髪と同じ茶色だと予想していた。それが実は神秘的な淡緑色で、光を受けると翡翠《ひすい》のような色合いを帯びると知って衝撃を受けた。

そして、今日改めてのぞき込み、記憶のなかの瞳が美化されたものではなかったことがわかって、同じくらいの衝撃を受けた。

マイケルは高ぶる欲望を抑え込んだ。先週、応接間で、彼が激しい切迫感に悩まされていたとは、ミセス・チャダリーは思いもしなかっただろう。彼女が動くたびによい香りがし、一挙一動から好意が伝わってきて、ミセス・ブラウンに紅茶を渡されたときには、手が震えていた。

ときどきこんなことがある。出会ったとたんに惹かれてしまうことが。しかし、これまで患者に惹かれたことはなかった。やれやれ！　田舎暮らしはつくづく性に合っていないらしい。

「ミセス・チャダリー、ごきげんよう」

ミセス・チャダリーは丁寧に挨拶を返したあと、すぐに牧師のほうを向いた。「動物はもう撃ち取ったの？」

そよ風が吹き抜け、彼女のドレスの襟ぐりのひだ飾りがはためいて、白くなめらかな胸元がちらりとのぞいた。マイケルは人差し指を親指の腹にきつく押しつけて意識をそらした。

「ええ」パーシャルが答える。「それから、パイについてすでにたくさん問いあわせがあったんですよ。明日学校で慈善市が開かれるから、ハヴィランド・ホールの厨房《ちゅうぼう》がごちそうの準備をしてくれているんだ」

自分が話しかけられているのだと気づいて、マイケルははっとした。「そうなのか」

「ああ、ストロベリーパイは大人気だ。当然だよ！」

「ミスター・グレイもじきにその理由がおわかりになるわ」ミセス・チャダリーが陽気な口調で言う。「晩餐会の招待を受けてくださったらの話だけど。あなたからも説得してくださいな、ミスター・パーシャル」

パーシャルにいぶかしげな視線を向けられ、マイケルは首筋がかっと熱くなった。「ミセス・チャダリーのお屋敷では、コーンウォール一の料理をいただけるんだ」パーシャルが言う。「わたしも先週、信じられないほどやわらかくて肉汁たっぷりのウズラをごちそうになったばかりだ」

上等だ。食事の招待を受けるよう聖職者に説得されたら、行きつくところはひとつしかない——女主人を味わう。この数日間毎晩、そのことを考えていた。食べ方はもう決まっている。まず指を一本ずつ口に含んで……。

「その日なら、ミスター・グレイのこともご招待したのよ」ミセス・チャダリーがからかうように微笑んだ。「でも、わたしと食卓を囲んだら、魂が脅かされると思っているみたいなの。あなたはその方面の専門家なのだから、相談に乗ってあげるといいわ、ミスター・パーシャル」

「それは誤解ですよ」マイケルは彼女の調子につられて、つい誘いかけるような声音を使ってしまった。そうするのが癖になっている。大きすぎる鼻を持つ次男が女性の気を引くには、誘惑のすべを磨くほかない。だが、この女性を口説き落とすには並々ならぬ努力がいるだろう。

いつもと違う点がもうひとつある。マイケルは眉根を寄せ、咳払いをした。ミセス・チャダリーが自分に興味を示す理由が理解できない。身分の低い村医者に個人的な関心を持つはずがないのに。

パーシャルにじっと見つめられているのに気づいて、マイケルはふたたびお辞儀をすると、まじめな口調を装った。「マダム、先日も申し上げたように、ぼくはあなたのお仲間としてふさわしくありません」ただの医者なのだから。

「あら、そんなことないわ」ミセス・チャダリーが眉をつり上げた。沈黙が流れて気まずい雰囲気になると、彼女は笑い声をあげてメイドのほうを向き、日傘を奪い取った。「マザー、町に用事があるんでしょう？　そのバスケットをよこしなさい。わたしはひとりで大丈夫だから」

「そうですか」メイドはバスケットを女主人の腕に押しつけると、ぷいと立ち去った。

その無愛想な態度に、マイケルは驚いた。

「おかしな子」ミセス・チャダリーはそう言いながらも、面白がっている様子だった。「ミスター・パーシャル、明日の朝に連絡するわ。一〇時までにお花やら何やらを届けさせる予定だから」

「ありがとうございます。ところで、厚かましいお願いですが、ミセス・チャダリー、日曜日に教会にお越しいただくことはできませんか？　信徒たちがあなたにとても会いたがっているんです」

「あら」ミセス・チャダリーが軽い口調で言う。「それなら、罪びとが近いうちに戻ってくると伝えてちょうだい。心ゆくまでわたしを改心させてくださいな、牧師さま！　さてと、ミスター・グレイ、一緒に少し歩かない？」

実によからぬ考えだ、とマイケルは思った。パーシャルを見やると、少年のような笑みを浮かべ、頬が真っ赤になっていた。まったく助けにならない。「患者が待って――」

「そのことなのよ」ミセス・チャダリーが言う。「ブロワード家の男の子が具合を悪くしているの。お医者さまに来てもらったら安心すると思うわ」

それが誘惑するための罠かどうか見極めようと、マイケルは彼女を観察した。だが、邪気のないにこやかな笑顔を向けられ、ここで断ったらただの強情者になってしまう気がした。それに、医者としての義務感に駆られてもいる。誘惑を避け、道徳を守ることよりも、病気の子どもを治すことのほうが大切だ。

マイケルは深呼吸をした。今後は自制心を養う必要があるだろう。「わかりました。もちろん往診します」

「よかった！」ミセス・チャダリーはバスケットをマイケルに押しつけると、さっさと歩きはじめた。ふんわりしたドレスを着ているせいで……気取った歩き方に見える。ふたたび風が吹き抜け、形のよい臀部と太腿のラインが浮かび上がった。

アラステアが探しに来る前に、禁欲生活にまいってしまいそうだった。

ダニエル少年は微熱があったものの、快方に向かっているとマイケルは診断した。少年がミセス・チャダリーのバスケットのなかに入っていたカスタードにかぶりつき、旺盛な食欲を見せたことでそれが裏づけられた。出産を間近に控えたミセス・ブロワードに紅茶を勧められ、マイケルは小さな椅子に座った。三〇分が経過し、ポット二杯分飲んだ頃には、窮屈に思っているのを悟られないよう座り直すのに難儀していた。

あるいは、この落ちつかない気分は、ミセス・チャダリーに対する反抗心を保てなくなってきているせいかもしれない。ふだんは慈善家の貴婦人たちに感銘を受けることはない。そうした女性たちは、慈悲を施す相手に嫌悪感を抱いているのが丸見えだからだ。ところが、ミセス・チャダリーはブロワード家ですっかりくつろいでいる様子で、彼女の態度が明るく打ち解けた雰囲気を生み出していた。ミセス・ブロワードは大きなおなかに手を当てながら、どんな名前をつけたらいいか彼女に相談している。娘のミス・ブロワードはロンドンの流行について意見を聞いていた。小さな子たちはスカートを引っ張っている。途中で布が裂ける不穏な音が聞こえてきたが、ミセス・ブロワードが息をのんで子どもたちを引き離そうとする一方で、ミセス・チャダリーはただ笑っていた。

これがはじめての訪問でないのは明らかだ。ふたりがようやくいとま乞いをしたときのブロワード家の人々の様子からすると、これが最後でもないだろう。彼らはみな、赤ん坊が生まれたらすぐにミセス・チャダリーが訪ねてくることを期待していた。

ふたりはふたたび村の道に出た。ミセス・チャダリーは小作人とも親しくつきあえるのだと知って、マイケルは好感を持った。誘惑に負けないよう、急いで彼女と別れなければならない。「それでは、ぼくは仕事がありますので、ここで失礼します」

ミセス・チャダリーが日傘のリボンをほどいていた手を止めて、マイケルに流し目を送った。「もう逃げ出すつもり？」

マイケルは言葉に詰まった。「その日傘にはたくさんリボンがついているんですね。何かの役に立つんですか？」

ミセス・チャダリーが笑い声をあげた。「きれいでしょう？　それがこのリボンの役目よ」

それなら、リボンは必要ない。その瞳があればほかに飾りなどいらない。目尻がほんのわずかに上がった淡緑色の瞳。彼女の瞳を見ると、なぜか大英博物館のエジプト棟に展示されているネコの彫像を連想する。その瞳だけが、年代物のように見えた。

不意に、一週間前に彼女の目からこぼれ落ちた涙を思い出した。どうして――誰のために彼女は泣いたんだ？

ぼくには関係ないことだ。

「いずれにせよ、あなたもわたしも帰る方向は同じなんだから、一緒に歩きましょう」ミセス・チャダリーが言った。

彼女は日傘を振って広げ、うしろを見ずに歩きはじめた。美しい女性の常として、マイケルがついてくるものと思い込んでいるのだ。

ふたりの行き先は同じ道にある。町に戻る口実は思いつかない。マイケルはため息をつき、彼女のあとについていった——男なら誰でもそうするだろう。

「ブロワード家と親しくされているんですね」マイケルはミセス・チャダリーの隣に並んだ。変わった女性だ。地主階級は、たいてい借地人と自分たちを区別したがるものだ。

「ええ」ミセス・チャダリーが答える。「上の男の子たちの教育費を援助しているのよ。とても聡明《そうめい》な子たちなの。ひとりはハリントンに、もうひとりはロンドンのユニヴァーシティ・カレッジにいるわ。メアリーとトマス——ブロワード夫妻とは、幼なじみなのよ」

「そうだったんですか。それなら、あなたはこちらで育ったんですね」

「ええ、冬のあいだだけね。知らなかったの？」ミセス・チャダリーがため息をつく。「ボスブレアの人たちは、わたしの噂話ばかりしているんだと思っていたわ」

彼女の顔に自嘲するような、悲しげな笑みが浮かんだ。それを見て、マイケルはついお愛想を言ってしまった。「いい噂ばかりですよ」

ミセス・チャダリーが暗褐色のまつげをはためかせた。「やさしいのね。実は、ブロワード家は母方の親戚なのよ。母がホームシックにならないように、父がハヴィランド・ホールを買ったの」

ということは、身分違いの結婚だったのだ。彼女が気軽に打ち明けたことに、マイケルは驚いた。「なるほど」

ミセス・チャダリーが眉をつり上げた。「もちろん、父にとってはすばらしい縁組とは言えないわ。父の家族は当然、反対したそうよ。でも……」唇に笑みが浮かぶ。「両親は心から愛しあっていたの。結局、一族一の頑固者まで認めさせたのよ」

マイケルはそれをそのまま信じるほどうぶではなかった。とはいえ、心あたたまる話だ。

「縁続きの借地人がいるというのは、厄介なものでしょうね」

ミセス・チャダリーの声にいらだちがにじんだ。「公正でない地主なら、そう思うかもしれないわね」

マイケルはかすかに反感を覚えた。彼の家族は決して公明正大な地主とは言えない。もちろん、マイケルをただの医者だと思っているからこその発言だが、それでもやはり……。

「作物の価格は下落しつづけているから、地主は節減せざるを得ない。そのため、小作人とのあいだの緊張が高まっていると言われています」

ミセス・チャダリーが小さな笑い声をあげた。「まるで大学の先生みたいなことを言うのね」

やれやれ。いかにもアラステアが言いそうなことだった。「めっそうもないです、ミセス・チャダリー」

「それとも……土地を管理したことがあるとか？」ミセス・チャダリーが返事を期待するか

のように口をつぐんだ。ところが、マイケルが何も言わなかったので、言葉を継いだ。「北のほうで？」

マイケルは思わずにやりとした。彼が素性を明かそうとしないことに、ミセス・チャダリーはいらだっている。「記憶力がいいんですね。そうです、北から来たんですよ」

ミセス・チャダリーが目を細めた。「わたしをからかっているんでしょう」

「そうかもしれませんね」彼女の頬が赤く染まっているのに気づいて、マイケルは愚かにも満足感を覚えた——あの美しい目で見つめられたことにも。眉をつり上げてみせると、彼女はますます赤面した。

美貌で世の中を渡る女性にしては動揺しやすい。男ならついからかいたくなる。

「そんなにまじまじと見ないで」ミセス・チャダリーが鋭い口調で言う。

「見られることには慣れているはずです」マイケルは言った。「あなたの義務だと言ってもいい」

ミセス・チャダリーは謙遜するふりなどしない。まばたきひとつしなかった。「たしかにいろんなことに慣れているわ。たとえば、礼儀正しい会話とか。生まれについて話すところからはじめるのがふつうよね。でもそれは、南のほうだけの慣習だったのね。そうなんでしょう？」

気のきいた返答だ。奔放な女性だという噂は聞こえてきても、ウィットに富んだ女性だとは誰も教えてくれなかった。噂など不公平なものだ。「ええ、北部の人間はご存じのとおり、寡黙な無骨者ですからね。でも安心してください。ピクト人が没落したあとは、野蛮な習慣はほとんどなくなりましたから。恐れる必要はありませんよ」

「あら、あなたのことを無骨者だなんて思っていないわ」ミセス・チャダリーがやさしい声で言う。「それどころか、はるかに進化した人間に思えるわ。自分のことを話題にしたがらない人なんて。そんな人にはじめて会ったわ!」

マイケルは笑い声をあげた。ミセス・チャダリーの気を引くために――彼女に顔をそむける理由を与えないために、べらべらとくだらない話をしそうになるのを、わずかに残っていた良識を働かせてこらえた。

ああ、なんて美しいんだ。いったいどんな奔放なふるまいをするのだろう? マイケルが噂に聞いたのは、黒真珠のネックレスしか身につけずに、テーブルの上で踊ったというものだった。だけどそこまで奔放なのはパリジェンヌくらいだ。いくら彼女でもそんなことをするだろうか?

「面白かった?」ミセス・チャダリーがうれしそうに言った。

「粘り強い方だなと思ったんです――北国の無骨者相手に」

彼女の鼻にしわが寄った。「あなたはちっとも北国の人には見えないわ。物腰に品があるし。スポーツをしていた人みたいな歩き方をするのね。クリケットとか」

「ラグビーです」考える前に言葉が口をついて出た。

「ああ」案の定、ミセス・チャダリーはしたり顔をした。ラグビーはほぼパブリックスクールでしか行われないスポーツだ。だがマイケルは、馬脚を現すつもりはなかった。「北のほうではみんなラグビーをするんですよ」彼は言った。「ミスター・パーシャルも子どもの頃やっていたと聞きました」

「知らなかったわ。だけど……そう、あなたは無骨者にしては見栄えがよすぎるの。でも、服装は……」ミセス・チャダリーがかぶりを振った。「ボスブレアにも趣味のいい紳士服の仕立屋があるのよ。ミスター・ブロワードが営んでいるの」

マイケルはこらえきれずに大きな声で笑った。「実に率直な方ですね。ぼくが新人類なら、ミセス・チャダリー、あなたは超新人類だ！」

ミセス・チャダリーが満面に笑みを浮かべた。「じゃあ、わたしたちはいいコンビね！でも、わたしは隠しだてをしないけど、あなたは秘密主義だわ」

マイケルは自分が嘘をついていることを思うと、落ちつかない気分になった。罪悪感に駆られるのとは少し違う。彼がただのミスター・グレイを演じているのは兄のためでもある。本名を名乗れば、やがてはマーウィック公爵の弟が病院を見捨ててコーンウォールで田舎暮らしをしているという噂がロンドンに伝わり、その理由についてあれこれ臆測が飛び交うだろう。アラステアをこれ以上醜聞に巻き込むのはできるかぎり避けたい。それに……そのような醜聞を引き起こしたら、このばかげたゲームでマイケルが唯一手にしている切り札を手放すことにもなる。

とはいえ、動機が正しいからといって気持ちが楽になるわけではない。本来ならロンドンにいるはずなのに、いまの状況は理不尽極まりなかった。

「とんでもない」マイケルは言った。「ぼくは見たままの人間です。ぼくの人生において神秘的なものと言えば医学だけです。先週は珍しく不可解なできごとが起きたのですが、残念ながらそれ以来、庭の薔薇の茂みはぼくを楽しませてくれません」

きっと恥ずかしがるだろうと思っていた。あるいは、ばつの悪さから何か言い返してくるだろうと。ところが、ミセス・チャダリーは驚いた顔をしてマイケルを見つめたあと、噴き出した。マイケルは息をのんだ。彼女に見とれて、思わず立ち止まりそうになる。こんな笑い方をするなんて。レディがよくやるような、手のひらで押し殺した笑い声ではなかった。びっくりするほど大きな、自意識などみじんも感じられない笑い声だ。まるで酒場の女給みたいに、全身で笑っている。

やはり、彼女はパリジェンヌの精神を持っているのかもしれない。

マイケルはつかの間その可能性を探ることを自分に許した。太陽の下を美女と歩いている。その美女は、このうえなく魅力的な謎めいた男を見るような目つきで彼を見つめている。そして、世の中にこれ以上面白いことはないというような笑い声を……。

そこでやめておいた。マイケルはロマンティックな性格のせいで、これまで何度も痛い目に遭ってきた。毎回、出会ってから五分も経たないうちに〝完璧な女性だ〟と思い込み、結局、半月か一カ月、一カ月半後には、完璧どころか最悪の女性だったと気づくのが落ちだった。長続きすることがない。

それに、彼女はマイケルのことを何も知らない。彼と戯れるのは何も特別なことではなく、たとえ相手が粗野な労働者でも同じことをするだろう。それを非難するつもりはない。ミセス・チャダリーは気さくな女性だ。楽しめるときに楽しんでいるだけだ。

「患者さんが待っているの？」ミセス・チャダリーが尋ねる。「もし時間があるようなら、この辺を案内するわ」

この状況が恨めしかった。時と場所が違えば、喜び勇んで彼女の相手をしただろう。「実は――」

「わたしと一緒にいるところを見られたら、あなたは仕事がやりやすくなるわよ」ミセス・チャダリーが軽い口調で言う。「住人たちの信用を得られるわ。こっちの人たちはよそ者になかなか心を開かないから。たとえ医者としての腕が確かでもね」

「寛大なお申し出に感謝しますが――」

「それに、わたしがそうしたいの。だって、お天気は最高だし、ぜひ案内したい場所があるのよ」ミセス・チャダリーの陽気なくつろいだ雰囲気につられて、マイケルもなんだか胸がわくわくしてきた。急に若返ったような気がする。いつの間にかにこやかな笑みを浮かべていた。

別に散歩をするくらいいいじゃないか。マイケルは退屈していた。ここは患者の数も少ないし、読むべき本もあまりない。ミセス・チャダリーに惹かれているからといって、その先へ進む必要はない。もっとよく彼女のことを知れば、興味も薄れるはずだ。

それに、ミセス・チャダリーの機嫌を損ねるのは賢明とは言えない。ボスブレア一の有名人がマイケルを中傷しはじめたら、住人たちは病気になっても彼に診てもらうのをためらうだろう。そうなったらお手上げだ。

これはまったく筋の通った考えで、決して言い訳などではない。マイケルは頰の内側を嚙んだ。「それじゃあ、少しの時間なら」

「すぐ近くよ」ふたりは並んで歩き、何軒かの家を通り過ぎて開けた場所に出た。「この生け垣から向こうがわたしの地所なの」

マイケルは遠くを見渡した。この位置からハヴィランド・ホールは見えないが、景色はすばらしかった。熱気が野原を覆い、波打つ草の上を蝶《ちょう》が舞っている。「美しい地区ですね」

「地区と言っても」ミセス・チャダリーが言った。「五〇〇エーカー近くあるのよ――それを全部わたしが所有しているの」

悲しそうに聞こえたのは気のせいだろうか。「ごきょうだいはいらっしゃらないのですか?」

「男兄弟はってききたいんでしょう?」ミセス・チャダリーがいたずらっぽい目つきでマイケルを見た。「いないわ。わたしはひとり娘だったの。その点でも、母は父の家族の期待に応えられなかった。でも、父は気にしていなかったわ。わたしを溺愛していたの。母のことはそれ以上に」

ミセス・チャダリーは両親の結婚を美化していたわけではなかった――本当に仲がよかっ

たのだ。

そう思った瞬間マイケルは、不信と切望がないまぜになったなじみのある感情に襲われた。子どもの頃、休日に友だちの家に遊びに行くと、食事の席や応接間で友だちの両親が目配せしあったり、軽く触れあったりするのを、マイケルは驚きの目で観察していた。仲のよい両親を持つ友だちがうらやましくてしかたがなかった。「大恋愛だったんですね」

「そうなの！　でも客観的な意見とは言えないわね。子どもって親のことを美化しがちだから」ミセス・チャダリーが明るい表情でマイケルを見た。「あなたもそうでしょう？」

いったいどんな人生を送ればそんな無邪気な言葉を吐けるのだろうか。「ぼくは兄に育ててもらったんです」アラステアこそがマイケルの父親であり、母親だった。

ミセス・チャダリーがさっと真顔になった。「ごめんなさい。大変だったのね」

きっと孤児だと思われたのだ。マイケルは誤解をそのままにしておくことはできなかった。

「両親は……忙しくて子育てどころではなかったんです」争ってばかりで、子どもたちをかわいがる代わりに、ゲームの駒にした。「いないも同然でした。兄のおかげです。ぼくが……」〝無事〟〝正気〟、どちらも口に出すべき言葉ではない。「幸福でいられたのは」

「まあ」ミセス・チャダリーがわずかに眉根を寄せた。「でも……もしかしたら、必ずしも悪いことばかりではないかもしれないわ。幸せな結婚って、子どもたちにとってはとんでもない手本になるのではないかとよく思うの」

ミセス・チャダリーは冗談のつもりで言っているのだろう。「とんでもなくすばらしい手本ということですね」

「あら、そうじゃないの。本人たちはそれでいいわよ。でもそれを見て育った子どもたちが、結婚に対してどんな期待を抱くようになるか考えてみて！　自分もそんな愛を手に入れられるんだと思ってしまうの。男性に熱烈に愛されて、その愛は永遠に冷めないのだと。そんなおとぎ話を聞いて大きくなった子どもは、途方もなく期待をふくらませてしまうのよ」

胸の内を打ち明けられても、マイケルはそれほど驚かなかった。この数カ月のあいだにひとつわかったことがある。公爵家の次男ではなく、ただの村医者として人と向きあうほうが、親密感が生まれやすい。どうやら名もない人間のほうが、真の友情を築けるらしい。

「皮肉な考え方ですね」マイケルは言った。「まだお若いのに」

ミセス・チャダリーが笑い声をあげた。「見え透いたお世辞を言わないで。わたしは未亡人よ」

マイケルは口を開きかけて躊躇した。前の結婚についてきかれるよう水を向けているのだろうか？

もしそうなら……やれやれ。マイケルは好奇心を抑えきれなくなってきた。どうして田舎に引っ込んでいるのだろう？　ミセス・チャダリーはロンドンの女性だ。街のショーウインドーには彼女の写真が飾られている。社交界に顔を出せば、みんなにちやほやされるだろう。

これまで出会えなかったのが残念だ。出会っていればミセス・チャダリーに堂々と近づいて、誘惑していたかもしれない。マイケルの場合、恋愛関係は数週間で終わるのが常だが、彼女とならもっと長続きしそうだ。ロンドンの社交界の美女たちはたいてい、もったいぶったよそよそしい雰囲気を身につけている。あるいはその逆で、過剰な色気をまとい、発言がいちいち誘いをかけているように聞こえる。一方、ミセス・チャダリーの魅力は、どうやらその率直さにあるようだ。正直な女性はなぜか……新鮮で爽快だった。

飾らない正直な女性と愛を交わすのは、きっと最高だろう――どうしてほしいか言ってごらん。ほら、体で伝えて……。

「驚かせてしまったかしら？」ミセス・チャダリーが尋ねた。

心のなかの台詞に呼応するような言葉だったので、マイケルは思わずにやりとした。「いいえ、そんなことありません」いまは誘惑できる立場ではないと、自分に言い聞かせる。それに、緑の野原を背に、鮮やかなピンクのドレスを着た彼女はさながら夏の精霊のようで、卑しい誘惑を仕かけたら、せっかく芽生えた友情が陳腐なものに変化してしまいそうだった。だから、マイケルは自分を抑えてあたりさわりのないことを言った。「愛の現実はさておき、理想を持つのはいいことだと思います」

「本当に？　それなら、議論しましょう。議論はお好き？」

「場合によっては」

ミセス・チャダリーが空を見上げ、雲を眺めた。そのとき、マイケルは彼女の顔の欠点をはじめて見つけた。頬骨の上にほくろがある。それに、鼻の先が丸い。彼女の写真に横顔を撮ったものはないはずだ。この角度から見る顔は公表されていない。

そう思うと妙に興奮した。ほかにも秘密が隠されているかもしれない。マイケルは気がつくとミセス・チャダリーをまじまじと観察していた。耳の形は貝殻のようではない。耳たぶが若干大きすぎる――きっといつも重いイヤリングをつけているせいだ。だけど、キスをするにはちょうどいい。喉に薄いそばかすがあるのを発見したときはぞくぞくした。そこに口づけて、〝見つけた〟とささやきたい。うなじをつかんで、そっとベッドに押し倒し……。

「じゃあ、議論をはじめるわよ」ミセス・チャダリーが無邪気に言う。マイケルが何を考えているかも知らずに。「愛とは危険な理想よ。だって、女の子は最初に求婚してきた人を何も考えずに運命の人だと思い込んでしまうのだから」

「そうかもしれませんね」マイケルは下腹部のこわばりを感じながら、ようやく言った。まいったな。娼館《しょうかん》を利用する男を軽蔑していたが、禁欲生活のせいでこんな状態が続くようなら、考え直さなければならないかもしれない。「あるいは……その理想のおかげで結婚に愛以外のものを求める放蕩者を避けることができて、良縁をつかめるかもしれません」

立派な意見が言えたと思って、マイケルは自己満足の笑みを浮かべた。

ところが、ミセス・チャダリーは小首を傾げると、冷めた口調で言った。「ロマンティストなのね。でも愛って、そんなに簡単に見極められないものでしょう？ ならず者は朝刊の社説を話題にするのと同じようにあっさりと愛を口にするわ。いいえ、それ以上ね。ならず者は新聞を読まないもの」

マイケルは一気に思考が冷静になっていくのを感じた。思いきって尋ねる。「亡くなったご主人は理想のお相手ではなかったんですね」

やはりぶしつけだったかもしれない。マイケルを見るミセス・チャダリーの目つきが変化した。こわばった笑顔が、彼と距離を置くことに決めたと言っている気がした。

「ごめんなさい」ミセス・チャダリーが言った。「お気に入りの場所に案内すると言っておいて、つまらない話をしてしまったわ」

マイケルは自分がひどくがっかりしていることに気づいて驚いた。そしてそれはすぐに、あきらめの気持ちに変わった。結局、ミセス・チャダリーは友情を求めていたわけではなかったのだ。ただ黙って話を聞いてくれる人が欲しかっただけだ。上流階級のレディが医者を友人に選ぶはずがない。

「あなたといて退屈する人間なんていませんよ」彼女が求めているのはやさしい言葉で、それを与えるのは簡単だった。

ミセス・チャダリーの笑顔がわずかに曇った。哀愁を帯びた表情がとても魅力的だ。本人は気に入らないだろうが、目尻にうっすらとしわが浮かぶと、なんだか人間味が増した気がして、マイケルは不可解な感情に襲われた。

もし夫でないのなら、ミセス・チャダリーは誰に失望したのだろうか？　彼女を失望させた男の顔を殴ってやりたかった。それから、ミセス・チャダリーの顔を手のひらで包み込み、親指で唇をなでつけて、あなたはあんな男にはもったいない、とささやくのだ。そして、彼女にどんな男がふさわしいかを、身をもって示そう。献身的に尽くす男。女性の体の仕組みを理解し、ひとつひとつの名称を知っていて、それらを巧みに愛撫《あいぶ》して歓びを……。なんてことだ。自制心を働かせろ。人より軽薄で情熱的な人間だという自覚はあるが、それにしてもここまで妄想をふくらませるのは異常だ。

まるでマイケルの考えていることを読み取ったかのように、ミセス・チャダリーが言った。

「お互いのことをほとんど何も知らないのに、ミスター・グレイ、あなたと一緒にいると落ちつくのはどうしてかしら？　沈黙って気まずいものよね？　でも相手があなただと、黙っていても気にならないの」

ミセス・チャダリーは駆け引きが好きなのだ。気を引くようなことを言ったあとでつれなくし、またそれを繰り返す。男をもてあそぶ女だ。「お世辞がお上手ですね」

「お世辞じゃないわ。試しに少しのあいだ黙ってみましょう」

そういうわけで、ふたりは無言で歩きつづけた。太陽が少しずつ西に傾くにつれて、空の色は淡い青から鮮やかな紺碧《こんぺき》へと深みを増していく。マイケルは愚かにもミセス・チャダリーの手を取りたい衝動に駆られた。そのときの感触を――ぬくもりややわらかさを想像すると、指先がうずく。彼は拳を握りしめ、上着のポケットに入れた。思わず彼女の手をつかんでしまわないように。

ミセス・チャダリーの唇に笑みが浮かんでは消えた。彼女が首をすくめてそれを隠そうとするので、マイケルは余計に相手が何を考えているのか知りたくなった。もちろん、ひと目惚《ぼ》れはどこにでも転がっている。列車の窓から、あるいは舞踏室や、船が着いたときの波止場で、一瞬見かけただけの女性に恋したこともある。そしてその女性たちが目の前を通り過ぎたとたんに——さらにひどいときは、彼女たちのことを知るにつれて、恋は冷めてしまう。美とは理性を奪う毒であり、ひと目惚れにつながる。その毒は強烈で、ほかの女性の瞳や笑顔はかすみ、ただひとりしか目に入らなくなってしまう。

だが脳が腐ったわけではない。ミセス・チャダリーほど美しく穏やかな笑顔を持つ女性はほかにいないのは確かだ。あの唇を味わえるのなら、そのあとに待ちかまえている失望も喜んで受け入れるだろう。

マイケルは太陽を浴びた土と干し草とスイカズラの香りに満ちた空気を吸い込んだあと、思わず笑い声をもらした。アラステアが再婚するまで女断ちしなければならないのか？　絶望的だな。

ミセス・チャダリーはちらりとマイケルのほうを見たものの、笑った理由をきいてはこなかった。「もうすぐよ」生垣に囲まれた空き地を抜けて、舗装されていない道をたどる。その道は野原をななめに突っ切り、森へ続いていた。コケや落ち葉の絨毯に、木もれ日がまだらな光を投げかけている。なだらかな斜面をおりていくと、突然湖のほとりに出た。

ヤナギの葉をかき分けながら、ミセス・チャダリーが手招きする。マイケルは彼女のあとについて水際まで近づいた。そこから、雲ひとつない空の下にある、森に包まれた鏡のような湖全体が見渡せた。

「五月の湖よ」ミセス・チャダリーが言う。「木に花が咲く五月の時期に一番美しく見えるからそう呼ばれているの。だけど六月でもじゅうぶんきれいでしょう？」

そよ風が吹き抜け、ヤナギの木がさざめいて葉が指のごとく水をかいた。「ああ」マイケルは吐息をもらした。彼女にとってここが特別な場所である理由がよくわかった。「ああ」ミセス・チャダリーの吐息が聞こえ、そのあとでマイケルに向けられたまなざしには共感と……それ以上の感情が込められていた。これまでの経験から、彼女の表情が何を意味するかは知っている。

マイケルはあらがえなかった。あらがう必要があるだろうか？　ほんのひととき楽しむだけだ……お互いのために。

ミセス・チャダリーの肘をそっとつかむ。拒む隙を与えるため、ゆっくりと手を伸ばした。選ぶのは彼女だ。

ミセス・チャダリーは目をそらさなかった。肘から手首に向かってなでおろすと、唇がわずかに開いた。袖口と手袋のあいだの隙間からのぞく素肌が、信じられないほどやわらかい。手首の脈を親指で一度、二度こすると、彼女の口から吐息がもれた。絹のドレスが床に脱ぎ捨てられたときにたてる音と同じくらい思わせぶりだった。こうしてはじまるのだ。こうして女はほどけていく。

マイケルはミセス・チャダリーを引き寄せた。ヤナギの葉がさらさらと音をたて、湖面を揺らす。少し戯れるだけ――すね者同士の夏の火遊びだ。

唇をそっと触れあわせた。焦る必要はない。腕をなで上げ、華奢な肩に手を置く。その手を少しずつ下へ滑らせていき、ほっそりした背筋を指先でたどった。彼女の呼吸のリズムが速くなる。体が目覚めていくのが伝わってくる。腰にたどりついた手を今度は上へ滑らせ、あたたかいうなじに触れ、指の節でシニヨンの重みとひんやりしたやわらかい髪の感触を味わった。

ミセス・チャダリーの瞳はまるで光が差し込んだ湖の浅瀬のようだ。人魚の住む緑の目が大きく見開かれ、マイケルの目をじっと見つめた。

マイケルは彼女の顔を手のひらで包み込むと、繻子《しゅす》のごとくなめらかな頰を親指でなでた。ふたりの体はもう指一本分しか離れていない。しっくりなじむのが容易に想像できた。

目を閉じ、重ねていた唇を強く押し当てた。合わせ目を舌で軽くなぞっただけで、ミセス・チャダリーの唇が開く。アルプスからわき出る水のように冷たくて清らかな味がした。

優美な曲線を描く背中のくびれにふたたび手を当てる。舌をからめると、彼女は自ら舌を動かしはじめた。情熱的で巧みなキスだ。マイケルは手に力を込め、かたいコルセットの下の、薄いペチコートに包まれた柔肌を感じた。

軽いキスでは終わらなかった。もっと口を開けて。もっとみだらに。どこもかしこも味わってみたかった。ミセス・チャダリーの汗だって。これぞ人生だ。人生は短い。その喜びを享受しない手はない。すばらしい人生哲学だ。楽しめるときに楽しむ。難しく考える必要はない。

下唇をそっと嚙んで吸った。聞こえてきたうめき声に促されるように、顎の線を唇でたどってから、喉にキスをする。ああ、彼女は最高だ。

自制心が吹き飛び、むさぼるように口づけた。ミセス・チャダリーがマイケルの腰に腕をまわし、指先を食い込ませてくる。マイケルはそれに応えて、唇や頬にキスを浴びせた。肌を重ねあわせたくてたまらない。体を寄せると、彼女ももたれかかってきた。服が邪魔だ。とてもよい香りがする。彼女を食べてしまいたい。まず喉から――。

「ああ！」ミセス・チャダリーが唇を離し、額と額を合わせた。マイケルは体をこわばらせ、荒い息をしながら彼女の様子をじっとうかがった。

ミセス・チャダリーは体を引こうとはしなかった。ふたたびキスをしようともしない。マイケルは深呼吸をし、自分に言い聞かせた――落ちつけ、落ちつくんだ。彼女から手を離して脇に垂らした。

ミセス・チャダリーの乱れた息が頬にかかり、意欲をかきたてられた。チャンスさえもらえれば、その息をもっと乱れさせることができる。あえぎ声をあげさせてみせる。

「驚いたわ……」ミセス・チャダリーが息を切らしながら言う。「あなたが得意なのは治療だけではないのね」

マイケルは鈍い笑い声をたてた。「喜んで腕前を披露しますよ」

彼女の吐息はシナモンのような香りがした。「本気なの？」

太陽と、ミセス・チャダリーの体のぬくもりを感じながら、マイケルは自問した。答えははっきりしていた。自分は聖人君子ではない。修道士でもない。女性が好きだし、好かれるたちだ。ヴィーナスよりも美しい女性に求められているのに、拒む理由などない。未亡人は自由に遊ぶことができる。情事を楽しんだからといって結婚を強制される恐れはない。誰も傷つかないし、マイケルの目的の邪魔になることもない。

アラステアにばれる心配もない。

「もう一度、晩餐会に招待していただけますか?」マイケルは言った。

ミセス・チャダリーが体を引いて、マイケルの目をのぞき込んだ。はにかんだ笑みを浮かべている。男をその気にさせる笑顔だ。「明日、慈善市が終わったら、うちで食事をしましょう」

マイケルは彼女の手を取り、唇に押し当てた。「喜んでうかがいます、マダム」

5

毎年、ライザは慈善市を楽しみにしている。去年のこの日は、ドレスが破けるのではないかとか、ネロがほかの女といちゃついているかもしれないといった心配をせずにすんだ。ネロが絶対に足を運ばないような行事だからだ。そして今年は、会場の奥に立ち、いらだちを募らせていた。

ライザは眉根を寄せ、ピンクと黄色のシフォンの垂れ布が飾られた室内をもう一度見まわした。年に一度の慈善市は、教区の貧民救済金を集めるための行事で、北は馬車で半日近くかかるマットロックからも訪れる人がいる。パイは食べ尽くされ、売り物――ヒマワリ形の針刺しやキャンブリックのハンカチーフ、毛糸の靴下、手塗りの葉巻入れ、刺繍入りのクッション、水彩の風景画など――は、ほぼ完売した。ブロワード家の幼いドリー《ドイリー》は装飾敷物を四枚くすねて母親に恥をかかせ、取り上げられた。富くじ《ラッフル》の抽選がはじまり、部屋の入り口付近に人だかりができていた。

慈善市は大成功だ。けれども、彼はまだ来ない。

これほどいらだっていなかったら、ライザは自分自身を笑い飛ばしていただろう。村医者とキスをしただけで、夜中まで寝つけなかったなんて！　というより、ライザに好意を持たれることを、彼が喜んでくれるのがうれしかった。彼の賞賛が、傷ついた虚栄心を癒してくれるはずだ。それに、ちょっとくらい楽しんだって罰は当たらないだろう。そのあとは、退屈な夫探しに精を出さなければいけないのだから。

ほかに選択肢はなかった。また弁護士から手紙が届いていた。オーグルヴィー・アンド・ハーコートの会計士と共同で書かれたもので、家令と秘書の助けを借りて解読した結果、不運は避けられないものだと判明した。亡き夫が投資に失敗し、農産物市場が停滞し、ライザの金銭感覚があまり鋭くなかったせいで、窮地に追い込まれてしまった。

飢え死にすることはないだろう。土地も売却せずにすむはずだ――いまはまだ。だけど、ライザの、あるいはボスブレアの住民たちの身になんらかの不幸が降りかかったら――そのために大金が必要になったら……。

もうおしまいだ。

手紙を読んだだけでめまいがした。ほんの短いあいだだったけれど、夫を愛していると思っていた時期もあった。そのあとは、贅沢《ぜいたく》な暮らしで気を紛らわすことを覚えた。いま振り返ってみると、アラン・チャダリーと過ごした年月は、二重の意味でまったくの無駄だったと思える。そして、ネロと過ごした時間がもたらしたものと言えば、胸が張り裂けるような悲しみとライザの悪評だけだ。

それに比べれば、村医者に惹かれるのは道徳的とさえ言える。少なくとも、これまでとは違う正直で誠実な男性とつきあえば、ためになるはずだ。おまけに健康的だ。そのあとまた汚い世界で苦労しなければならないのだから、男性に対する免疫を作っておくのも悪くない。

「お土産があるの！」ジェーンが両手にグラスを持ってさっそうと歩いてきた。「ほら、これよ！」

ライザは笑いながらグラスを受け取った。「シャンパン？　どこで見つけてきたの？」

「あなたの従僕に言って運ばせたのよ。慈善市の成功をお祝いするために」ジェーンがいたずらっぽい笑みを浮かべて、グラスを合わせる。「それとも、教区民をあきれさせるためと言ったほうがいいかしら？　レモネードじゃ物足りなくて」

ひと口飲むと、ライザは心が落ちついてくるのを感じた。きっと大丈夫。いますぐなんとかしなければならないわけではないと、弁護士も言っていた。まだ時間はある。

そして次の瞬間、喜びに包まれた。横のドアからミスター・グレイが入ってくるのが見えたのだ。

ミスター・グレイはあわてて来たように見えた。髪が乱れているし、はめたばかりなのか、手袋の裾を引っ張っている。でも来てくれたわ！　今夜の彼は体に合った上着を着ていた。広い肩と引きしまった腰のラインがはっきりとわかる。白いネクタイが日に焼けた肌にまぶしかった。まるで海賊《ヴァイキング》だわ。頬骨は舳先のごとく高く、唇は暗闇でも輪郭をなぞれるくらいくっきりしている。端整な顔立ちではないけれど、たまらなく魅力的だ。

ライザは胸の高鳴りを感じながら、グラスを飲み干した。「シャンパンの瓶はどこ？」期待のあまり大胆な気分になっている。「ミスター・グレイにもお裾分けしましょう」

ジェーンがライザの視線をたどった。「ああ！　あれが晩餐会に招待したお医者さまね？　あら、わたし、あの人と会ったことがあるわ！」

「本当に？」ライザはなぜかいらだちを覚えた。「どこで？」

ジェーンが眉根を寄せる。「思い出せないわ。絶対にどこかで会っているんだけど……」

ああ、そういうこと。ジェーンはなんでも知ったかぶりをしたがる。ライザは彼女にグラスを手渡すと、歩きはじめた。

ミスター・グレイがライザに気づいた。あの有能な唇に笑みが浮かぶ。ライザが近づいていくと、男性はみな胸を張り、顎を上げる。まるで最高の自分を見せようとするかのように。年を取ったら、きっと懐かしく思うのだろう。自分にそんなすばらしい力があったことを。とはいえ、ミスター・グレイにその力を誇示したくはない。上流階級の人ではなく、ただの医者なのだから。それに、彼の気取りのないところを気に入っている。そこから生まれる冷静沈着な態度に惹かれていた。

「ごきげんよう、ミスター・グレイ！」ライザは彼の前で立ち止まると、髪をなでつけたくなるのをこらえた。先ほどまでダンスが大好きなドリーと跳ねまわっていたおかげで、みっともなく見えるに違いない。「もういらっしゃらないんじゃないかと心配していたのよ。来てくださってうれしいわ！」

「ミセス・チャダリー」ミスター・グレイがお辞儀をし、明るい目でライザを見つめた。彼の瞳が美しい理由がようやくわかった。漆黒のまつげがまるでコール墨をつけているように見えるからだ。「遅くなって申し訳ありません」目はそれよりも熱い言葉を語っている。「間に合うように家を出たのですが、途中で事故現場に遭遇したので、手を貸していたんです」

「まあ、大変だったのね」本当に有能な男性だわ！「みなさんご無事だといいんだけど」ライザは浮かれた娘みたいに弾んだ声を出した。

「ええ、かすり傷と軽い捻挫くらいですみました」ミスター・グレイがライザの背後にちらりと目をやってから、ふたたびお辞儀をした。

そのとき、ジェーンが従僕を引き連れてやってきた。シャンパンを注ぐよう指示するのを、ライザは見守った。

「とても立派な慈善市ですね」ミスター・グレイが淡々とした口調で言う。ジェーンが差し出したグラスを、首を横に振って断った。「せっかくですが遠慮しておきます」

ライザは少しがっかりした。これはお祝いだし、このあとも屋敷で飲もうと思っていたのに。「ミセス・ハル、ミスター・マイケル・グレイを紹介するわ。最近、北のほうからいらしたのよ」いたずらっぽい笑みを浮かべて言う。

ミスター・グレイが心得顔でライザに微笑み返してから、ジェーンのほうを見た。「はじめまして」そのあとのジェーンの言葉は、ライザの耳には入らなかった。

両親もよくこんなふうに仲むつまじく、言葉にせずに冗談を交わしていた。切望の入りまじった寂しさに襲われ、胸が苦しくなり、ライザは必死に笑顔を保とうとした。

〝その人を愛しているわけではないでしょう〟頭のなかで母の声がした。〝それなら、なんの意味もないわ〟

「ミスター・グレイ、わたしたち、どこかでお会いしたことがあるはずよ」ジェーンの話が聞こえてきた。「あなたのお顔に見覚えがあるの。グレイという知りあいは思い当たらないのだけど。北のどのあたりからいらしたの？」

「スコットランドとの国境近くです」

「そうなの？　わたしはヨーク出身なのよ！　共通の知りあいがいるに違いないわ。ご家族はどこに住んでいらっしゃるの？」

「あいにくですが、ミセス・ハル、上流階級の方々とのおつきあいはありません」ミスター・グレイが表情の読み取れない目つきでライザを一瞥《いちべつ》してから、言葉を継いだ。「それに、これほど美しい方にお目にかかっていたら、きっと忘れられないでしょう」

このお世辞に、ジェーンは気をよくした様子だった。「でも、絶対になんらかのつながりがあるはずよ。夕食の席でそれを見つけましょう。あなたも招待されているのよね？」

ミスター・グレイがどういうわけか言葉に詰まった。それから、ライザに向かって言う。「ちょっとふたりだけでお話しできますか？」

ライザは戸惑いつつも、部屋の隅にミスター・グレイを連れていった。ふたりの背後でラッフルの当選者が発表され、歓声がわき起こった。ライザの肘に堅苦しく添えられていた彼の手が、やさしさを帯びていく。手を離す前にこっそりとなでられ、ライザは息をのんだ。

「また謝らなければなりません」ミスター・グレイが小さな声で言う。「晩餐会に出席できなくなってしまいました」

ライザは失望のあまり、息が詰まるのを感じた。「そう……でもどうして？」思わず女学生のような口調になってしまう。「だって、最高のお料理を用意させたのよ。それに……とても楽しみにしていたのに」

「ぼくもです」ミスター・グレイが暗い声で言う。「実は……」咳払いをしたあと、目をそらした。「その……ご理解いただけますね？」

いいえ、全然理解できない。ミスター・グレイの態度が昨日とはすっかり変わってしまった。視線をたどると、その先にジェーンがいた。白いドレス姿が若々しくてまばゆいばかりだ。今日も大きく開いた胸元を見て、眉をつり上げたうるさ型が何人かいた。目を奪われて赤面した男性も少なくない。

そんな彼らに、ジェーンは決まって明るく微笑みかけてから、問いかけるように眉を上げた。〝何をそんなに見ているの？〟

「本当にかわいい」ライザは気づくとそう言っていた。

「なんのことですか？　ああ、そうですね」ミスター・グレイがどこかうわの空で答える。

「彼女もあなたのお客さまなんですか？」

「ええ」ライザは急に老け込んだ気分になり、自身の服装――六〇代の婦人が好んで着そうな襟ぐりの深い灰色の絹のドレス――の地味さを痛感させられた。でも、今日は慈善市だ。

住民たちの反感を買わないよう、こういう機会には控えめな格好をするよう心がけている。

「急な用事ができたのね？」

とげとげしい口調になってしまったけれど、気にしなかった。この田舎町で、夜の一〇時に緊急の用事などあるはずがない。

「あいにくそうなんです」ミスター・グレイはかすかに顔をしかめてライザと目を合わせたあと、やましいところのある少年みたいに身じろぎした。「残念ですが……」

ライザは唇をぎゅっと結んで言葉をのみ込んだ――キスをする相手を間違えたことが残念？　若いほうにすればよかった？

またしても頭のなかで母の声がした。〝美貌が衰えたら、ライザ、あなたに何が残るの？〟

ライザは思わずあとずさりした。なんてこと。もうそのときが来たの？　もしそうなら……。

いいえ、そんなはずないわ。今日も鏡で見た自分の姿は、非の打ちどころがなかった。ライザは息を吐き出して落ちつきを取り戻した。彼はただの村医者――所詮取るに足りない人だ。「わかったわ。それじゃあ、ごきげんよう、ミスター・グレイ。まだお人形がいくつか残っているはずだから、よかったら支援していってくださいな」

そう言って彼に背を向けると、ジェーンの横をつかつかと通り過ぎて従僕のもとへ行った。シャンパンの瓶の中身はまだ半分残っている。これだけあれば屋敷に帰りつくまでは持つだろう。

「ミスター・グレイって本当に失礼な人ね」

「その話はしたくないの」ライザはテラスに腰かけ、その右側にジェーンがゆったりと、左側にマザーがかしこまって座っていた。夜空に浮かぶ月が雲を突き破って明るい光を投げかけている。そよ風がまるで内緒話をするかのように、木の葉をさらさらと鳴らした。

「わかったわ」一瞬の間を置いてから、ジェーンが答えた。「でもやっぱり許せない。晩餐会に招待されるなんて、彼にしてみれば身に余るほどの光栄なのに！」

マザーが学校教師さながらに堅苦しい口調で言う。「きっと病人が出たんでしょう。確かな情報もないのに人を判断するのはよくありません」

ジェーンが鼻を鳴らした。「わたしは自分の好きなように判断するわ！　ライザもそう思うでしょう？」

ライザはふたりを放っておいた。田舎では喧嘩の見物でさえちょっとした娯楽になる。グラスを手に取り、ブランデーをあおると、喉が灼熱《しゃくねつ》の夏のごとくかっと熱くなった。

「やっぱり外国へ行けばよかった。この前の舞踏会が終わったあとすぐに……」いいえ、それよりずっと前、一年前に行けばよかった。母が亡くなったあとすぐに。「船に乗って世界の果てまで行くべきだったのよ」お金の節約にもなっただろう。どこであろうとイングランドよりは生活費が安い。

「でも実際、無理な話だったでしょう」マザーが手を伸ばし、小さなテーブルの上にあるランプの明かりをつけた。彼女がかけている眼鏡が光を反射し、瞳の代わりにふたつの炎が揺らめいた。「お忘れですか？　手続きしなければならないことが山積みで――」

「中国とか？」ジェーンがつややかな爪を、明かりにかざして見ながら言う。「とても遠く感じるわ」

「どうかしら」ライザは考えてみた。中国にはあまり惹かれない。厳格なイメージがある。「中国では秩序が重んじられると本に書いてあったわ。ベッドを置く位置まで数学で決めるんですって」

ジェーンがくすくす笑った。「おかしな国ね。数学者に相談しなければ、寝返りも打てないのかしら？」

ライザは無理やり微笑んだ。ジェーンが場を盛り上げようとしてくれているのがわかっているからだ。客として当然の務めかもしれないけれど、そのような努力はたとえ失敗に終わったとしても報われるべきだ。それに、そもそもライザの気分が落ち込んでいるのは、ジェーンのせいではない。

風が強まり、三人が羽織っているショールをはためかせた。「奥さま」マザーがそのショールを顔から払いのけながら言った。「そろそろお部屋に戻りましょう。風に当たりすぎると体に差し障り――」

「あなたの秘書って年寄りじみたことを言うのね」と、ジェーン。

「あなたとそれほど歳は離れていません」マザーがつぶやいた。

「ねえ、ライザ、あなたの秘書は月夜に浮かれたりすることはないの？　いつもこうなの？」ライザはマザーを横目でちらりと見て、ため息をこらえた。マザーは仕事はできるが、たしかに融通がきかないところがある。しかしそれを責めるつもりはなかった。過去の話はほとんどしないけれど、マザーが明るい性格に育つような生い立ちでないのは推測できた。とはいえ、いまはじゅうぶんな給料をもらっているのだから、もう少し身なりに気を遣ってもいいのに。

もしかしたら、どこから手をつけていいのかわからなくて、途方に暮れているのかもしれない。縮れた赤い髪がほつれ、マザーの青白くて四角い顔を縁取っている。眼鏡はぞっとするような代物だし、服は婦人参政権論者が着そうなものだ――ぶかぶかの上着に、オウムの形の大きなバックルがついたベルトを締めている。きつく結ばれた口が、ジェーンの挑発に乗るつもりはないことを伝えていた。

「どうなの、マザー？」ライザはきいた。「あなたもはしゃいだりすることがあるの？」マザーがしかめっ面でこちらを見た。ライザはブランデーをちびちび飲みながら返事を待った。

「子どもの頃はあったと思います」ようやく、マザーが厳しい口調で答えた。「でも慈善市を成功させるために一六時間働きつづけたあとで、はしゃぐことなんてできません！」

ライザは首を横に振った。仕事のせいにするなんてつまらない言い訳だ。

「ねえ！」ジェーンが背筋を伸ばし、これ見よがしにインド製のショールを背後に放った。

「それってわたしは何もしなかったと言いたいの？　冗談じゃないわ。ドイリーを盗んだ子を捕まえたのはこのわたしよ。ちゃんと役に立っているわ！」

やれやれ。独善主義はどうやら伝染するらしい。「ふたりともいいかげんにして」ライザは言った。このふたりが楽しませてくれると期待するほうが無理だったのだ。ジェーンが来てからまだ数週間しか経っていないのに、ずいぶん長く感じる。夏が終わるまでずっとこんな調子なのだろうか？　ミスター・グレイにすげなくされ、ライザは急に隠遁《いんとん》生活に嫌気が差した。美貌は衰える。ここで時間を浪費している余裕はない。

ライザは残っていたブランデーを飲み干すと、お代わりを持ってこさせるため呼び鈴に手を伸ばした。

〝もうそのへんにしておきなさい、エリザベス〟

母は生きているときは口うるさいほうではなかったのに。ライザは呼び鈴の取っ手をもてあそんだ。「友人たちをここに招待しようかしら」

「名案だと思います」マザーが言う。

「そうでしょう？」早く誰かと再婚しなければ。そのためならお金を使ってもしかたないはずだ。

もちろん、ライザは誰を呼ぼうか考え、結婚相手として望ましい独身男性を何人か思い浮かべた。ライザが彼らを呼び寄せるのは容易ではないだろう。コーンウォールは夏の旅程の反対方向にある。八月には北部で狩りをするのが常だった。

ああもう！　いまは北部のことなど考えたくもない。ライザは呼び鈴を鳴らした。

「誰を招待するの？」ジェーンが尋ねる。「わたしが知っている方？」

「いいえ」ジェーンは手強い競争相手となるだろう。特にブロンド好きではない男性を呼ぶことにしよう、とライザは思った。ジェーンはまだ若いから、焦る必要はない。「正式なハウスパーティーにしましょう。きちんとテーマを決めて。わざわざ来てもらうんだから、最低でも一週間は開催するわよ」

「一週間……ですか？」マザーがきき返す。「長期間のパーティーとなれば、準備しなければならないことが山ほど――」

「二週間にしようかしら」そのとき、従僕が姿を現した。「ブランデーを持ってきて」ライザは命じた。

「えっ？」ジェーンが信じられないという口調で言う。「いくらなんでも長すぎはしない？」

「大丈夫よ」ライザはふたりを交互に見ながら、とげのある声で言った。「このわたしがもてなすんだから。それに、みんなが飽きないように工夫するわ」

マザーが深呼吸をしてから、胸を張ってうなずいた。「六週間か七週間前に通知――」

「遅くても一カ月後には開催するわ」毎年、八月にはそばかすだらけになってしまう。その前に開いたほうがいい。

「テーマはなんにするの？」ジェーンが尋ねる。

不意に、ライザはすばらしいひらめきを得た。「この前、神秘主義の本を読んだの。サンバーン子爵夫人が手紙でお薦めの本だと教えてくれたのよ。テーマはスピリチュアルにしましょう。いろいろな専門家を呼んで実演や講演をしてもらって、最後に誰が一番信用できるかみんなで決めるのよ！」

ジェーンが鼻にしわを寄せた。「説教師を集めようだなんて正気なの？」

ライザは噴き出した。「まあ、ジェーン、そんな顔をしないで！　違うわ。聖職者ではなくて心霊術者を呼ぶのよ。千里眼とか霊媒師とか」

「そんな人たちを一カ月で集められるでしょうか？」マザーがつぶやくように言う。

「しゃれたテーマね！」ジェーンが座ったまま跳び上がった。「仲間はずれにされて、ミスター・ネルソンもきっと悔しがるわ！」

一瞬、何を言われたのか理解できず、ライザは戸惑った。ネロのことはすっかり忘れていた。変ね。まだ胸の痛みを感じるけれど、ずいぶんやわらいでいる。

結局、北国の無骨者が少しは役に立ったのだ。

「ミスター・ネルソンの気持ちなんてどうでもいいわ」彼だってライザのことを気にかけてはくれなかった。悩み事を打ち明けたとたんに捨てられたのだから。

「マザー、さっそく準備に取りかかるわよ」電報を打ち、部屋の空気を入れ換えなければならない。ロンドンへ人をやって、電話を利用しよう。

「かしこまりました、奥さま」マザーが身をかがめ、おぞましいスカートのたっぷりしたひだの下から、手帳と鉛筆を取り出した。「叩音《こうおん》降霊術師を呼び寄せましょうか、それから……タロット占いのロマと――」

「自動筆記がいいわ！」ジェーンが声をあげた。「二年前の冬にバースで見たの。ぞくぞくしたわ！　心霊筆記者が絶対に知っているはずのないことを書くのよ！」

「要するに」マザーが制するように言う。「ペテン師とサクラを集めればいいんですね」

「心霊術者よ」ライザは訂正した。「ペテン師なら招待客で間に合っているわ」

6

その手紙が届いたとき、ライザは危機に直面していた。彼女は舞踏室で、ロンドンから取り寄せたベルベットの掛け布を眺めていた。これまで二度発送を差し止め、長たらしい文書や電報をやり取りして、ようやく受け取った箱から出てきたのは——ワインレッドのベルベットだった。

ジェーンは恐怖にあえいだ。「これはひどいわ！」

「ふつうの赤い掛け布に見えますけど」と、マザー。

「赤？　あれを赤と呼ぶの？」

「わたしなら愚かな色と呼ぶわ」ライザは冷やかな口調で言った。「色の名称について公開講座を開いたほうがいいかしら？」

「マダム・フーゼを業界から葬りましょう！」ジェーンが足を踏み鳴らした。「あなたが頼んだのは緋色《ひいろ》——流れ出たばかりの血のような緋色か深紅色よ。売春宿の赤ではないわ！　これじゃあ……」

「毒々しい赤ね」ライザは代わりに締めくくった。ワインレッドでは紫色が強すぎる。そうはいっても交換している時間はないから、照明で調整するしかない。「フランス製の燭台を使いましょう。マダム・フーゼには二度と頼まないわ」その店を利用した理由はただひとつ――なじみの生地屋には、つけの支払いを猛烈に催促されているため、注文できないからだった。

「あら……」ジェーンが眉をひそめて室内を見まわした。「たしかにフランス製の燭台は効果的かもしれないけれど、この広さだと……」

ジェーンの言いたいことはよくわかる。この舞踏室は二〇〇名を優に収容できるほど広い。蠟燭《ろうそく》の炎を絶やさないようにしようと思ったら、従僕たちはシャンパンのお代わりを取ってくるどころか、息をつく暇もないだろう。それに、そろそろ倹約をする癖をつけたほうがいい。

「やっぱりガス灯にするわ」ライザはため息まじりに言った。「情緒には欠けるけど」

そこでひとまず落ちつき、ロンソンが持ってきた手紙を読むことにした。

こんな内容なら、ひとりでいるときに読めばよかった。

頭から血の気がさっと引くのを感じ、ライザはめまいがした。手紙から目を離せなくなり、手探りでマザーの腕をつかんだ。

「どうしたの？」反対の肘をジェーンが支えてくれたことを、心からありがたく思った。ふたりに支えていてもらわなければ、いまにもくずおれてしまいそうだった。

「ミスター・ネルソンが婚約を発表したそうよ」ライザは咳払いをした。街に戻るやいなや、求婚したに違いない。それとも……ここに来る前にすでにすませていたのかもしれない。もしそうなら……前々からライザを振る予定だったのだ。金銭的な問題とはなんの関係もなく、ただライザと別れたかったのだ。

「まあ！」ジェーンがライザを抱き寄せた。ライザはラベンダーと薔薇香水の香りにむせ返った。突然、耐えがたい香りに感じられた。

ライザはたまらずジェーンを押しのけた。「ごめんなさい――しばらくひとりになりたいの」胸に手紙を押し当て、舞踏室を駆け抜ける。ワインレッドの布を広げているふたりの従僕の横を通り過ぎ、画廊を抜けて、開いていた両開きの扉から薄暗い午後の庭に出た。

湿り気のある新鮮な空気に当たると、気持ちが落ちついてきた。足取りをゆるめ、砂利の敷かれた私道をふらふらと歩く。深呼吸をすると、海の塩辛い味と生ぐさいにおいがした。空一面が雲に覆われているにもかかわらず、まぶしい日だ。突然涙が込み上げてきたのは、きっとそのせいだわ。

ライザはあえぎながら手紙を広げ、読み返した。

〝ミスター・ネルソンとミス・リスターが婚約したことを、知らせておいたほうがいいと思ったの。悪くとらないでほしいのだけど、わたしは正直ほっとしているわ。あの男は身のほど知らずよ、リジー。関わるだけ時間の無駄だわ。ミス・リスターには幸せになってほしいけど、そんなの月に鎖をつけるのと同じくらい無理な話ね。かわいそうな子！　あなたがあの男と結婚するはめにならなくて、本当によかったわ〟

ミス・リスター。ライザはその名前を心に刻んだ。わざわざ親指でとげを押してみるかのように。別にかまわないわ。ネロなど必要ない。あんな嘘つきで卑怯な男！　短気でいつも不満だらけで……。

ライザは踵を返し、家に向かって歩きはじめた。ばかげた考えがふと頭に浮かんだ。ミス・リスターに手紙を書いて警告しよう。〝彼があなたを愛することはありません。彼の悪行に耐え、ひどい扱いを受けても許し、裏切りが発覚しても大目に見たわたしが愛されなかったのですから、あなたも絶対に愛されることはないでしょう〟

そんなの残酷だわ！　それに――もしかしたら間違っているかもしれない。ネロが本当にミス・リスターを好きになったのだとしたら？　高潔で誠実な愛情深い男性にもなれるとしたら？　ほかの誰かのためなら。

わたしが愛されなかっただけかもしれない。

ライザは手紙をくしゃくしゃにし、砕けた牡蠣《かき》や砂利を上靴の薄い靴底で踏みながら、ずんずん歩きつづけた。痛みがしっくりくる。もっと鋭い痛みを感じたくて、強く踏みつけた。ライザのことを英国一の美人だと言う人もいる。でも実際は、英国一の愚か者だ。行動の伴わない言葉などなんの意味もない。ネロの言葉を信じた自分がばかだった。

顔を上げ、私道の先にある木々に覆い隠された湖を見渡した。風が起こり、枝先が空に向かって吹き上げられた瞬間、不意に世界の広さをまざまざと見せつけられた気がした。およそ一五キロ東に、大きく口を開けた海がある。空は果てしなく高く、大地を包み込んでいる。そしてその空の向こうの宇宙には、星がまばらに散らばっている。

いまここにいる自分は、なんてちっぽけな存在なのだろう。小さな点にすぎない。この心の動揺だって、踏み散らされた小石のようなものだ。

愛とはなんだろう？ 吐息のごとく静かで、はかないものだ。両親の短い人生を見届けたこの景色は、その子どもたちよりも、子どもたちの孫よりも長く存在しつづける。どうして愛に執着するの？ 奔流に押し流されそうになったときにしがみついたとしても、結局、誰もが沈んでいき、忘れ去られてしまうのに。

そんな頼りないものを渇望して、苦しむ必要があるの？ 苦悩をもたらすことのほうが多い夢に賭けるより、安らぎを求めたほうがいい。愛など役に立たない。それにどうせ見つからない。

ライザは深呼吸をした。決めたわ。これからは現実主義者になろう。二度と愚か者にはならないと誓おう。もう愛は追い求めない。

手紙を握りつぶした。わざわざ燃やす価値もない。

郵便局の前の埃っぽい通りに立って、マイケルは新聞を読み返していた。

〝マーウィック卿の秘書は正式な声明は出していないが、マーウィック公爵夫人病院の改革計画を実行するために暫定院長を任命したことは認めた。前院長である公爵のご令弟はいまだ消息不明……〟

マイケルはため息をついた。これは午前の列車でロンドンから届けられた半日前の記事だ。明日運ばれてくる新聞には何が書かれているやらわかったものではない。彼の右腕であるピーター・ホルステッドが、警告の手紙を送ってこなかったのが不思議でならない。ホルステッドだけにはマイケルの居場所を知らせてある。これまでは安心させるような手紙をまめによこしてきたのに、昨日にかぎってなんの便りもなかった。

郵便局の正面の窓に、特大の時刻表が貼ってある。マイケルは無意識のうちに列車の発車時刻を確認していた。馬車で一時間ほど北へ走ったところに駅がある。夜中にはロンドンに着けるだろう。その足でホルステッドのアパートメントへ向かえば、アラステアに気づかれずにすむ。

ホルステッドがアラステアに寝返っていなければの話だが。

〝おまえが想像も及ばないほど大きな力をわたしは持っているんだ〟アラステアはすでにそれを証明してみせた。父の遺言で決められていたにもかかわらず、マイケルの預金口座はからになっていた。兄が銀行家をどう言いくるめたかは容易に想像できた。〝あいつに何ができる？　わたしを告訴しようとしてもその費用がない。きみが成功しているのは誰の金のおかげかね?〟
銀行家でも脅して思いどおりに動かせるのなら、しがない事務員のホルステッド――三人の子どもと四人目を身ごもった妻のいる男など簡単に従わせられるだろう。脅迫する必要すらなかったかもしれない。数百ポンドも渡せば、アラステアにとってははした金でも、ホルステッドにしてみればひと財産だ。

マイケルは頭のなかを整理した。病院はまだ開いている。暫定院長というのはおそらく存在しない。マイケルを隠れ家からおびき出すための策略だ。

策略には引っかからない。あっさりと勝利を譲るつもりはなかった。

「――だから、そんなぼろぼろの服を着ていたらだめだと言ったじゃない!」

聞き覚えのある声がして、マイケルはそわそわした。振り返ると、ミセス・チャダリーが彼のいる通りに足を踏み入れたところだった。

マイケルに気づくと、彼女はたちまち愛想のよい穏やかな表情を浮かべた。連れの赤毛のメイドはそんな気遣いを示さず、嫌悪感をむき出しにしてマイケルをにらみつけた。

上流社会のレディはメイドにいろいろな話をする。先日の慈善市でのふるまいのせいで、ハヴィランド・ホールにマイケルの汚名が広がっているのだろう。「ミセス・チャダリー、おはようございます」

「ミスター・グレイ」今日のミセス・チャダリーは、自分で日傘を持っていた。薔薇色の絹の傘で、黄色の縁飾りがついていて、やはりドレスと合わせてある。彼女が傘をくるくるまわすと、鮮やかなレモン色の房が揺らめいた。「こんなところでお会いできるなんて……」明らかに〝うれしいわ〟と続くところだが、ミセス・チャダリーはどこか険のある笑みを浮かべ、当てつけるようにその先を言うのをやめた。

「奇遇ですね」マイケルは代わりにそう言って機嫌を取ろうとしたが見事に失敗し、沈黙が流れた。

マイケルはため息をついた。晩餐会の招待を断ったのは、ミセス・チャダリーの友人がマイケルを知っていると言い張ったせいだ。彼のほうはミセス・ハルに見覚えはなかったものの、どこかで会っていてもおかしくない。もしそうだとしたら、ミセス・ハルに尋問する機会を与えるなどもってのほかだし、マイケルを見ているうちに彼女の記憶が呼び起こされる可能性もある。

マイケルはミセス・チャダリーの背後に目をやった。「今日はミセス・ハルとご一緒ではないんですか？」

ミセス・チャダリーの目が細くなった。「ええ。それより、わたしたちがここで会ったのをあなたは奇遇だと言ったけど、わたしに言わせれば、ただのできごとよ。だから、知らないふりをして通り過ぎましょう」

長い時間、兄の策略に頭を悩ませたあとにそのぶしつけな言葉を聞いたら、マイケルはどういうわけか気分がすっきりした。「晩餐会に出席できなかったことを改めてお詫《わ》びします。ただのできごとをせめて事件に変えられないでしょうか」

「どちらの言葉も意味深長に聞こえます」赤毛のメイドが手厳しく言う。「ここは〝遭遇〟と言ったほうが的確でしょう」

「ミス・マザーのことはまだ紹介していなかったわね」ミセス・チャダリーが物憂げに背中を丸めたのを見て、マイケルは攻撃態勢に入ったネコを連想した。「わたしの秘書よ。多才な享楽家なの」

最後の言葉は本人に向けた冗談だったらしく、ミス・マザーが眉をつり上げた。「わたしは言葉の明確な意味を大事にしているんです」堅苦しい口調で言う。「秘書に必要な資質だと聞いたことがあります。あの、それは朝刊ですか？　奥さまが探して――」

「ええ、そうよ」ミセス・チャダリーが眉を上げ、手袋をはめた手を差し出した。マイケルは一瞬遅れて、新聞をよこすよう言われているのだと理解した。

新聞を手渡したあとで、たたみ直さなかったことに気がついた。そのページをきつく握りしめていたせいで、親指の跡がついている。

マイケルが読んでいたページを、ミセス・チャダリーが鋭い目つきでじっと見た。「医療関連のゴシップ記事。そんなのがあるのね！」

マイケルはミセス・チャダリーが記事を読み出す前に新聞を取り返して折りたたんだ。

「ええ。医者は楽しめるときに楽しむんです。社交欄をお探しでしたか？」

「いいえ、軍事に関する論説よ」ミセス・チャダリーが答える。「国の戦略が気になって夜も眠れなかったの」

マイケルは笑い声をあげた。彼女は実にウィットに富んでいる。

「たしかに。それなら、前のほうに載っていますよ」

「本当は最後のページが読みたいんです」ミス・マザーがそう言ったあと、女主人ににらまれてあわてて口を閉じた。

「ということは、告知欄ですね」マイケルはページをめくった。「誕生、死亡……それから、女王を祝う公式舞踏会――」

「公式舞踏会なんて出席しないわ」ミセス・チャダリーがそっけなく言う。

マイケルは新聞をさっとおろして、引き結ばれたミセス・チャダリーの唇を見つめた。

「それなら、婚約の告知ですか?」

沈黙が流れた。ミセス・チャダリーがふたたび責めるような目つきで秘書を見た。

これは面白くなってきたぞ、とマイケルは思った。「まさか、数えきれないほどいるあなたの崇拝者の誰かが、心変わりしたというのではないでしょうね? もしそうなら――ミス・マザーも同意してくれると思いますが、それは事件ですよ」

「本当に失礼な人ですね」ミス・マザーがにべもなく言う。

マイケルは――ミセス・チャダリーも同様に――あっけにとられて秘書を見た。ミス・マザーの顔が赤毛特有の真っ赤になり、そばかすの色が濃くなった。「その」四角い顎をこすりながらつぶやくように言う。「わたしはここで失礼――」

「そうね、行きなさい」ミセス・チャダリーが言った。「仕立屋に入れるような服に着替えてきてちょうだい」

秘書がおかしな格好をしていることに、マイケルはそのときはじめて気づいた。八〇歳の老婦人が着ていても野暮《やぼ》ったく見えそうな、ボンバジンのドレスだ。

「慎みのない服に着替えてこい、ということですね」ミス・マザーが言う。

「何もそんな――」

ミス・マザーがぷいと立ち去った。残されたふたりは眉をひそめてそのうしろ姿を見送ってから、顔を見あわせた。

ミセス・チャダリーはすぐに目をそらした。頬が赤くなっているうえに、光が日傘を通して薔薇色の輝きを添えている。流行の最先端を行くフランス人の女主人でさえ、彼女の服装にけちはつけられないだろう。鮮やかなレモン色の絹のドレスは、まるで恋人の手のように体の曲線になじんでいた。

マイケルはもぞもぞと身動きした。女性の前で落ちつきを失うことなどめったにないのに。ましてやキスまでした相手だ。それなのに、一週間彼女のことを考えないようにしてきたあと、少し一緒にいただけで、晩餐会に出席することに決めたそもそもの理由を思い出した。自分はウィットに富んだ女性が好きなのだ。

「新聞を買うわ」ミセス・チャダリーがそう言って、マイケルに背を向けた。

「待ってください」あの秘書の言うとおりだ。自分は失礼な男だ。マイケルは病院の記事を抜き取ってから新聞を渡した。「あいにくこれが最後の一部だったんです」

ミセス・チャダリーが立ち止まり、しぶしぶといった様子で振り返った。マイケルをまともに見ようともせず、差し出された新聞を受け取った。

マイケルは少し落ち込んだ。これまでの人生で不器用なまねをしてしまったことは多々あれど、女性が目を合わせようともしてくれないのははじめてだ。歓びを与えたときは別だが、いまは明らかにそのときではない。

「慈善市の日のことですが」マイケルは言った。「約束を破ってしまったことを本当に申し訳なく思っています」

「それはさっきも聞いたわ。ねえ、マーウィック公爵と面識があるの？」

マイケルは一瞬、言葉に詰まった。「その……どうしてですか？」

「あなたが読んでいたゴシップ記事よ」ミセス・チャダリーが新聞をぱらぱらめくった。「その病院の後援者でしょう。ご兄弟のお気に入りの事業《ペット・プロジェクト》なのよね」

お気に入りの事業だと？「面白い言い方をなさいますね」マイケルは言った。「感染症の予防において飛躍的な進歩を遂げた病院だと聞いています」統計数値を引用したくなるのを必死にこらえた。

「そうなの？」

彼女の疑うような口調が、神経を逆なでした。「そうですよ。どうして驚くんですか？」

ミセス・チャダリーが片方の肩をすくめた。「正直言って、公爵の弟が医学の先駆者だなんて想像できないわ。でもきっと、とても優秀な人を雇っているんでしょうね」

いったいどういう意味だ？　学問を道楽でやっていると思われているのだろうか。「公爵の弟君とお知りあいなんですか？」

ミセス・チャダリーが目をしばたたいた。「お会いしたことがあったかどうかは思い出せないけど、噂は聞いているわ」かすかに浮かべた笑みは高慢な感じがした。「ロンドンは意外と狭い街なのよ、ミスター・グレイ。わたしのいる世界の人たちにとってはね」

「わかる気がします」マイケルは言った。彼もミセス・チャダリーの噂は聞いていた。「それで、マイケル卿は噂によると医師としてふさわしい方ではない。そういうことですか？」

とげのある口調で言うと、彼女の笑みがさらに広がった。「そうね……レディが格別に献身的なもてなしを受けたくなったときは、彼を呼べばいいと言われているわ」

くそっ！　たった一度の判断の誤りを世間は忘れてくれない。〝正面玄関から出ていっても大丈夫よ〟レディ・ヘヴァリーはそう言ったのだ。〝こんな朝早くに、誰にも見つかるはずないわ〟

「それは初耳です」八〇歳の頑固者のような口調になってしまったが、好色家呼ばわりされたのだからしかたがない。

「教えてあげられてよかったわ」ミセス・チャダリーが新聞に目を戻した。「でも、とても居心地のよさそうな病院だったのは確かね。光がたっぷり差し込んで。それがいいんじゃないかしら――感染症やら何やらに」

マイケルは軽いめまいがした。「訪れたことがあるんですか？」

「五年前の開院式に出席したの。公爵が病院の円形建物《ロタンダ》で夜会を開いたのよ」

「ぼくも……それはすばらしかったでしょうね」あれは悪夢だった。病院を開くまで、社交シーズンがはじまるのを何週間も待たなければならなかった。それもこれも、マーガレットが最初に夜会を開催したがったからで――。

「まあまあね」ミセス・チャダリーが新聞をめくり、じっと読みながら答えた。「一五分もいなかったの。飾り付けはお粗末だったし、シャンパンもおいしくなかった。それに、集まったのが選ばれた人たちではなかったから、退屈だったわ。でもそうね、あなたならすばらしいと感じたでしょうね」

　マイケルは驚いて思わず笑い声をあげそうになった。彼もほぼ同意見だということを、ミセス・チャダリーは知る由もない。彼女はマイケルを侮辱しようとしているのだ。招待を断った負い目があるので、それで満足してもらえるなら好都合だ。

「ええ」マイケルは言った。「そうでしょうね」もしあの頃、すでにミセス・チャダリーと知りあっていたら、一緒に夜会の批判をしながら楽しく過ごせただろう。そしてそのあと、格別に献身的なもてなしとやらを実演してみせたかもしれない。

　ミセス・チャダリーが新聞を見ていた顔をふたたび上げた。「選ばれた人というのは、家柄のことを言っているわけではないの。ウィットに富んでいて洗練されている人という意味よ」そう言って微笑んだ。

　その複雑な意味の込められた笑顔が、マイケルがミセス・チャダリーより身分の低い、彼女の引きたてを受けるに値しない男を演じていることをまざまざと思い出させた。マイケルははじめてそのことにいらだちを覚えた。

謝罪を真剣に受け止めてもらいたかった。できるなら、夕食をともにしたい。田舎暮らしは退屈だ。もしジェーン・ハルがマイケルのことを思い出したらどうなるだろうか？　思い出させてやるつもりなど毛頭ないものの、万一、彼の正体がばれたときの、ミセス・チャダリーの顔は見ものだろう。〝ぼくの噂は聞いていますよね？〟と言ってやろうか。

「何を考え込んでいるの？」ミセス・チャダリーがやさしい声で尋ねた。「もう一度言いましょうか？」

「いいえ、その必要はありません」マイケルは言った。「ぼくは家柄をばかにされた。そういうことですね？」

「ええ、そのとおりよ」ミセス・チャダリーがふたたびページをめくる。すると、何を目にしたのかぴたりと動きを止めた。

「告知は見つかりましたか？」マイケルはきいた。

ミセス・チャダリーの視線が上を向き、マイケルの肩の向こうをさまよったあとで新聞に戻った。「ええ」新聞を握りしめた拳が白くなっている。

やはり夫のあとにつきあった恋人と、何かあったのだ。「大丈夫ですか？」

「ええ、もちろん」ミセス・チャダリーは新聞を折りたたむと、脇にはさんだ。「実は死亡告知を探していたのよ。楽しい散歩が台なしだわ。北国の人のせいでね」

やれやれ。怒らせたら大変な相手だ。彼女が剣を持っていたら、いま頃マイケルは血を流していただろう。「あなたとの遭遇は完敗に終わりそうです。勝利を譲りますよ、マダム」

ミセス・チャダリーの唇がかすかに震えたように見えた。だがそのあとすぐに、晴れやかな笑みが浮かんだ。「すでに負けている人が、勝利を譲ることはできないと思うけど。元気を出してね。今夜酒場で、わたしに失礼な態度を取られたと愚痴をこぼしてもいいわよ。でも、わたしから話しかけたわけではないってことを忘れずに話してね、お医者さま」

ミセス・チャダリーはつんと顎を上げて立ち去った。マイケルは振り返って彼女のうしろ姿を見送った。肩ががっくりと落ちている。いったい何を見てそんなに落ち込んでいるんだ?

マイケルは悪態をついた。同じ新聞をもう一部入手する必要がありそうだ。

7

真夜中にノックの音が聞こえた。ライザは目を開け、頭にずきんと走った痛みにうめき声をあげた。夕食のときにワインを飲みすぎた。

ふたたびノックの音がした。

裸足《はだし》で歩くと、絨毯はひんやりしていた。メイドのハンソンが起き出す気配がする。ライザは手探りで掛け金をはずし、ドアを開けた。

ドアの外にはマザーが立っていた。手に持った蠟燭の明かりが、青ざめた顔を照らし出している。「奥さま、おやすみのところを申し訳ありません」

廊下の時計が三時半を知らせた。マザーはきちんと服を着ている。ライザは水風呂に入ったかのようにぞくぞくした。「どうしたの？　何があったの？」

「男の子が訪ねてきたんです。メアリー・ブロワードの甥《おい》っ子のジョンが。赤ん坊がまだ産まれないそうです」

ライザは息をのんだ。「なんですって？」メアリーの陣痛がはじまったのは二日も前だ。

マザーの顔が曇った。「奥さまにお会いしたがっているそうです」

ライザはその意味をくみ取って、胸が締めつけられた。ブロワード家とはお産に立ち会うほど親密な間柄ではない。だが、メアリーが最悪の事態を想定しているのならば、一家の後援者と話をすることを望むだろう。大切な家族のために。

ライザは振り返ると、ぽかんと口を開けているメイドに声をかけた。「ハンソン、急いで着替えを用意して」それから、マザーに向かって言った。「馬に鞍《くら》をつけておいて。馬車より速いから」

「すでにそのように手配してあります」

いやよ。あのときと同じだわ。真夜中の旅。恐怖におびえ、心臓が早鐘を打っていた。セント・パンクラス駅から列車に乗ったのを覚えている。震える手で切符を探すライザを、車掌が同情のまなざしで見ていた。あのときは間に合わなかった。母はすでに息を引き取っていた。今度は……。

ライザはブロワード家の狭い寝室に足を踏み入れた。汗と血のにおいがむっと鼻をつく。メアリーはねじれたシーツの山に囲まれて横たわっていた。腰と脚の上にかけられた一枚のシーツの陰で、医者が診察している。「どうしてもっと早く知らせてくれなかったの？」思った以上に大きくて鋭い声が出て、いくつかの頭がこちらを向いた。

そのときはじめて、部屋のなかにほかにも人がいることに気づいた。枕元にメアリーの夫がひざまずいていた。両手を握りあわせ、祈りの言葉をつぶやいている。窓辺に立っていたのは……なぜかミスター・モリスで、外から入ってくる空気を深々と吸い込んでいた。

「ミセス・チャダリー」モリスは明らかに狼狽《ろうばい》している。メアリーを診ていた人物が体を起こした――ミスター・グレイだ。

彼に会うのは一週間ぶりだった。いまは個人的な感情にかかずらっている場合ではない。肝心なのは、彼の医者としての腕だ。「どうなの?」ライザはきいた。「助けられる?」ミスター・グレイはくまのできた目でライザをちらりと見たあと、うめき声をあげたメアリーに視線を戻した。「外に出ていてください」

ライザはブロワード家の面々が集まっている狭い廊下に出た。膝が震えている。勧められた椅子にありがたく腰かけると、学校から戻ってきていたポール・ブロワードが彼女に向ってお辞儀をした。ライザはうなずいて応えながら、ぼんやりと考えた。ハリントンできちんと礼儀作法を教わっているみたいね。会計士たちには教育費を削るよう言われているが、やはりそれは賢明ではない。

寝室からはなんの音も聞こえてこない。沈黙が重くのしかかった。九歳のダニエルが、汗ばんだ小さな手でライザの手首をつかんだ。「ママに会ったの? 元気だった?」

薄暗いなか、ライザは目を凝らしてダニエルを見た。誰かが下へおりていくようで、階段のきしむ音が聞こえてくる。家の奥まで上がり込んだのははじめてだった。ライザは親戚だが、真の友人とは呼べない。いつも応接間に通され、ブロワード家で一番上等な食器で、一番上等な紅茶を出された。

「ええ」ライザは答えた。「大丈夫よ」声が震える。ライザの不安を感じ取ったらしく、ダニエルは手を離し、拳を握りしめて口のなかに押し込んだ。ミス・ブロワードが嘆声をもらし、ダニエルを抱き上げて膝にのせた。

ここには愛がある。ライザは悲しみに押し流されそうになった。でも、今はそういう場合ではない

ライザは顔をしかめた。あきらめるのは早すぎる。そんな甘えは許されない。怒りの矛先が突然、自分に向いた。「ミセス・ブロワードはきっとよくなるわ」今度はしっかりした声が出た。「お医者さまがふたりも診てくれているんだもの。きっと元気になるわ、ダニエル」

「来ていただいて、感謝しています」ミス・ブロワードが言った。まるで叫び疲れたかのように、声に力がなくかれていた。

「知っていたら、もっと早く駆けつけたんだけど」

「ご迷惑をおかけしたくなかったんです。でも、母があなたにお会いしたいと言い出して……」

ライザは目を閉じた。頭痛が自身の卑しさを証明している気がした。昨日の夜、ライザは応接間でジェーンとパーティーの計画を立てていた。ばかげた考えを思いつくたびに乾杯した。そのあいだずっと、メアリーはベッドの上で苦しんでいたのだ。

壁の向こうから甲高い声が聞こえてきた。何を言っているかまではわからないが、寝室で口論が起きているのは明らかだった。

ライザは咳払いをした。「まさかこんなことになるとは思わなかった」

陣痛がはじまったのは、月曜日、市場にいたときだった。メアリーはとても落ちついているように見えた。もう六人も産んでいるのだ。これまではなんの問題も起きなかった。

「ええ」ミス・ブロワードはそう言ったきり黙り込んだ。

不意に、ドアが勢いよく開いたかと思うと、ミスター・ブロワードがよろめきながら出てきた。「もう見ていられない」涙をぬぐいながら言う。「おれには無理だ。許してくれ」

続いて、モリスが姿を現した。「ミセス・チャダリー」険しい表情で言う。「お話ししたいことがあります」

ミスター・グレイはベッドの脇にある収納箱の蓋の上に道具を並べていた。モリスがいつになく好戦的な態度で、ライザをミスター・グレイのほうへ押しやった。「きみの計画を話して差し上げなさい。ミスター・ブロワードが自分の妻を守れないというのなら、ミセス・チャダリーに代わってもらおう！」

ライザは困惑してベッドに目を向けた。「どういうこと？」メアリーはじっと動かずに横たわっている。生きていることを示すのは、震えるまつげと、肌を伝う汗だけだった。「まさか……」

「いいえ」ミスター・グレイが言った。「楽にするために、クロロホルムで麻酔をかけたんです。それほど長くは持ちませんが」

ライザはミスター・グレイが手に持っているメスに目を落とした。それが小さな鍋のなかの沸騰した液体に浸されるのを見た。メスを使う理由はひとつしかない。「つまり、あなたは……」

ミスター・グレイが顔を上げ、明るい瞳で品定めするようにライザを見た。「胎児がおりてこない。帝王切開するほかに方法はありません」

「ここは穿頭術《せんとう》だろう！」モリスが吐き出すように言う。

ライザはふたりを交互に見た。「穿頭術って？」

「ミセス・ブロワードの命を救う方法です」モリスが少したためらったあとで答えた。

その一瞬の間が多くを物語っていた。「赤ん坊はどうなるの？」

モリスの顎が震えた。「赤ん坊は……助かりません。しかし母親は助かります。ミスター・グレイのやり方では、母親の命は保証できない！」

「穿頭術は大変な危険を伴います」ミスター・グレイは身をかがめ、黒い鞄《かばん》からワイヤーを取り出すと、それも液体に浸した。動揺しているモリスとは対照的に、ミスター・グレイの動作は落ちついていて、驚くほど冷静に見えた。「しかし帝王切開なら、母子ともに助かる可能性があります。それがミセス・ブロワードの希望でもあります」

モリスが冷笑した。「彼女の希望、か。痛みで理性を失っている女性が言っていることだぞ！　感染症にかかる危険性について説明しなくていいのか？　母体が助かる確率は？　大量出血については？　なぜ――」

「子宮を縫合します」ミスター・グレイが言った。

「不可能だ。どうやって取り出すんだ?」

ミスター・グレイがガラスのごとく冷やかな笑みを浮かべた。「授業をしている暇はありませんが」鞄からさらに針とガーゼを取り出す。「五年前にゼンガーが研究論文を書いています」

「だめだ」モリスが首を横に振った。「ドイツの誰かが思いついた方法に基づいてそんな無茶な行為をさせろと言っているのか? 絶対に認めない!」

ミスター・グレイは返事をせずに作業に集中していた。ライザはふたたびベッドに目をやり、不安のあまり息苦しさを覚えた。どうして自分が呼ばれたのだろう。とにかく、時間がない。メアリーの顔は血の気がなく、まるで蠟のように青白かった。

「早くなんとかして」ライザは唐突に言った。「どっちでもかまわないから!」

「ミスター・ブロワードと話をしていただけませんか」モリスが言った。「お願いですから、こんなことはやめさせるよう説得してください。ミスター・ブロワードは頭が混乱しているんです。あなたのおっしゃることなら聞くでしょう!」

ライザはごくりとつばをのみ込んだ。「でも、わたしにはどっちがいいのか——ミスター・グレイ、あなたの主張を聞かせて」

ミスター・グレイが顔を上げた。「ミスター・ブロワードはミセス・ブロワードに選ばせると言っていました。それに、ミセス・ブロワードが選んだ方法が最善の方法だとぼくは考えています。ぼくは確率を知っている。それが高いほうを選びます」

ミスター・グレイの口調はそっけなく、無理強いさせる響きはなかった。それが何よりの決め手となった。「それなら、ブロワード夫妻の希望を尊重しましょう」ライザは言った。

モリスが腕を振りおろし、その勢いに驚いてライザはあとずさりした。「あの男は仕立屋だ！　いいですか？　よく考えてください。上着の裁ち方を決めているわけではないんです。ひとりの女性の命がかかっているんですよ、マダム！」

モリスの言葉は平手打ちよりも衝撃的で痛烈だった。ライザは老医師をじっと見つめた。モリスは顔を真っ赤にしながらも、目はそらさなかった。「わたしは関係ありません」口からつばが飛んだ。「いいですか？　わたしは手伝いませんよ！」

室内がしんと静まり返った。ライザは息が詰まった。本物の恐怖とはこういうものか。自分はメアリー・ブロワードの最期を看取るためにここに来たのだ。「それはだめよ」ささやくように言う。モリスは唇をゆがめて顔をそむけた。

「どうぞお帰りください」ミスター・グレイが言った。

ライザは大きく息を吐き出すと、ミスター・グレイのほうを向いた。自信に満ちた平然とした顔つきをしている。背後でモリスが怒鳴った。「なんだと？　きみひとりでできるわけがない！」

「あなたは手が震えています」ミスター・グレイはモリスに向かってそう言ったあと、ライザをじっと見た。「手伝ってもらえますか？」

「なんですって？」ライザはぞっとした。まさか――。「わ、わ、わたしに言っているの？」

「ありえない！」モリスが言う。「血を見たとたんに気絶してしまわれるだろう！」

ミスター・グレイがガーゼをほどきながら、ふたたび値踏みするような目つきでライザを見た。「そう思われますか？」

ライザはうろたえた。いやよ。メアリーを殺してしまうかもしれない手術を手伝うなんて。「無理よ！　わたしには――」

「この子を」ベッドから弱々しい声が聞こえてきた。「お願い……」

モリスが小声で悪態をつき、顔をそむけた。ライザがベッドに近づいてメアリーに話しかけようとすると、ミスター・グレイが肘をつかんで引き止めた。

「そっとしておいたほうがいい」ライザの耳元でささやく。「おびえているんですね。その気持ちはよくわかります。でも急いで決断してください。できるなら肉親には頼みたくないのですが」

ライザは恐る恐る振り返り、ミスター・グレイをまっすぐ見た。「もしわたしが失敗をしたら……」これほど重要で難しい仕事をこなしたことがあっただろうか？　刺繡も苦手だし、自分で服を着ることさえないのに！　「わたしにはできないわ」

ミスター・グレイの表情が少しやわらいだ。「あなたならできると思うから頼んでいるんです。わたしの指示に従うだけでいいんですから」

〝いいえ、できないわ〟ライザは顔をそむけた。すると、メアリーの懇願するような苦悶《くもん》の表情が目に入った。

　ライザは喉が締めつけられた。断ることなどできない。

「いいわ」気づくとそう言っていた。「手伝うわ」ライザは両手を持ち上げて眺めた。意外にも、手は震えていなかった。


　モリスが足を踏み鳴らして出ていくなり、ミスター・グレイがドアを閉めて施錠した。時の流れが遅くなったように感じる。ライザはいまだ信じられぬ思いで、長い時間をかけて手を洗った。消毒薬が疲れた目にしみて、涙が浮かんでくる。ミスター・グレイがランプをともした。強烈な光に照らされ、突然、何もかもが鮮やかに見える。戦いの前にあげる鬨《とき》の声のごとく、心臓が激しく鳴っていた。いったい何をしようとしているのだろう？　ライザにこんなことを頼むとは、ミスター・グレイは頭がどうかしているに違いない。自分は社交界の蝶――美人をなりわいとしている女にすぎないのに！

「大丈夫です」心を読んだかのように、ミスター・グレイが言った。「ぼくがひとつひとつ手順を教えますから」

　ライザは吐き気を催しながらも、布を受け取って枕元へ行き、メアリーの弱々しい笑みになんとか応えた。そして、布をそっとメアリーの鼻に当てた。

　メアリーがまばたきしながら目を閉じる。ミスター・グレイが巻いた毛布をメアリーの膝の下に入れた。

「消毒をお願いします」ミスター・グレイが言った。「ぼくはチューブを準備します」

あいかわらずライザの手は震えていない。ミスター・グレイにはどうしてそれがわかったのかしら?ライザは作業に専念し、現在に意識を集中させた。メアリーのふくらんだ白い腹部。怖いくらいに弱々しい胎動。

手術のあいだずっと、ライザはミスター・グレイの声に支えられていた。いっさい迷いのないよく通る声で指示されたおかげで、手も震えなかった。どんなものにも、彼はまったく動じない。どの場面でも驚かず、冷静に話した。だから、ライザも深い呼吸をしながら、ずっと平静を保っていられた。血が大量に流れ出したときも。メスがきらりと光ったときも。きっと大丈夫だと思えた。彼の声に不安がにじみ出ていなかったから。

それでも、ミスター・グレイが赤ん坊を取り上げたときは――血まみれでもがいている赤ん坊を渡され、まつげも爪もちゃんとついた女の子を目にした瞬間、緊張の糸が切れた。突然、目が覚めたような感じで、体がぶるぶる震えはじめた。息苦しい部屋で、一度はかぎりなく死に近づいた元気な赤ん坊を、ライザは腕にしっかり抱いた。

ライザは信じられない思いで赤ん坊を見つめた。それから、まだ薬が効いていて安らかに眠っているメアリーを、そして、針とワイヤーを使って縫合をはじめたミスター・グレイを見た。彼は肘まで血に染まりながら、ひたすら集中して縫いあわせていた。

ライザは目をそらせなくなった。彼はあきらめなかった。ひとつの命を救い、そしていま、もうひとつの命を救おうと必死に闘っている。

思わずため息がもれた。これほど厳粛な場面を見たのははじめてだ。これほど重要な仕事に取り組む男性の姿を見たのも。ライザは不思議な感情にとらわれ、全身がぞくぞくした。

赤ん坊を胸に抱きしめる。〝ぼくは確率を知っている。それが高いほうを選びます〟

火のついたような泣き声が聞こえてきて、ライザはどきりとした。赤ん坊が赤い顔をゆがめて泣き叫んでいる。それから、足音がして、ドアがガタガタ鳴った。ミスター・グレイがライザのほうを見る。びっくりしたようにまばたきすると、厳しい表情が消えた。

「うまくいきましたね」ミスター・グレイが言う。

「ええ」ライザはささやいた。

「赤ん坊を渡してやってください。この部屋には入らせないで——まだあなたに手伝ってもらいたいことがあります」

ライザは急いでドアへ向かった。

手術が終わると、ライザは入浴して仮眠をとるため、ハヴィランド・ホールへ戻った。ブロワード家でやるべき仕事はまだ山のように残っている。メアリーは鎮痛剤としてアヘンチンキを服用していて、母乳を飲ませることができないから、乳母を雇わなければならない。ミスター・ブロワードはロンドンから送られてきた生地を受け取ることになっていて、仕立屋を休業するわけにはいかなかった。だがライザが近所の若い小作人たちに頼んで、彼らが代わりに店番をすることになった。

そういった問題が片づき、赤ん坊が生まれてからほぼ丸一日が経った頃、メアリーが熱を出した。そのときはじめて、ミスター・グレイが心配そうな表情をした。その顔を見て、ライザはメアリーの熱くなった体を触ったときよりも恐怖を感じた。

二日目と三日目の記憶は曖昧だ。熱をさげるため、メアリーを氷風呂に入れた。絶え間なく薬を投与し、気道を確保するために寝ずの番をした。そして、四日目の正午頃、メアリーが譫妄《せんもう》状態に陥り、拘束せざるを得なくなった。その直後にモリスが訪ねてきて、メアリーを診察したいと要求した。態度がぶっきらぼうで、明らかに怒りがおさまっていない様子だったが、ミスター・グレイは礼儀正しく患者を譲った。ライザはモリスと少し話をしてから、ミスター・グレイの意見を聞くために彼を探しに行った。

ミスター・グレイは田舎家に隣接する石壁に囲まれた狭い庭のベンチに座っていた。ライザは隣に腰かけた。あとふたりは座れるほど長いベンチだ。暗い家に閉じこもっていたあとで、やわらかな日の光や、ぽかぽかした陽気や、花から花へと飛びまわる蜂に触れて心身が休まっていくのを感じた。ミスター・グレイは誰かが――おそらくミス・ブロワードが用意したコールドビーフとスティルトンチーズとパンの昼食をとっていた。チーズをひと切れ手に取ると、無言でライザに差し出した。

ライザはチーズを受け取り、もそもそと食べはじめた。「熱は今日じゅうにさがると思う？」

「運がよければ」ミスター・グレイがパンをかじりながら、難しい顔をした。

「悪い兆候なのよね？　幻覚を起こすのは」

ミスター・グレイの口角がつり上がった。「ミスター・モリスからそう聞いたんですか？」

「吸角《カッピング》を施すべきだと言っていたわ」

「吸角は役に立ちません」ミスター・グレイが冷静な口調で言った。「ミスター・モリスは一八三〇年代で時が止まっているんです」

「でも、悪い兆候というのは本当なのね？」

ミスター・グレイがため息をつく。「そうですね……よくない兆候です」

「わかったわ」ライザは大きく息を吸い込んだ。「今夜はここに泊まると、ハヴィランド・ホールに手紙を書くわ」

ミスター・グレイが表情の読み取れない目でライザをちらりと見た。休息をとったり備品を持ってきたりするために、彼も一度か二度は家に帰ったはずだが、目の下にできたくまがほとんど眠っていないことを物語っていた。「その必要はありませんよ。何かあったときはほかの人に手伝ってもらいますから」

必要ないと言われて、ライザはなぜか心が傷ついた。「でも、ポールは今日学校に戻ってしまうし、ミス・ブロワードは疲れているし、いまのメアリーを見るたびにひどく動揺しているわ。ミスター・ブロワードは赤ん坊と小さな子たちの面倒を見なければならないのよ。ミわたしが残っていたほうが何かと役に立つと思わない？」

ミスター・グレイが横を向き、ライザをまっすぐ見つめた。明るい光を受けて、頬骨の影が濃くなっている。「手伝ってくださるのはうれしいです」彼はゆっくりと言った。「だけど、あなたにはほかにやらなければならないことがあるはずです」

ライザは肩をすくめた。ハウスパーティーの準備はマザーとジェーンが進めてくれている。それに、いまはとてもそんな気分になれなかった。そのほかに関してはどうかと言えば、ハヴィランド・ホールでは時計のように規則正しく事が運ぶ。ライザはそれを傍観しているだけだ。「別に重要なことは何も」

ミスター・グレイは何も言わなかった。目をそらしもしなかったが、顔をわずかに傾けたせいで光を浴びた瞳が輝いた。背後の空と同じ、鮮やかな青の瞳。

ライザは急に緊張してきて、そわそわと身動きした。この数日間、ミスター・グレイは近寄りがたい権力者だった。指示を出し、人を従わせる医師だった。だけどいまは、ひとりの男性に戻っていた。たくましい顎に無精髭が生えていて、つややかな髪は手の施しようがないほど乱れている。でも、そのだらしない格好が彼には似合っていた。典型的な美男子ではないけれど、長身で引きしまった体つきはまるで兵士のようだ。それに、鋭い知性と大きな手を持っている。その手で赤ん坊を救い、苦しんでいる女性の頭をそっと支えながら、絶対に生きられる、赤ん坊と生きていけるとやさしく励ましていた。

指の長い、日に焼けた有能な手を見ていると、体を熱いものが走り抜けた。ライザはその場違いな感情に圧倒された。湖のほとりでキスをしたときは、ミスター・グレイのことを何も知らなかった。彼の意外性に惹かれていた。純朴な田舎の人なのに、ウィットに富んでいて、いいにおいがして、キスが驚くほど上手だったから。そしていま、でもそのあとで、ミスター・グレイは赤ん坊とメアリーの命を救ってみせた。メアリーが生き長らえるよう不眠不休で治療に当たっている。その姿を見たら、ますますミスター・グレイが欲しくなった。もはや単なる気晴らしではなかった。彼は追い求める価値のある男性だ。

ミスター・グレイはまだライザを見つめていた。

ライザは背筋を伸ばし、ほつれた髪を耳にかけた。メアリーを押さえつけるのを手伝ったときに汗をかいてしまったことが、急に気になりはじめた。「どうしたの？」努めて軽い口調できく。「そんなにじっと見て。頭がふたつ生えている？」

ミスター・グレイがかすかに微笑んだ。「ひとつだけでもじゅうぶん目を引きますよ。ただ、不思議なんです……どうしてここに残りたいんですか？」

ライザは息をのんだ。心の動きを読まれたのかしら？「よくない兆候だとあなたが言っていたから。でももし帰ったほうがいいのなら――」

「いいえ」ミスター・グレイがあわてて言った。「誤解なさらないでください。あなたが手伝ってくださるのならそれが一番です。あなたは落ちついているし、頭が切れる。注意深く話を聞くし、指示されたことをきちんと実行できる」

ライザは顔が熱くなるのを感じた。こんなおかしな褒め言葉を言われて胸がいっぱいになるなんて。「わたしは簡単なことしかしなかったから」

「そんなことありません。あなたが最初の晩にここにいて、手伝ってくれたことは、ミセス・ブロワードにとってもぼくにとっても幸運でした。ただ正直に言うと、あなたがこんなに長くいてくださるとは思っていませんでした。彼女の病状がとても気がかりだというのはわかります。しかし……あなたがいないあいだに何かが起きることを心配なさっているんですか？　それとも、ここに残っているのは……こういう体験が新鮮だからですか？」

ライザは体をこわばらせた。とはいえ、ミスター・グレイの口調に批判するような響きはなかった。ライザが手伝いたがっているのは、退屈だからか、あるいは彼の腕を信用していないからだと言っているのだとしても。単に好奇心からきいているのだろう。

「もちろん、あなたにまかせておけば大丈夫だと信じているわ」

「ありがとうございます」ミスター・グレイが深刻な口調で言う。「あなたの信頼を裏切らないと約束します」まるでライザの信頼がかけがえのないものだとでも言わんばかりに。

ライザはなぜか気恥ずかしくなり、うつむいてしわの寄ったスカートをなでつけた。「新鮮だからというのは当たっている部分もあるかもしれないわ」正直に言った。メアリーの世話をしていると……自分が役に立っていると実感できた。これまでは困っている人にお金を援助してきた。でも今回は体と心も差し出した。力を尽くして命を助けた子を、この腕に抱いた。

ライザがそのような立派な行いをしたと言っても、友人たちは信じないだろう。ネロが聞いたら笑いすぎて椅子から転げ落ちるかもしれない。

「たぶん」ライザはためらいがちに言った。「わたしは……必要とされていると感じたいのよ」この数日間は、一瞬たりとも孤独を感じなかった。頭のなかの母の声も聞こえてこなかった。「いやだわ。とても自分勝手な動機よね！」

「そんなことありませんよ、ミセス・チャダリー」ミスター・グレイが親指と人差し指でぼろぼろに崩したパンを、大胆にも近づいてきたフィンチと呼ばれる小鳥に投げてやった。「ぼくは生きていくために医者になりました。ふつうの進路ではありませんでしたが、ぼくのしていることは価値があると信じられる道です。ぼくにとっては重要なことだったんです。何か……ほかの人にはできないことをすることが」

ライザは遠慮がちに言った。「エリザベスと呼んでもいいのよ」急いでつけ加える。「ミセス・チャダリーって呼びにくいでしょう？」突然、死んだ夫の名前で呼ばれるのがいやになった。〝チャダリー〟とは――亡き夫とはもうなんの関係もないのに。

「エリザベス」ミスター・グレイがゆっくりと言った。「とても美しい名前ですね。あなたによく似合っている」

ミスター・グレイは自分も名前で呼んでくれとは言わなかった。ライザはそのことを気にしないようにした。身分をわきまえなければならないと思っているのかもしれない。「じゃあ、あなたのお父さまは違う仕事をなさっていたのね？」ミスター・グレイが驚いた顔をしたので、ライザは彼が言ったことを繰り返した。「ふつうの進路ではなかったんでしょう？」

「ああ、そうです。父は……」さらに近寄ってきたフィンチを見て、ミスター・グレイが小さく笑った。「おかしな鳥だ」ふたたびパンくずを投げてやる。「父は……ちょっとした実業家でした。いまは長男が跡を継いでいます」

ぎこちない言い方だったので、ライザは思いきってきいてみた。「お医者さまになることに、お父さまは反対なさっていたの？」

「父はぼくが何をしようと認めてくれませんでした。最期だけは別でしたが」ミスター・グレイがうつむいて、パンの残りをもてあそんだ。一度言葉をのみ込むように唇を引き結んだあとで、ゆっくりと言った。「病気にかかってしまえば、才覚も……忠義心も役に立たない。そのときになってようやく、ぼくが役に立つ人間になったんです。父を楽にしてやれるのは、ぼくだけだった」

ライザは唇を嚙みしめた。淡々とした口調に苦悩がにじみ出ていた。手を伸ばして彼の腕に触れた。「あなたはすばらしいお医者さまよ」

ミスター・グレイが眉をつり上げ、袖に触れた手を一瞥してから、ライザの目を見つめた。その瞬間、何気ない触れあいが、それほど純粋なものではなくなった。まるで電流が流れたかのように、彼の体温が指先から伝わってきて、ライザの全身が熱くなった。

ライザが最初に考えたのは、この手を離さなければならないということだった。ミスター・グレイのことを深く知ったいまとなっては、この引力は危険だと感じた。彼を好きになっても、どこにもたどりつかないのだから。ライザの将来は——ブロワード家のポールやハリーのような青年の将来は、医者の収入では支えられない。戯れの恋なら、誰も傷つくことはないけれど、もし心まで奪われてしまったら、ぼろぼろに傷ついてしまうだろう。

もうこれ以上傷つきたくない。そんな危険を冒すつもりはなかった。

それでも、ライザはミスター・グレイの腕に触れたままでいた。頬が熱くなっているのに気づかれないことを祈りながら。気まずい関係になるのはいやだった。恋人になれないのなら、せめて友人になりたい。

そう。それがいいわ。母も賛成してくれるだろう。

「すばらしいお医者さまよ」ライザはもう一度、しっかりした声で言った。「あなたがこの村に来てくれるなんて、わたしたちはとても幸運だわ、ミスター・グレイ」

ミスター・グレイがライザをじっと見つめ、喉をごくりと鳴らしたあとで、目をそらした。

「ありがとうございます。励みになります」

ライザは手を引っ込めた。なぜか動揺していた。彼はしごく真っ当な返事をしただけなのに、どういうわけか拒絶された気がした。

ミスター・グレイが続けて言った。「そういうことなら、ここに残って手伝っていただけるとうれしいです」

たったそれだけで、ライザはふたたび気分が明るくなった。

8

夕方になって、マイケルはブロワード家を辞去した。門の外でミセス・チャダリーの馬車が待機している。マイケルは帽子を軽く持ち上げて御者に挨拶してから、薄闇へと続く道を見渡した。すがすがしい大地と木々の香りが風に乗って漂い、芝生に隠れたコオロギの歌声が聞こえてくる。夜の訪れを待ちわびたフクロウが鳴いていた。

マイケルは息を吐き出した。心がとても軽やかだった。ロンドンでも、コーンウォールの田舎でも、はたまた世界の果てでも――そして、よそ者であるときも、公爵の弟であるときも、名もない旅人であるときも、自分は人を助けることができる。みんな彼を頼ってくれるし、ときには、幸運が味方してくれれば、自分の技術が奇跡を呼ぶこともある。

今日はそんな一日だった。熱がさがり、メアリー・ブロワードは生き延びた。こんなときは必ず、まわりの景色がいつも以上に美しく見えた。

不意に、雷鳴が聞こえた。

マイケルは音のしたほうを振り返った。暗くなった西の空には、千切れ雲がガーゼの帯のごとく広がっていて、雷雲は見えない。問いかけるような視線を御者に向けてみたものの、御者はよく教育されていて、気づかないふりをした。

玄関が開いた。ミセス・チャダリーが一瞬、戸口で立ち止まる。優美な曲線を描く小さなシルエットが、背後からあふれ出る光のなかに浮かび上がった。マイケルははっとした。ああ、パーシャルの言うとおりだ。ギリシアの彫刻家は、彼女の姿からインスピレーションを受けて神を彫ったのかもしれない。

彼女がドアを閉めて、衣ずれの音をさせながら石畳を歩いてきた。「よかったわ、間に合って。お礼を言いたかったの。本当に……何もかもに感謝しているわ」

「こちらこそ、ありがとうございました」マイケルは危機的な状況でも動じない人を見抜くことができる。とはいえ今回は緊急事態だった。危機を乗り越えたいま改めて考えてみて、自分の直感が正しかったことに驚いていた。

エリザベス・チャダリーは一見、勇気のある女性にはとても見えない。だが、ひだ飾りやレースやネコのような目といったうわべに隠されているものが、マイケルには見えるようになっていた。彼女はすばらしい助手だった。最悪のときでさえ冷静で、めげることなく、根気強く働いた。〝わたしは何をすればいいの?〟毎晩、落ちついた声でそうきいた。

暗がりのなかで、はじめてエリザベスの本来の姿を見た気がした。

マイケルは咳払いをした。「それで、ご気分はいかがですか、ミス・ナイチンゲール?」

エリザベスがそっと笑った。「まあ、とてもうれしいお世辞だわ。特に、今夜のお祈りで何度も名前を唱えられるであろう方から言われると」

「おやおや」マイケルは言った。「その借りを返すために、あらゆる助けを請わないと」

エリザベスが驚いたように小首をかしげた。「ここに来てから、はじめて冗談を聞いたわ」

「仕事中はほかのことが考えられなくなってしまうんです。それから、さっきのはお世辞ではありません。この数日間、あなたがいてくれてとても助かりました。本当ですよ」

「ありがとう」エリザベスがためらいがちに言う。「もしよかったら――」

そのとき、ふたたび遠くで爆音が聞こえ、ふたりは音のしたほうへ同時に目を向けた。

「これで二度目です」マイケルは言った。「鉱山で事故でもあったのではないかと心配になってきました。もしそうなら――」

エリザベスの笑い声にさえぎられた。「あら、そんなんじゃないわ。花火の音なの。すっかり忘れていたけど、今日は夏至の前夜祭よ！」

「夏至に花火を打ち上げるんですか？」

エリザベスが振り向いた。「ゴロワン祭と呼ばれているのよ。参加したことはある？　もちろん、ないわよね。あなたは北国の野蛮人なんだから」笑いながら言ったので、侮辱しているのではなく、親しみを込めてからかっているのだとわかった。「よかったら案内しましょうか？　こっちの野蛮な習慣について、北国の家族に手紙で教えてあげるといいわ」

ふたりとも疲れ果てていた。睡眠と食事を何よりも欲している。それにマイケルは、特別な仕事を終えたあとは、ひとりで満足感に浸るのを常としていた。

けれど、エリザベスのそばで、その体温を感じていたかった。彼女は石鹸の香りがした。

ミセス・ブロワードに接する前に、必ずそれで手を洗っていた。いつもかいでいるありふれた香りだが、エリザベスの肌からにおいたつと……格別な香りに変化する。近づいて深呼吸したくなるような香りだ。

「ぼくと一緒に行っても楽しめないかもしれませんよ」マイケルはなぜか動揺していた。あのいまいましい慈善市の前みたいに、うまく戯れる自信がなかった。女性を口説くのは得意だ。しかし、いまのエリザベスはかりそめとはいえ同僚と呼んでもよい存在だ。尊敬している相手を、欲望の対象とするのは気が引ける。

「疲れているのはわかっているわ」エリザベスが言う。「馬車で行きましょう。それなら平気？」

遠出どころか、散歩をする気力も残っていなかったが、虚栄心は捨てられなかった。「もちろんです」マイケルは言った。「では、いざ行かん《タリホー》！」

馬車は村へ向かう混雑した道をがたがたと進んだ。マイケルの向かいに座っているエリザベスは窓の外を見つめている。御者のランプの明かりが、窓ガラスを突き抜けて彼女の横顔を照らしていた。馬車のかすかな揺れが妙に心地よく、マイケルは眠気を誘われ、フラシ天の座席に深々と体を沈めた。

エリザベスを眺めながら、このままいつまでも乗っていられそうだと、ぼんやり考えた。一緒にいてこれほど沈黙が苦にならない女性ははじめてだ。そう言えば、彼女も同じことを言っていた。

「見て」馬車の速度が遅くなった。「行進よ」

不意に窓から強い光が差し込んできて、エリザベスの美しい顔を浮き彫りにした。シニヨンからほつれた髪の毛が、こめかみのあたりでカールしている。右の頬骨の上にある小さなほくろが、前世紀に流行したつけぼくろのように見えた。

マイケルは咳払いをすると、エリザベスの言葉に従って窓の外に目をやった。頭上に赤々と燃えたつたいまつを掲げた若い男が、長い列を作っていた。

「驚いたな」マイケルはつぶやいた。「中世に戻ったみたいだ」

エリザベスが微笑んで手のひらを窓ガラスに押し当てた。

すると、叫び声が響き渡り、男たちが弧を描くようにたいまつを大きく振りはじめた。炎がマイケルの網膜に焼きつき、目を閉じても一瞬、残像が見えた。

エリザベスが天井を叩いた。「ここからは歩いていきましょう。通行の邪魔になってしまうから」

馬車から降り立った頃には、男たちはずいぶん先まで進んでいた。ゆっくりとした足取りで、シンバルや管楽器のかすかな音や、遠くにいる群衆の歓声で活気に満ちている穏やかな夜の通りを歩いていく。

何軒かの家を通り過ぎ、道を曲がると、ボスブレアの丘が見えてきた。頂上でかがり火が三つたかれていて、真ん中の一番大きなものは、人間の身長の三倍くらい高々と炎を噴き上げている。ふたりは立ち止まって炎に見とれた。家々の窓からもれる明かりが、微笑んだエリザベスの顔を照らし出した。

「なんのためのかがり火でしょうか？」マイケルは言った。「当ててみせましょうか？」

「ええ、当ててみて！」

「小さな革命ですか？」

「誰を倒すの？」

「地元の独裁者を」

「それってわたしのことかしら」エリザベスが言う。「でも、みんなわたしに愛想よく挨拶していたでしょう？」

「まあ、結局、彼らは男ですからね」

エリザベスが笑い声をあげた。「ミスター・グレイ、あんまりおだてないで！　さあ、今度こそ当ててみせて」ふたりはふたたび歩きはじめた。

「理由なき破壊でしょうか」マイケルは言った。「そう言えば、この村では消防隊を見かけませんね。念のため、バケツに水をくんでおきましょうか？」

「いやだわ！　万一そんなことになったら、町を再建するために七代先まで借金を背負わせるはめになってしまうわ！」

エリザベスはこの土地に対して強い責任感を抱いている。彼女ならアラステアも気に入るかもしれない。

そう思って、マイケルは少し気分が暗くなった。今夜は兄のことは考えたくなかった。

「重圧を感じませんか？　この地域に住む全員から頼られていると思うと」

「おかしなことをきくのね。そんなの当たり前じゃない」

アラステアの言いそうなことだ。自分には何か重要なものが欠けているのかもしれない、とマイケルは思った。貴族に伴う義務《ノブレス・オブリージュ》というものはいまひとつぴんと来ない。「ぼくならとても窮屈に感じるでしょう。そんなに義務を負っていたら」

エリザベスが顔をしかめてこちらを見た。「ばかなことを言わないで。あなたはお医者さまでしょう、人の命を預かっているのよ。それ以上の重荷はないわ」

「その逆ですよ」マイケルは何にも縛られていない。自身の能力を試される土地など一区画も持っていなかった。「ぼくは発熱を防ぐことはできません。それを予測することならできますが。実際に発熱してからは、ぼくひとりで進むべき道を決めていきます。小作人のことを心配する必要はありません。たいまつをぞんざいに扱う乱暴な若者のことも」

突然、エリザベスが手を伸ばしてマイケルの耳を引っ張った。マイケルがびっくりしてぽかんと見つめると、彼女は噴き出した。「ぞんざいに扱ったりしないから大丈夫よ。あら、そんな顔しないで。ごめんなさいね。でもあなたがあまりにも悲観的なことばかり言うものだから」

マイケルは遅れて笑った。「見抜かれてしまいましたか。実はぼくは心配性なんですよ」

冗談を言ったつもりが、そこに一抹の真実が含まれているのに気づいた。堅苦しい兄とは対照的に、自分はのんきな男だと思っていた。だが、エリザベスと一緒にいると、急にまじめな人間になった気がした。

マイケルは納得がいかなかった。「ぼくもたいまつを持とうかな」

「あら、それはどうかしら」エリザベスが言う。「たいまつで何をするか、あなたは知らないでしょう?」

「何やら意味深長ですね」マイケルが詳しく話をきき出す前に、近くの家のドアが勢いよく開いて、両手にジョッキを持った女性が興奮した様子で飛び出してきた。「ゴロワン!」女が叫んだ。「あなたに神のご加護がありますように、ミセス・チャダリー! あなたにも、サー!」ぴょこんとお辞儀をすると、ジョッキをふたりの手に押しつけた。

「ゴロワン!」エリザベスが応じる。「神のご加護を!」ジョッキを掲げ、一気に飲んでから女に返した。マイケルもそれに倣った。驚くほどこくのある、最高にうまいエールだ。

女はマイケルからジョッキを受け取ると、踵を返して家のなかに駆け戻った。

「このお祭りが好きになりそうです」マイケルは言った。「このあとずっとエール攻めが続くんですか?」

「いまのミセス・マシューズのご主人がエールを作っているのよ」エリザベスが言う。「でも安心して、これが最後の一杯にはならないと思うわ」

丘の頂上にたどりつき、かがり火の近くまで行った。群衆の端のほうにいた人たちに押し流されていくと、樽がたくさん置いてあり、エリザベスの予言どおり、そこでまたジョッキを手渡された。近くにいる長い髪を三つ編みにした女の子たちが、互いの体をくるくるとまわしあっている。その向こうでは、フィドルとフルートを擁した楽団の伴奏に合わせて、若い男たちが大きなかがり火を囲んで大きな輪になって踊っている。手に持ったたいまつの炎が、火花を夜空に散らしていた。

不意に、ひとりの男が輪から抜け出して、小さいほうのかがり火に飛び込んだ。そして、たいまつを炎に投げ入れたあと、反対側から前転をしながら出てきた。

「やっぱり」マイケルは言った。「たいまつは遠慮しておきます」

エリザベスがころころ笑った。「そうね、ちょっとコーンウォールの人以外にはまねできないわざよね。北国の人にはお勧めしないわ」

「ひょっとして、仕事道具を持ってきたほうがよかったでしょうか」

「あら、コーンウォール人の自尊心はどんな薬よりも強いのよ」エリザベスが弾んだ声で言いながら、マイケルのほうを向いた。「今夜は、やけどをしたと言ってくる人はいないわ。でも、明日はできたら早起きしたほうがいいわね。その頃には何人か怪我人が出てくるでしょうから」

これほど生き生きとしていて楽しそうな人を、マイケルはほかに知らなかった。まるで子どものように楽しむ才能を持っている。エリザベスが子どもの頃、ボクシング・デーの前夜に、暖炉で焼かれる栗をのぞき込み、翌日に開けるプレゼントの中身を想像している姿が目に浮かんだ。

マイケルはなぜかせつない気分になった。子どもに興味があるわけではないし、もちろんエリザベスを子どもだと思っているわけでもない。まさか。揺らめく炎に照らされ、影ができたふっくらした下唇を見て、父親のような気持ちにはなれなかった。

「あなたがロンドンにいるところを想像できません」考える前にそう言っていた。

エリザベスがむっとした顔をする。「何が言いたいの?」

その質問に答えたら正体がばれてしまう。社交界の美女には陽気さよりも倦怠感《アンニュイ》が求められることを――小作人たちと浮かれ騒いでも評判は上がらないことを、村医者が知っているはずがない。

「この地にすっかり根づいているように見えるからです」マイケルは代わりにそう答えた。それも本当のことだ。不思議な女性だ。自分は家族の義務に縛られずにすむ自由な次男坊だとつねづね思っていた。だがエリザベスは、兄の人生を窮屈なものにしているように思えるその義務を楽しんでいる。

「ロンドンにいるときはこんなふうじゃないのよ」エリザベスが言った。「たぶん会ってもわたしだとわからないでしょうね」

彼女の顔がかげりを帯びたように見えるのは、光の加減のせいだろうか? 「ロンドンにいるときはどんな感じなんですか?」

酔っ払った村人に大声で名前を呼ばれると、エリザベスは微笑んでうなずいてみせた。「ロンドンにいるときは……楽しくないの。特に最近はね。ほら、あの日――郵便局の前で偶然会った日、本当は……婚約の告知記事を探していたの」口角がさがって、悲しそうな表情が浮かんだ。「それで、見つけたのよ」

「ああ」不意に、マイケルはそれ以上聞きたくないという思いに駆られた。エリザベスがほかの男に恋い焦がれていると考えただけで……いらいらする。かがり火をにらみつけ、また愚かな若者が飛び込んでいくのを見て顔をしかめた。

だがそれよりも、エリザベスに何があったか知りたい気持ちのほうが勝っていた。考える前に言葉が口をついて出た。「誰の告知だったんですか？」

エリザベスが眉根を寄せた。「告知する価値もない人よ。そんな男性を誠実な人だと信じて、時間を無駄にしてしまったわ」

軽い口調で話すのが余計に痛々しかった。「ひどい男だったんですね」

「そんな大げさな話ではないのよ」エリザベスが肩をすくめる。「わたしがばかだったの」

マイケルはふたたび兄を思い出した。「自分を責めてはいけません。恋は盲目と言いますから」

エリザベスが静かに笑った。「そうね。シャンパンのほうがずっといいわ。二日酔いなら一日もあれば治るし」

「少し歩きませんか？」マイケルはエリザベスの腕を取った。無意識の行為だった。ただ彼女に触れたかった。

エリザベスはどこか恥ずかしそうにしていた。その美貌で世の中を渡ってきた女性が、そわそわしている。

マイケルは奇妙な感情に襲われた。保護欲と、愛情と、怒りが入りまじった感情。エリザベスを平気で裏切る男がいるとは信じられない。だが、そんな愚か者にふさわしい罰ならいくらでも思いついた。

「気にしないで、ミスター・グレイ。そんな大げさな話ではないのよ」

エリザベスはそう言うと明るく笑ってみせた。かつてのマイケルならその言葉を信じたかもしれない。物に動じない世慣れた人だと思ったかもしれないが、いまは虚勢を張っているようにしか見えなかった。自分にも覚えがある。新聞でマイケルの両親を誹謗する記事を読んだ同級生たちのからかいに耐えられるよう、虚勢を張っていた。

丘をのぼっていくと、夜空にそびえたつ、いびつに積み上げられた石が見えてきた。とっくに忘れ去られた人物の墓だ。

「美しい夜ね」ケルンの前で立ち止まると、エリザベスが言った。マイケルの腕から離れてジョッキを地面に置いたあと、振り返る。暗がりのなか、彼女の顔がぼんやりと見えた。

「この美しい夜に、ミセス・ブロワードは生き長らえたのよ」エリザベスが両腕を広げて、天を仰いだ。「星に向かって叫びたい気分だわ。よく頑張ったわね、でもあなたたちの負けよ！　このちっぽけな存在が最後には勝ったのよって！」

マイケルは笑った。「どうぞ叫んでください！　誰にも言いませんから」

エリザベスが大きく息を吸い込む音が聞こえた。ところがそのあと、何も言わずに息を吐き出して腕をおろした。「やっぱりやめておくわ。罰が当たったらいやだもの」

マイケルは手を伸ばしてエリザベスのなめらかな頬に触れた。「あなたのような人に罰が当たるはずがありません」

エリザベスが彼の手に手を重ね、そっと押しつけた。「でも、わたしの噂が本当かどうか、あなたにはわからないでしょう？　あなたが知っているのは……」マイケルが親指で頬骨をなでると、彼女が息をのむ音が聞こえてきた。「わたしが悪い女だということだけ」

エリザベスの髪に指を差し入れた。そのまま引き寄せることも……あおむかせて首に唇を這わせることもできる。「そうだと思っていました」マイケルはささやいた。「教会に来るようミスター・パーシャルにたしなめられているのを聞いたときから、ずっと期待していたんです」

ふたりの息がまじりあう。「あなたが北国の無骨者だなんて信じられないわ」エリザベスがささやき返した。「だってあまりにも魅力的だから」

マイケルは兄に言われたことを思い出した。その偶然の一致にぞっとし、胸騒ぎを覚えた。エリザベスにキスをしたい衝動に駆られている。だけどそんなことをしたら、彼女を振ったろくでなしと同類になってしまう。この数日間で親近感が生まれたが、彼女と親しくなる資格は自分にはない。自分の本名さえ教えていないのだから。

マイケルはゆっくりと手を離した。なんとも複雑な状況だ。ロンドンでふつうに出会っていたら、いま頃は……。「ぼくの名前はマイケルです」彼は言った。ひとつだけでも真実を伝えたかった。残りについては……あとで考えよう。機が熟すまで、秘密は打ち明けないほうがいい。「あなたをエリザベスと呼ばせてもらえるのなら、ぼくのことも名前で呼んでください」

エリザベスが咳払いをした。「いいわ……あなたのことを友人と呼ばせてもらえるのなら」手を取られ、マイケルは話に集中できなくなった。「あなたにひどいことを言ったわね」彼女の指はあたたかく、蝶の羽のごとく軽かった。「許してくれる?」

エリザベスの声の不安そうな響きに、マイケルはうっとりした。演技を続けている理由は、本当は慎重さとは別にあるのかもしれない。ただ単に、この関係のままどこまで行けるのか試してみたいのだ。社交界の美女と村医者……。自分は女性に好かれるたちだが、ちゃんと現実をわかっている。家柄が魅力のひとつになっているのだと。しかしエリザベスは、マイケルのことを何も知らないのに、いまここにいて、彼に触れている……。

「謝る必要なんてありません」エリザベスはマイケルを侮辱して、借りを返しただけだ。彼女のそういうところが好きだった。「あなたには勇気がある。ただそれだけのことです」

エリザベスの手に力がこもった。いま言った言葉は本心だ。彼女の勇気はずば抜けている。自分は医者だから、弱さには魅力を感じない。

マイケルは空いている手をエリザベスの手に重ねた。その手を引いて自分の腰にまわして、きつく抱きしめたかった。ベッドの上に彼女を押し倒し、深い口づけを交わしたかった。

友人では物足りない。

エリザベスの手にキスをした。控えめなキスではない……指のあいだに息を吹き込み、親指で手首をなでると、どくどくと脈打つのがわかった。

口をそっと開けて、親指と人差し指のあいだをそっと噛んだ。

エリザベスが震える息を吐き出した。「たぶん……」声が小さくなり、甘い響きを帯びる。

「たぶん？」マイケルは指の節をゆっくりと舌でなぞり、指先をやさしく噛んでから、唇を閉じた。

エリザベスがささやく。「考えてみたら――」

考えたらだめだ。ふたりとも考えすぎだ。マイケルは彼女の手を持ち上げ、自分の首筋に置いて引き寄せた。丘のふもとのほうから、爆音が聞こえてくる。頭上で明るい光がまたたいた。

光に照らされ、エリザベスの顔が見えた――見開かれた目、震える唇。マイケルは身をかがめて唇を……。

不意に、エリザベスが顔をそむけた。

「友人は……」息を切らしながら言う。「キスをしないわ」

マイケルは耳たぶに舌で触れた。「それなら、友人はやめましょう」

エリザベスが口を引き結ぶ。「ほかに何になれると言うの？」

愚問だ。未亡人に――特に彼女のような大胆な女性に説明する必要はないはずだ。

マイケルも意地の悪い質問を返した。「まだ前の男のことが忘れられないんですか？」

エリザベスは長いあいだためらったあとで、ようやく答えた。「いいえ」自信がなさそうな声だった。

マイケルは彼女から離れた。

その男を見つけ出して、首を絞めてやりたい。「男の名前は？」

エリザベスが目をしばたたいた。「どうしてそんなことをきくの？　どうせあなたの知らない人よ」

「それでも知りたいんです」マイケルは言った。「友人ならそういったことを話すんじゃないですか？」

「あらそう、また友人に戻ったわけね？」エリザベスがふたたびマイケルの腕を取り、丘をおりはじめた。「それなら警告しておくわ。わたしはとてもお節介な友人になるわよ」

いったいどうなっているんだ？　マイケルはわけがわからなかったが、彼女の落ちつかない指からいらだちが伝わってきたので、調子を合わせることに決めた。

「あなたにつきまとって、その日にあったことをなんでも知りたがって、質問攻めにするから。それに慣れてもらわないといけないわ」

「ぼくはとても退屈な生活を送っているから」エリザベスと一緒にいるときは別だが。「聞いてもつまらないと思いますよ」

「それでもわたしは知りたいの」かがり火の明かりが届く場所まで戻ってくると、エリザベスの満面の笑みが見えた。不安を押し隠そうとするときにそんな笑みを浮かべるのだと、マイケルはだんだんわかってきた。彼と同じくらい途方に暮れているのだ。いまの状況を……ふたりとも持て余していた。

　マイケルは深呼吸をして心を落ちつかせた。エリザベスを安心させてやりたかった。困っている彼女を見ていると、守ってあげたくなる。〝無理して笑わなくていいんだよ〟そう言ってやりたかった。

　だが、エリザベスの手に手を重ね、なめらかな肌をなでたくなるのを我慢して、ただこう言った。「どうぞお好きなように。それが友人というものなら」

　友人とはエールを飲み終えたら、礼儀正しく腕を組んで馬車に戻るのだと、マイケルは学んだ。馬車のなかでは打ち解けた会話をし、家に着いたら握手をして別れる。友人とはそのあと数日間、手紙のやり取りをし、相手の様子を尋ねたり、ちょっとした報告をしたりする――ミセス・ブロワードが順調に回復していることとか、今年の夏は、ハヴィランド・ホールのイチゴが例年より甘いこととか、快晴が続いていることとか。金曜日の五時にお茶を飲む約束をしたりもする。

　そして、友人は相手の家を訪問する。執事が女主人を呼びに行くあいだ、玄関広間で待つ。応接間ではなく二階の私室に案内されても、驚きを顔には出さない。そのピンクの絹で飾りつけられた日当りのよい部屋では、部屋着を着た三人のレディたちが紙で薔薇を折ったり、刺繍をしたりしていて、笑い声が廊下まで響き渡っていた。

「ミスター・グレイ！」ドアのところで立ち止まったマイケルを見て、エリザベスが叫んだ。「いらっしゃい、よく来てくれたわね。さあ、受け取って！」

マイケルはあわてて手を伸ばし、宙を飛んできた紙の薔薇をつかんだ。

「お庭の薔薇を傷つけてしまったお詫びよ」エリザベスが言う。「好きなだけ持って帰って。膠《にかわ》もどこかにあるはずだから、それでくっつけるといいわ」

マイケルがその薔薇を懐にしまうと、ほかのふたりの女性——秘書とミセス・ハルがくすくす笑った。彼女たちがその場にいることに失望してはならない。友人はふたりきりになることを望まない。だが……たとえ村医者でも、もっと正式にもてなされていいはずだ。

エリザベスが腕を広げてマイケルに張りぐるみの肘掛け椅子を勧めたあと、問いかけるようにティートレイを頭で示した。マイケルは椅子に腰をおろしながら首を横に振った。

「こんなところに迎え入れてしまってごめんなさいね」エリザベスが言う。「ご覧のとおり」足もとに散らばっている大量の紙の薔薇を指差した。「いま手が離せないの」

「剪定《せんてい》ばさみがないと」ミス・マザーが言った。針を手に、刺繍枠と格闘している。刺繍の模様は……迫力があった。

「ねえ」紙にペンをトントンと打ちつけていたミセス・ハルが、マイケルを眺めまわした。狡猾そうな笑みを浮かべている——キツネのように面長だからそう見えるだけかもしれない。また知りあいかもしれないという話をされると思って、マイケルは身構えたが、そうではなかった。「例の規準について、ミスター・グレイの意見を聞かせてもらいましょうよ」

「そうね。紳士の意見も参考にしたほうがいいかもしれないわね」とエリザベス。

「あまり役に立たないかもしれませんよ」ミス・マザーがつぶやいた。「招待客名簿に紳士は含まれていないはずです」

「招待客名簿、ですか？」マイケルはぎこちなくきき返した。無理もない。肘掛け椅子はピンクのダマスク織りで覆われている。絨毯はラベンダー色だ。香水のにおいがぷんぷんした。両脇に戸棚があり、動物や農民をかたどった小さな磁器の立像が飾られている。くしゃみをしただけでも壊してしまいそうだった。「パーティーを開くんですか？」

エリザベスが折っていた紙を置いて言った。「あら、まだ話していなかったかしら？ そうよ、昔ながらのハウスパーティーを開催するの。一週間めいっぱい楽しむのよ」

どうやらマイケルは招待されないようだ。

マイケルは頬の内側を噛んだ。招待されないのは当然だ。村医者と親しくしたがる貴族などいない。「それは楽しみですね」

「ふつうのパーティーではないのよ」ミセス・ハルが興奮した口調で言う。「ライザが気のきいた余興を用意しているの。それに、招待客も豪華なの！ あなたも名前くらいは聞いたことがあるはずよ。ウエストン卿でしょう、ホリスター卿でしょう、それからサンバーン子爵――英国でもっとも有名な家系の人たちよ！」

そいつはすばらしい。サンバーンとはイートン校で一緒だったし、ウェストンは古い友人だ。ホリスターに会ったことはないが、兄に一度便宜をはかってくれたことがあって、兄はそのお返しとして、ホリスターの政治運動を支援し、成功させた。「一週間開催するとおっしゃいましたね？」果たしてそんなに長いあいだ隠れていられるだろうか。

「もっと長くなるかもしれないわ」エリザベスが言う。「いっそのこと船に乗ってパリへ行くというのはどう？　誰も知りあいのいない町へ。いい友人になれるわ――」楽しそうな顔をミセス・ハルに向けながら、言葉を継いだ。「最悪の友人かもしれないけど！」

女性たちがどっと笑った。昼食のときに酒を飲んだか、あるいはマイケルにはわからない冗談が含まれているのだろう。

マイケルは作り笑いを浮かべた。「それで、パーティーの招待客は規準を守らなければならないんですね」

「そうなの！」ミセス・ハルが目を輝かせて身を乗り出した。「とりあえずこれまで作った規準を読み上げるから、率直な意見を聞かせてほしいの。ここはこうしたほうがいいとか、こんな項目を追加したらいいとか」

「ああ、ミスター・グレイがかわいそうです」ミス・マザーが言う。「本当に巻き込むつもりですか？」

かわいそうだと？　マイケルは気に入らなかった。

「あら、大丈夫よ」エリザベスが軽い調子で言った。「気のいい人だから」

マイケルは思わず顔をしかめそうになった。公爵の弟なら、こんなふうに女性たちに気安く扱われることは絶対にない。まるで男ではなく、特大のおもちゃになった気分だ。

「じゃあ、読み上げるわよ。その一」ミセス・ハルが言う。「魅力的でなければならない」

「わたしたちのお医者さまは、その点は問題ないわね」エリザベスがそう言って、マイケルに微笑みかけた。

「そうですね、ひとつ目の規準としては申し分ないと思います。最初の障壁はなるべく低いほうがいいですから」ミス・マザーが針を動かしながら言った。

皮肉な物言いだ。マイケルは一番低い障壁を超えたというわけだ。彼は咳払いをした。

「いったいなんのための規準ですか？」

誰も答えてくれなかった。「その二」ミセス・ハルが言葉を継ぐ。「発言と行動はつねに一致していなければならない」

エリザベスがうなずいた。「それがもっとも重要な規準ね。一〇番目の項目にするべきだわ。最後に越えなければならない関門として」

「わたしは反対です。それは危険な規準だと思います」ミス・マザーが小さな敵の首をはねるかのごとく、糸を嚙み切った。「殿方から、ぬいぐるみみたいに振りまわしてやると脅されたらどうするんですか？　どんな女性よりも愛犬を愛しつづけると言われたら？　それでも発言どおりに行動してもらいたいですか？」

ミセス・ハルがお茶にむせて、ティーカップを叩きつけるように置いた。

「まあ、マザー」エリザベスが言う。「あんまりこの子を驚かせないで」

ミセス・ハルが勢いよく手を振った。「あなただけ――」顔を真っ赤にし、咳《せ》き込みながら人差し指を立てる。「あなただけよ。そんな心配をするのは！　愛犬ですって？」

「でも、マザーの言うことにも一理あるわ」エリザベスが言った。「ただし書きをつけることにしましょう。ただし、恋愛に関する発言にかぎる。心を捧げると誓ったのなら、名字も銀行預金も捧げなければならない。ちゃんと書き留めた？」

なんてことだ。「それはつまり、求婚者の規準ですか？」マイケルはきいた。

三人の女性がいっせいに振り返って彼を見つめた。

「まさか家畜を選ぶ規準だとでも思っていたんですか？」ミス・マザーがきき返した。

「求婚者」ミセス・ハルが言う。「趣のあるすてきな言葉だわ！」

「彼は北国の人だから」エリザベスが言った——まるでそれですべて説明がつくとでも言わんばかりに。

「それなら、あなた方はなんと呼んでいるのですか？」マイケルはきいた。だんだん愛想のない口調になっているのを自覚していたが、かまうものかと思った。婦人の間に招かれて女性たちの内緒話を聞くことは男の夢でもある。ところがその夢がかなってみると、首輪をつけられ、頭をなでられる愛玩犬になった気分だった。

「有望な候補者とか」ミセス・ハルが答えた。

「善良な人」とミス・マザー。

「愛人」エリザベスが最後に言った。

するとほかの女性たちがきゃあきゃあ騒いだ。エリザベスはにっこりし、マイケルに視線を移した——彼があきれた顔をするのを期待していたのだろう。

マイケルはエリザベスの目をじっと見つめた。「率直な女性には感心します」

エリザベスの笑顔が揺らいだ。

「ただ、理想の愛人を手に入れたいなら、もっと規準を厳しくしたほうがいいと思います」

マイケルはそう言うと、エリザベスの口元に目を落とした。

エリザベスは顔を真っ赤にし、うつむいて折りかけの薔薇をもてあそびはじめた。

ぼくとのキスがどんなによかったか、思い出すといい。

「やっぱり」エリザベスが咳払いをしてから言った。「話題を変えましょう。こんな話、ミスター・グレイには退屈でしょうから」

「全然そんなことありませんよ」マイケルが突然立ち上がったので、ミス・マザーとミセス・ハルは驚いて彼を見上げた。うつむいたままのエリザベスは、それには気づかなかった。

マイケルはエリザベスの横を通り過ぎ——わざとスカートをかすめながら、ティーポットに手を伸ばした。

「あら、わたしたちにまかせてくださいな」ミセス・ハルがそう言ったものの、一番近くにいるエリザベスはじっと座っていた。

「ぼくの意見を知りたいですか？」マイケルは小声できいた——エリザベスだけに聞こえるように。

エリザベスが唇を開いて彼を見つめた。マイケルはその目を見つめ返さずにはいられなかった。これほど美しい瞳を見たのははじめてだ。光の加減によって、微妙に色を変える。いまは鮮やかな緑で、ドレスとまったく同じ色だった。

友人同士でなどいられない。

「残りの規準もぜひうかがいたいです」今度はみんなに聞こえるように言った。「ミセス・ハル、どうぞ続けてください」

エリザベスが、黙り込んでしまった友人たちに視線を移した。

「〝愛人〟はわたしの好きな言葉ではありませんが」ミス・マザーがしばらくしてから口を開いた。「〝善良な人〟というのはたしかにしっくりくる言葉ではなかったですね。狭い範囲に限定されてしまいますし」

「〝望ましい独身男性〟というのはどう？」ミセス・ハルが甲高い声で言う。「ライザはそういう人たちを何人かパーティーに招待したのよ！」

マイケルは危うくティーカップを落としそうになった。エリザベスが手を伸ばしてそれを受け止める。一瞬、指と指が触れあった。

そんなささいな触れあいで、マイケルは少年みたいに息をのみ、切迫感に襲われた。

やれやれ、願ってもないことだ。婦人の間で三人の女性に見つめられているときに、下半身が反応するとは。マイケルは歯を食いしばって言った。「そういうことだったんですね」

エリザベスが椅子に座り直した。お茶を注ぐあいだ、マイケルは彼女の視線を感じていた。わざとこぼしたくなる。やけどでもすれば、気が紛れるだろう。

「こんなものが見られるとは思っていませんでした」ミス・マザーが声をあげた。

まさか、気づかれたのか？

「自分でお茶を淹れる男性などめったに見られません」ミス・マザーはそう続けた。マイケルはほっと息を吐いてポットを静かに置いた。

「本当だわ」エリザベスが言う。「役に立つ男性というのも、規準につけ加えましょう」声は明るく生き生きしていた。落ちつきを取り戻してきたようだ。「役に立つ男性ってすてきよね」

マイケルは微笑んでふたたび椅子に腰をおろした。「高邁な理想ですね。理想に乾杯しましょう」お茶をひと口飲む。「極上の烏龍茶だ」

「くだらないわ」ミセス・ハルが言う。「それはミスター・グレイはお茶を自分で淹れるかもしれないけれど、わたしたちが今回の規準の対象となる階級の紳士たちは、自分ですることに慣れていないんですからね」

だんだんミセス・ハルに腹が立ってきた。「本当ですか？」マイケルはきいた。「上流階級の紳士たちは、お茶も淹れられないほど不器用なんですか？」

「そうじゃなくて、あなたとはまるで違う生活を送っているのよ。男性はただ単に、自分ではお茶を淹れないの。それに、めったにお茶を飲まないわ。飲むのは女性と一緒にいるときくらいね」

マイケルは思わずむせそうになった。「驚きました。代わりにお酒を飲むんですか？　朝も昼も夜も？　女性を交えた席では、水も用意されるんでしょうか？」

ミセス・ハルが寛大な笑みを浮かべた。「きっとびっくりするわよ。時間と手段さえあれば、殿方がどれほど自分を甘やかすかを知ったら」

やれやれ。結婚がうまくいかないことが多い理由のひとつに、男性も同じ人間であることを、女性が理解していないことが挙げられるのではないかとマイケルは思った。「それなら、こんな規準をつけ加えたらどうですか、ミセス・ハル？　頼んだらお茶を淹れてくれる男性でなければならない」

ミセス・ハルが鈴の音のような甲高い笑い声をあげ、あわてて手のひらを口に当てた。

「ミスター・グレイ！　あなたはこの規準の目的をわかっていないわ」

「わたしは彼の提案に賛成します」ミス・マザーが言う。「騎士道精神を試すのに最適な規準です」

「ねえ」エリザベスが口をはさんだ。「砂糖とミルクを入れるところまでやってほしいわ」

ミセス・ハルが舌を鳴らした。「ミスター・グレイみたいに生活のために働いている男性ならそれでいいかもしれないけれど、エリザベスとわたしが探しているのは育ちのいい洗練された紳士なのよ！　召使いになれる男性ではないわ」

一瞬、気まずい沈黙が流れた。ミセス・ハルの発言は、マイケルに対する明らかな侮辱だ。

エリザベスが笑顔を取り戻した。まぶしすぎるほどの笑みをまずマイケルに、それから女性たちに向けた。「ミスター・グレイがミセス・ブロワードに奇跡を起こしたときの話はもうしたかしら？　ミスター・グレイがボスブレアに来てくれて、わたしたちは果報者ね！」

ミス・マザーとミセス・ハルが同意の言葉をつぶやいたものの、会話がふたたび盛り上がることはなかった。

マイケルは彼女たちを不憫《ふびん》に思い、腰を上げた。「そろそろおいとまします」

エリザベスも立ち上がって言う。「玄関までお送りするわ」

彼女は明らかにほっとしている様子で、マイケルはそれが気に食わなかった。

廊下に出たあとで言った。「ここで結構ですよ」

「でも――」エリザベスがため息をつき、両手を組みあわせた。「あなたに失礼なことをしてしまったような気がするの。ジェーンは決して悪気があって言ったわけじゃないのよ。何も考えずに愚かなことを――」

「そんなことないですよ」婦人の間から解放されたいま、マイケルは急にばかばかしくなった。演技を続けていることも、公爵の息子なのに、身分が低いことを思い知らせてしまって悪かったと謝られていることも。

「ぼくは生活のために働くのを恥ずかしく思ったことは一度もありません」マイケルは言った。たしかに、いま生まれてはじめて生活のために働いている。そしてその結果、はじめて……自分の能力に完全に自信を持つことができた。

その点は、兄に感謝するべきかもしれない。そう思うと心が軽くなり、本物の笑みが浮かんだ。「本当です。全然気にしていません」

エリザベスが片手を持ち上げ、少しためらったあとでまたおろした。ふたりが気軽に触れあうことはできないという、暗黙の了解があった。「それでも、埋めあわせをさせてほしいわ。火曜の夜、ここで一緒に夕食でもどうかしら？　わたしの友人を紹介するわ」

「望ましい独身男性たちのことですか？」ウェストンもそのひとりだ。認めたくはないが、どの点から考えてみてももっとも望ましい。

エリザベスがわずかに眉根を寄せ、口ごもった。「ええと……その、そうよ。何人かはそういう人たちよ」

「あなた方が設けた規準を教えるつもりなんですか？」マイケルは心のなかで自分に言い聞かせた——彼女をめぐって争える立場にはない。「玄関で規準書を配るとか？」

エリザベスの眉間のしわが深くなった。「あれは女性のための規準なのよ。見境なく男性に心を捧げてしまいがちな女性のための」

「あなたが、まだぼくが名前を教えてもらえない男に捧げてしまったように」マイケルは言った。

エリザベスが奇妙な表情を浮かべ、体を引いた。「あなたの知らない人よ。知ってもしかたのないことでしょう？」

マイケルはそこで堪忍袋の緒が切れた。

抵抗する隙を与えず、いきなりエリザベスを壁に押しつけて唇を重ねた。

9

唇を押し当てられ、ライザは一瞬、ぼう然とした。さっきまで婦人の間で飼い猫みたいにおとなしくしていた人が、突然トラに変身したのだ。ライザは顔をそむけようとした。声をあげて、マイケルの目を覚まさせようとした。でも、彼はそうさせてくれなかった。両の手のひらでしっかりと顔をはさまれ、動けずにいるうちに、舌が入ってきた。

たったそれだけで体がとろけていくのを感じた。大きな体に包み込まれ、むさぼるようなキスに圧倒される。マイケルの唇は烏龍茶と、砂糖の甘い味がした。あとで後悔するのはわかっているのに、やめられない。

彼の手が滑りおりて、胸のふくらみをつかむ。まぶたを開けると、鮮やかな青の目と目が合った。かたくなった胸の先を手のひらがかすめる。大胆な視線と手の動きに、ライザは思わず歓びの声をあげた。

マイケルがにやりとしたのがわかった。手が下に移動してウエストをつかまれ、きつく引き寄せられる。膝の力が抜けて立っていられなくなり、首に腕をまわして完全に身をまかせると、さらに壁に押しつけられた。身動きひとつできなくなり、体が背後の壁と同じくらい平らに押しつぶされた。

口づけは激しさを増していく。まるでライザに何かを信じさせようとするかのように。いったい何を？　何を伝えようとしているの？　そんな必要はないことをわかってほしくて、夢中でキスを返した。マイケルの髪はやわらかく、少しだけ伸びすぎて襟にかかっている。うなじはなめらかで熱い。きつくつかむと、体に震えが走った。飢えや喉の渇きと同じような原始的な欲求を感じていた。

階下の玄関広間のほうから声が聞こえてくる。ふたりは同時に体をこわばらせた。マイケルが目をぱっと開ける。どこまでも青い瞳が現れた。

誰かに見られるかもしれない。ふたりは目につく場所に立っていた。

マイケルが首に顔をうずめてきた。大きく息を吸い込む音が聞こえる。ざらざらした顎がゆっくりと肌をかすめた。

「ただの友人ではいられない」

ライザは手を背中に滑らせると、やわらかい毛織の上着をぎゅっと握りしめた。思い出すのよ。マイケルをあきらめなければならないもっともな理由がある。彼にはお金がない。それに、ライザを支配する力を持っている――本人は気づいていないけれど。

そのことを決して知られてはならなかった。いくら善人でも、男であるのに変わりはない。相手が絶対に使わないという愚かな期待を抱いて、男性に武器を渡してはならないことは学んでいた。

〝高望みがすぎるわ〟と言ったら、マイケルはたちまちわれに返るだろう。「あなたは……」〝身分をわきまえなさい〟そう言うだけでやり込められるだろう。でも言えなかった。

ライザはマイケルの肩に額を押しつけた。きつく抱きあうと、彼の体がかすかに震えているのがわかる。彼女は勝利感に酔いしれた。ちっとも女らしくない感情だわ。野蛮で貪欲な感情。

ライザはマイケルを支配したかった。自分のほうが身分が高いのを、気に入っていた。彼が体を震わせるのも、笑い声をあげるのも、そればかりかお茶の味を褒めるのも、全部自分のおかげであってほしかった。自分よりはるかに背が高くてたくましい男性の体を震わせる力を持っていると思うと、気分爽快だった。だけど、彼を見下すつもりはない。絶対に。これほど立派で、有能で、強い人を見下せるはずがない。あの夜、赤ん坊を渡されたときのように、マイケルのすることすべてに関わりたかった。とても価値のあることだから。懸命に働く彼を支えたかった。

けれども、それはできない。

いまの自分には自由がなかった。選択肢はほとんど残されていない。そのどれにも、マイケルは含まれていなかった。

「ねえ」ライザはかすれた声で言った。「誰かに見られるかもしれないわ」

熱い吐息が耳たぶにかかる。「ああ」

ふたりはゆっくりと離れた。ライザは手のひらで背中をなでおろし、引きしまったウエストをたどってから手を離した。マイケルが一歩うしろにさがり、ライザは肩にもたせかけていた頭を上げた。

目と目が合うと、ライザの心臓がどきんと高鳴った。同時に、まるで錠に鍵を差し込んだかのように心が決まった。

一度だけ。一度きりの逢引きならきっと大丈夫。それくらいいいでしょう？

「招待客はあさって到着するの」ライザは言った。「もしその前に抜け出せたら……」

彼の表情が微妙に変化した。ライザを見つめる目にさらに熱がこもる。

「明日は洗礼式があります」マイケルが言った。「彼女たちも」顎で私室を指し示す。「あなたと一緒に来るんですか？」

「いいえ、でも……」ライザは唇を噛んだ。彼の視線をそこに感じると体がかっと熱くなり、唇を軽くすぼめてからなめた。

マイケルがはっと息をのんだ。「今度同じことをしたら、どこかの部屋に連れ込みます」

乱暴な人。ライザはそれが気に入って微笑みかけた。拍手を送りたい気分だった。

「洗礼式は」マイケルが繰り返した。

「欠席するつもりだったの」でもやっぱり……。

「あなたは教母《ゴッドマザー》ですよ」

ライザはマイケルを見つめ、臆病な自分と闘った。母の葬式以来、教会には足を踏み入れていない。でも、あれからだいぶ経っている。それに、そこへ行ったあとにすてきなできごとが待っているのだから……。「行くわ」よく考える前にそう言っていた。「洗礼式が終わったら……湖のほとりに小屋《コテージ》があるの。猟場管理人の……」

マイケルに手を取られた。人差し指がくわえられるのを、ライザは息を切らして見守った。濡れた熱い舌をゆっくりと這わせられると、胸が締めつけられた。

「じゃあ、明日そこで」マイケルは燃えるような目をしていた。ライザの手のひらに唇を押し当ててからそっと下におろすと、妙に堅苦しい態度で一歩うしろにさがった。

マイケルはお辞儀もせずに立ち去った。ライザはその場に立ち尽くし、胸を張ってゆっくりと階段をおりていくうしろ姿を見送った。彼はまるで王子のように尊大な歩き方をする。自分は思っていたより勇気があるのかもしれない、とライザは思った。世界一の愚か者かもしれないけれど。明日ついに、評判どおりの女になるのだ。

しばらく晴れの日が続いていたが、ブロワード家の赤ん坊の洗礼式の日は二週間ぶりの曇天となった。遅れて到着したマイケルは、一番うしろの席に腰かけた。開け放された窓からすがすがしい風が入ってくる。彼はそわそわと靴底を敷石にすりつけ、目をこすった。このあとに起きることを考えたら、昨夜はほとんど眠れなかった。体を重ねる前に、やるべきことがあった。

エリザベスは医者としてのマイケルを求めてくれた。それを考えると驚いてしまう。英国でも指折りの美女が、公爵家の息子だと知らずになびいてくれたのだ。だが奇妙な喜びを覚えながらも、嘘をついたまま彼女と寝るのは気がとがめた。

だから、マイケルは真実を打ち明けるつもりだった。そして、ひとたび衝撃が過ぎ去ったら、エリザベスはそれを愉快だと思ってくれるはずだ――そう願っていた。星に向かって叫びたいと言っていた女性だ。村医者と戯れたがるような悪名高い未亡人だ。彼女の友人たちが訪れた際の、いい話の種になるだろう。マイケルはエリザベスの愛人として、隣に立って彼らを迎えよう。

どの点から考えてみても、筋の通った計画に思えた。どちらにとっても都合がよいし、あんな新聞記事を書かせたアラステアに対する仕返しにもなる。もう待ちくたびれた。いま正体を明かせば、噂は必ずロンドンまで伝わる。貞淑で慎み深い女性と結婚するはずのマイケルが、街で噂の未亡人とつきあっていると知ったら……。

アラステアもはや静観してはいられないだろう。きっと隠れ家から出てくる。エリザベスのような女性を、兄は絶対に認めない。

そう考えたと同時に、マイケルは強い怒りに駆られた。エリザベスがそんなふうに判断されると思っただけでいい気がしなかった。たとえ何があろうと、アラステアに彼女のことを悪く言わせはしない。

マイケルは身を乗り出して、エリザベスの姿を探した。ところが、ミスター・ブロワードと、代父を務める縁者の体にさえぎられて見えなかった。

赤ん坊が泣き出した。よそゆきのリンネルの夏服を着た教区民たちは、ほっと息をつくと、賛美歌を歌うために起立した。マイケルも彼らに倣って立ち上がったものの、その歌を知らなかった。それでも彼らはマイケルにあきれ返る代わりに、微笑みかけた。メアリー・ブロワードの手術に成功してからというもの、マイケルはボスブレアの人たちに心から歓迎されていると感じることができた。どこへ行っても知らない人が話しかけてきて、敬意を示してくれた。

きれいな歌だった。マイケルは目を閉じて酔いしれた。そして、石や湿っぽい紙や蠟燭の煙のにおいをかいでいるうちに、子ども時代の記憶が呼び覚まされた。まだ両親の不仲が公になる前で、教会でも歓迎されていた頃の話だ。マイケルは日曜礼拝が好きだった。両親が口に出して彼を褒めてくれる唯一の場だったからだ。いまでも兄に向かって言う母の声が耳に残っている。〝どうしてマイケルみたいにできないの？　マイケルはおとなしく座っているでしょう！〟

ふたたび目を開けると、雲の切れ間から太陽が顔を出していて、祭壇の上のステンドグラスが、最前列でうつむいている人々の頭に金と青の光を注いでいるのが見えた。その美しさに心をつかまれ、一条の光を目で追っていくと、青灰色のリボンのついたボンネットに行きついた。ボンネットをかぶった人物が横を向き、透き通るような横顔があらわになる。マイケルは今度は心をわしづかみにされた。これほど美しいものを目にする準備はできていなかった。

彼の思いが伝わったかのように、エリザベスが振り向いた。光のいたずらか、困っているような表情に見える。薄明かりのなかで目と目が合うと、マイケルは自然と笑みをもらした。エリザベスは微笑み返したあと、ふたたび前を向いた。

マイケルはボンネットをじっと見つめた。実に……ふつうだ。いかにも慎み深い既婚婦人や、きまじめな未亡人がかぶりそうな帽子だった。正体をとてもうまく隠している。しかし、あと数時間後には——いや、それより早く自分があのボンネットを脱がせて、髪をほどくのだ。

髪に指を通したときの感触が容易に想像できた。最初に会った日、エリザベスの髪は燦然《さんぜん》と輝いて見えた。触れられないのがつらかった。だが、それを我慢するのがこれほど苦しくなるとは予想していなかった。

あと少しだ。ブロワード家での午餐会が終わったら……。

洗礼式が終了した。マイケルの近くにいる人たちは最後に出るため、席に座ったままでいた。最初にブロワード家の子どもたちが、続いて夫に肩を抱かれたメアリーがやってきた。まだ本調子ではないが、赤ん坊を胸に抱きしめてしっかりと歩いている。マイケルの姿を認めるとぱっと笑顔になった。マイケルはうなずいてみせた。

そのあとに出るのは郷紳《ジェントリ》だ。エリザベスを先頭に、狭い通路を一列になって歩いてくる。マイケルは胸騒ぎがした。エリザベスは彼をちらりとも見なかった。

ライザは教会から出ると、真昼の日差しに目をしばたたいた。よそゆきを着た人たちが笑いさざめきながら、ぞろぞろとライザを追い越していく。洗礼式のあとは、ブロワード家で午餐会が開かれる。けれどもライザは、それには参加しないつもりだった。マイケルとの約束がある……気分が乗らないけれど。彼に結局、つまらない女だったと思われるのが怖かった。

そっと目をぬぐい、深呼吸をしてから、洗礼式のあいだずっと頭から離れなかった場所へ足を向けた。

墓地は砂利道を少し歩いたところにある。そこに母を埋葬したのは嵐の日だった。薄暗く、強風が吹いていて、霜柱のような雨が頬を刺した。ライザはそれがひどく間違っているような気がして、もう少しで叫び出すところだった。

だがいま、ここから見た墓地は、驚くほど安らかで、陽気にさえ見える。豊かな緑は青々としていて、墓石は薔薇に覆われていた。

とはいえライザにとっては、月より遠い場所だ。

通り過ぎる人たちはみなライザに微笑みかけたり、会釈したり、視線を浴びせたりする。ライザは好奇の目で見られるのにもう慣れっこになっていたし、ここの人たちはロンドンよりもあたたかいけれど、それでもやはり、耐えがたくなるときがあった。どこへ行っても注目され、噂される。つねににこにこしていなければならないことに疲れ果てていた。

空を見上げると、雲がもくもくと広がっていた。引き返す言い訳になる。

そのとき、誰かに肘をつかまれた。ライザは驚いてその手を払いのけ、振り返った。

そこにはマイケルが立っていた。悪気はなかったというように、手のひらを上にして突き出している。「すみません」彼は言った。「驚かせるつもりはなかったんです」

ライザはマイケルの手を握りしめたい衝動に圧倒された。その腕のなかに飛び込み、肩に顔をうずめて、背後の景色から目をそらしたかった。それですべてが解決するとでもいうように。

しかしそうする代わりに、愚かなことを言った。「来たのね」

マイケルが眉根を寄せた――当然だ。さっき教会のなかで目と目が合ったのだから。「もちろんです。来ないと思いましたか？」静かに笑う。「天災にでも遭わないかぎり必ず来ますよ」

そうね。逢引きの誘いを断る男などいないだろう。

そんなふうに考えてはいけないわ、とライザは思った。不機嫌にふるまうなんておかしな話だ。マイケルと会うのを、彼と同じくらい楽しみにしていたのだから。それなのに、洗礼式が終わったあと急に……自分が間違ったことをしているような気がしてきた。

〝愛がなければ、間違っているわ〟

母の声がいつもよりはるかに大きく鳴り響いた。母を埋めた場所の近くにいるからだ。

「大丈夫ですか？」マイケルがきいた。

ライザは無理やり笑った。妙な態度を取って、気が触れたのだと思われないように。「ええ、もちろん。あなたは？」そう言ったあと、心のなかで母の声に答えた。〝それなら、間違っているわね。でも別にかまわないわ〟だって、この関係に愛が入り込む隙などないから。マイケルを愛してもしかたがないから。ただ、結婚相手を探す前にもう一度だけ……。

「ぼくならすこぶる元気ですよ」マイケルがおどけた口調で言う。「それにしても、ブロワード家は実にすばらしい教母を選びましたね」

午後の光が、マイケルの口元のしわを照らし出した。明日、望ましい独身男性たちの顔をじっくり見て、笑いじわのある人を探してみよう。よく笑う夫のほうがいいに決まっている。

「とても光栄だったわ」

マイケルが言葉に詰まって、ライザをじっと見た。ふたたび微笑んだものの、無理をしているのがわかった。ライザの態度に困惑しているのだ。「一番うしろの席に座っていたので、声が聞こえなかったんです。赤ん坊になんという名前をつけたんですか？」

いつもの調子を取り戻さなければならない。ライザは荒々しい息を吐き出した。「ローズマリーよ」くぐもった声で答える。「ローズマリー・アデル」

マイケルが近づいてきて、ライザの腕に軽く触れた。思いやりから生まれる行為で、周囲の人が眉をひそめるようなものではなかった。「本当に大丈夫ですか？」彼がやさしくきいた。

日が照ったり陰ったりするなか、突然風が吹いて木の枝を揺らした。枝の影がマイケルの顔の上で揺らめく。それとは対照的に、彼の顔は微動だにしなかった。彼は……どっしりとしている。つまらないことで大騒ぎする上流階級の男たちとは全然違う。マイケルのような人は見つけられないだろう。

考えるだけで苦しくなり、ライザは喉につかえたものをぐっとのみ込んだ。「母がローズマリーという名前だったの」メアリーはライザが喜ぶと思ったに違いない。ふつうの女性なら、まともな女性なら喜ぶはずだ。

まともな女性なら、母親の墓参りもするだろう。けれどもライザは一度もしたことがなかった。臆病者みたいに、従僕に薔薇と花輪を持っていかせていた。

「母がそこに埋められているの」ライザは気づくとそう言っていた。

「ああ」マイケルの表情がやわらいだ。目元がやさしくなっている。「それは大変でしたね。いつ頃亡くなられたんですか？」

「もう一年になるわ」ライザは喉が締めつけられるのを感じた。「もうとっくに……立ち直ってもいい頃よね」

とはいえ、これ以上状況がよくなることなどなく、これがふつうになってしまったのではないかと、ライザはときどき不安になった。自分はひとりぼっち。結婚しなければならないのに、これからベッドに連れ込もうとしている男性は……よそ者だ。ライザの実生活についても、友人たちについても、ライザの過去についても何も知らない……。

彼の隣にいると、ライザは年寄りになった気がした。

「死は当たり前のことだと、人は自分に言い聞かせます」マイケルがやさしく言った。「避けられないことだと。だからこそ恐ろしいのに」

ライザははっと息をのんだ。ここで泣くわけにはいかない。思い出したくない。人前でする会話ではなかった。

「あなた――」喉が詰まり、咳払いをして両手を握りしめた。「ごめんなさい。こんな日にする話ではなかったわね。とても喜んで――」

「午餐会に出席しなくても、誰もあなたを責めませんよ」マイケルが小声で言う。顔に深い同情の色が浮かんでいた。「今日の約束も……また今度にしましょうか」

いいえ、それはできない。ライザが好きなように行動できるのもあと少しだということを、マイケルは知らないのだ。裕福な未亡人と違って、夫を探しているとうの立った女性は、奔放にはふるまえない。

でも、明日までは自由の身だ。

ライザはとっておきの笑みを浮かべた。それはいつものように効果を発揮して、マイケルは目がくらんだようにまばたきした。「猟場管理人のコテージだけど」ライザは言った。「わたしたちのために整えさせておいたのよ」ブランデーの瓶も置いてある。その味を思い出すと、全身が期待に震えた。少し飲めば気分がよくなるだろう。

「そうね」ライザはマイケルの腕を取って言った。「ブロワード家の午餐会は一緒に欠席しましょう」

黙って隣を歩きながら、マイケルはエリザベスの横顔をちらちらと盗み見ていた。道に転がっている石や馬の糞を反射的によけながら、物思いにふけっている。とてもこれから密会する人には見えなかった。コテージでたとえ何が起ころうと――あるいは起こらなかろうと、こんな状態の彼女をそのままひとりで帰すわけにはいかなかった。

今日は市の立つ日で、ボスブレアへ向かう道路は、農産物を満載した荷車やヒツジの群れで混雑していた。ふたりは何度も立ち止まって、荷車に道を譲った。あるとき、ポニーが引く馬車の御者が速度を落とした。帽子を取ると、もじゃもじゃの白髪頭が現れた――ミスター・モリスだ。

「ミセス・チャダリー」モリスが無表情でふたりを見おろした。頰のたるんだ顔が『クリスマス・キャロル』のスクルージを連想させる。若い頃はきっと頑固そうな顎をしていたに違いない。しかし残念ながら、彼の愚かさは一見しただけではわからなかった。「ご機嫌いかがですかな？」モリスが言う。「目的地までお送りしますよ」

マイケルは小さく笑った。どうやらエリザベスをめぐるライバルが現れたらしい。モリスの馬車はふたりしか乗れない。

「ご親切にどうも」エリザベスが答えた。「でも、大丈夫よ。ミスター・グレイがエスコートしてくださるから」

モリスの青白い顔がたちまち赤くなった。モリスとの確執は、案外もうすぐ解消されるかもしれないと、マイケルは思った。あの顔色からすると、あまり先は長くなさそうだ。

「ふむ」モリスはそう言うと、手綱をぴしゃりと打った。ポニーが駆け出し、馬車はあっという間に走り去った。

「どうやらぼくは嫌われているみたいですね」マイケルは言った。

エリザベスが謎めいた笑みを浮かべた。「ミスター・モリスの言うことをあまり気にしないほうがいいわ」マイケルの肩の向こうに視線をさまよわせながら言う。「ずっと地元の英雄だったのに、ブロワード家の人たちがあなたの腕を触れまわっているものだから、虚栄心が傷つけられたのよ」

マイケルは舌を噛んだ。違う。問題はそこではない。「ぼくは彼の虚栄心ではなく、医者としての能力を心配しているんです」エリザベスが驚いた顔でこちらを見たが、マイケルはかまわず話しつづけた。「ミスター・モリスはあなたのご家族の援助を受けて医者になる勉強をしたのでしょう。あなたの祖父上の時代でしょうか？　それから半世紀経っていますが、そのあいだに医学は進歩しているんです。このままだと患者の半分を殺しかねない――少なく見積もっての話ですよ」

「そんなことないわ」なぜかエリザベスの声が震えていた。「この前はたしかに彼のやり方には問題があったのかもしれないけれど、そのほかの病気に関してはすばらしいお医者さまよ。だって、女王陛下の主治医たちのお墨付きですもの」

マイケルは思わず笑いそうになった。「そうなんですか？　モリスにそのような推薦書を買う金があったとは驚きです」

エリザベスが吐き出すように言った。「失礼なことを言わないで！　ミスター・モリスはうちの主治医なのよ。わたしが生まれる前からずっと！」

だからだろう、とマイケルは思った。チャダリー家の寵愛を受けている医者は、ほかの患者を殺しても守られる。「モリスはやぶ医者だ。この地域の人たちの健康よりも、彼に対する義理のほうが大事なんですか？」

突然、平手が飛んできた。

マイケルは驚きのあまりあとずさりした。エリザベスが口をゆがめながら、彼をにらみつけている。それから、くるりと背を向けて足早に立ち去った。湖へ通じる道に面している生垣をすり抜け、見えなくなった。

マイケルは頬に手を当てた。女性に叩かれたのははじめてだ——叩かれてもしかたのないことをしたのだが。

「くそっ」殴られるのは我慢できなかった。たとえ相手が女性だろうと。マイケルは反対方向に歩きはじめたところで急に立ち止まり、道の先をぼんやりと見つめた。

やれやれ！　エリザベスが何に悩んでいるのかは知らないが、ひどく取り乱しているのは確かだ。

不本意ながら、マイケルは彼女の友人になると約束した。友人はたとえ怒っても、相手が困っているときに見捨てたりはしない。

マイケルは深いため息をつくと、踵を返してエリザベスのあとを追った。

10

猟場管理人のコテージはきちんと掃除されていて清潔で、新鮮な水や食料も置いてあった。ライザはブランデーの瓶を両手で抱え込み、窓辺にひとつだけある椅子——猟場管理人をしていたミスター・パジェットの形見だ——に腰をおろした。パジェットはよくこの椅子に座って湖を眺めていた。お嬢さんを見守るためだよ、と冗談まじりに言っていた。両親はめったに狩りをしなかったため、仕事はあまりなかったけれど、心のやさしい、森の精霊のような人だった。森で遊び疲れたライザが訪ねていくと、いつもレモネードをふるまってくれた。

パジェットはずいぶん前に亡くなった。この部屋に彼の気配は感じられない。人は必ず死ぬ。そして、すぐに忘れ去られる。でも、ほかのみんなが忘れようと、わたしだけはミスター・パジェットを覚えている。

外から足音が聞こえてきて、振り向くと、マイケルの姿が目に入った。もっと男性の身長が低かった時代に作られた戸口で、ぎこちなく身をかがめている。

「ついてこないでほしかったわ」ライザはそう言いながらも、心から安堵していた。そして、そのことを嘆かわしく思った。自分はそれほど孤独なのだ。ひどい態度を取ったばかりの相手に会えて喜ぶなんて。

マイケルがためらいがちに言った。「入ってもいいですか?」

エリザベスはうなずき、戸枠をくぐり抜ける彼を見つめた。優雅な物腰と呼ぶには男らしすぎるけれど、気持ちがよい。つねにきびきびしている。

マイケルがミスター・モリスに関して言ったことは、思い出したくなかった。

マイケルが室内を見まわしたので、エリザベスもつられてそうした。コテージと呼んではいるものの、ひと部屋しかない小屋だ。何度増築を提案しても、パジェットは断った。〝こういうのが好きなんですよ。ベッドにストーブに机、本当に必要なものさえあればそれでいいんです〟と、つぶやくように言っていた。

マイケルがこちらに視線を戻したとき、叩かれたせいで頬がかすかに赤くなっているのに気づいた。ライザは膝の上で右手をきつく握りしめた。

急にブランデーの瓶を重く感じた。

ライザは瓶をそっと足元に置いた。いやな女になった。残りの人生、ずっとこのまま生きていくつもり?

背筋を伸ばして深呼吸をした。「さっきはごめんなさい。どうかしていたわ」

マイケルがライザをじっと見たあとで言った。「何か悩みがあるんですね」

「ええ」

「ぼくに打ち明けてください。それでなかったことにしましょう」

マイケルがあっさりと謝罪を受け入れてくれたことに、エリザベスは驚いた。世の中、ネロみたいに神経質で根に持つ男ばかりではないということを、どうやら忘れてしまっていたようだ。

それでも、そんなに簡単に許されていいはずがない。あんなことをする女なのだと、ライザは思われたくなかった。「わたしが間違っていたわ。でも、ミスター・モリスは——」ごくりとつばをのみ込む。「母が病気になったとき、治療をしてくれたのはミスター・モリスだったの。だから……」

単純な真実を打ち明けるのが、これほどつらいことだとは思わなかった。個人的な恐れを告白したら、自分が弱くなってしまう気がした。でも、マイケルには正直に話すべきだ。叩かれたにもかかわらず、心配して追ってきてくれたのだから。「ほかのお医者さまに診てもらっていたら助かっていたかもしれないと思うと耐えられないの」ライザはひと息に言った。

マイケルが表情を曇らせた。「ああ。それは……」深いため息をつき、片手で顔をこすり上げ、そのまま褐色の髪をかき上げる。あちこちはねた髪が、不良っぽい雰囲気を醸し出していて、よく似合っていた。「それはまったく別の問題です。謝らなければいけないのはぼくのほうだ。申し訳なかった。あんな話題を持ち出すなんて……ぼくが間違っていました」

「謝る必要なんてないわ」マイケルがドアをちらりと見たので、ライザはあわてて言った。「いいのよ、本当に。どうぞ座って」

マイケルがふたたび室内を見まわし、ほんのかすかに笑みを浮かべた。そのときライザは、もうベッドしか座る場所が残っていないことに気づいた。

「清潔なのよ」おかしなことを言ってしまった。「その、シーツは。ときどき管理人を臨時に雇っているの。お客さまが狩りをしたがったときのために。それで今朝、シーツを交換するよう使用人に言っておいたの」

マイケルの顔が赤くなった。今日会ったもともとの目的を思い出して、ライザはきまり悪くなった。

すべて台なしにしてしまった。自分にはその才能があるのかもしれない、

マイケルが小さなベッドに腰かけた。肘を膝にのせ、手を軽く組みあわせてライザのほうを見る。「お母上はどうして亡くなられたんですか?」

エリザベスははっとした。「やめて」話したくなかった。そのためにマイケルに打ち明けたわけではない。「残酷な質問だわ!」もし話したとして、ほかの医者――マイケルみたいな人なら母を助けられたとわかったらどうなるの? とても耐えられそうになかった。

「無理に答えろとは言いません。でも、ぼくがあなたの恐怖に終止符を打ってあげられるかもしれない」

恐怖? ライザは震える息を吸い込んだ。マイケルの言うとおりだ。母の問題だけではない。最近、あらゆる恐怖にがんじがらめになっている気がする。それで、臆病になり、母の墓参りにも行けずじまいになっていた。そして、恐怖心からネロとずるずるつきあっていた。彼のいやな面を最初に目にしてから、何カ月も経っていたのに。

さっさと話してしまったほうがいい。「心臓疾患。そう言われたわ」微笑もうとしたけれど、無理だった。「それって恐ろしい病気なの？」

マイケルは組んだ手を口元に持っていき、その上からライザをじっと見つめた。「どんな症状があったんですか？」

ライザは手を握りしめ、落ちついた声を保った。「まず、むくみね。脚がものすごく腫れ上がったの。歩くのもつらくなって、何カ月も息切れが続いていた。わたしは……できるかぎりのことをしたわ。ロンドンへ連れていって、女王陛下の主治医にも診てもらったの。でも、母はここを離れたがらなかったし、それに、ミスター・モリスはじゅうぶん手を尽くしているとそのお医者さまたちが言ったから」

マイケルがわずかに肩の力を抜いたように見えた。ライザは思いを顔に出すまいとしたけれど、目はこう訴えているだろう。お願いだからそれでよかったのだと言って——。

「ええ」マイケルが言った。「そのとおりですよ、エリザベス。お年寄りによく見られる疾患です。治療法はありません。患者の痛みをやわらげるくらいのことしかできませんが、それならあなたもしたはずです」

ライザは息を吐き出した。しばらく声が出なかった。それから、ささやくように言った。

「それって……わたしを慰めるために、嘘をついているわけではないわよね？」

「まさか」マイケルの口元に悲しそうな笑みが浮かんだ。「こういったことで嘘はつきません」

ライザはほっと息をついた。「そうよね……ありがとう」ほかに言葉が見つからなかった。

「本当にありがとう」

「ぼくは何もしていません」マイケルが言う。「ただ事実を述べただけです」

不意に涙が込み上げ、ライザは窓の外に目を向けてごまかした。安堵の涙かしら？ わからなかった。自分は母の痛みをやわらげることができただろうか？ 母は痛みにとても勇敢に立ち向かい、娘に世話を焼かれるのを嫌った。気を遣うのはいつも母のほうで、娘と立場が逆転するのを受け入れられなかったのだろう。そのせいで口論になった。〝あなたの暗い顔にはもううんざりよ〟母は言った。〝ここにずっと閉じこもっているつもり？ 一週間くらいロンドンへ行ってらっしゃいな。わたしのために本を買ってきてちょうだい。楽しい本にしてね〟

ライザが悲しむのを許してくれなかった。〝まず幸せな人生だったと言えるわね〟ほかにもいろいろなことを言い残した。〝どうしてお父さまに賛成してしまったのかしら……過去に戻ることができたら、絶対にチャダリーとは結婚させなかったのに。ああ、ライザ、許してちょうだいね〟

母が謝る必要などなかったのに。そして、ライザは本を買いにロンドンへ行った。だが行くべきではなかった。出発したその夜に……。

タウンハウスに到着するやいなや、電報が届いた。

ああ、また感傷的になっている！ ライザは目をぬぐった。過ぎてしまったことは変えられない。

無理やり微笑んで、マイケルのほうを向いた。「あなたは――」

マイケルが近づいてきて、ライザの前にひざまずいた。彼の顔を見て、ライザは息をのんだ。思いやりと情愛に満ちた表情がありありと浮かんでいる――。

「やれやれ」マイケルがささやく。「どうしてまた泣いているのかわからないけど……ぼくがその涙を止めてあげましょう」

喉から奇妙な声がもれた。ライザはあわてて口に手を当てたが、もう手遅れだった。涙が次から次へとあふれ出てくる。両手に顔をうずめて泣きじゃくった。どうしてこんなに悲しいの？

その答えならわかっていた。明日から、愛のない関係を探し求めなければならない。つまり……母が自分を本当に愛してくれた最後の人になるかもしれないのだ。

不意に抱きすくめられ、粗い毛織の上着に鼻がぶつかった。ライザは首を横に振って体を引こうとした。同情されるのはいやだった。それなのに、さらに強く抱きしめられた。

「思いきり泣けばいい」マイケルが言う。「涙には傷ついた心を癒す力があるんです」

ライザは泣きながらかすれた笑い声をあげた。「さっきと言っていることが違うわ。涙を止めてあげると言っていたくせに」もう一度体を引こうとした。「もう大丈夫よ」

ふたたびきつく抱きしめられた。ライザが抵抗しても、いっこうにかまわないと言わんばかりに。「ああ、大丈夫だ」マイケルが言った。

穏やかな自信に満ちた声で言われて、自制心を完全に失った。ライザはたくましい胸に身を預けた。力強い手で背中をさすられ、身も心もほぐれていく。背筋に指が食い込んでくると、なぜか呼吸が楽になり、大きく息を吐き出した。

「あなたは寛大な人ね」ささやくように言う。「寛大すぎるわ」

「それは言いすぎです」マイケルがつぶやいた。「買いかぶらないでください」

「じゃあ、やさしい人」

「それほどやさしくもありません。ただ、どうしてかはわからないけれど、あなたが泣いているのを見ていられないんです」

ライザは胸にもたれかかったまま、マイケルの言葉を思い返した。〝あなたが泣いているのを見ていられないんです〟それこそ寛大であることの何よりの証《あかし》なのに、なんでもないことのように言うとは、彼の生きている世界はなんてすばらしいのだろう。ライザが泣くたびに、親友でさえいらだちを隠そうとしなかった。

彼女たちを責められはしない。あんな男のために泣いてばかりいたのだから。高潔な男性の腕に抱かれながらネロのことを思い出すと、ライザは自分自身にも腹が立ってきた。

けれども、ふたたび背中をさすられた瞬間、怒りは消えた。まるで宝物を扱うような、とてもやさしい手つきだ。胸に頬を押し当ててしっかりした鼓動に耳を澄ましていると、両親のことを思い出した。父が帰ってくると、母は父の腕のなかに飛び込み、胸に耳を押し当てながらライザに向かって叫んだ。〝ずっとこの音が聞きたかったの！〟すると、父は笑いながこう言った。〝さっききみの姿を見るまで止まっていたんだよ〟

その思い出から墓碑銘を決めた。〝わたしをあなたの心に置いて印のようにしてください
……愛は死のように強い〟

引き止めようとするマイケルの腕を押さえて、ライザはゆっくりと体を離した。目と目が合うと、マイケルはじっとのぞき込んできた。涙でぐちゃぐちゃになった顔にもひるまずに。ライザのむき出しの感情を恐れずに。上着の袖越しに体温が伝わってくる。彼の手首はがっしりしていた。

きっと罰は当たらないはず。一度だけなら。

ライザは唇を重ねた。

マイケルがぴたりと動きを止めた。前腕の筋肉が収縮し、全身がこわばったように見える。でも唇はやわらかくて、肌は清潔な香りがした。とてもすてきで、とてもしっくりきた。

「あなたは混乱しているんです」マイケルが唇を合わせたままつぶやいた。

「ええ」ライザは彼のなめらかな髪に指をからめ、指先で頭の曲線をなぞった。「でもひとりはいや。ひとりになりたくないの」

親指で耳たぶに触れると、マイケルがはっと息をのむのがわかった。舌で彼の唇をこじ開ける。なぜか大胆な気分になっていた。これまで自分で男性を選んだことはなかった。つねに選ばれるほうだった。そして、いずれも失敗に終わった。でも、今日は違う。

ライザは舌をからめた。マイケルが喉の奥からもらした声――あえぎにもうめきにも似た

声を聞いて、体がかっと熱くなる。マイケルが主導権を奪い、唇を強く押し当ててきた。ライザのウエストに両腕をまわし、椅子の前にひざまずいていてもなお、彼のほうが背が高かった。ライザは大きな体に守られているような気がした。

不意に、マイケルがうめき声をあげながら体を引いた。「こんなのはよくない」かすれた声で言う。うつろな目をしていた。「あなたは冷静に考えられなくなっているんです。それに、ぼくは――」

「いいえ」ライザはそっと言った。「わたしはとても冷静よ」マイケルの顔を両手ではさんで、目をのぞき込んだ。自分から触れるたびに確信が強まっていく。寛大さ。やさしさ。思いやり。母が重んじていたものがそこにあった。社交界の人脈、高級な服、メイフェアにあるタウンハウス、家柄――そういったくだらないものに以前は目がくらんでいたけれど、いま目の前にあるものに比べたら取るに足りないものだ。

ここにいる男性は、引きしまっているけれどたくましい。力強い腕で軽々と女性を抱き上げ、その手で命を救うことができる。まっすぐに引き結ばれた唇は、決して嘘の約束をしない。顎はいかめしく、髪は絹のようになめらかだ。驚きに満ちていて、何度触れても飽きることはないだろう。

でも、ライザには時間がない。あるのは今日だけだ。たった一度だけでもマイケルを求めるのは、間違っていないと思えた。マイケル・グレイこそ理想の男性だという確信があるから。

ライザは身を乗り出して唇を重ねた。誘いかけるようにそっとキスをする。「わたしをひとりにしないで」唇を合わせたまま言った。「帰りたい？」

「まさか」マイケルがささやく。「だけど、あなたに話さ――」

「あなたはやさしくない」ライザは言った。「寛大でもないのよね」

マイケルがかすかに笑う。「ええ」

「それを証明してみせて」

ライザはマイケルに肘を引かれて立ち上がった。体をぴったり重ねあわせると、全身がぞくぞくして膝の力が抜けていく。彼の手が背中をなでおろし、スカート越しに臀部に触れた。

「あなたに話さなければならないことがあるんです」マイケルが言った。

「あとにして」

「いいえ。この先に進む前に――」

ライザはマイケルの髪をつかんで引き寄せ、口づけた。彼は荒々しい声をたて、力強いキスで応えたものの、ふたたび唇を離すと耳元でささやいた。

「ぼくはあなたが思っているような男じゃないんだ」

ライザは微笑んだ。経験不足なことを気にしているのかしら？「それでもかまわないわ」大事なのはこの瞬間だけ。明日になれば招待客が到着する。ライザは彼らを出迎える前に、鏡を見ながら欠点を探し、年々増えていくしわやしみをメイドに隠してもらうだろう。おしろいや口紅でうまくごまかして、美貌を競りにかけるのだ。でもいまは、この瞬間だけは、自分は美貌で世渡りをする女ではなくて……ただの女だ。

マイケルの臀部をなでると、筋肉が張りつめるのがわかった。彼ははっと息をのみ、低いうめき声をもらすと、ふたたび唇を重ねてライザを抱きしめた。マイケルの腕に支えられていなかったら、ライザはうしろにかしいでいたかもしれない。自分が美しくて繊細な花になった気がした。

彼の口がライザの顎をたどって、喉に触れた。「もっと」ライザはささやいた。

マイケルのうなり声を聞いて、全身がぞくぞくした。彼は首と肩の境目をそっと噛んだあと、胴着《ボディス》を引きおろして、胸のふくらみに口づけた。ライザは背中をそらして微笑んだ。彼はどうすればいいかちゃんとわかっている。

マイケルが顔を上げたとき、ライザはもう一度キスしようとしたが、つま先立ちしても届かなかった。「お願い――」

マイケルが身をかがめ、ライザの喉元で満足げに言った。「どうしたい、エリザベス？」

この人は背が高すぎる。でも、ライザはその問題を解消する方法を知っていた。マイケルの手首をつかんで引っ張っていき、ベッドに座ると、あおむけになった。マイケルが覆いかぶさってきて、片膝をライザの腰のそばに、手を顔の横に突いた。欲望に駆られ、思いつめた顔をしている。

こんな表情をしたマイケルをはじめて見た。ライザはほんの一瞬、迷いが生じた。けれども、マイケルの顔が近づいてきて、首にそっと口づけられた瞬間、吐息がもれ、不安は消え去った。ライザはゆっくりと目を閉じた。唇が喉を這いおり、湿った熱い息が鎖骨にかかる。マイケルはライザの二の腕を手のひらで包み込んでなでおろすと、手首をつかんで持ち上げた。首を傾け、手首の内側の敏感な肌にキスをする。荒い息がくすぐったかった。

「本当にいいのかい？」マイケルが不安そうにきく。「後悔しない？」

ライザはあたたかい気持ちになった。

「決してしないわ」ライザは答えた。

「よかった」マイケルがはやる手でライザのブラウスを引き上げ、頭から脱がせた。ライザは脱がせやすいような服をあえて着てきていた。あっという間にコルセットと下着も引きはがされる。

冷たい空気が素肌にひんやりした。マイケルは唇を開いて、ライザに目を釘付けにしている。ゆっくりと手のひらが伸びてきて、マイケルの手は熱を帯びていた。少し荒れていて、たこができている。ライザははっと息をのんだ。マイケルの手は熱を帯びていた、胸のふくらみを包み込んだ。

ライザは背をそらし、彼の頭をつかんで胸に引き寄せた。

マイケルが胸の先端を口に含んだ。ああ、ずっとこうしてもらいたかった。本能につき動かされ、ライザは彼の髪に指をからめて強く押しつけた。

やさしく嚙まれると、あえぎ声がもれた。マイケルはまだ服を脱いでいない。ライザは上着とベストを脱がせた。サスペンダーを引きおろして、シャツを引き上げる。マイケルが体を起こして自分でシャツを脱いだ。すると――。

まあ……。

ライザは起き上がると、口をぽかんと開けたままマイケルに触れた。こんなすばらしい体が服の下に隠されていたなんて。彼は痩せているけれど筋肉質だった。ライザはがっしりした肩をなでおろし、筋肉の盛り上がった二の腕をつかんだ。どこもかしこもかたい。まるで石像のようだ。乳首のまわりを爪でそっとなぞると、腹筋が収縮するのがわかった。

男性でも美しい体をしている人がいるのだ。目の前の男性が何よりの証拠だ。

マイケルが片方の腕をライザにまわして引き寄せた。素肌と素肌が触れあう甘い衝撃に、一瞬ふたりとも動けなくなった。それから、マイケルが口でライザの髪をかき分け、耳元でささやいた。「ずっとこうしたかった。毎晩想像していたんだ。はじめてキスをした日からずっと――」

「わたしもよ」ふたりはゆっくりとベッドに横になった。マイケルが片肘を突き、反対の手でライザの頬を包み込んだ。妙に深刻な表情を浮かべている。

「あなたは……」

マイケルは言いよどんで顔をしかめた。ふたたび口を開こうとしたとき、ライザは彼の唇に人差し指を当てた。褒め言葉はいらない。「来て」何カ月も使っていなかった、なまめかしい声が出た。期待に体が震えるのを感じた。愛の行為はすばらしいものになり得る。本能が呼び覚まされ、ただ触れるだけでは満たされない。ライザはマイケルの背中をなでおろし、臀部をつかんで引き寄せた。「早く」

マイケルが低い笑い声をあげた。「焦らないで」

ライザの肌に唇を滑らせながら、体を下にずらしていく。スカートのボタンを器用にはずし、腹部にむさぼるように口づけた。それから、片方の腕を背中の下に入れて持ち上げ、スカートを脱がせると、舌で膝の裏に触れた。

くすぐったい！　膝に興味を持つ男性がいるなんて知らなかった。ライザはくすくす笑いながら身をよじって逃れようとした。だがマイケルはライザを押さえつけたまま、片手で下着を脱がせると、腿に唇を這わせた。蝶の羽がかすめるような繊細なキスを浴びせながら、ときおり熱く濡れた舌を使った。

唇が腿の合わせ目に近づいてくる。マイケルが低い声で何か――おそらく称賛の言葉をつぶやき、あたたかい息がかかった。ライザは体が震え、ベッドから転げ落ちそうになった。

「じっとしていて」マイケルはそう言ったあと口をつけた。

ライザは拳をきつく嚙んだ。唇がもっとも敏感な箇所を難なく探り当てる。舌が一度、二度かすめてから、押し当てられた。

ライザは身もだえしてうめいた。じっくりとなめられたときは、あえぎ声がもれた。もう耐えられない。腰を押さえつけられてもなお必死に身をよじった。

「来て」息も絶え絶えに言う。「お願い、早く――」

もう一度体を押しつけてほしかった。なかに入って、自分はここにいると体で伝えてほしい。ライザが腕をつかんで引っ張り上げ、膝丈ズボン《ブリーチズ》を脱がせようとすると、マイケルは自分で脱いだ。かたくて熱い、立派なものをライザはつかんだ——彼女のものだ。「お願い」脚を広げて、それを導いた。「お願いだから——」

「ああ」マイケルがうなるように言い、なかに入ってきた。ライザはうめき声をあげながら、腰を浮かして彼を迎え入れた。信じられないくらい大きくて、自分がぐんぐん押し広げられていくのがわかる。彼はライザの手をつかみ、指をからみあわせて頭の横に置くと、目を見つめながら体を沈めた。

ライザはあえいだ。マイケルの唇が重なって、その声を封じ込める。頭のなかでさまざまな感情が渦を巻き、言葉にならなかった。彼がゆっくりと力強く腰を動かすたびに、何かが少しずつほどけていき、歓びはやがて激しい切望に変化した。

マイケルが唇を耳元にずらし、かすれた声でささやいた。「ぼくを見て」

ライザは目を開けた。その瞬間、全身に熱い震えが走った。マイケルが見おろしている。ライザのなかに入って、彼女を見つめている。どこまでも深い瞳で。ライザは奇妙な感覚に襲われた。彼女の内部で何かが粉々に砕け散って、マイケルの瞳に吸い込まれていくようだった。ライザは驚きに包まれ、欲望を刺激された。あなたを見ているわ——そう伝えたくて、彼をしっかり見つめる。

マイケルの唇がゆがんだ。ライザは体を震わせながら腰を突き上げた。最後の結び目がほどけて、叫びながら絶頂を迎えた。マイケルが髪をつかんで引き寄せ、唇を奪う。ライザは唇と舌と、歯を使って応え、深く味わった。これが——これこそが歓びというもの……歓びがさざ波のように押し寄せ、幾度も体を震わせた。

ライザはマイケルの顔を両手ではさみ込み、最後のひと突きとともに彼がもらしたうめき声をのみ込んだ。そのあとすぐ、彼は体を引き離して、シーツの上に精を放った。

ライザは目を閉じ、マイケルの隣に横たわって快感の余韻に浸った。

「あなたはアフロディーテと呼ばれている」マイケルが耳元でささやいた。「でもローマ名のほうが現代風だから、ぼくはヴィーナスと呼ぶことにするよ」

ライザはマイケルの胸に手を当て、激しい鼓動を感じた。ふたたび目を開けると、ゆっくり微笑む彼の顔が見えた。外から鳥のさえずりと、木の葉のさざめきが聞こえてくる。

ライザは骨の髄まで満たされていた。達成感を味わい、全身に力がみなぎっている。身を乗り出して、彼の唇にそっとキスをした。

「すばらしい始まりだ」マイケルがつぶやいた。

ライザは体を引いた。これは始まりなどではなく、〝事件〟だ。ただのできごとではなくても、事件にすぎない。深く心に残るけれど、一度きりのことだった。

「どうしたの？」マイケルがきいた。

彼はライザの心の動きに敏感だ。誰かからこんなにまじまじと顔を見られたことはない。マイケルは返事を待っていた。ライザは微笑んで彼の胸をなで上げた。胸毛は薄く、筋肉の感触がはっきりと伝わってきて、ずっと触れていたくなる。

でも、この体に触れられるのも、これが最後だ。

ライザは深呼吸をした。決して後悔はしないだろう。マイケルはすばらしかった。本当にすばらしかった。もし状況が違えば……。

そんなことを考えてもしかたがない。ライザは拳を握りしめ、手を離した。「そろそろ服を着ないと」

下着を拾い上げる。マイケルが体を起こしてこちらを見ていた。彼の眉間に刻まれた深いしわを、ライザは視界の隅でとらえた。きっと何か言おうとしている。ライザが意地の悪い返事をせざるを得なくなるようなことを。彼が口を開いた。

ライザは身をかがめてコルセットを拾った。マイケルが息を吐き出す音が聞こえて、笑みをこらえた。たいした眺めでしょうね。

不意に臀部をつかまれ、ベッドの上に――というより、彼の上に引き戻された。ライザは心地よさに一瞬目を閉じたあとで、驚いてぱっと開いた。

「まさか」もう二度目の準備ができているはずがない。そうでしょう？

マイケルが残念そうに微笑んだ。「いや、もうそれほど若くない」ライザの髪にそっと触れたあと、耳の曲線を指と目でなぞった。

やさしさのにじみ出たマイケルの顔に目を奪われながらも、ライザはうろたえて身構えた。彼から目をそむけて、ふたたび服を拾いはじめる。「いくつなの？」

「ちょうど三〇歳」

ライザは一瞬ぴたりと動きを止めた。自分より年下だ。けれど、それを気にするのはばかげている。マイケルが何歳だろうと関係ないのに。

下着をつけたあと、コルセットを頭からかぶった。「ひもを締めてくれる？」

「何もそんなに急がなくても」マイケルの手が背中に触れた。「あまりよくなかったのかな」

「違うわ」ライザは言った。「ただ、やらなければならないことがたくさんあって――」

「もうすぐお客さまが来るんだろう。わかってるよ」コルセットのひもが締められた。「会うのが楽しみだな。だけどその前に話して――」

「そのことだけど」ライザはドアをじっと見つめ、心を鬼にした。陽気な未亡人を完璧に演じるには、快楽を求めるだけでは足りないのだ。「わたしから誘っておいてなんだけど、こんなことになってしまったからには……あなたは晩餐会には参加しないほうがいいと思うの」

ひもを結ぶシュッという音が聞こえた。マイケルが手を離し、ライザは振り返って彼と向きあった。

マイケルにまっすぐ見つめられると、すべてを見抜かれてしまうような気がした。ライザは目をそらしたくなるのをこらえた。

マイケルはふたたびベッドに腰かけると、片手を背中のうしろに突いて体を支えた。腕の筋肉がくっきりと浮かび上がる。「わかった」ゆっくりと言った。

ライザはごくりとつばをのみ込んだ。すてきな眺めだ。長い脚、引きしまった腹部、そして、美しくたくましい胸。

「ぼくがその場にいたら……落ちつかない？」

まさにいま、ライザは落ちつかない気分だった。ふたたび体がほてってくる。五分前に満足したばかりなのに。彼の唇は……。

ライザはマイケルの頭上に視線をそらした。明日、彼を招待することはできない。如才なくふるまえる自信がなかった。彼の隣に座ったり、声を聞いたりしただけで体が震えてしまうだろう。医者に欲情している女性に、望ましい独身男性がなびくはずがない。

「享楽的な人たちばかりだから」ライザは自分が結婚相手を本気で探していることを打ち明けるつもりはなかった。いまはまだ。マイケルを傷つけてしまうからと思うほど、うぬぼれているわけではない。彼は愛をほのめかしさえしなかったのだから。それでも、いまそんな話をするのは無神経だ。「あなたが落ちつかないんじゃないかと思って」

マイケルが眉をつり上げた。「いまここで起きたことを考えれば、ぼくが道徳を重んずる人間でないのは明らかだと思うけど。もしぼくのやり方がそれほど享楽的ではなかったというのなら、ぜひもう一度チャンスをくれないか？」

ライザは取り乱しそうになるのを必死に抑えて、怒りに変えた。彼は事をややこしくしようとしている。そんな権利はないのに。「わかったわ、本当のことを言わせてもらうわ。たしかにあなたは……魅力的だけど、みんなに知られたくないのよ。噂がロンドンに伝わったら困るわ」

「あなたは噂なんて気にしないと言っていた」マイケルが立ち上がった。ライザは思わず息を凝らして、頭のてっぺんからつま先まで視線を走らせた。

マイケルが薄ら笑いを浮かべた。「そうだな。人前でいまみたいな目つきをしたら、噂になるに違いない」

ライザはかっと熱くなった。顔も……ほかの場所も。「でもしないわ。招待を取り消したら、あなたがわたしの友人たちと会うことはないもの」

「だけどもう取り消せない」マイケルが獲物を狙うかのように近づいてくる。ライザは急いであとずさりした。「あなたの友人たちともきっとうまくやれる。ぼくはあなたが思っているような――」

「奥さま！」

叫び声が遠くから、しかしはっきりと聞こえてきて、ふたりは同時にドアのほうに目をやった。

「大変！」ライザはあわててブラウスを探し当て、頭からかぶった。マイケルが上着とボンネットを持ってきてくれる。

「奥さま！　いらっしゃるなら返事をしてください！」

声が近づいてくる。「マザーよ」ライザは息を弾ませながら言った。

マイケルが窓辺へ行き、すばやく頭を引っ込めた。「なんてことだ、すぐそこまで来ている。いったいどうして――」

「さあ。わたしを探しまわるのが好きなのよ」髪を直している時間はない。ライザは髪をそのままボンネットに押し込むと、記録的な速さでリボンを結んだ。「あなたはここにいて。一〇分間は出てきたらだめよ」身をかがめて靴をはき、急いでドアへ向かった。

ライザがコテージの外に出た瞬間、マザーはすぐに気づいた。ライザが片手を上げて制すると、マザーは立ち止まった。ライザはうなずき、人差し指を唇に当てた。近くに誰かがいるかもしれない——いないとは思うけれど。変な噂を広めたくなかった。

ライザはスカートを払いながら歩きはじめた。その姿を、マザーがじろじろ眺めまわす。視線がどこかで留まるたびに、有罪が宣告された。

上着のボタンがきちんと留まっていない。

ボンネットから髪が大量にこぼれ落ちている。

手袋をはめていない。

靴ひもを結んでいない。

ライザはマザーの横に並ぶと、腕をつかんで引きずるようにしてコテージと反対方向に歩きはじめた。

「わたしってばかよね」ライザは言った。「お昼寝をしていたの。それで……その、こんな姿になってしまって」

「そうですか」マザーが疑わしげにゆっくりと言う。

ライザは反撃を開始することにした。「あなたこそこんなところでいったい何をしているの？　森をさまよってわたしの名前を叫んだりして！」

「ブロワード家の人が屋敷にケーキを持ってきてくれたんですよ。でもわたしは奥さまが午餐会に出席なさると思っていたので、心配になったんです」

「わかっています！」マザーがライザの手から腕を引き抜いた。ずり落ちた眼鏡を押し上げ、フクロウみたいにまばたきする。「でも奥さまが教会に行かれるのは、ミセス・アディソンが亡くなって以来でしたから、動揺しているんじゃないかと心配になったんです。もしかしたら……ひょっとすると――」

「マザー、いつも言っているけど――」

「マザー、ここはボスブレアよ！　わたしが小作人に誘拐されたとでも思った？　危険なことなんて何もないわ！」

「悪党はどこにでもいるんです！　都会にしかいないと考えるなんて、世間知らずもいいところですよ、奥さま！」

ライザはびっくりしてマザーを見つめた。体を震わせながら、感情を抑え込んでいるように見える。まさか恐怖を感じているの？「大丈夫、マザー？」

マザーが目をしばたたいた。それから、首を横に振ると、手の甲で額をこすった。「ええ。その……すみませんでした」小さな声で言う。「声を荒らげたりして。でも、わたしが奥さまのことを心配するのをどうか許してください。奥さまには大きな恩義を感じていますし、本当に心配なんです。奥さまは人を疑わない方だから」

ライザはいらだちがおさまるのを感じた。マザーが気にかけてくれるのに、どうして腹を立てたりしたのだろう。とても思いやりのある、ありがたい行為だ――そのような愛情を受けるに値するようなことをライザは何もしていないのだから。「あなたはわたしに恩義なんて感じなくていいのよ、ばかね。それに、人を疑わないですって？　わたしが？　あなたがお酒を飲む人だったら、酔っ払って変なことを言っているんだと思うところよ！」

マザーはかたくなに首を横に振った。「悪いことはどこでも起きるんです、奥さま」

「あなたって根っからの厭世家《えんせいか》ね。どうしてそんなふうになってしまったのかしら？」

マザーは肩をすくめただけで何も言わなかった。過去について尋ねると、マザーはいつも黙り込んでしまう。問いつめても無駄だということはわかっていた。

ライザは深いため息をつくと、ふたたびマザーの腕を取って歩きつづけた。「ねえ、わたしは……いつものことだけど、本当に大丈夫だから。ただ、とても眠いだけ」

「でも……お昼寝をされていたんですよね」

「そうよ」

「猟場管理人のコテージで」

「ええ、そのとおりよ。教会へ行って気分が落ち込んでしまったから、誰にも見つからない場所に避難したの。臆病になっている姿なんて人に見せたくないでしょう？」

マザーは縮れた赤い髪をなでつけたあと、首筋をつかんだ。これは彼女が思案するときの癖で、このあと思いがけない発言をする前触れだ。「でも、わたしは見つけましたよ」マザーはずばりと言った。

「そうね」ライザはうろたえた。「とにかく、何度も言うけど、あなたは秘書であって、猟犬ではないのよ」

マザーが眉をひそめる。「だけど明日は、娼婦になるんですよね」

「そんな言い方しないで」ライザは鼻を鳴らした。マザーは大げさだ。「あなたの衣装が間に合ってよかったわ」

マザーが笑い声をあげた。「それを幸運と思わなければならないんですね?」

「そうよ」よかった、とライザは思った。マザーの笑い声が、背後から聞こえてきたドアの閉まる音をかき消してくれた。

ふさわしい音だわ。詩的で、ふさわしい音。これで事件の扉は閉められた。もう二度と開かれることはない。

それを悲劇だと感じるのなら……これ以上考えるのはやめておこう。

11

応接間の笑い声が薄暗い廊下まで聞こえてきた。ライザは心霊筆記者との打ち合わせを終えて戻ってきたところだ。立ち止まって大理石像の陰に隠れ、聞き耳を立てた。

ひと際響くのはウェストンの笑い声で、ホリスターの落ちついた声と、キャサリン・ホーソーンのなまめかしい声もかすかに聞こえる。ティルニーがきわどい冗談をさりげなく言ったのには驚いた――時刻はまだ午後七時だ。

とにかく、パーティーは幸先のよいスタートを切ったようだ。ライザは屈託のない笑顔を作った。悩みなどひとつもない、明るい女性を演じなければならない。

向かいの鏡を見ても、自信はわいてこなかった。ドレスは最高だ――赤紫色のサテンの優美なスカートに、青紫色のベルベットの上着。でも、服の色に負けている気がした。というより、疲れて見える。いらだたしいことに、手に入れられない男性――そう簡単には忘れられないほどすばらしかった男性のことを考えて、昨夜はあまり眠れなかった。

「奥さま」

マザーが衣《きぬ》ずれの音をさせながら、つかつかと廊下を歩いてきた。マザーはメイドの手を借りて――マザーいわく〝不当な侮辱的待遇〟を受けて、髪を一度まっすぐに伸ばしてから巻いていた。「とてもすてきよ」ライザは心から言った。赤毛の持ち主にミント色はよく似合う。

いつものごとく、褒め言葉はマザーの耳には聞こえなかった。「部屋割りの件で問題が生じました。霊媒師が、心霊筆記者の隣の部屋だと知って――」

「だって、心霊筆記者と千里眼は不倶戴天《ふぐたいてん》の敵だから、隣同士にするわけにはいかないのよ」心霊筆記者がまじめな口調でそう話していたのだ。

「ええ、わたしも霊媒師にそう言ったのですが」マザーは腕に抱えた重い帳簿を持ち直すと、片手で金属縁の眼鏡を押し上げた。滑稽なほど分厚いレンズのせいで青い目が小さく、細く、貪欲そうに見えてしまう。はずしたほうがいいと何度も言っているのだが、マザーは眼鏡をかけないと失明してしまうと思い込んでいるらしい。「無駄でした」マザーが言葉を継ぐ。「ペテン師の隣の部屋で寝ることはできない、とのことです」

「なんですって？　嘘でしょう？」

マザーが首を横に振った。

ライザはため息をついた。心霊術者は全員、ほかの招待客が滞在する部屋から一番離れた翼棟に泊める予定でいた。いびきでも聞こえてきたら、彼らの神秘性が失われてしまう。

心霊術者がこれほど疑り深い人たちだとは思ってもみなかった！　全員がことごとく、自分以外の心霊術者はみな詐欺師だと言い張った。

「理解できないわ」ライザは言った。「仮にミスター・スミスがペテン師だとして、それがなんだというの？　どうしてそれがマダム・アウグスターナの霊力の妨げになるの？」

マザーが眉を上げた。「奥さま、残念ながらわたしは、マダム・アウグスターナの能力の働きに関する見識は持ちあわせておりません」

「残念だなんて思っていないくせに」

マザーがフクロウのようにゆっくりとまばたきした。「正直に言うと、思っていないかもしれません」

ライザは鼻を鳴らした。「そうね、マダム・アウグスターナには少しのあいだ我慢してもらいましょう。彼女に実演してもらうのは早くても金曜日の予定なの。だから――」

「その件についても、マダム・アウグスターナは奥さまに申し上げておきたいことがあるそうです」マザーが帳簿を確認する。「〝実演〟という言葉を絶対に使わないでほしい。霊が機嫌を損ねるかもしれないから、とのことです」

マザーの声が、笑いをこらえてかすかに震えているように聞こえた。「マザー、まさか楽しんでいる？」

マザーが唇を引き結んだ。「いいえ、奥さま。それはわたしの本分ではありません」

「あら、ばかなことを言わないで。あなたも肩の力を抜いて、わたしたちと一緒に楽しめばいいのよ」マザーはおかしな子だ。適齢期を過ぎても結婚していないことを気にしている様子はないし、顎は突き出ているけれど、少し手をかけてやればとてもきれいになるのに。彼女のことを好きになる——その独特の魅力をわかってくれる男性がきっとどこかにいるはずだ。

「それは不適切です」マザーが言う。「すでにお話ししたように、服装については同意しましたが——」

「たわ言はもうたくさんよ！　あなたは親戚なのよ！」実は数週間前にその事実が明らかになったのだ。それはうれしい驚きだった。

「六いとこは親戚の数に入りません、奥さま」

「あら、わたしはそうは思わないわ。なんと言っても数えられるし。六よ——立派な数字じゃない」

おぞましいレンズの奥で、マザーが目をくるりとまわしたように見えた。「奥さまはその鋭敏な数学力によって表彰されるべきです」一歩うしろにさがる。「部屋に不都合があるのなら帰ってもらってかまわないと、マダム・アウグスターナに言ってきましょうか？」

「あら、強気ね」ライザは言った。「そうね、そうしてちょうだい。そんなふうに顎を突き出して言えば、向こうもひるむでしょう」

マザーが微笑んだ。「おまかせください」そう言って、スカートをひらりとひるがえしながら背を向けると、きびきびとした足取りで歩み去った。本人は否定するだろうけれど、ドレスを気に入っているのだ。

ライザは深呼吸をしたあと、ふたたび鏡のなかの自分と見つめあった。わたしも人生を謳《おう》歌《か》しないと。頬をつねり、唇をぎゅっと結んで血色をよくした。これでよし。さっきより笑顔がうまく作れた。

胸を張って、さっそうと応接間に入っていった。

「女主人のお出ましだ！」ティルニーが勢いよくソファから立ち上がった。ネロの親友である彼を招待することに決めたのは、ライザの虚栄心からだった。ティルニーは独身だから、ジェーンのよい練習相手になるというだけではない。ライザの新しいロマンスの一部始終をネロに報告してくれるのを期待してのことだった。

「ごきげんよう」ライザは元気よく言った。「みなさんようこそお越しくださいました！」

室内をめぐってひとりひとりと握手をし、フランス人とはキスを交わした。

ジェーンはさっそくフォーブス男爵につかまっていた。ジェーンもいやがってはいない様子なので問題はない。フォーブスは銀髪の老紳士であるにもかかわらず、若くてきれいな女性が好きで、まるでペットのようにかわいがっている。深入りしないかぎり、夫人も容認していた。

ライザはふたりに簡単に挨拶したあと、フォーブス男爵夫人と話しているキャサリン・ホーソーンと弟のナイジェルのところへ行った。きょうだいともに背が高く、グレーハウンドのごとくほっそりしている。目と髪はくすんだ茶色で、ヨットに乗るせいで日焼けしている肌に溶け込んでいる。彼らは木のドアや壁に紛れて盗み聞きし、情報を収集するのが得意だった。そして、それを悪意のある噂話にして広めるのも。

このきょうだいのことを信用してはいないが、一緒にいて楽しい相手ではある。「ようこそ」ライザは声をかけた。

「すてきなドレス」ライザと頬を重ねあわせながら、キャサリンが気取った口調で言う。「新しいおもちゃを見つけたのね。とても若い子みたいだけど、ちょっと遊んであげたら、ナイジェル？」

ライザは笑い声をあげた。「うぶな子なのよ。ナイジェルは危険すぎるわ。お手やわらかにね」最後はナイジェルに向かって言った。

「誓うよ」ナイジェルが物憂げに微笑んで白い歯を見せた。

「大げさね」フォーブス男爵夫人が口をはさんだ。男爵夫人はふくよかで、扇を使うと二の腕がゆさゆさと揺れる。やさしい人だから——思いやりがあって視野が広く、たとえ夫がちょっかいを出している相手であっても、ジェーンにもよくしてくれるだろう。「ロンドンから逃げ出す口実ができて助かったわ。このパーティーがなかったら、夫は全員が引き揚げてしまうまで、パーク・レーンに残ると言い張ったでしょうから」

これを男爵が聞きつけた。「わたしは夏の街が好きなんだ」肩をすくめて言う。

ホーソーンきょうだいが男爵をじっと見つめた。「変わった方《ボヘミアン》ね」キャサリンが言った。まるで医者が伝染病を宣告するような口調で。

〝医者のことなんて考えてはだめ〟ライザはいっそう明るく微笑んだ。「ちょっと失礼するわね」そう言って、部屋の隅へ向かった。そこには有望な候補者であるふたりがそろっていた。

　ふたりが親しい仲だとは知らなかったが、ホリスターとウェストンが一緒にいるのは都合がよい。男性の関心を引くもっとも手っ取り早い方法は、競争心を植えつけることである。

「閣下」ライザはさっそうとふたりに近づいていった。「こんな不便なところまで足を運んでいただいて、大変でしたでしょう？」

　お辞儀をし、握手を交わしたあとで、ホリスターがライザの全身に称賛の視線を浴びせながら言った。「こんなすばらしい眺めが待っているのなら、どうということないですよ」

　ウェストンが心臓に手を当てた。「ホリスターは浮気者ですが、ぼくは誠実な男です。あなたに会うためならティンブクトゥにだって行きますよ」

　ライザは軽やかな笑い声をたてた。ずいぶんわざとらしく聞こえた。一瞬、軽いパニックに襲われ、言葉に詰まった。戯れ方を忘れてしまったの？

「ふたりともやさしいのね」ライザは言った。それに、ふたりとも裕福だし、魅力がある。でも、金髪の男は好きではないから、その点ではウェストンのほうが分が悪い。ホリスターのほうは黒髪で、きれいに波打っている。目はウェストンはくすんだ緑色、ホリスターはさえない茶色で、どちらにも惹かれない。肝心なのは銀行口座の預金額だ。その点では、両者とも申し分なかった。

「ロイヤル・アスコットの話をしていたんです」ホリスターが言う。「あなたは勝ちましたか？　ウェストンは一度も負けたことがないと言うんですが、わたしは本当だと言い張る男を信用できないんです」

「レディはそんな話はしないものよ」実はそこである馬に大金を賭けて一ペニー残らず失った。愚かなことをした。

室内を見まわして、人が減っているのに気がついた。「サンバーン子爵夫妻はどこにいるのかしら？」ジェイムズに会いたかった。サンバーン子爵夫妻――ジェイムズとリディアは、一週間前に新婚旅行から帰ってきたばかりだ。カナダへ行っていたらしいが、その目的はいまだ謎のままだ。よりによってカナダで、一年間も何をしていたのだろう？　次はどこへ行くのかしら？　今度はどのくらいいるつもり？　シベリアに一〇年間とか？

「庭へ散歩に行きましたよ」ウェストンが答えた。「どうやら葉っぱの鑑識眼を養ってきたらしい」ウェストンにしかめっ面を向けられると、ホリスターは薄ら笑いを浮かべた。

ライザはその笑顔が気に入らなかった。ウェストンに点が入った。ライザはウェストンの腕にそっと触れた。「新婚さんだから」ため息まじりに言う。ウェストンの頰がかすかに赤く染まった――見込みがある。「ふたりきりになってシダを観賞したくなるんでしょう」

「だけど、もう一年も経っているんだから――」ホリスターが言葉を切った。「噂をすれば影だ」

ライザは心が浮きたつのを感じた。ジェイムズは幼なじみで、会えないのがつらかった。彼が留守にしているあいだにいろいろなことがあって、帰ってくるのが待ち遠しくて――。

なかば振り返ったところで、ライザはぴたりと動きを止めた。

マイケル・グレイが部屋に入ってくる。

愚かにも一瞬、気持ちが舞い上がった。しかしそのあとでわれに返り、口をあんぐりと開けた。

マイケルがここにいる。夜会服に身を包んで。

燕尾服《えんび》をどこで手に入れたの？ とても……高価に見える。それに洗練されている。純白のネクタイが角張った顎や日に焼けた顔を引きたてていた。とても見栄えがする。これならどこへ行ってもなじめるかもしれない。でも、ここはだめ。このパーティーに乱入することは許さない。

ライザは衝撃のあまり動けなくなり、ジェイムズが大声で挨拶し、夫人――驚くほどきれいになっていて、黒い髪を粋に巻き上げていた――が片手を上げてもぼう然としていた。

マイケルがこんなに厚かましい人だとは思わなかった。ライザの気持ちを完全に無視して、友人たちに近づくなんて。ジェイムズがマイケルに体を寄せて耳元で何かささやいた――まるで以前からの知りあいみたいに。それに応えて、マイケルが笑いながらうなずいた。ライザは胸が高鳴った。低くて太い笑い声は耳に心地よくて、ライザの本能に訴えかけてくる。目と目が合うと、肌がほてるのを感じた。

だめよ。ウェストンとホリスターがすぐ隣にいるのに！ マイケルの厚かましさを忘れてはならない。一度寝たからというだけで、ライザの意思を無視して、パーティーに押しかけてもいいと思っているのだ。

寝たわけではないけど。マイケルが隣にいたら、落ちついて眠れるわけが――。

ライザは顎をつんと上げた。「ちょっと失礼」ウェストンとホリスターにやさしい声で言い、歩きはじめる。

「ああ、戻ってきたな」ウェストンが言った。「デ・グレイも来るなんて知らなかったよ」

ライザは足を止めた。いまのは――聞き間違いよね。ウェストンがマイケル・グレイを知っているはずがないでしょう？

サンバーン子爵夫妻はこちらに来る途中で、ホーソーンきょうだいにつかまった。ライザはマイケルに向かってまっすぐに歩いていった。彼が視線を上げる。目と目が合った瞬間、胸がいっぱいになった。

ライザは一同の前で立ち止まった。動揺が表に出ているらしく、醜聞のにおいをかぎつけたホーソーンきょうだいが、会話を中断してライザをじろじろ眺めた。

ジェイムズが一歩前に出た。「おやまあ」ライザのドレスに視線を走らせながら言う。「今夜は全身紫で決めたんだね、リジー」

ライザははっとわれに返った。ここで目立つことをするわけにはいかない。ホーソーンきょうだいに怪しまれてしまう。そうなったら、きょうだいは謎を解き明かそうと詮索してくるだろう。「久しぶりに――」ライザは咳払いをしてから言い直した。「久しぶりに会って、言いたいことはそれだけなの、ジェイムズ？　まあ、それでも感謝するべきね。一年間もカナダへ行っていたのだから、すっかり英語を話せなくなっていたとしてもおかしくないわ」

「でも、カナダの人も英語を話すのよ」サンバーン子爵夫人――リディアが困惑した口調で言う横で、子爵は話をやめてライザを抱き寄せた。

ジェイムズの肩越しに、ふたたびマイケルと目が合った。〝帰って〟ライザは口の動きだけで伝えた。

マイケルがにっこりした。「ごきげんよう、ミセス・チャダリー」

ライザの体がこわばったのに気づいたらしく、ジェイムズは体を離すと、問いかけるように眉を上げた。「きみたちが親しい仲だとは知らなかったよ」

いったい何を言っているの？　ライザがぼう然としているうちに、リディアが話しかけてきた。「お会いできてうれしいわ」ライザは反射的にリディアの頬にキスをした。

サンバーン子爵夫人は愛らしい女性ではなかった。適齢期を過ぎるまで独身でいた女性が、結婚したからといってそう変わることはない。とはいえ、フランス人的な作法を身につけていて、ライザから離れる前にぎゅっと肩をつかんだ。「すてきなお庭ね」そう言ったあと、戸惑ったようにマイケルを見た。「薔薇の扱いが上手なんですってね。マイケル卿から聞いたわ。あなたが園芸好きだなんて知らなかったわ」

マイケル卿？　薔薇？　なんて恥知らずな人！　ライザは歯を食いしばった。「彼がこっそりあなたたちに近づいたのね」

「デ・グレイは昔から秘密主義なところがあるんだ」

デ・グレイ？

「この人は……」

マイケル・デ・グレイ。その人なら知っている。

マイケル卿。デ・グレイ。どうして……。

「ああ」ナイジェルがマイケルに向かって言った。「きみとどこで会ったかようやく思い出したよ。兄上はお元気かな？」

「あなたを病院から追い出したのよね？」キャサリンが愛想よく微笑みながら言った。「そんな記事を読んだわ」

ジェイムズがライザの腕に触れた。「リジー」小声できく。「大丈夫かい？」

いいえ。大丈夫じゃないわ。ジェイムズは彼と知りあいだった。ナイジェルは彼のことを知っていた。つまり、マイケルは純朴な村医者ではなくて、詐欺師だった。

マイケルは意地の悪い笑みを浮かべながらこちらを見ていた。「正確に言うと、ぼくは自ら辞めたんだ。ほかのことに……特別な興味がわいたから」

どこかで聞いたことのある話だ。

ライザは息をのんだ。あのとき、新聞記事を読みながら……本人の噂をしていたのだ。なんてこと。もはや答えは明らかだ。マイケルの兄は……。

「最近マーウィック公爵の姿をお見かけしない」ナイジェルが言った。「ご病気なんじゃないかってキャサリンが心配していたから、ぼくは言ったのさ。弟が医者なんだからそんなはずはないって」

そこで晩餐の時刻を告げる鐘が鳴り、ライザは救われた。鐘が鳴らなかったら、泣き出していたかもしれなかった。

12

「それにしてもおかしいわよね」キャサリン・ホーソーンのよく通る声が、少し離れた上座に座っているライザのところまで届いた。「食器の数を間違えるなんてことがある？」

答えは簡単だ——パーティーに招かれざる客がひとり、押しかけてくるとは知らなかったからだ。けれどもそんなことを言ったら、臆測の種をまくだけだ。

だから、ライザは聞こえないふりをした。ワインに酔っているせいだと思わせておけばいい。三杯目のグラスに手を伸ばした。食器が並べ直されるあいだに、もう二杯飲んでしまっていた。それでもどういうわけか酔いがまわらない。衝撃の事実を知らされてすでにめまいがしているから、酔いを感じないだけかもしれない。

嘘つきなうえに、マーウィック公爵の弟だったなんて。こんな皮肉な話があるだろうか。ネロが聞いたら大喜びするに違いない。

右側に座っているウェストンが体を寄せてきて、顔に同情の色を浮かべながら小声で言った。「いい使用人を見つけるのはなかなか難しい」

とてもすてきな鼻の持ち主だ。鼻筋がまっすぐ通っていて、大きすぎない。唇が少し薄すぎるかもしれないが、嘘をつきさえしなければ別にかまわない。「ええ、本当に」

「ロンソンが間違ったのか？　うちが喜んで引き取るぞ」左隣で妻といちゃついていたジェイムズが口をはさんだ。この夫婦は不思議な組みあわせだ。リディアが堅苦しくてよそよそしい学者であるのに対して、ジェイムズは英国でも指折りの美男子だ――結婚するまでは、やんちゃな放蕩者でもあった。

「ロンソンは何も悪くないわ」執事は真うしろに立っているはずだが、ライザは振り返る勇気がなかった。きっとものすごい仏頂面をしているに違いない。

「認知症がはじまったのか？」ジェイムズが真剣にきいた。

ライザは思わずぱっと振り向いた。ところが、ロンソンは厨房の様子を見に行ったらしく、食器台を離れていた。助かった！　「少し気難しいだけよ」前に向き直りながら言った。「ロンソンは耳がいいんだから、気をつけてね」

「なおさら好都合だ」ジェイムズが陽気に言う。「そばに置いたら、父上の息の根を止めてくれるかもしれない」

「ジェイムズ」リディアがたしなめるように言った。

ジェイムズはため息をついた。「そうだね、リディア、それではロンソンが気の毒すぎる」

ライザがワインを飲み干すと、従僕がすかさずお代わりを持ってきてくれた。この屋敷の使用人たちは優秀だ。そしてとてもプライドが高い。「スープに毒を盛られたくなかったら、うちの使用人について冗談を言うのは控えることね、ジェイムズ」

リディアがあわててスプーンを置いた。

いけない、下手な冗談を言ってしまった。ウェストンを見やると、顔をしかめながらスープをのぞき込んでいた。皮肉っぽい女主人は嫌われる。「冗談よ」ライザはそう言って、安心させるように笑おうとしたが、錆《さ》びついた蝶番のような――というより、蝶番がはずれたような甲高い笑い声が出てしまった。

毒の話を思いついたのも無理はない。ライザは思わず、はす向かいに座っている男性に視線を走らせた。

マイケル・デ・グレイは実に巧妙にライザを無視していた。いまは隣の席のフォーブス男爵夫人の話に熱心に耳を傾けている。男爵夫人は〝かの有名な医師〟に会えて喜んでいた。マイケルの病院についてずいぶん詳しいらしい。きっと彼のほかの才能のことも知っているに違いない。だから、あんなに興味を示しているのだ。

マイケル・デ・グレイはただの放蕩者――正直で礼儀正しい村医者ではなくて、悪名高い女たらしだった。少なくともレディ・ヘヴァリーは、彼の名前が話に出るたびに、扇を使いながら吐息をもらしている。彼がかつて自分の愛人だったことを、自慢したくてたまらないのだろう。彼より一五歳は年上だというのに。

でも驚くことはない。マイケル・デ・グレイは趣味がよいことで知られているわけではなかった。彼は未亡人のお慰みにすぎないのよ！

ライザは屈辱を感じて、頬が熱くなった。いまや、自分もその未亡人のひとりだ。マイケルのような男性に少しでもかまってもらいたくてしかたがない、欲求不満で貪欲と見なされる大勢の女のひとりになってしまった——。

「ミセス・チャダリー」キャサリン・ホーソーンが明るい声で呼びかけた。「怖い顔になっているわよ！　まあ、忘れっぽい使用人を持ったら、わたしもそんな顔になると思うけど。食器の数を間違えるなんて信じられないものね」

一同の視線がいっせいにライザに向けられた。と思いきや、〝未亡人のお慰み〟だけは男爵夫人のほうを向いたままだった。その女性は未亡人ではないと、誰かが教えてあげるべきだ。男爵はまだぴんぴんしていて、愛想よく下座を仕切っている。

この卑劣漢は公爵の弟にしては髪が長すぎる。上着をどこで手に入れたのだろう？　体にぴったり合っていて、サヴィル通りで仕立てたもののように見えた。あの小さな田舎家に高級服を隠していたの？

「そんなことないわ。気分は最高よ」あの男を屋敷から追い出すことさえできれば。ほかの人たちに気づかれないように、こっそりやらなければならない。だからといって、穏便にすますつもりはなかった。「実は、ひとり分足りなかったのはわたしのせいなのよ。ごめんなさいね、あなたが来ることをすっかり忘れてしまっていたの」

キャサリンは少しもひるまなかった。「あら、気にしないで」笑いながら言う。「わたしも忘れていたくらいだから。いちいち小さなパーティーまで覚えていられなくて」

ライザは深呼吸をして、キャサリンを招待した理由を必死に思い出そうとした。ジェーンにとってよい勉強になるし、退屈したときは場を盛り上げてくれる。でもいまは、はす向かいにいる嘘つきのおかげで退屈するどころではないから、おとなしくしていてもらいたかった。「予定がぎっしり詰まっているのは見ればわかるわ。気をつけてね、疲れは肌に出るから。あなたはもっと休んだほうがいいんじゃない?」

「リジーに一本取られたな」ジェイムズがそう言ってグラスを掲げたものの、ワインをほんの少し口にしただけでまたグラスを置いた。一年前なら、それを一気に飲み干して、ライザと一緒に四杯目を飲んでいただろう。結婚が彼の習慣を変えてしまった。ライザはその不条理に気づいて、自分のグラスに目を落とした。一緒に飲む相手ができたなら、とことん飲むほうがずっと自然に思えた。

マイケルはひと口も飲んでいない。

口のつけられていないグラスをじっと見つめていたとき、最悪の考えがライザの頭に浮かんだ。マイケルはライザを恨んでいるのかもしれない。ネロはかつて、マイケルの兄の妻を寝取った。だからといって、それでライザを懲らしめようというのは筋違いだ。ライザだって浮気をされた被害者なのだから。

それに、そのことをまったく知らない可能性もある。だとしたら、ふたりが出会ったのは不幸な偶然にすぎない。ライザはただただ怒りを覚えた。マイケルはワインを飲む必要などないだろう。ワインを飲むより、ずうずうしくふるまうほうがずっと気持ちよく酔える。実際、すっかりくつろいでいる様子で、先ほどからキャサリンの胸が彼の腕をかすめているのに気づいているそぶりは見せなかった。

なんてこと。ライザは自分の立派な友人たちにまじったら、居心地が悪いかもしれないなど忠告してしまったのだ。この場にいる誰よりも身分の高い兄を持つ人に！

余裕たっぷりなのが癪に障る。

じっとにらんでいたら、ようやくマイケルが気づいた。一瞬、テーブル越しに目と目が合った。蠟燭の明かりに照らされた彼の顔は、まるで中世の聖像のようだ。高い頬骨に濃い影ができていて、鼻は目立たなくなっている。まさに正統派の美男子に見えた。キャサリンが気を引こうとしているのも無理はない。

「明かりを増やしたほうがいいわね」ライザは言った。「ちょっと暗すぎるわ」明るくすれば、また鼻が大きく見えるだろう。

「おいおい、料理をまともに見なきゃいけないのかい？」ジェイムズが言った。「なんて野蛮な――」不意に、顔をしかめて口をつぐんだ。

「すばらしいごちそうよ」リディアが言う。「明かりをつけてじっくり拝見したいわ」

「痛いな」ジェイムズが言った。「きみがいま蹴ったのは、愛するご主人さまの脚だ。気をつけてくれないと」

「テーブルの装飾品もとてもすてきね」リディアは夫を無視して言葉を継いだ。

「なあ、リディア、フットボールをやっていただろう」

「ぼくはこのままがいいな」ライザにやさしく微笑みかけながら、ウェストンが言った。

「あなたのおもてなしは完璧です、ミセス・チャダリー。これ以上は望めません。それに、驚くような余興が用意されていると聞きましたよ！」

ライザは微笑み返した。マイケルのことはとりあえず放っておこう。好きな相手と戯れていればいい。いまは獲物に集中しなければならない。明日の晩餐は、退屈な席次の決まりを無視して、ホリスターを隣に座らせよう。望ましい独身男性に正々堂々と勝負させるのだ。

「誰から聞いたの？」ライザは言った。「秘密にしておきたかったのに！」

ウェストンの歯は真っ白で並びがよかった。ネロのせいで、金髪の男性には嫌気が差していたけれど、考え直してもいいかもしれない。「ミセス・ハルです」ウェストンが答えた。「でも、ぼくだけにこっそり教えてくれましたから、大丈夫ですよ」

ジェーンが？　いつの間にそんなに親しくなったの？　ライザはテーブルの向こう側に目をやった。先ほど食堂へ移動する際、ジェーンはライザに声をかけたそうにしていた。マイケルの正体に衝撃を受けていることが、ありありと顔に表れていた。だがいまは立ち直った様子で、ホリスターのほうへ熱心に身を乗り出している。ティルニーとナイジェルはいったい何をしているの？

ライザは必死に笑みを保った。「ミセス・ハルね。パーティーに出席する気になってくれて本当によかったわ。まだ亡くなったご主人のことを思っているの。大恋愛の末に結婚したから。夫以上の男性はもう二度と現れないなんて言うのよ」

ジェイムズがすべてお見通しだというように、小さく笑うのが聞こえてきた。あとで彼とも話をしなければならない。

「それはお気の毒に」ウェストンがまじめな口調で言った。「ご主人が亡くなったのがそんなに最近のことだとは知りませんでした」

「ついこのあいだ喪服を脱いだばかりなのよ」

ウェストンがゆっくりとうなずく。「そういうことなら、ミセス・ハルを慰めてあげないといけませんね」

「そうね」ライザは言った。「悲しみがぶり返さないように、慎重に行動しないと」

「そう言えば」はす向かいで声があがった。例の嘘つきの声だ。「ミセス・チャダリーの規準はもう教えてもらったのかい、ウェストン?」

ライザは鼓動が速まるのを感じた。とげのある口調だった。みんなも気づいたに違いない。あの意地の悪い笑みにも。

彼女の村医者が、こんないやみな態度を取るなんて信じられなかった。でも……この人はもう別人でしょう? この人ははじめて会う人。社交界の辛辣な流儀にも通じている。

ライザはごくりとつばをのみ込んだ。どういうわけか一瞬、激しい喪失感に襲われた。

「規準って?」ウェストンがきき返した。

ライザが警告の一瞥をくれると、マイケルは口元にかすかな笑みを浮かべながらのけぞった。あの笑顔にだまされてはいけない。夜会服がとても似合っていようと、純白のネクタイが角張った顎を引きたてていようと関係ない。絶対に邪魔はさせない。「さあ、知らないわ」ライザはきっぱりと言った。「なんのことかしら？わたしたちは余興について話していたのよ」これでもしつこく規準の話をしてきたら――。

「おや、これは失礼」マイケルはあっさり引きさがった。「余興まであるんですか。贅沢ですね。主催者があなたというだけで、もうじゅうぶんなのに」そう言うと、にっこりして口元に深いしわを刻んだ。しわは老化の証なのに、どうして魅力的に見えるのかしら？　そもそも彼はまだしわのできるような年齢ではないのに。

何も知らないウェストンは、マイケルの発言を遠慮を捨てるきっかけととらえたらしい。身を乗り出して尋ねた。「実は、デ・グレイ、ここできみと会ったことに驚いているんだ。きみがロンドンを離れるなんて信じられない。そんな奇跡を起こせるのは、ミセス・チャダリーだけだと思うんだがな」

「ああ、そのとおり」マイケルがつぶやくように言った。「われらがミス・ナイチンゲールだ」

ライザは思わずナイフの柄を握りしめた。その名前を持ち出してなぶるなんて、よくもそんなことができたものね！　あのとき、ライザは本当にうれしかった。マイケルに認めてほしくてしかたがなかった。

自分には判断力がないのだとつくづく思う。詐欺師ばかり選んでしまう。

「あのね」ライザは言った。「非日常的な面白い体験をしたくありませんかと、マイケル卿をお誘いしたのよ。奇妙な真実を広める専門家たちが大勢集まるからって。マイケル卿は危険な雰囲気に惹きつけられたんじゃないかしら――ほら、なかには不都合な真実もあるから」

マイケルが静かに笑って、ワイングラスを持ち上げた。乾杯とも呼べない曖昧な仕草だった。蠟燭の明かりがワインに差し込み、彼の喉を深紅色に照らしている。

マイケルはネロを超える詐欺師だ。ネロは結婚の意思や忠誠心は偽物だったけれど、少なくとも名前だけは本物だった！

「実に興味深い」ウェストンが言う。「謎めいている。さっぱりわからない」

もう直感を信じるのはやめよう、とライザは思った。

「あら、簡単よ」リディアが甲高い声をあげた。「ミセス・チャダリーは大勢――」

「その先は言うな」ジェイムズが口をはさんだ。「リジーがナイフを握りしめているあいだはだめだ」

ライザは急いで手をテーブルクロスの下に戻した。早く食事の時間が終わればいいのに。

「そう、わかったわ」リディアが困惑した様子で言う。「でも、ミセス・チャダリー、ほら――この前、神秘主義の本を薦めたでしょう？　あのあと、アルバータの奥地で、骨の山から真実を言い当てられるというシャーマンと出会ったの。そのシャーマンがね、部族の呪術に関するベロイトの主張を覆したのよ」

「本当に？」ベロイトが何者なのか、ライザは知らなかった。あの本の著者かしら？　マイケルはフォーブス男爵夫人に向き直っていた。まるでライザの怒りにまったく気づいていないかのように。あるいはそんなことはどうでもいいとでもいうように。ライザはいまいましい思いで彼の背中をにらんだ。

「ええ」リディアが話しつづける。「一緒にイングランドに来てもらっていたら、新しい流行を引き起こしたかもしれないわ。社交界の人たちはいま、ありとあらゆる霊的なものに熱狂しているでしょう？ 信仰のスパイスとして、ちょっとした神秘をますます必要としているのではないかと思うの」

こうしてリディアは、晩餐会を人類の好奇心に関する講義に変えてしまった。気をそらすものができて、ライザは感謝した。椅子に深々と腰かけると、深呼吸をして鼓動を鎮めようとした。

「興味深い論点だ」ウェストンが勇ましい口調で言う。「たとえば、キリスト教の奇跡の概念には、非常に神秘的なところがある。だけど、すべての宗教に共通する特徴だろう？ だって、誰も神の顔を知らないんだから」

「ああ、そのとおりね！ わたしの言い方が悪かったわ！」リディアが生き生きとした様子で身を乗り出すと、ジェイムズはいとおしそうに微笑んだ。「現代の神秘主義への傾倒は、宗教ではなくて、なんらかの社会的欠乏――あるいは欲求の現れと考えるべきかもしれないわね。科学では説明がつかない神秘の存在を信じたいという欲求。そう！ まさにそれだわ！ たしかホバートが、個々の社会はその主要な関心事によって特徴づけられると論じているの。もちろん、彼はアルバニア人のハクマリャを例に挙げたのだけれど、わたしたちの――」

いか」

ジェイムズがそっとリディアの肘に触れた。「ぼくたちにもわかるように説明してくれないか」

「あら、ごめんなさい！」リディアが顔を赤らめた。「ハクマリャというのはアルバニア人の復讐哲学なの」

ライザはうなずいた。だいぶ気持ちが落ちついた。この窮地を切り抜けてみせる。「復讐？面白そうな哲学ね。もっと話を聞かせてちょうだい」

エリザベスの当てこすりに気づいて、マイケルは思わず笑い声をあげそうになった。彼女に喜んで復讐のチャンスをあげよう――ふたりきりのときに。できればベッドで。壁やソファでもかまわない。

救いようのないろくでなしだが、マイケルはこの状況を楽しんでいた。パーティーへの招待を取り消された瞬間、取るべき道は決まった。穏便に告白する気は失せた。戦略を変え、公爵の弟という切り札を出して、エリザベス・チャダリーと同じ土俵で対決することにしたのだ。

ふたたび明確な目標ができて、マイケルは張りきっていた。エリザベスは怒っているから、機嫌を取らなければならない。まず謝ったあとで釈明しよう。それから、共通の知りあいを見つけ出すゲームをするのだ。エリザベスはもはやマイケルに変な気を遣う必要はないと知るだろう。そして、問題が解決したら、ふたたび彼女を抱くつもりだった。

一度だけでは満足できない。あんなにすばらしかったのだから。エリザベスは今度は礼節を気にするかもしれないが、そんな建前はふたりきりになれたら五分で忘れさせてみせる。あの簡素なコテージでのひとときを、思い出させてやるのだ。

「ミセス・チャダリーとはどこで知りあったの、マイケル卿？」

マイケルはようやくエリザベスから視線を引き離して、男爵夫人――ふくよかでマフィンのごとく甘い愛すべき婦人――に戻した。「最近知りあったばかりなんです。すばらしい幸運でした。あなたは？」ホーソーンきょうだいとはこれまで面識がなかったが、五分話しただけで、彼らが招待された理由がわかった――〝享楽的な仲間〟の一員だ。だがフォーブス男爵夫人は明らかに違う。

男爵夫人が微笑んだ。「わたしは彼女が子どもの頃――といっても、社交界にデビューしたときから知っているのよ」

「そうなんですか。ミセス・チャダリーはどんなデビュタントでしたか？」まだ世慣れていないエリザベスを想像しようとしたら、なぜか不安になった。彼女はあの冷静沈着な態度で、自分の身を守っている。マイケルはつかの間、猟場管理人のコテージでその鎧《よろい》を脱がせたが、そのように無防備な姿で舞踏会にいる彼女のことを考えたくはなかった。美しい女性は目に見えない鎧を身につけていなかったら、大勢のオオカミの格好の餌食となってしまう。

「もちろん、このうえなく美しかったわ――」従僕がスープ皿をさげて魚料理を出し終えるのを待ってから、男爵夫人は言葉を継いだ。「そして当然、評判の的になった。でももし当時の姿をあなたが見たとしても、ミセス・チャダリーだとわからないかもしれないわね。あの頃の彼女は内気で、とても繊細だった。本当にもったいないことをしたわ。あんなろくでなしと！」舌を鳴らしたあと、魚料理にフォークを突き刺した。

「ろくでなし、ですか？」結婚前に、エリザベスは不幸な恋愛を経験したのだろうか？

「亡くなった夫のことよ」男爵夫人が魚をのみ込んでから話しつづける。「あれは卑劣な男だとわたしが言っても、誰も信じてくれなかったの。ミスター・チャダリーは退屈な銀行家――悪口を言う人がいたとしても、それくらいだった。でも、わたしは見抜いていたわ。彼はまじめなんじゃなくて、冷淡で強情なだけだと」

エリザベスは死んだ夫の話はしなかった。そのあとの失恋のことしか聞いていない。マイケルはいらだちを覚えた。不意に、彼女についてほとんど知らないことを思い知らされた。

過去を持つ女性に興味を持つと厄介だ。

マイケルはそう思ったあとで眉根を寄せた。いや、それは違う。これまで、恋人の複雑な過去に反感を持ったことは一度もなかった。それは、そもそも相手の過去を気にしことがなかったからだ。

くそっ。自分こそとんでもないろくでなしだった。だが、エリザベスに対して抱いているこの感情は……。

これまでとはどこか違う。

そうでなければ、いま、ここにいるはずがない。マイケルがここに来たのは、エリザベスに対等な人間として見てもらいたかったからだ。つまり……望ましい男性として。

そう気づいて、がく然とした。望ましいだと？　とんでもない。自分には金がない――裕福なのは兄だ。それに、アラステアは絶対にエリザベスをふさわしい花嫁とは認めないだろう。

マイケルは激しい怒りに駆られた。アラステアの意見など気にする必要はない。

ふと視線を上げると、男爵夫人がこちらを見つめていて、マイケルは会話の途中だったことを思い出した。

彼は考えをまとめた。「ミセス・チャダリーは恋愛運がないんですね」探るような口調になっているのに気づいて、ますますいらだちが募った。どうしてこんな質問をしているのだろう？　謎は謎のままにしておくほうがいい。情事のスパイスになる。それ以上のものは求めていないはずだ。

「ええ、間違いなく最悪ね」男爵夫人がグラスを持ち上げ、大きなため息をついてワインにさざ波を立たせた。「かわいそうに、とても明るくふるまっているけれど、今回の件には相当腹を立てているはずよ」

例の男の婚約のことを言っているのだろう。男爵夫人の言葉の選択を、マイケルはけげんに思った。「傷ついているでしょうね」

男爵夫人が最高の冗談を聞いたと言わんばかりの笑い声をあげた。「傷ついているですって？　あのエリザベス・チャダリーが？　彼女を傷つけることができる男性がいるのなら、お目にかかってみたいものだわ。あの鎧を壊すには、とても大きな斧《おの》が必要よ」

マイケルはワインを飲んで驚きを隠した。エリザベスの友人たちは、彼女のことを全然わかっていないのだろうか？　夏至の前夜に、彼女の顔をのぞき込んだときは、とても傷つきやすい女性に見えた。

「とにかく」男爵夫人がのんびりと言葉を継ぐ。「ミスター・ネルソンでは力不足ね」

ネルソン。標的を狙う狙撃兵のごとく、脳がその名前を追跡した。図書室に駆け込んで、『デブレット貴族名鑑』で調べたい衝動に駆られる。ネルソン。聞き覚えのない名前だ。「ぼくの知らない男ですが、ミセス・チャダリーとつきあっていながらほかの女性を選んだのなら、愚か者に違いない」

「ずいぶんとロマンティックな発言だな」テーブルの向こうから、ナイジェル・ホーソーンの声が聞こえてきた。彼はジェーン・ハルの隣で、マイケルから目をそらすか、あるいはしっかりと見つめ返すか決めかねている様子だった。「きみがそんなことを言う人だとは思わなかったよ、閣下。田舎にいると騎士道精神に目覚めるのかな？」

初対面ではあるが、ホーソーンはマイケルの噂を耳にしているらしい。「そうかもな。新鮮な空気は人をすっかり変えてしまうらしい」ホーソーンのような人間は子どもの頃からいた。大勢でいるときは強気で意地悪を仕かけてくるが、一対一になるとべそをかいて逃げ出してしまう。攻撃する価値もない無害な男だ。「きみにも同じ効果があるといいな。爽快な気分を味わえるぞ」

ホーソーンが笑い声をあげ、グラスを掲げてくるくるまわした。「ちょっと気になったんだが……きみはいつから新鮮な空気を楽しんでいるんだい？　ぼくたちはみんな、セント・パンクラス駅で一緒になったが、きみの姿は見かけなかった」

「やめなさい、ナイジェル」マイケルの右側にいるキャサリン・ホーソーンがやさしく言った。彼女は食事中、はす向かい――ミセス・ハルの反対隣――に座っているティルニーとばかり話していたものの、そのあいだずっとマイケルの右腕に胸を押し当てていた。「一等車にはいなかったというだけのことかもしれないわ」褐色の目をマイケルに向けながら続ける。「誰もが乗れる余裕があるわけじゃないもの」

ティルニーが身を乗り出して会話に加わった。「だけど、きみの荷物が運び込まれるところも目撃されていない」

ミセス・ハルの目が滑稽なほど丸く見開かれた。肉食動物に囲まれているのにいま気づいたと言わんばかりに、そわそわと一同の顔を見まわした。「これは光栄だな」マイケルはそう言うと、おびえた目で彼を一瞥したミセス・ハルに向かって、安心させるように微笑みかけた。「今夜はじめて会った人たちに、ぼくの挙動がこれほど注目されているとは思いもしなかった。友情とはもっともありそうにない場所でも生まれるんだな。たとえそれがあり得ない友情でも」

ティルニーが目を細めたのを見て、マイケルは満足した。以前の自分に戻るのはたやすいことだった。村医者には許されない態度を、公爵家の息子ならいくらでも示すことができる

――傲慢な態度もそのひとつだ。

キャサリンがなまめかしい笑い声をたてた。「コーンウォールこそありそうにない場所じゃない？　ライザにそそのかされて来てしまったけれど」

「いや」ティルニーが言う。「これくらいどうってことないよ。去年の冬、モンテカルロへ行ったときなんて、ひと晩で年収の半分を失ってしまった」

そこで会話の流れが変わり、マイケルとは関係のない話題になった。マイケルは食事が終わるまでずっと熱心に耳を傾け、エリザベスがロンドンの友人たちといるときは別人になると言った意味を理解しようとした。

その場で語られた彼女は、まさに不道徳な女性像そのものだった。

そんな決まりきった話に、ふだんなら興味を示したりしない。しかし、エリザベスのこととなると……。

デザートがすむと、マイケルは上座に目を向けた。エリザベスは待ちかまえるようにこちらを見ていた。肩を怒らせているのに気づいて、彼は歯を食いしばって笑みをこらえた。まるで戦闘態勢に入った兵士みたいだ。ところが、彼女が立ち上がった瞬間、笑みは消え失せた。

蠟燭の明かりが情熱的な求愛者のごとく、エリザベスの肌にまつわりついていた。いまの彼女を見たら、どんな男もその美しさに息をのむだろう。だがマイケルの心をとらえたのは、その存在感だった。彼女はひと言もしゃべらずに一同を黙らせた。女王さながらに堂々とした態度とはいえ、その笑顔は偽物だ。ほかに気づく者はいないだろうが、彼にはわかった。

「さあ、みなさんさえよければ」エリザベスが言った。「形式にこだわらずに、殿方も一緒に応接間へ移動しましょう」

全員が立ち上がってぞろぞろ食堂から出ていくなか、マイケルはわざとゆっくり歩いた。最後のひとりに追い越された瞬間、予想どおり肘に手が触れるのを感じた。

彼は振り向いた。「どうしましたか、ミセス・チャダリー？」

「あなたは」エリザベスが鋭い声でささやいた。「わたしと一緒に来て」

13

マイケルはエリザベスのあとについて食堂を出た。話しかけようとしたら、彼女にさえぎられた。「しゃべらないで」エリザベスが声を潜めて言う。「わたしが叫んでも平気な場所へ行くまで待って」

興味深い発言だ。「それは楽しみだな」

エリザベスが弾かれたように彼の腕から手を離した。衣ずれの音をさせながら、ずんずん先へ進んでいく。

マイケルはあとを追って、玄関広間の脇にあるサロンへ入っていった。エリザベスが振り返ったとき、彼は降参とばかりに両手を上げてみせたが、彼女はくすりとも笑わなかった。

「謝罪を――」

マイケルが口を開いた瞬間、エリザベスは顔を真っ赤にしてさえぎった。「結構よ。屋敷から出ていって!　いますぐ。あなたは――」

不意に言葉を切り、口を引き結んだ。唇が震えている。マイケルはぎくりとした。

反射的に歩み寄ると、エリザベスはあとずさりした。驚いた顔が侮蔑の表情に変化するのを見て、マイケルは体をこわばらせた。

もしかしたら……とんだ誤算だったのかもしれない。真実を知れば、彼女は喜ぶと思っていたのだが。ただの医者でも好きになってくれたのだから、公爵家の息子だとわかればもっと好ましいだろうと。そう思わない女がどこにいる？

どうやらここにいるらしい。「聞いてくれ」マイケルはゆっくりと言った。「あなたをだますつもりはなかった。誰にも本当のことは言えなかったんだ。兄に居場所を知られるわけにはいかなかったから」

エリザベスがはっと息をのんだ。「兄って……マーウィック公爵のことね」

マイケルは悲しげな笑みを浮かべたものの、まるで見知らぬ人を見るようないやな目つきでにらまれて、すぐに真顔に戻った。「ああ、そのとおり」

エリザベスが絹張りの肘掛け椅子の背後に立った――マイケルから身を守る盾が必要だと言わんばかりに。「いいわ、話を聞いてあげる。でも手短に頼むわね。お客さまを待たせているんだから」

「それは……難しいかもしれない。込み入った話だから」マイケルは言った。「かいつまんで話すけど、あとで――」

エリザベスが眉を上げる。「あとで？　いましかないわよ」

マイケルは息を吐き出した。「エリザベス、ぼくは――」

「下の名前で呼んでいいって言ったこと、撤回するわ」エリザベスの顔に冷やかな笑みが浮かんだ。「それから、もし……わたしたちのことをみんなにばらしたら、きっと後悔するはめになるわよ。わたしはレディ・ヘヴァリーとは違うのよ、マイケル卿。あなたの名前をため息まじりに口にしたりしないから」

またレディ・ヘヴァリーの話か。マイケルは顔をしかめて小さく笑った。「何がおかしいの？」エリザベスがきいた。

「いや、少しもおかしくない」本当だ。「正体を隠していたことは悪かった。だが正直言って、驚いている……あなたがそんなに怒るなんて……ぼくが思っていたより生まれがよかったからって」

エリザベスに厳しい目でにらまれた。「たしかに高貴な生まれだけど、決して高貴な人格ではないわ」

マイケルはエリザベスをじっと見つめて思案した。「ぼくが嘘をついたことに怒っているのか。そういうことか？」彼はたじろいだ。単純に考えれば、彼女が怒っている理由は明白だった。

「うぬぼれないで」エリザベスが冷たく言う。「詐欺師には慣れているから」

マイケルは傷ついた。「ぼくもろくでなしの仲間入りか。当然だな」

エリザベスが肩をすくめる。「ろくでなしはみんな似たり寄ったりよ。自分だけは違うと思った？」

「ぼくはあなたに嘘をつくつもりはなかった」マイケルはそう言いながら、自分でも言い訳になっていないと思った。「なんて言うか……もっと早く打ち明けるべきだった」あのとき、コテージで打ち明けようとしたのだが……エリザベスがいまさらこんな言い訳を聞きたがるとは思えなかった。〝結局、説明する時間を取るより、あなたを押し倒すほうを選んだんだ〟だめだ、こんな愚かなことは言えない。「エリザベス、本当に申し訳ないと思っている」

長い沈黙が流れ、時計の針の音だけが遠くから聞こえてきた。エリザベスはうつむいて手袋をはめた親指で指先をこすったあと、ふたたび肩をすくめた。「別に謝ってほしいわけじゃないの」

「じゃあ、説明させてくれ」マイケルは深呼吸をした。「ぼくの兄嫁が一〇カ月前に亡くなったんだ」兄の秘密をもらさずに、どうしたらうまく伝えられるだろうか？「兄嫁の死後……」もう嘘はつけない。「ある真実が明るみになって、そのせいで兄はふさぎ込んでしまった」

「真実って」エリザベスが椅子の背を両手でつかみ、生地にしわが寄るほどきつく握りしめた。「どんな真実？」

マイケルは顔をしかめた。「ぼくが勝手に話すわけにはいかない。できるなら……」

エリザベスは彼をしばらく見つめたあとで、大きく息をついた。「やっぱり答えなくていいわ。わたしには関係ないことでしょうから」奇妙な間を置いてから、首を横に振った。

「続けて」

「兄は徐々におかしくなっていった。まず、人づきあいを避けるようになったんだ。友人たちを信じられなくなったから」マイケルは口ごもった。この話を暴露するのは気が進まない。とはいえ……エリザベスのことは信用していた。彼女の信頼を裏切ったからこそ、それに気づくことができたとは皮肉な話だ。「今年の二月には、いっさい外に出かけなくなった。ただ億劫がっているのとは違うんだ。庭にすら出ないんだ。病気でもない。とにかく、屋敷から出るのを拒むようになってしまった。まるで……外の世界を怖がっているように見える」

「そう」エリザベスはマイケルをじろじろ観察していた。強い衝動を懸命に抑え込み、警戒しているのがわかった。「だから、あなたは田舎で別人として暮らすことにしたというわけね。なるほど、これで納得できたわ」

マイケルはいやみに冷やかな笑顔で答えた。「ほかに選択肢はなかった。兄は自分で跡継ぎをもうける気をなくして、兄が選んだ女性と結婚するようぼくに命じた。逆らえば、病院を閉鎖すると言って」

エリザベスの眉間にしわが寄った。「ロンドンの病院ね。お兄さまが資金援助している」

「そうだ。ぼくが設立した病院だ」

「お兄さまは目的のためには手段を選ばない方なのね。マキャベリみたいに」エリザベスがつぶやくように言う。

「兄に比べたら、マキャベリなんてかわいいものだ」マイケルは言った。「とにかく、兄の命令に従うわけにはいかなかった。わかってくれるだろう？」

不意にエリザベスが顔をそむけた。マイケルが羽根の髪飾りを見つめていると、彼女は手袋をなでつけはじめた。彼はその手の動きに魅せられた。二度、三度と繰り返し指から肘までなで上げる。

「いいえ」長い時間が過ぎたあと、エリザベスが小声で言った。「わからないわ」

マイケルは信じられない思いで、大きく息を吐き出した。「兄の気に入るように、自分の人生を犠牲にしろと言うのか？　兄は――」深呼吸をしてから言葉を継ぐ。「あなたにはわからない。ぼくは兄を助けたいんだ。くそっ、できるかぎりのことをしたんだ！　心配のあまり夜も眠れないときだってある」

エリザベスはうなだれていた。マイケルが感情をむき出しにしてしまったから、困惑しているに違いない。しかし、なんとしてもこれだけは信じてもらいたかった。「ぼくは兄を見捨てたりはしない」

「わかったわ」エリザベスはうつむいたまま、ゆっくりと言った。

「だが、ぼくが兄の言うとおりにしたって、誰も救われない。家系を絶やしたくないなら、兄が屋敷から出て、自分の妻を見つければいいんだ。いい薬になる。それがぼくの考えた治療法だ」

「そう。あなたには高潔な動機があったというわけね」エリザベスが顔を上げた。その表情を見て、マイケルは心に強い衝撃を受けた。

エリザベスを傷つけることなどできないと、フォーブス男爵夫人はどうして思えるのだろう？　いま目の前にいる女性は、とても傷つきやすく見える。そして、マイケルは悪党でしかなかった。「あなたの信頼を裏切ってしまった」小さな声で言った。自分は不器用な愚か者だ。「それは高潔とは言えない。ただ、誓って言うが、そんなつもりはなかったんだ」

エリザベスが片方の肩をすくめる。どうでもいいと思っていることを伝える仕草だ。「別に気にしなくていいわ。わたしたちはなんの約束もしていない。一度きりの気晴らしにすぎなかったんだから」

マイケルは息が苦しくなり、全然おかしくないのに笑い声のような声が喉からもれた。今度は自分が傷ついた。まったくどうかしている。「もう少し長くお互いに楽しめると思っていたんだけど」ずっと長くだ。いまになって、ふたりのあいだに可能性が広がっていることに気づいた。「昨日コテージで起きたことは……一時の気まぐれではない。エリザベス、ぼくにとっては気晴らしなんかじゃなかった。それどころか、考えれば考えるほど——」

「もうやめて」そう言ったエリザベスの目は疑わしげで、マイケルは胸がずっしりと重くなった。エリザベスは視界を晴らすようにまばたきしたあと、ドアに目をやった。「お客さまが……行かないと」背筋を伸ばして落ちつきを取り戻す。「あなたの話は聞かせてもらったわ。だから、今度はわたしの話を聞いて。一分後、あなたは応接間へ行って、わたしの友人たちと愛想よく会話をする。それから、三〇分以内に手紙が届いて、あなたはロンドンで問題が起こったと知らされる——何か適当に話を作ってちょうだい。病院のことでもお兄さまのことでもいいから。とにかく、あなたはすぐに帰らなくてはならなくなったとみんなに告げるの」

エリザベスの声は冷淡だった。しかし椅子の背に置いた手を、落ちつきなく結んだり開いたりしている。マイケルはその手をつかんで引き寄せ、彼女の前にひざまずいて許しを請いたかった。もう一度チャンスをくれと懇願したかった。

そのイメージが鮮明に頭に浮かび、なじみのない衝動に驚いた彼は、口がきけなくなってしまった。

さいわい、エリザベスの話はまだ続いていた。「わたしは女主人として、あなたのために馬車を用意するわ。あなたがあの滑稽な田舎家に戻って、荷物をまとめるあいだ、御者のジョンが待っているから、そのあとまっすぐ駅へ向かうのよ。それでも最終列車に間に合わなかったら、明日の朝九時の列車に乗ってちょうだい」

マイケルは息を吐き出した。退去通告というわけか。まるで彼女がこの地域全体の所有者だと言わんばかりに。

実際、そうであることをマイケルは思い出した。

エリザベスは椅子から手を離すと、スカートの裾を引きずりながらドアへ向かった。

「待ってくれ」マイケルは肘をつかんで引き止めた。エリザベスはくるりと振り返ると、ためらうことなく手を上げた。

彼女の平手が見事に命中した。頬がひりひり痛んだが、マイケルは肘をつかんだ手を離さなかった。エリザベスが目を見開いて彼を見上げる。表情はうつろだった。

マイケルはその表情が気に入らなかった。「ぼくは叩かれてもしかたのないことをした」

「そうね」エリザベスが頭をすっきりさせるかのように横に振った。「謝るつもりはないわ」

「もちろんだ」エリザベスの腕が震えているのに気づいて、マイケルはがく然とした。いったい自分は何をしてしまったのだろう？　手を伸ばして頬に触れると、彼女は顔をそむけた。だが、彼の手を振り払おうとまではしない。それは意味のあることだった。

エリザベスがごくりとつばをのみ込む音が聞こえてきた。「早く手紙を書かないと」

「少しでいいから」

「放して」エリザベスがささやくように言う。

そうすべきだと、マイケルは頭ではわかっていた。だが、手が言うことを聞いてくれない。いったい自分はどうしてしまったんだ？

そのとき、ようやく気づいた。こんな簡単なことにいままで気づかなかったなんて、救いようのない愚か者だ。

「エリザベス」マイケルはつぶやいた。エリザベス――酒場の女給みたいに笑い、彼の冗談を鮮やかに切り返し、身分違いの遠い親戚のために寝ずの番をする。村人たちとエールを飲み、無作法な村医者をお気に入りの場所である美しい湖に案内してくれる。

エリザベス――傷つくことなどない強い女性だと思われているけれど、コテージでは、マイケルの腕のなかで泣いていた。そしてそのあと、彼に微笑みかけてキスをしてくれた。

友情を示してくれたのに、マイケルは彼女を失望させてしまった。

こうなることをどうして予測できなかったのだろう？　エリザベスはもうじゅうぶん裏切

られてきて、心のゆとりなどないことに気づかなかったなんて。裏切ったらどれほどの苦痛をもたらすことになるか、わかっているべきだった。

「エリザベス」美しくて、いとしい名前。「ぼくに償いをさせてくれ」

エリザベスは彼を見ようとしなかった。「あなたにはもううんざりよ。出ていって」

「いやだ」マイケルは彼女の頬をなでた。「ぼくはどこにも行かない」

ようやくエリザベスがマイケルをちらりと見た。表情は読み取れなかったが――驚きと悲しみが入りまじっているようだ――この機会を逃す手はない。彼にここにいてほしいと思わせるのだ。彼女がふたたび目をそらす前に、マイケルは身をかがめてキスをした。

エリザベスが身をまかせてくるのを感じ、甘い安堵に包まれた。頬を包み込んだ手に彼女が手を重ね、舌をからめてくる。もらしたうめき声は降伏の宣言にも聞こえた。マイケルはそっと彼女を押しながら歩いていき、壁に押しつけた。

望みをかけてキスをした。謝罪と説得、そして贖罪《しょくざい》のキス。「ぼくに」マイケルが唇を重ねたままつぶやくと、エリザベスの手に力がこもり、痛いほど締めつけられた――別にかまわない。それで許してもらえるのなら、いくらでも痛みを与えてほしかった。空いているほうの手で彼女のウエストをつかみ、しっかりと引き寄せて下腹部を押しつけた。「償いをさせてくれ」耳元で熱くささやき、喉に唇を押し当てる。

「無理よ」エリザベスがささやき返した。

「やってみなければわからない」

「結婚しなければならないの」

一瞬、意味がわからなかった。彼女の鎖骨となめらかな肌に——。

「お金がいるのよ」エリザベスが言葉を継ぐ。「結婚しないと。あなた、お金はある？」

マイケルはぴたりと動きを止めた。「ええと……」結婚だと？「もう一度言ってくれないか？」

エリザベスは奇妙な笑い声をたてると、彼の腕のなかから抜け出した。「結婚しなければならないと言ったのよ。あら、そんな顔しなくても大丈夫よ。次男ではわたしに必要なものを与えることはできないから」

「必要なものって？」自動人形のごとくうつろな声が出た。「いったいなんなんだ？」彼女は困窮している女性にはとても見えない。「さっぱりわからない」

エリザベスが息を吐き出した。「お金が入り用なのよ。未亡人が再婚する理由なんてほかにある？」感じの悪い笑みを浮かべる。「愛のためとか言わないでね。そんな話を信じるほどもう若くはないでしょう？　少なくともわたしはそうよ。あなたより年上なの。だからあなたより賢いのよ」

「あなたは……」マイケルは頭が混乱していた。彼女は金に困っている様子はちっとも見せなかった。不意に事情がのみ込めると、胸が締めつけられた。「ウェストンと……」

エリザベスが肩をすくめた。「あるいはホリスターと。どちらでもかまわないわ」

そのとき、ドアをノックする音がした。エリザベスが意地の悪い笑みを浮かべたまま言う。

「ずいぶんショックを受けているみたいね。お願いだから愛人にしてくれなんて言わないでね。そんな余裕はないから。来年わたしが無事に誰かの妻の座におさまったら、また声をかけてみて」

見事な侮辱にマイケルが閉口していると、エリザベスがドアを開けた。「ジェーン！　ちょうどよかった。いま話がすんだところなの」

そして、友人の腕を取ると、急いで立ち去った——一度も振り返らずに。

マイケルは指示に逆らい、応接間に来なかった。ライザが絶えずドアを気にしているうちに、フォーブス男爵が眠くなり、会はお開きになった。長旅で疲れていたため、驚くほど早い時間に部屋にさがることを、今夜だけは誰も恥とは見なさなかった。

ライザは客人たちを部屋まで送っていき、ひとりひとりにおやすみの挨拶をした。マイケルの姿が見えないことをウェストンが何気なく口にし、キャサリンは鋭く言いたてたが、どちらも無視した。全員が部屋に落ちつくと、ライザは急いで玄関広間へ向かった。

天窓から月明かりが差し込み、格子縞のタイルに降り注いでいた。壁に人影が映っている——夜勤の従僕だ。閣下なら一時間以上前にお帰りになった、と従僕は言った。

ライザは無意識のうちに玄関の扉を開けていた。風は吹いていない。静かで、あたたかくて、からっぽの夜。

鼓動がうつろに響いた。

また嘘をつかれた。〝ぼくはどこにも行かない〟と言っていたのに、結局、行ってしまった。

それこそ望んでいたことでしょう？

ライザはわれに返って扉を閉めた。従僕が横目でこちらを見ている。間違いなく、使用人たちの今夜の噂の種になるだろう。

ライザはスカートの裾を持ち上げて階段へ向かった。あんな嘘つき男！ マイケルの説明を聞いても気持ちは変わらなかった。男性のように生きられたらどんなに楽だろう。結婚の話が持ち上がるたびにあわてて逃げ出せばいい。自分で生活費を稼ぐことさえできれば――。

無理な話だ。ライザはため息をつき、見事な彫刻が施され、蠟でぴかぴかに磨き上げられたクルミ材の手すりに手を置いた。この屋敷は維持費が高すぎて、重荷になっている。けれども母の注文どおりに、母のために建てられたこの屋敷を手放すのは、魂を売り渡すようなものだった。

たとえ男性に生まれていたとしても、すべてを維持できるほどの金額は稼げなかっただろう。次男の収入でも不可能だ。マイケルもその点について、反論しようとさえしなかった。

ライザはごくりとつばをのみ込んだ。当たり前よ。マイケルが反論するはずがない。〝未亡人のお慰み〟は独身主義者と相場が決まっている。

「ライザ！」二階のほうから息を切らした声が聞こえてきたかと思うと、ジェーンが背後をちらちらと振り返りながら、階段を忍び足でおりてきた――まるで夜中にこっそり起き出してきて、親に見つからないか心配している四歳児みたいだ。

ライザはどっと疲れを感じた。ジェーンにとって、人生はまだまだゲームにすぎないのだ。結果を気にせずに遊べる時間がたっぷり残されている。

「もう寝る時間よ」ライザは言った。

「でも、どうしても話がしたくて!」ジェーンがショールをかきあわせて、ぴょんと跳ねた。「さっきはぐらかされてしまったから。さあ、教えてちょうだい。マイケル卿はどうして身を隠しているの? 彼の正体を、あなたははじめから知っていたの?」

ライザはジェーンの横を通り過ぎて階段を上がった。ジェーンがくるりと向きを変え、あわてて追いかけてくる。

「たいした話じゃないのよ」感情のこもらない、平板な口調になってしまった。頭がずきずきする。全身に痛みを走らせる奇妙な感情に圧倒されていた。

マイケルにキスをされたけれど、あれは……ただのキスではなくて……誓いのキスみたいだった。またたく間に酔いしれてしまった。

あんなことをさせるべきではなかった。だがマイケルに触れられた瞬間、思考が停止してしまったのだ。もっと――それしか頭になかった。恐ろしい効果だ。ネロに出会って、ライザははじめて欲望というものを知った。しかし、その欲望には不安がつきまとっていた。ネロに触れるときは、つねに反応を気にしていた。ネロが歓んでくれているかどうか確かめ、どうしたらもっと喜ばせることができるか考えていた。

けれども、相手がマイケル・デ・グレイだと、そんなことは全然考えなかった。激しい欲望にのまれていた。もっと――頭にあるのはそれだけだった。

でも、もうじゅうぶん。二度と求めることはない。

「だっておかしいでしょう！」ジェーンがかすかに怒った口調で言う。「公爵の息子が、ただの医者になりすまして――」

「わけがあるのよ」もし本気で公爵に逆らうつもりなら、逃げ出すしかないだろう。マーウィック公爵とはろくに話したこともないけれど、噂によると、友人にしたくなるような相手ではない――その妻を寝取るなどとんでもないことだ。ネロの浮気を知ったとき、ライザはその事実だけでなく、彼の愚かさにあきれた。よりによってあのマーガレット・デ・グレイと！　マーウィックは独占欲が強いことで有名なのに。

〝兄に比べたら、マキャベリなんてかわいいものだ〟

ライザは身震いした。浮気がばれたとき、ネロは大げさに後悔してみせた。やり直すチャンスをくれと懇願してきて、そのあと数週間は異様にやさしくされた。ライザの許しを得たいからだと思っていたが、あれは口封じだったのだといまになって気づいた。

「どんなわけか、あなたは聞いているの？」ジェーンが尋ねた。

階段を上がりきると、ライザは振り返って冷たい目でジェーンを見つめた。「わたしたちにはまったく関係ないことだわ。わかっていると思うけど、このことは誰にも話してはだめよ。マイケル卿に見事にだまされてしまったなんて、自分が愚か者だと言い触らすようなものよ」

「あら」ジェーンが眉をひそめた。「そうね。でも……彼はずっとパーティーに参加するの？」今度は顔がぱっと明るくなった。「お兄さまを呼んでくれるかもしれないわ。公爵は奥さまを亡くされたのよね？」

魂胆が見え見えだった。「残念だけど」ライザは言った。「マイケル卿はロンドンに戻られたのよ。それから、彼のお兄さまのことだけど……」首を横に振る。「マーウィック公爵は〝キングメーカー〟と呼ばれているのよ。知っていた？」

「まあ！」ジェーンがうっとりした顔をした。「でもどうして？」

「人に権力を与えることができるからよ」ライザは答えた。「ホリスターもその恩恵を受けたひとりなの。だけどキングメーカーは、気に入らない相手を破滅させることもできるのよ」

「まさか女性に対してはそんなことをなさらないでしょう？」

「それは」ライザは言った。「知らないほうが身のためだと思うわ」

マイケルははっと目が覚めた。カーテンの背後から光は差していない。一瞬、自分がどこにいるのか思い出せなかった。ロンドンのアパートメントか？　病院の事務室か？

いや、ボスブレアだ。家に着いたあと、エリザベスの御者を帰したのだった。ここを離れるかどうか決断する前に、少し考えたかった。

喉が渇いている。マイケルはベッドから体を起こして顔をこすると、床板に足をおろした。足裏でひんやりした感触を味わった拍子に思い出した――。

あの夢を見た。

さっきまで見ていた夢が鮮やかによみがえり、マイケルは息をのんだ。暗くて息苦しい場所で、絶望していた。両親が言い争っているあいだ、衣装戸棚に隠れていた子どもの頃の自分。隣に体を丸めたアラステアがいて、マイケルの唇に人差し指を当てて口をふさいでいた。

夢というより記憶だ。あれは寄宿学校に入る前の夏のことだった。両親がまだ同じ屋根の下で暮らしていた、最後の夏。屋敷でハウスパーティーを開催しているさなかに起きたできごとだ。父が愛人を招いて、母の目の前で見せびらかしたのだ。激怒した母を、父は平手で打った。マイケルが衣装戸棚から飛び出そうとすると、アラステアに押さえつけられた。

〝おまえが出ていっても状況を悪化させるだけだ〟兄は小声でそう言った。

衣装戸棚の扉はわずかに開いていて、その隙間から負けずにやり返す母の姿が見えた。

〝あなたは梅毒持ちだって、みんなに言い触らしてやるから!〟母が叫んだ。〝あなたの愛人たちはどうするかしらね?〟

父が母につかみかかる。マイケルはアラステアの胸に引き寄せられた。目が見えなくても、音はしっかり聞こえてきた。

マイケルは現実に立ち戻って、息を吐き出した。立ち上がって洗面台へ行き、冷たい水で喉を潤す。そばにある机の上には、留守中に届いていた手紙が置いてある――ホルステッド経由で送られてきた、アラステアからの手紙だ。今週末までにマイケルがロンドンに戻らなかったら、病院を閉鎖すると書かれていた。

口先だけの脅しだろうか？　わからない。最初にその手紙を読んだときは憤りを覚えたが、いまは……ただただ悲しかった。

子どもの頃は、ふたりで一緒に地獄を生きていた。兄が助けてくれたから乗り越えられたのだ。だが兄はふたたび新たな地獄に入り込み、そこから抜け出せずにいる。

手に持ったブリキのカップがやけに冷たく感じられて、テーブルに置いた。悲しいけれど、憎んではいない。憎しみは両親のような関係から生まれる。ふたりはひどく傷つけあっていた。それに比べたら、アラステアの脅しなど裏切り行為とは呼べない。

マイケルは両親のように人に裏切られるのはごめんだった。

結婚は裏切りを生むものとしか思えなかった。アラステアに起きたことを考えれば、なおさらだ。だが……結婚とは相手を裏切らなければならないものではないはずだ。

「くそっ」マイケルは悪態をつき、ふたたびベッドに腰かけた。

父は母を捨てようとし、母はそれに抵抗した――子どもたちの親権や、生活費や、何よりも自身の尊厳のために。しかし、母は裁判を起こしたものの親権も金も得られず、世間の注目を浴びたせいで尊厳まで破壊された。それ以降、母はどこへ行っても罵りの言葉を浴びせられた。〝ふしだら女《ルース》〟同級生が母のことをそう呼ぶまで、マイケルはそれが侮辱の言葉になるとは知らなかった。〝売春婦〟〝あばずれ〟

母はそういった言葉に当てはまるような女性ではなかった。だが世間とはそういうものだ。それが事実かどうかなどおかまいなしに、決まりきった言葉で女性を非難する。〝ろくでなしはみんな似たり寄ったりよ〟エリザベスは言っていた。〝自分だけは違うと思った？〟

自分は父親とは違う。エリザベスにひどいことをしてしまったけれど、逃げ出さずに償うつもりだった。

マイケルはあおむけに寝転がって天井を見つめた。エリザベスは金を必要としている。どうしてそんなことになったのだろう？　チャダリーに甲斐性がなかったとしたら、彼女の両親が娘を嫁に出したとは思えない。

何はともあれ、エリザベスは金を必要としている。それをとがめるつもりはなかった。金目当てで結婚する女性を軽蔑したりはしない。たとえ生まれのよい女性でも、困窮したらどうなるかはよく知っている。母には上流階級の友人が大勢いたが、困ったときに助けてくれる人はひとりもいなかった。貧困は無粋なのだ。

当時、マイケルはまだ若すぎて、母を助けてやれなかった。大学にいた頃に母は死んでしまった。母が生きていたら、医学の道は選ばなかった。母に楽な暮らしをさせられるよう、金を作ることを優先しただろう。そのことで兄を頼るつもりはなかった。アラステアはどちらの味方にもつかず、父の悪行にもそれなりの理由があったのだと考えていた。

アラステアに母のことをまかせるわけにはいかなかった。そのうちに母が病気にかかり、やぶ医者の治療法に不信感を抱いたマイケルは、母のために医学を学ぼうと決意したのだ。だが間に合わなかった。ようやく医者になったときには、母はもうこの世にいなかった。母を助けることはできなかったけれど、いまエリザベスを助けることならできる。金はないが、金のある男——特にウェストンに関する知識なら持っている。

いつの間にか拳をきつく握りしめていたのに気づき、マイケルは手を開いてシーツの上に置いた。自分の感情はあとまわしにしなければならない。無一文なのだから。それに、尊大で堅苦しいアラステアが、エリザベスのことを認めるはずがない。一顧だにしないだろう。だから、こうするしかないのだ。これがすんだらロンドンに帰ろう。身を隠しているのが急にばかばかしく思えてきた。ひとりでもやっていけることを証明できたし、もはやプライドを守ることに興味はなかった。

ウェストン。あの男なら安心して薦められる。とはいえ、エリザベスがウェストンの花嫁候補リストに入っていないのは明らかだ。ウェストンの好みは単純だ。わかりやすい女らしさに惹かれるのだ。編み物だの水彩画だのピアノだの刺繍だの……。

マイケルは思わず口元に笑みを浮かべた。はじめて会ったときに、エリザベスが言っていたことを思い出したのだ。彼女は針仕事が得意ではない。花のつもりがしみになってしまう。そんな話を聞いても、ウェストンは喜ばないだろう。エリザベスのウィットに富んだところは高く評価したとしても、あまり辛辣すぎるとそれもまた好まれない。なれなれしく戯れるより、頬を赤らめるほうが効果的だ。ハープかピアノが弾けたらなおさら結構。

こういったことを、エリザベスに教えてあげなければならない。明日、彼女に伝えよう。そして同時に、ウェストンにも働きかけてエリザベスを意識するようにさせ、求婚を応援するのだ。自分が……。

マイケルは寝返りを打ち、枕に顔を押し当ててうめき声を押し殺した。

自分が償いをしなければならない女性。それ以外の何者でもない。

それだけだと、マイケルは自分に言い聞かせた。

14

ライザが着替えていると、マザーが部屋に飛び込んできた。東の庭でウェストンとマイケルが散歩をしているのを見かけたのだそうだ。「追い出したんじゃなかったんですか?」

「そうしたつもりだったけど」またろくに眠れなかったせいで、頭がぼんやりしているのだろう。ライザはあまり腹が立たなかった。マイケルが駅へ向かわなかったのは知っていた。朝の紅茶の時間に御者の伝言が届いたのだ。

それどころか……どこかほっとしていた。彼は約束を守ったことになる。だからといってマイケルをこのまま滞在させるつもりはなかった。「着替えがすんだら対応するわ」彼の見張りにマザーを送り出した。

三〇分もしないうちに、マザーが戻ってきた。「朝食の席に一緒に着いてしまいましたよ、奥さま。ミセス・ハルは……マイケル卿が戻っていらしたことを大喜びしています」

ライザは化粧台で、ハンソンに髪をまとめてもらっているところだった。「簡単でかまわないわ」どうせアーチェリーやクロッケーをしたら崩れてしまう。「みんなは彼を正式なゲストだと思っているわけね」

「そうです、奥さま」マザーがもぞもぞと身動きする。「従僕に言って放り出しましょうか？」

「だめよ。騒ぎは起こしたくないの」ハンソンがうしろにさがり、ライザはこれでいいと言う代わりにうなずいた——頭のてっぺんで結い上げたシンプルな束髪で、前髪は眉の上でカールさせてある。「真珠のピアスにするわ」と言うと、ハンソンが取りに行った。

「料理を平らげてしまいますよ！」マザーが手のひらを上に向けて言う。マイケルが実は貴族だったことをマザーがどう思っているかは知らないが、恐ろしい仏頂面から判断すると、だまされていたことにライザと同じくらい腹を立てているのだろう。「卵は少なくとも六つはお出ししたはずなんですけどね！」

ライザは思わず笑ってしまった。「そんなに焦らなくても大丈夫よ。おなかがすいているのなら、六つでも八つでも食べさせてあげましょう」

「奥さまはあの方を追い出したいんですよね！」

顔から笑みが消えるのを、ライザは鏡で見た。「そうよ」笑っている場合ではない。マイケルはここで何をしているの？

ドアをノックする音がした。マザーがハンソンを差し置いて、いち早くドアを開けた。ドアの向こうにはマイケルが立っていた。

ライザは椅子に腰かけたままくるりと振り返った。マイケルの大それた行為に、つい感心してしまう。寝室まで訪ねてくるような大胆さを持っているのは、アメリカ人だけだと思っていた。

「ここは寝室ですよ！」マザーが怒った声で言う。「奥さまはお着替え中です！」

「いいのよ」ライザは言った。「入ってもらって」鏡に向き直り、自分の姿を見つめた。今日は癇癪を起こしてはならない。ゆうべ取り乱してしまったことを思い出すと、ばつが悪かった。ひと晩じゅう後悔していた。もう少しで泣くところだった。マイケルのそばにいると、自分を見失ってしまう。

そんなことではいけない。客はみな、美しく有能な女主人、エリザベス・チャダリーに楽しませてもらうために、はるばるコーンウォールまでやってきたのだ。マイケル・デ・グレイのせいで動揺してしまったけれど、二度と取り乱すつもりはなかった。

ライザは鏡のなかの自分に微笑みかけた。どの写真にもこの笑顔で写っている。〝あなたのお顔は美しい仮面のようだ〟崇拝者のひとりにいつか言われたことがあった。〝頭のなかは何も見えない〟

たいした褒め言葉だ。いまになってその皮肉に気づいた。

鏡にマイケルの姿が映り込んだ。「おはよう」彼が言う。

「今日もすてきなお召し物ね」ライザは縦縞のスーツをじろじろ眺めながら言った。「衣装一式を隠しておかなければならなかったみたいね。こんな田舎では仕立てのいい上着を着てもしようがないと思った？　でもね、ただの医者だってきちんとした服装をしてかまわないのよ」

マイケルの口元に憂いのある笑みが浮かぶ。「批判を投げつけられる覚悟で来たのに、まさか服装を褒められるとは思わなかった。これは運が向いてきたぞ」

ライザは肩をすくめた。もちろん、笑みは絶やさずに。

「ぼくの申し出を聞いたら、あなたも考え直すだろう」

マザーがはっとしたのがわかった。彼の発言を口説き文句の始まりだと解釈したに違いない。あきれた顔をしているマザーに向かって、ライザはやさしく微笑んだ。「マザー、しばらくのあいだハンソンと一緒に外に出ていてちょうだい」戻ってきたメイドから宝石箱を受け取ると、顎でドアを指し示した。

「でも――」マザーが女主人とマイケルの顔を交互に見た。「奥さま、ここは寝室ですよ!」

「みんなには気づかれないようにしてね。醜聞になったら困るでしょう? それこそ、結婚とかね」ライザはそう言うと、マイケルに向かってウインクした。「そんなのふたりとも望んでいないから。マイケル卿が求めているのは無垢な乙女で、わたしは……もうご存じよね?」

マザーがあんぐりと口を開けた。ハンソンが、マザーの腕を取って部屋を出るよう促した。

ドアが閉まると同時に、ライザは鏡に向き直り、おしろいの瓶を手に取った。ブラシに粉をつけ、丁寧に肌に伸ばしていく。キャサリン・ホーソーンにも言ったとおり、睡眠不足は肌に悪い。「それで、あなたの申し出って?」本当に誘惑してきたら、笑い飛ばしてやるつもりだった。

「ウェストンを落とすのに協力するよ」

手元が狂い、粉がもうもうと舞い上がった。「なんですって？」

「ぼくはあいつのことをよく知っている」マイケルが脇にはさんでいた帽子を取って、両手でくるりとまわすのが鏡越しに見えた。「学生時代からの友人だ。あなたはこのままだと失敗する。あいつはおとなしい女性が好きなんだ。気のきいたことを言うより、頰を赤らめるほうがいい」

「そう、わかったわ」ライザはおしろいの瓶を置いて、口紅に手を伸ばした。

「それから、あいつは化粧が嫌いだ」

ライザはぴたりと手を止めた。徐々に怒りがわいてくるのを歓迎した。怒りを感じなければ、燃え尽きた蠟燭のように暗くて冷え冷えとした気分になりそうだった。「男性の気を引く方法ならじゅうぶんわかっているつもりだけど、とにかくご助言ありがとう」

マイケルが一歩近づいてきた。「本気で言っているんだ。前に友人になろうと言ってくれただろう？　あなたの友人になりたいんだ。あなたは金を必要としている。ぼくは金はないけど、金のある男に関する知識なら持っている。それだけじゃない。ぼくはウェストンをその気にさせることだってできる。なんならホリスターでもいい。ぼくなら要所要所で適切な意見や忠告をあなたに与えることができるんだ」

ライザは口紅の瓶の上に置いたままの手をじっと見つめた。またしみができている。中指の関節の真上に。「つまり……わたしが夫を勝ち取る手助けをすると言っているのね」

「そうだ」

目を上げて自分の顔を見た。絶世の美女と呼ぶには丸すぎるように思う。マイケルのように頬骨が高ければ、年を取ることもそれほど怖くなかったかもしれない。でも、まだじゅうぶん若く見える。といっても、それは表情のせいかもしれない。ひどく傷ついた表情を見せるのは若い人だけだから。

ライザは目をしばたたいたあと、ピアスの箱を手に取った。どういうわけか、恋人が——元恋人が、いいえ、一度きりの情事の相手が、新しい男性の気を引くのを手伝いたがっている。「面白い人ね」真珠がつるつる滑って、ピアスがうまくつけられなかった。

突然、マイケルが真うしろに立った。「貸してごらん」ライザは彼のぬくもりを感じ、だんだんなじんできたかすかな麝香《じゃこう》の香りをかいだ。マイケルが身をかがめた瞬間、ライザは体をこわばらせた。なぜかあらがうことができなかった。

マイケルの息が頬にかかる。指が髪に触れると、全身がぞくぞくした。耳たぶをそっとつかんだ手は、大きいのにとても器用だ。ピアスはするりと穴に入った。彼が体を引いた瞬間、きっと偶然だろうけれど、唇が耳の縁をかすめた。

ライザは化粧台の上に置いていた手を膝におろすと、息を吐き出した。

ぎこちない沈黙が流れた。徐々に沈黙が重苦しさを増していき、ライザは喉が詰まってごくりとつばをのみ込んだ。覚悟を決めて鏡に映ったマイケルの顔を見ると、目を閉じていた。と思うと、まるでライザの視線を感じたかのように、すぐに目を開けた。

「よく似合っているよ」マイケルの喉仏が上下した。「そのピアス」

ライザは無理やり微笑んだ。彼がこの部屋にいるのが信じられない。レースのカーテン越しに差し込む光が、長身のがっしりした体をくっきりと浮かび上がらせている。こんな状況でなければ、見とれていたかもしれない。

マイケルは帽子をきつく握りしめていて、つばがたわんでいた。

それを見たライザは、奇妙な感情がわき起こった。後悔と……的はずれで、不愉快な感情――憐れみ。

そして、切望。

「わたしの夫探しに協力したいのよね」ライザは言った。

マイケルの顔に、苦悩の表情がよぎった気がした。まさか。見間違いよ。彼の顎がこわばった。「ああ」マイケルは言った。

迷いのない口調だった。「それなら、そんな目でわたしを見ないで」

マイケルが静かに笑い、窓に目をやった。顎の筋肉が引きつっている。ふたたびライザのほうを向いた。「その言葉をそのままお返しするよ」

「心外だわ」ライザは言った。「昨日も言ったけれど、あなたは一度きりの気晴らしにすぎなかったんだから」

「そうか」マイケルが深呼吸をしたあと、微笑んで目元にしわを寄せた。あの笑顔にはまいってしまう。心をわしづかみにされる。「最高だったけど、つかの間の気晴らしか」

胸に鋭い痛みが走ったのに、ライザは気づかないふりをした。いまは大事な駆け引きの最中だ。「もうほとんど忘れかけているけど」彼を試すために言った。

「事情が事情だから」マイケルは否定しなかった。

よかった、これなら理性に従って行動できるだろう。騒ぎを起こさないのなら、マイケルを追い出す必要はない。ライザはピアスの箱の蓋を閉めると、ベルベットに指を滑らせた。

「気に障ることもあるかもしれない。何が起こるかわからないもの。でも、理性で抑えることができるわよね。友人なら」

鏡越しにマイケルと見つめあった。それから、大きく息を吐き出し、立ち上がって振り返った。それでも彼のほうがずっと背が高いけれど、座っているよりは都合がよい。身が引きしまるし、鏡に映った自分の表情を見なくてすむ。「ここにいることが、お兄さまにばれてしまうわ」ライザは言った。「今朝、ホーソーンきょうだいが山ほど手紙を出していたから」

マイケルが深いため息をついた。「覚悟はしていたよ。そろそろ姿を現してもいい頃だと思ったんだ。昨日手紙が届いていたんだけど……兄はこのばかげたゲームの賭け金を引き上げることに決めたらしい。ゲームと呼ぶのは間違っているかもしれない。だって兄は……」首を横に振る。その顔に不安の色がありありと浮かんでいるのを見て、ライザはぎくりとした。

〝ぼくは兄に育ててもらったんです〟マイケルがそう言っていたのをふと思い出した。メアリーの赤ん坊が生まれる前――ブロワード家を最初に訪れた日のことだ。彼の父親である前マーウィック公爵にまつわる大昔の醜聞――とても不幸な離婚話が騒ぎたてられていたことも。ライザは強い衝撃を受けた。〝ぼくは兄に育ててもらったんです〟あの言葉には、多くの意味が込められていたのだ。

ライザは歯を食いしばった。憐れみの感情がどんどん強まっていく。理性で抑え込めるものではなかった。「あなたのお兄さまのことはほとんど存じ上げないけれど……あまり寛大な方ではないという印象があるわ」

「そうかもしれないけど」マイケルが言う。「もうこれ以上隠れているわけにはいかない」ためらいがちに続けた。「実は……その件で、あなたに協力してもらいたいことがあるんだ」

「あら、何かしら？」ライザはまったく想像がつかなかった。

「ミセス・ハルは品行方正な女性に見えるけど」彼がそう言った瞬間、ライザは身構えた。

「見た目どおりの女性かい？　何かぼくの知らない噂でもあるのかな？」

いや、やめて……。「ないわ」ライザはやっとのことで答えた。「数週間前に知りあったばかりで、それほどよくは知らないけど」

その言葉に潜んだとげに気づいたかのように、マイケルがかすかに微笑むのを見て、ライザはおびえた。こんなふうに本心をさらけ出してはならない。そんな女は軽蔑の対象でしかない。「ミセス・ハルはぴったりの女性だと思うんだ」マイケルが言葉を継ぐ。「兄の怒りをやわらげるための隠れみのとして。彼女に特別な関心を抱いているように見せかけるんだ。ホーソーンきょうだいの前で、彼女を褒めてみせるとか。噂がすぐに広まるだろう」

「その必要はないわ」そう言いながら、ライザは自分ではない誰かがしゃべっているような気がした。本当はひとりになりたいのに――暗い部屋にひとりで閉じこもっていたいのに、会話を続けなければならないときのために作られた台本を読んでいるみたいだ。「わたしが手紙を書くから。噂好きの友人が大勢いるのよ。あなたが結婚の意思を明言したことにする？　それとも、好意を持ちはじめたくらいにとどめておいたほうがいい？」

「その中間にしてくれ」マイケルが少し考えてから答えたあとで、うなずいた。「そうだな……ミセス・ハルのことをさかんに褒めていたと書いて、彼女の身辺についてそれとなくきいてみる。それでどうかな？」

「ええ、悪くないと思うわ」ここで話を打ち切るべきだとわかっているのに、口が勝手に動いた。「お兄さまはあなたの相手が未亡人でもかまわないのかしら？」

マイケルが一瞬ためらった。まるで未亡人であることが――単なる不運が女性の汚点となり得ると言わんばかりに。「結婚歴があるからといって、だめということはないと思う」マイケルが答えた。「少なくとも、頭ごなしに反対することはないだろう。かえって都合がいい。兄はその点に気を取られるだろうから」

「そう」ライザはめまいがした。怒りを感じたいのに、どこかへいってしまった。「じゃあ、そろそろ……朝食に参加しないと」

「ああ。取引完了だ」マイケルが手を差し出す。ライザはその手を取るのが怖かった。

でも、無理やり笑顔を作って握手した。マイケルはたこのできた手のひらでライザの手をそっと握りしめたあと、すぐに離した。

大丈夫。きっとやり通せる。やり通さなければならないのだ。ほかに選択肢はないのだから。

マイケルが微笑み返した。「これでぼくたちはまた友人同士だね。共通の目的を持つ同志だ」

「一緒に勝利を目指しましょう」ライザはそう言ったあとで、ドアを指し示して退出を促した。

神秘は夜に体験するにかぎるので、ライザは心霊術者たちに、日中は隠れているよう指示していた。招待客を楽しませるために、ほかにも数々の娯楽を計画してある。ローンテニスやボウリング、クレー射撃、五月の湖でのピクニック……どれも目新しくはないけれど、一緒に過ごす相手次第でまったく違うものになる。

シャンパンさえ切らさなければ、みんななんでも楽しめる様子だった。ナイジェルとキャサリンは、ジェーンとティルニーにテニスの試合を申し込んだ。キャサリンはたいてい、ろれつがまわらなくなるまで飲み、ちょっと寝たあと、また起きて飲みはじめる。すでに足元がおぼつかなくなっていて、試合は見ものだった。狙いが全然定まらず——もしかしたら、実に正確に狙いをつけているのかもしれないが、最初の五分間で、ジェーンは目にあざを作らないようにするために三度も頭を引っ込めるはめになった。

芝生の向こう側、テニスの邪魔にならないくらい遠く離れたところでは、フォーブス男爵夫人とホリスターが射撃の練習をしていて、そのために設けられた小さな柵の背後から飛び出す粘土でできたキジに猟銃を向けていた。定期的に鳴り響く銃声が、お祭り気分をかきたててくれる。それを聞いているうちに、男爵夫人のほうが腕前は上らしいとわかってきた。

アーチェリーには誰も興味を示さなかった。またいつの間にか姿を消していたサンバーン子爵夫妻を除いて、ほかの人たちはみな、テニスコートの脇に設置した縞模様の天幕の下で、酒を飲んだり、イチゴのクリーム添えをつまんだりしながら当てもなく過ごしている。会話は弾んでいた。『ミカド』を観劇した人は、実にすばらしかったと絶賛した。セシル・ローズの植民地首相への任命の話題から、アイルランド自治に関する白熱した議論がはじまったので、ライザは乾杯の音頭を取ってやめさせた。天気は快晴だった。明日も雨は降らないだろう。

議論から抜け出し、マイケルとふたりで話し込んでいたウェストンのほうへ、ライザはゆっくりと歩き出した。どういうわけか緊張する。ふたりの身長は同じくらいだが、筋骨たくましいウェストンの隣にいると、引きしまった体つきのマイケルはグレーハウンドを連想させた。

たくましい男性が好きだという女性は多い。牡蠣のようなものかもしれない、とライザは思った。自分もだんだん好きになれるはずだ。

マイケルが気づいて、ちらりとこちらを見た。口元に共犯者めいた笑みを浮かべたあと、ウインクする。

マイケルに協力を求めるのは、大きな賭けだった。彼は妨害することだって簡単にできるのだから。

ひらひらはためく帽子のリボンを払いのけると、ライザはとっておきの笑みをウェストンに向けた。「大事なお話？」もしまだアイルランド問題について話しあっているようなら、遠慮なく邪魔をするつもりだった。

「いいえ、別に」ウェストンが答えた。

「それは人によるんじゃないかな」マイケルが言う。「馬の話をしていたんだ。ウェストンが最近市場に行ったそうでね」そのとき、風が吹いて、彼のつややかな茶色の髪が乱れた。目にかかった髪を振り払おうと、マイケルがわずかに頭を傾ける。

ライザは目を奪われた。恋人なら、髪に触れる口実になる。やわらかくて、なめらかな髪を……。

拳を握りしめて衝動を抑え込んだ。「馬は好きよ」明るい口調で言う。「買いたい馬がいるの？」

「目をつけている馬がいるんです。パンドラとアポロニオスの掛け合わせで」

「ああ！」この話題ならついていける、とライザは思った。「アポロニオスって、四年前のクイーンアンステークスで勝った馬でしょう？」

ウェストンが驚いた顔をしたのがうれしかった。「そのとおりです。競馬がお好きなんですか？」

「ええ――」そのとき、マイケルがかすかに首を横に振っているのが目に入った。「その、もちろん、新聞で読んだだけだけど」本当は、つい最近まで馬券も大量に買っていた。「その仔は必ず利益を生むでしょうね」

マイケルは今度は、ウェストンの視界に入らないようにして顔をしかめてみせた。

「ええ、きっと」ウェストンが言う。「といっても、ぼくは競馬を事業ではなく、芸術ととらえているんです」

ライザは頬の内側を嚙んだ。〝目をぱちぱちさせてごらん〟先ほど一緒に階段をおりたとき、マイケルに言われたことだ。〝母親の引き綱をはずしたばかりの子どもに返るんだ。天真爛漫《らんまん》にふるまって、少し大げさなくらいに反応するといい〟

ライザは彼の助言を鼻で笑った。ウェストンがいくぶん保守的だというのは話に聞いているが、そんな女性に惹かれる男性がいるとは思えなかった。

でも……利益を目的とするのが上品でないのは確かだ。ライザはこのうえなくやさしい口調で言ってみた。「わたしもそう思うわ、ウェストン卿。実は、馬が好きだというのも、情けないほど浅はかな理由からなの。だって、ただ単に……かわいいからなんですもの」

たちまち、ウェストンが頬をゆるめた。「ああ、わかりますよ。レディはポニーが大好きだから」

ポニー？「ええ」ライザは同意した。ポニーなど六歳の誕生日を迎えて以来乗ったことはないけれど。

「姪っ子に真っ白な雌馬を買ってくれとせがまれているんです。ユニコーンみたいだからって」ウェストンがかわいくてしかたがないといった笑みを浮かべる。「馬のお人形さんを見かけるたびに欲しがってしようがないんです。立派な廏舎があるというのに、どの馬も五〇センチくらいの高さしかない!」

ウェストンに調子を合わせて笑っておいたものの、ライザはうれしくなかった。

子どもと一緒にされるなんて! 自信をなくしそうだった。「なんてかわいらしいんでしょう!」

ウェストンがちらりと草原を見やった。「このあたりは狩りにうってつけですね。あなたもときどきキツネを狩るんでしょうね?」

ライザは問いかけるようにマイケルを見たが、彼は無表情だった。まさか、ウェストンは狩りをすることを女らしくないとは思っていないの?

ああ、こんなのばかげている。あれこれ考えてから発言しなければならないなんて。マイケルは頼りにならないし。「わたしは狩りをする人だと思われているけれど、本当は仕留めることに興味はなくて、追いかけるほうが好きなの」

ウェストンが含み笑いをして、意味ありげな視線をマイケルに送った。

不意に、ライザは自分の発言が二重の意味を持つことに気づいた。情熱的な独身男性か……陽気な未亡人が言いそうなことだ。

けれどもありがたいことに、ウェストンはその点を指摘しなかった。「じゃあ、今回も予定に組み込まれているんですか？」

それは計画していなかった。キツネを殺すのが好きではないと言ったのは本当だ。

ライザは直感で答えた。「いいえ。だってキツネもかわいすぎて、殺してしまうのは忍びないんですもの。馬と同じくらい愛らしいわ！　それに——犬に似ているでしょう？」ウェストンが驚いたようにまばたきしたのを見て、あわてて最後の台詞をつけ加えた。まったくもう！　キツネだってかわいいのに。でもフランス人でないなら、犬は好きなはずだ。

「子犬《パピー》が大好きなの！」

ウェストンが肩をすくめる。「必ず成長するのが残念ですけどね。そこらじゅうに毛を落とすし。しかしキツネは害獣ですよ」

「ウェストンの屋敷の応接間には、いつも大型犬が三、四匹いるんだ」マイケルが口をはさむ。「ぞっとするような醜い犬でね。ブラシをかけてもらったことなんて一度もないんじゃないかな」

ライザは礼儀正しくうなずくと、作り笑いをした——かわいらしいピンクの縁飾りがついたクリーム色のローンのスーツとともに、少女っぽい魅力を存分に発揮する笑顔だ。「動物はみんな大好きよ。なんでも……ふわふわしたのなら」

もう耐えられない。笑顔がゆがみそうになるのをこらえた。

ウェストンが愉快そうな、慈愛に満ちた表情で、ライザをじっと見つめる。「本当ですか？

かの有名なミセス・チャダリー――社交界の花形にも、ユニコーンを夢見る少女だった時代があったとは驚きです」

これは皮肉を言われているのかしら？　ライザは何食わぬ顔で目をぱちぱちさせた。「女の子はみんなユニコーンにあこがれるものでしょう？　いまだって欲しいくらいよ！」

ウェストンが驚きを含んだ笑い声をあげた。「いやはや！　これはこれは――ミセス・チャダリー、正直に言わせてもらいますと、想像もしませんでした。あなたが……」

ライザは身構えた。お世辞ではなくて、侮辱的なことを言われる可能性もじゅうぶんにある。ところが、ウェストンはそこで言いよどみ、助けを求めるようにマイケルを見た。マイケルはすぐさま口を開いた。

「ミセス・チャダリーは万華鏡のような人だ」ライザの目を見ながら言う。「凡人が簡単に想像できるような女性ではない」

目をそらすのよ。ライザは自分に言い聞かせようとした。早く――しかし蛇使いに笛を吹かれた蛇みたいに、体の自由がきかなくなっている。心を突き刺すような青い瞳に釘付けになった。

「言い得て妙だ」ウェストンが言う。彼が明らかにほっとしているのを見て、ライザはいい気がしなかった。でもそのおかげで、魔法が解けた。視線をそらして芝生を見やりながらこっそり様子をうかがうと、マイケルはしかめっ面でテニスの試合に目を向けていた。

ウェストンはそれきり口をつぐんでしまい、気まずい沈黙が流れた。話題を探しても何も見つからず、いらだちが募る。こんなの全然自分らしくないと、ライザは思った。マイケルにどこかへ行ってほしかった。彼がそばにいると、いつもの調子が出ない。

そのとき突然、テニスコートのほうで悲鳴があがった。振り返ると、フォーブス男爵の手を借りて立ち上がるジェーンの姿が見えた。彼女が使っていたラケットがなぜか三メートルも離れたところに落ちている。「気をつけてちょうだい！」ジェーンが叫んだ。

ネットの反対側にいるキャサリンが首をかしげて答える。「打ち返せばいいのよ」

「死人が出てもおかしくないぞ」マイケルが言った。「こめかみを直撃したら……」

「テニスがこれほど闘争的なスポーツだとは知らなかった」ウェストンが応じた。「医者を演じる準備はできているかい？」

「ぼくは医者を演じているわけじゃないよ、ウェストン」

言葉にとげが含まれているような気がした。「テニスと言えば、あなたが真っ先に名乗りを上げるんじゃないかと思っていたわ」ライザは急いでウェストンに向かって言った。「噂は間違いだったのかしら。大変なスポーツマンだと聞いているけれど」

「そのような好意的な噂を否定するのは野暮というものですね。実はそうなんですよ、マダム。見物しているだけというのは性に合わない」ウェストンが力こぶを作ってみせる。「これはよい兆候だ。すでにデ・グレイに手合わせを申し込んであるんです」

「ぼくが勝つけどね」マイケルが明るく言った。

「こっちの台詞だ」ウェストンも陽気な口調で答えた。

男たちは顔を見あわせてにっと笑った。競争心をむき出しにしている。それを利用しない手はない、とライザは思った。

ウェストンの肘にそっと触れて言う。「あなたを信じるわ」

「ああ」ウェストンがいやに真剣な口調で答えた。「デ・グレイは体は引きしまっているが、学生時代に運動場で見かけることはなかったんだ」

「当然だろう？」マイケルが言う。「大学は学ぶために行く場所なんだから」

「運動場でも学べることはあるだろう？」ウェストンが言い張った。「礼節とか勇気とか根気とかスポーツ精神とか――」

「いかにも」マイケルが言い返した。「どれも医者を演じるのに役立つことばかりだ。〝どうした、熱があるのか？　元気を出すんだ。チームの期待を裏切るんじゃない！〟」

「デ・グレイはいつも本ばかり読んでいたんだ」ウェストンはライザに向かってそう言うと、舌を鳴らして首を横に振った。

ライザはどうにか微笑んでみせたものの、うわの空だった。マイケルが本の虫だったなんて。完全に意表を突かれた。学生時代はどんな感じだったのかしら？　きっとひょろひょろしたぎこちない青年だったに違いない。でもひたむきで、同級生の誰とも違っていたはずだ。勉強熱心だったのも当然だ。ふつうの貴族が送るような大学生活――酒を飲み、女遊びをし、賭け事をする生活――を送っていたら、医者にはなれない。

「ようやく出番がまわってきたぞ」キャサリンとティルニーにからかわれながら、ジェーンがコートを離れるのを見て、ウェストンが言った。「行こうか、デ・グレイ?」

ライザは力を奮い起こし、ふたたびウェストンの肘に軽く触れ、自分の大胆な行動を恥じらうように頭を引っ込めた。「幸運を祈るわ、ウェストン卿」

「実力で勝てますよ」ウェストンがそっけない口調で答える——いやな感じだった。

マイケルがウインクをしてきたので、ライザは片方の眉をつり上げてみせた。

コートへ向かうふたりのうしろ姿を見送る。ウェストンは自称スポーツマンにもかかわらず、歩き方が妙にぎこちなくて、まるで背骨が鉄の棒でできているみたいだ。腰もほとんど動いていない。一方、マイケルは……。

マイケルは闊歩していた。堂々とした歩き方。長い脚でしっかりと歩いている。腰の動きもなめらかだ。

きっとダンスも上手なのだろう。もうひとつ、その腰が得意とすることを、ライザはすでに知っている。

ごくりとつばをのみ込んで、マイケルに背を向けた。次はホリスターに粉をかける番だ。

15

湖のほとりでのんびりと昼食をとるあいだ、ライザはホリスターの見込みを探っていた。大きな日傘の下にふたりで座っている。彼はライザより肌が白かった。黒髪のアイルランド人特有の白さだ。母親がコーク出身なのだと、ホリスターは恥じることなく説明した。自力で出世した男性なのだと、ライザは感心した。ハシバミ色の目は感じがいいし、端整な顔立ちは非の打ちどころがなく、美しいとさえ言える。ちょっとハンサムすぎるかもしれない。自分より美しい男性を好む女性は少ない。

けれども、その点は大目に見ることにした。というのも、ウェストンより話していて楽しかったからだ。唇に冷笑をたたえながら、機知に富んだ会話をする。当意即妙の返事が返ってくるのは気持ちがよかった。屋敷に戻る道を並んで歩いていると、ホリスターが前方でマイケルと頭を寄せあっているジェーン・ハルを見て言った。「彼女、ツタみたいにからみついている。剣を取りに行かなくていいのかい？」

ライザは驚いた目でホリスターを見た。すばやく考えをめぐらして、とぼけるのはやめておいた。「マイケル卿を狙ってはいないから」

ホリスターが眉をつり上げる。「率直な女性はすばらしいと思うよ」

ホリスターならそう言うだろうと思った。なんと言っても彼は立身出世した人。事実上、爵位を金で手にした野心家なのだから。ジェーンがマイケルを狙っているとホリスターが判断したのを知って、ライザは好奇心がもたげると同時に心配になった。「女性の野心についてはどう思っているの？　それも評価する？」

「もちろん」ホリスターが答えた。「だが、野心はそれとなく示してほしいから、やっぱり褒めないでおくよ」

微笑んだ顔を見れば、ライザがホリスターを手に入れようという野心を抱いているのに気づかれているのは明らかだった。

いつもなら、心を見抜かれていらだちを覚えただろう。でもホリスターの率直さに、なぜか腹は立たなかった。別に危なくもない木の根をまたぐ際に腕を差し出されると、ライザは彼の手を握って、放すときに思わせぶりに指で手のひらをなでた。

ホリスターの顔から笑みが消え、熱を帯びた目で見つめられた。それでも、ライザはほんの少し体が熱くなっただけだった――マイケルとのあいだに感じた引力とは比べものにならない。

ライザはつい顔をしかめそうになるのをこらえた。前を歩いているマイケルは、ジェーンにいっさい触れていない。それを愚かにも喜ぶと同時に、歯がゆく思った。ジェーンに関心を抱いているという噂を流したいのなら、少なくとも関心を抱いているふりくらいはしてくれないと。

屋敷に戻ると、入浴して少し休むために自室に戻った。決まった予定のない自由時間を数時間過ごしたあと、一同は千里眼のセニョーラ・ガリバルディの実演を楽しむため、応接間に集まった。

ガリバルディは五〇歳くらいのすらりとした女性で、つり上がった黒い目の持ち主だ。黙っていればイタリア人で通るかもしれないが、しゃべるとたちまちどこの国の人だかわからなくなる。フランスとトリエステ、それからロンドンの貧民街の訛りがまじっていた。それにもかかわらず、ガリバルディが怒っているような低い声でしゃべり出したとたんに、一同はしんと静まり返った。「今夜はマダム・チャダリーに呼ばれてやってまいりました」彼女はそう言って、黒いレースのショール――なぜかスペイン風――をかきあわせた。身につけている地味な黒い毛織のドレスは襟が高く、腰のあたりはゆったりしていて、中世の修道女の僧衣に似ていた。「しかし、彼女に仕えるためにここへ来たのではありません。真実に従うだけです」

上出来だわ、とライザは思った。うしろにさがって、みんなから少し離れたところに立つと、壁際にいるふたりの従僕がガス灯を消し、何本もの蠟燭に火をつけるのを見守った。

「酒も飲まずにこれに耐えなきゃいけないのかい?」ジェイムズが近づいてきて、ライザの耳元で言った。「あら、まだいたの?

ライザは彼に調子を合わせる気になれず、前を向いたまま答えた。

あなたとリディアはロンドンへ帰ったんだと思っていたわ」

「朝の散歩に出かけていたんだ」ジェイムズが陽気な口調で答える。「思ったより長くなってしまったけどね」

「そう。小作人から作物が踏み荒らされたという苦情が入らないといいけど」

「いや、リディアが丘の上のケルンにすっかり夢中になってしまってね。彼女はコーンウォールに来たのがはじめてなんだ。信じられないだろう？」

そこで、ジェイムズが吐息をもらした。うっとりした表情をしている。彼の視線の先を追うと、リディアが長手袋をはめながら、そっと部屋に入ってくるところだった。

ライザは咳払いをした。「ジェイムズ、いいかげんにしたら？」

「何がだい？」ジェイムズは本当にわかっていない様子だった。

「妻にべったりだなんて。もちろん、ここにいるのはみんなやさしい人たちばかりだけれど――」

「ああ、ホーソーンきょうだいだってやさしい人たちだと、王も神も涙を流しながら言うだろうね」

「そんな調子だと、一生ばかにされるはめになるわよ」

「おいおい、リジー、男が妻に首ったけなのはいけないことだと言うのかい？」

「一般的な見識には反することだ」いつの間にか近くにいたマイケルが、代わりに答えた。

「いったいどういう見識だ？」ジェイムズが尋ねる。

マイケルは肩をすくめた。「恋の病を治すには結婚するのが一番だ、という見識さ」

「なるほど。きみは学生の頃もそんなことを言っていたな。あれからちっとも成長していないとは驚きだ。そろそろ失礼するよ……」ジェイムズはそう言ってライザとマイケルに向かってお辞儀をすると、ガリバルディの声に耳を傾けている妻のもとへ歩いていった。みんな聞き入っている様子だったが、ジェーンだけは身を乗り出して、マイケルを盗み見ていた。

ライザは背筋を伸ばした。「今日はどうしたの？　ジェーンに触れているところを一度も見なかったわ」

「触ったほうがよかったのかい？」マイケルが驚いた顔をした。「ピクニックのあいだずっと、彼女にしか話しかけなかったんだけど」

「衛生学の講義をしていたみたいね！」

彼の顔が引きつった。「石鹸は肌に悪いというのは本当かときかれたからだ。なあ、エリザベス、いったいどこで彼女と――」

「あの子は見た目より賢いのよ。真剣に相手をしないで、手の洗い方も知らない子どもみたいに扱ったら――」

不意に腕を引っ張られ、ライザは無理やりマイケルのほうを向かされた。明かりを落としたせいで、彼の顔はほとんど陰になっている。悲しそうな笑顔がぼんやりと見えた。「今度はあなたがぼくに女性の気を引く方法を教えてくれるのかい？　そっちこそどうなんだ？ホリスターに鉱物組成の話をしたりなんかして」

腕を引き抜こうとすると、さらにきつくつかまれた。「彼は実業家だもの。この地方の鉱業に関心を持っているのよ」

「そうかい、そういった質問に答えてくれる従業員を抱えていないんだな」マイケルがライザの口元に視線を移した。「いいや、わけのわからない話などどうでもよかったに違いない。ただあなたの動く唇を見ていたかっただけなんだ」

遠まわしなお世辞に、ライザはなぜか怒りを覚えて、マイケルの手を振りほどいた。「それどころか、わたしの話にずいぶん興味をそそられたみたいよ。よく勉強していると褒められたの。信じられる？　わたしの顔ではなくて知性に感心してくれる男性がいたのよ！」

マイケルが眉をひそめた。「ぼくはそうではないと思っているのか？」

ライザはため息をついた。「忘れないで、マイケル、そんなのどっちでもかまわないでしょう？」

そのとき、背後で興奮のざわめきが広がった。一瞬、ライザは自分たちの会話を――くだらない口喧嘩を聞かれてしまったのだと思ってぎくりとした。

だが、そうではなかった。セニョーラ・ガリバルディが何か衝撃的な発言をしたらしい。一同はあとずさりしたのか、彼女との間隔が広がっていた。

ライザはほっと息をついた。そして急にばかばかしくなった。どうしてマイケルと喧嘩なんかしているんだろう？　まるで……恋人同士みたいに。

「ひとつ朗報がある」マイケルが言った。「ウェストンから聞いたんだが、ホリスターは社交界のさらに上流の人たちとの橋渡しをしてくれるような女性を妻に迎えたがっているそうだ。あなたならできるだろう……彼はそんな目では見ていないと思うけどね」

「ご親切にどうも」ライザは歯を食いしばって言った。「でも心配してくれなくても大丈夫よ。見ていてちょうだい、あなたの助けがなくても立派にやってみせるから」

歩きはじめると、マイケルのつぶやきが聞こえてきた。「ああ、いつだって見ているよ」

ライザはうれしさのあまり背筋がぞくぞくするのを感じた。しかし、ガリバルディの言葉が耳に届いたとたんにたちまちそちらに心を奪われた。

「大きな戦争が見える」ガリバルディは目を閉じ、眉間にしわを寄せていた。「戦場の血――血、鉄、煙――邪悪な煙――一瞬で人を殺し――」

なんてこと！　こんなのは求めていなかった。「セニョーラ」やめさせようと声をかけると、ウェストンにさえぎられた。

「ドイツ人だろう？　あいつらの仕業に決まっている！」

「ヤー」ガリバルディがドイツ語で答えた。「オーネ・イェーデン・ツヴァイフェル」とはいえ、アクセントはドイツより西のものだ。〝間違いなく〟と言ったようだけれど、ひどい発音だった。

「もっと明るい話にしてちょうだい」ライザは言った。

「とても面白いじゃない」リディアが声をあげる。「さっき出てきた〝鉄の馬〟って、知っているでしょうけれど、機関車のことなのよ。北アメリカの先住民がそう呼んでいるの」

「軍隊が機関車でやってくるということかしら？」と、フォーブス男爵夫人。

「魔法の毒煙に乗ってくるのかもしれないぞ」ティルニーが物憂げに言った。「その煙は大きなドラゴンが吹き出すに違いない」

ホーソーンきょうだいが忍び笑いをし、その瞬間、神秘的な雰囲気がぶち壊された。ガリバルディは目を開けると、大きく息を吸い込んだ。「ビジョンが消えてしまいました。でもちょっと待ってください……」明らかにライザと目が合ったとたんに話しはじめた。「ああ――新しいビジョンが見えます。それは……」

「愛？」ジェーンが恥ずかしそうに言う。ウェストンに微笑みかけられると、頬を赤らめて首をすくめた。

どうしてあんなわざとらしい仕草が自然にできるのだろう？　退屈そうに爪を調べているホリスターに、ライザはさりげなく近寄った。

「そう、愛です」ガリバルディが大声を出した。「見えます……たくさんの愛が。運命の愛。そこのあなた、手をお見せなさい！」ジェーンに向かって言う。

「手相見ならほかに雇っているけど」ライザは容赦なく言った。運命の分かれ目にいるのは、ジェーンではない。

「そうですね」ガリバルディはあっさりと引きさがった。「それなら……おお！　あなたのビジョンが見えましたよ、マダム・チャダリー！」

見え透いたやり方だ、とライザは思った。キャサリンの薄ら笑いが気に食わない。「わたしより、ミス・ホーソーンを見てあげて」ライザはキャサリンを指差して言った。「彼女のビジョンは見えないの？」

ガリバルディは素直にキャサリンのほうを向いた。ホリスターがライザの耳元でささやいた。「あなたこそ神秘的な力を持っているんじゃないか？　自分のビジョンが見えたみたいだから」

ライザは明るく笑った。「もしそうだとしても、教えないわよ。女性は謎めいていたほうがいいでしょう？」

「そうかもしれない」ホリスターが言う。「秘密が数えるほどしかないのなら。だけど、男があなたをじっくり研究したとしても絶対に……飽きることはない」

ライザは胸が高鳴るのを感じた。マイケルはこちらを見ているかしら？　こらえきれずにちらりと目をやった。

マイケルはライザだけをじっと見つめていた。

ライザははっと息をのんでホリスターに目を戻した。ついていないことに、マイケルを盗み見たことに気づかれている様子だった。「楽しんでくれていない人もいるみたい」明るい口調で言う。「女主人として力が足りないんだわ。陽気さは頑張って身につけられるものではないのね」

ホリスターが笑顔を取り戻した。「じゅうぶん陽気な女主人だと思うよ。あなたに招待されたと話したら、友人たちにねたまれた」

ジェーンに熱い視線を注いでいるウェストンの姿を、ライザは視界の隅でとらえた。もういい、彼はジェーンにくれてやろう。「あなたが招待を受けてくれたと話したら、わたしもねたまれたわ」

ホリスターがわずかに目を細めて、ゆっくりと微笑んだ。

さあ、これで芽が出たわ。成功の喜びに震えながら、ライザは彼の腕にそっと手を置いた。「一緒に部屋のなかを歩かない？　せっかくねたまれた者同士」

「喜んで」ホリスターは肘に置かれたライザの手をしっかりと腕にからませてから、壁際を歩きはじめた。

ホリスターはウィットに富んでいる。好奇心旺盛で、投資家にしては驚くほど博識だ。ライザは彼との会話を楽しみながらも、なぜか徐々に意識が分散していった。意識の半分で笑ったり、ふざけたり、スタイルが引きたつよう背筋を伸ばしたりしている。でももう半分は、部屋の向こう側に立って、ライザに視線を浴びせている男性に向けられていた。その視線が強すぎて、ライザは指で頬をなでられているような感じがした。

緊張してしまう。もちろん、ずっと見られていて、行動をいちいち評価されているとわかっていたら当然のことだけれど。それにしても、男性に見守られながら別の男性を誘惑するのははじめてだった。マイケルの視線を感じながら男性と戯れるなんて……だんだん悩ましい気分になってくる。

こんなことをしてはいけない、とライザは思った。笑顔がマイケルにもよく見えるような角度に、首を傾けてはいけない。ホリスターに耳元でささやかれるたびに、マイケルのほうへ視線をさまよわせてはいけない。

たぶん、半分以上マイケルに意識を向けていたのだろう。突然マイケルが壁から離れて、いまだに千里眼に釘付けになっている人たちのほうへ歩いていくのを見たとたんに、ライザは一瞬、言葉を失った。けれども、すぐにわれに返って会話を続けた。「……でもわたしはモンテカルロのほうが好きよ」マイケルは誰のところへ行こうとしているの？　ジェーンよね、もちろん！　ライザの助言をようやく聞き入れたのだ。「賭け金が高いから、賭博好きにはもってこいの場所だわ」

「そんなの、悪魔に罪を説くようなものだ」ホリスターが言う。「わたしは職業柄というだけでなく、根っからの賭博師なんだよ、ミセス・チャダリー。市場で賭けをしてひと財産築いたら、ただ楽しみのためだけに、それを二倍にも三倍にもしたくなる」

ホリスターの率直さに、ライザはますます驚かされた。「とても大胆な発言ね。社交界でそんなことを言ったら嫌われるわよ」

「わかってるよ。別に社交界に興味はない」ホリスターが言った。「それにいまは、あなた個人と話をしているんだ。そうだろう？」

そのときはじめて、ライザはホリスターに心から関心を持った。急に戸惑いを覚えて、彼をじっと見つめる。ホリスターはまるで、ライザが窮地に陥っていることを知っているかのような話し方をする。そして、彼が解決策となることをライザに説きつけるかのように、自分の長所を並べたてている。

ライザはなぜか不安になった。喜ぶべきなのに。

「告げ口したりしないから安心して」ライザはようやく言った。「もしそういうことを言っているのなら。ここだけの話にするわ」

ホリスターが笑い声をあげる。「誰にでも話してくれてかまわないよ、ミセス・チャダリー。わたしは言い訳する気などさらさらないから」

ライザは目をぱちぱちさせた。自分自身の意思で。

「だけど正直に言うと」ホリスターが言葉を継ぐ。「わたしが弁解しなければならないとあなたが思うのだとしたら、がっかりだな。実は、あなたはわたしと同類だと思っていたんだ」賞賛のまなざしで見つめられ、ライザは胸がどきんとした。「慣習に逆らうことを恐れない女性だとね――そう、生まれつき陽気な女性だ」

どうして喜べないのだろう。ホリスターはハンサムで自信にあふれているし、気が合う――自分が男性に生まれていたらこういう人になっていただろうと思わせる。結婚よりも、市場で賭けをするほうがずっといい。

それなのに、不安は増す一方だった。ライザは彼の腕から手を離した。「なんだか誘いをかけられているように聞こえるわ――それも、不適切なたぐいの」

「誤解しないでくれ」ホリスターが言う。「わざわざコーンウォールの地主の屋敷で、つかの間の情事を楽しもうとは思わない」

ライザは驚いて相手を見つめた。心臓が早鐘を打っていた。ホリスターは直球を投げてくる。

まだ早すぎるわ、とライザは思った。彼はライザのことを何も知らない。

「あなたの写真をはじめて見たとき、自分の価値を知っている女性を見つけたと思ったんだ」ホリスターがささやくように言った。

「そんなばかな！」フォーブス男爵のわめき声が聞こえてきて、ふたりはくるりとそちらを向いた。千里眼のまわりに集まっている人たちがみな、頭を横に振っていた。

ライザはわざと笑い声をたてた。「今度は何を言ったのかしら？　戦争よりおかしなこと？」話をそらすことができて、心からほっとしていた。写真なんて撮らせなければよかった。ホリスターはライザの顔に恋したのだ。

でも、どうしてこれほどがっかりしているのかしら？　ライザにとって、顔は最大の武器だ。ずっとそれに頼って生きてきたのに。

「戦争かもしれないし、愛かもしれないし、予期せぬ運命かもしれない」ホリスターが物憂げに言う。「あるいは、行方不明の家族とかね。お決まりのパターンだ」

「ミセス・ハルが、魂の伴侶に出会えるかどうか知りたがっているみたいだ」ウェストンが大声で言った。

ジェーンが子猫のように愛らしく、手袋をはめた手で目を覆った。「まあ、そんなにからかわないでくださいな！」

マイケルはようやくやる気が出てきたらしく、ジェーンに歩み寄ると、その手をそっと顔からおろした。「恥ずかしがらなくていいんだよ」愛情に満ちあふれたような声で言ったものだから、驚いた一同は一瞬、静まり返った。「知りたがって当然のことなんだから」

ホーソーンきょうだいが意味ありげに顔を見あわせた。

「さあ」ライザは言った。これ以上見ていられなかった。ワインを何杯か飲んでからでないと。「飲み物はいかが？」

翌日の午前一〇時、ライザはさっそうと玄関広間に現れると、立ち聞きされないように声を潜めて言った。「何か特別な手紙はあった？」

ロンソンは眉をつり上げて非難の意を示しながらも、すでに用意してあった手紙の束を速やかに女主人に渡した。

ライザは客がおりてこないか気にしながら、急いで目を通した。誰がネロに手紙を書いたかを知りたかった。ティルニーとキャサリン・ホーソーン。ナイジェルを含めて、ほかは誰も書いていない。誰が友人で、誰がスパイかわかってよかった。

ある手紙がふと目に留まった。マーウィック公爵宛の手紙だ。筆跡に見覚えはない。力強くて自信に満ちているが、まったく優美ではなかった。

ロンソンが咳払いをした。「マイケル卿のお手紙です」

そうよね。彼の筆跡だと想像がついたはずだ。どこか歩き方に通じるものがある。迫力のある自信に満ちた歩き方を彷彿させた。

お兄さまのことをあんなふうに言っていたのに。挑戦的なことも書いてあるかもしれないけれど、本気で心配しているから手紙を書いたに違いない。

昨夜は、千里眼が魂の伴侶について話しはじめたあとは、マイケルとはひと言も話さなかった。彼はジェーンに思いやりを示すのに忙しそうだったし、ライザはあちこちで辛口のしゃれを言ったり、大胆な冗談を飛ばしたり、あるいは女主人としての務めをひと休みしてホリスターの関心をつなぎ止めるのに全力を尽くした。

その夜は何もかもうまくいって、ジェーンもマイケルにやさしくされてとても喜んでいる様子だった。

ライザは酒をたくさん飲んでいたので、寝室に戻ったあとすぐに眠りについた。

でも、マイケルは遅くまで起きていたのだ。兄に手紙を書くために。

ライザはマイケルに会いに行きたい衝動に駆られた。どんな内容の手紙を書いたのか尋ねたかった。公爵の話をしていたとき、マイケルはとても悩んでいるように見えた……それなのに、相談できる相手はいないのだ。公爵の奇行をみんなに知られるわけにはいかないから。

話ができるのは、ライザだけだ。

ライザは唇を噛んだ。マイケルに憐れみの気持ちなど抱きたくなかった。だけど、脅迫されても兄弟愛を持ちつづけられるなんて、すばらしいことだ。その忠誠心を称賛せずにはいられなかった。

やれやれ！　いったい何を考えているの？　ライザはロンソンに手紙を返した。「マザーに会ったら、わたしは手相見のところへ行ったと伝えてちょうだい」きびきびとした口調で言った。戦争や煙やドイツ人の話などしないよう、念を押してくるつもりだった。

その朝、マイケルは遅くまで寝ていた。昨夜、兄への手紙――若くて慎み深い未亡人に関心を抱いていることをほのめかす、たった数行のそつのない手紙――を書くのに何時間もかかってしまったのだ。挑発と受け取られないように餌をまくのは、思ったより難しかった。

遅い朝食をとりに行くために廊下を歩いていると、彼の前を足早に歩いていくエリザベスのうしろ姿が目に入った。マイケルは反射的に彫像の陰に隠れた。エリザベスはちらりと振り返ってから、角を曲がった。人目を忍んでいるように見える。

マイケルは尾行したい衝動と闘った。眠れなかったのは手紙を書いていたせいだけではない。自分は……猛烈に嫉妬しているのだといまになってはっきりわかった。エリザベスはホリスターに会いに行くのだろうか？

そう思うと、いてもたってもいられなかった。いや、エリザベスが再婚相手の候補者を追いかけまわそうと知ったことではない。腹が減った。朝食の席に着いて、ジェーンに色目を使ったほうがいい。

だが、好奇心を抑えきれなかった。マイケルはそっと歩き出して、エリザベスのあとを追った。角を曲がると、階段を上がる彼女の姿が見えた。「あら！」立ち止まって、誰かに呼びかけている。「ミス・トレローニー！　ちょうどよかったわ！」

マイケルは階段の下で耳を澄ました。

「あなたを探していたのよ」エリザベスが言葉を継ぐ。「わたしの手紙はご覧になった？」

相手の声は小さすぎて聞き取れなかったが、しばらくして、階段のきしむ音がした。エリザベスとミス・トレローニーとやらがおりてくるのだ。

マイケルは物陰に隠れようとして、危うく古代ローマの胸像を倒しそうになった。こんなところに身を潜めるはめになるとは。月桂冠をかぶった胸像は鼻が取れていたにもかかわらずきらびやかで、マイケルをとがめるようにねめつけていた。

「――つまり」ミス・トレローニーの穏やかな声が聞こえてくる。「頭がすっきりしていると、霊界からのメッセージを受け取りやすくなるんです」

彼女も心霊術者か。

階段のきしむ音がやんだ。マイケルの頭の真上あたりで立ち止まったようだ。「そのことなんだけど」エリザベスが柄にもなく遠慮がちな声で言う。「もしよかったら……」

「なんでしょうか？」丁寧な返事が返ってくる。声の感じからすると、ミス・トレローニーはずいぶん若いようだ。

「手相で見るものをちょっと操作できないかしら？」

マイケルは思わず笑い声をあげそうになった。なんという詐欺師だ！　エリザベスは昨夜も干渉していたが、陰でこっそり指示まですることは。

ミス・トレローニーは少しためらったあとで答えた。「それはできません」真剣な口調で言葉を継ぐ。「見ようと思って見えるものではないんです。特定の情報を引き出すことができると主張する者は、信用してはなりません――」

「はいはい、わかったわ。霊力だかなんだかというものは、当てにならないものなのね」エリザベスが言った。「でも、わたしのお客さまのために、心の問題には立ち入らないでもらえないかしら？」

一瞬、沈黙が流れた。「手相は愛に関することをたくさん教えてくれます」ミス・トレローニーが慎重に答えた。

〝その調子だ、ミス・トレローニー〟

「そう」エリザベスが言う。「それはすてきね。でもね、お客さまのなかに、最近ご主人を亡くされたばかりの女性がいるの。そんな話には耐えられないと思うのよ。その子に対して、新しい出会いがあるなんて言ったら、かえって傷つけるだけだわ。名前はミセス・ハル。ブロンドの若い子よ。喪が明けたばかりなの」

マイケルは眉をひそめた。彼の邪魔をしようとしているのだろうか？　それとも、ウェストンをジェーンから引き離そうという魂胆か？　昨夜、エリザベスはホリスターだけを狙っているように見えたのに。

「そういうことなら、わかりました」ミス・トレローニーが言った。「誰かを傷つけるようなことはしたくありませんから」

「よかった！　でも、ほかの人たちに関しては——そうね、たとえばわたしなんかは、いい知らせが聞けたらとてもうれしいわ。そうね、わたしの魂の伴侶がこのパーティーの参加者のなかにいるなんて言われたら、最高よね！」

「魂の伴侶ですか？」

「ええ、そういう言葉があるんでしょう？」

ウェストンが使った言葉だ。ということは、エリザベスが狙っているのはウェストンなのだろう。マイケルは妙にほっとしていた。ホリスターはいけ好かない男だ。独占欲の強い愚か者だ。彼女と話をするのにあんなにくっつく必要はないのに。

「魂の伴侶」ミス・トレローニーがゆっくりと繰り返しながら、紙に書きつける音が聞こえてくる。「髪の色は？」

「あら、そんなのわたしにはわからないわ」エリザベスが言った。「それを言い当てるのがあなたの霊力でしょう？　黒だろうと金色だろうと……わたしの言うことではないわ」

「ぼんやりとしか見えないんです」ミス・トレローニーが同情するような口調で言った。

「そう、それでいいのよ！」

「わかりました」ふたりがふたたび歩きはじめたのがわかった。「ご安心ください、奥さま。わたしはこれまでも、そういった問題をいくつもはっきりさせてきたのです。後悔はさせませんから」

ふたりがあたたかい雰囲気に包まれているのが伝わってくる。「ええ、期待しているわ」エリザベスが大声で言った。

そのあと、沈黙が続いたので、どこかに隠れた出口があって、ふたりはそこから出ていったのではないかとマイケルは思った。それで、物陰から出ようとしたところ、ふたたび会話がはじまったので、ぴたりと動きを止めた。

「もうひとつお願いがあるのよ」エリザベスの声が先ほどより遠くから聞こえてくる。

「どうぞおっしゃってください、ミセス・チャダリー！　わたしはあなたを満足させるためにここへ来たのですから」

「ある紳士のことなの。黒髪とローマ鼻の持ち主で、名前はマイケル卿というのだけれど」

マイケルは身動きひとつできないまま、にやりとした。ローマ鼻だと？　満更でもない。

「ひょっとしたら」エリザベスが言葉を継ぐ。「彼は……霊界からのメッセージを必要としているかもしれないのよ」

「わたしたちはみな、導きを必要としています」ミス・トレローニーが厳かな口調で言ったあと、一瞬の間を置いてから続けた。「マイケル卿はどのような方面で導きを必要とされているとお思いですか？」

マイケルを痛めつけるために、エリザベスはどんな提案をするつもりだろう？　マイケルは笑いをこらえながら聞いていた。

「彼のお兄さまのことよ。お兄さまはきっとよくなると、マイケル卿にそれとなく言って安心させてあげてほしいの。そうしてもらえると……うれしいわ」

マイケルの顔から笑みが消えた。

ミス・トレローニーが請けあい、ふたりの足音が遠ざかっていった。あたりがしんと静まり返る。それでもマイケルは動くことができなかった。胸像の頭に手を置いたまま、心を震わせながらその場に立ち尽くした。

まさかエリザベスがそんなことを言うとは思ってもみなかった。

自分なんかのために。

マイケルは目を閉じた。

〝一度きりの気晴らしにすぎなかったんだから〟

ふたりともとんだ大嘘つきだ。

16

エリザベスとホリスターが戯れあっているのを見ても、昨夜は平気だった——歯を抜くのと同じくらいの感覚だ。混雑した部屋で、ペテン師がたわ言を並べているときに、そういった状況を軽視するのは簡単だった。だが、手相見と話しているのを盗み聞きしたあとでは、彼女が〝望ましい独身男性〟たちに目を向けるたびに、マイケルは腹が立った。昼食のあいだずっといらいらしていて、誰のどんな言葉も漂流物のごとくただ通り過ぎていき、まるで笑い方を忘れてしまったかのように唇がこわばっていた。

そういうわけで、マイケルはボート遊びを辞退し、割り当てられた寝室に戻って読書をすることにした。ところが気づくと、夕食抜きを命じられた少女みたいにむっつりした顔をして、窓の外を眺めていた。そうしてみんなが帰ってくるのを待つのにも飽きると、書き物机に腰かけ、引き出しからひと束の紙を取り出した。

昨夜書いた手紙では、兄とのいさかいについてはいっさい触れなかった。しかし気分が変わった。

マイケルは新たな手紙を書きはじめた。

〝こうして手紙を書いているのは、実はある女性に出会ったからなんだ。兄上は第一印象で、その女性を拒絶するだろう。だけど、ぼくは知っている。兄上は本当は思慮深い人だ。もし弟に対する愛情がひとかけらでも残っているのなら、どうかこの手紙を最後まで読んでくれないか。ぼくは自分で選択するつもりだ〟

手紙を使用人に託してから四時間後、笑いさざめく声が聞こえてきて窓の外をのぞくと、ボート遊びから帰ってきた一行が見えた。エリザベスはウェストンとホリスターの両名と、片方ずつ腕を組んでいる。麦わら帽子に野の花を挿し、生き生きとしゃべっていた。

男のプライドとは厄介なものだ。そんなエリザベスの姿を見た瞬間に、乗りならされていない馬のごとく暴れ出した。マイケルが彼女を選んだとしても、向こうはこっちを選んでいない。

上着を羽織って部屋を出た。

三〇分後、庭に面したテラスにひとりでいるエリザベスを見つけた。彼女はワインを飲みながら夕日を眺めていた。

「首尾は上々かい？」テラスへ続く扉を通り抜けながら、マイケルは尋ねた。

エリザベスが引きつった笑い声をあげた。「失敗しちゃった」マイケルのほうを向いて言う。「大失敗よ」

「さっき窓から見たときは、そんなふうには見えなかったけど」

エリザベスがワインをぐいっとあおる。「見てたの？　ホリスターはやさしくしてくれるわ。でも、ウェストンは……あなたの言ったとおり難しそうね。ひと通り試してみたのよ――無邪気に甘えたり、はにかみながら視線を送ったり。だけど、そのあげく、彼になんて言われたと思う？」

「想像もつかないよ」マイケルは近づいていきながら答えた。

エリザベスが言葉を継ぐ。「〝ボートに乗っているときに怪我したんじゃないですか〟って言うのよ。首の筋を違えたように見えたらしいわ！」

マイケルは笑みをこらえた。「首をさする口実じゃないかな？」

「違うわ、そんなことされなかったもの」

「そうか」少し考えてから言う。「あれがついていないんじゃないか？」

目と目が合い、エリザベスが眉をつり上げた。「これは失礼」マイケルは額をぴしゃりと叩いた。「男らしくないという意味だよ」

「わからないふりをするべきよね？　慎み深い女性を演じるのなら」

「すまなかった」そう言いながらも、マイケルはにやりとした。こんな不まじめな話ができる女性はほかにいない。沈黙が気にならない相手というだけではなかった。「それにしても、あいつは本当にそんなことを言ったのかい？」ばかな男だ！

「嘘をつくんだったら、もっと面白い話を考えるわよ。それか、もっと自慢になるような話をね！　痛がっている顔って、こういうのでしょう？」エリザベスが顔をしわくちゃにし、寄り目になった。

マイケルは笑い声をたてた。落ち込んでいた気分がぱっと晴れた。「とてもチャーミングだ。その表情を撮った写真を目抜き通りで売ればいいのに」

エリザベスが真顔に戻ってため息をつき、ふたたび庭のほうを向いた。「くだらない写真よ」うんざりした口調で言う。

マイケルは驚いた。自身は気持ちが軽くなっていて、心を開く準備ができていた。手すりに肘を突いて身を乗り出し、彼女の顔をのぞき込んだ。「有名になったことがうれしくないの？」

「まさか」エリザベスが首を横に振って小さく笑った。「若気の過ちだったわ。夫を亡くしたばかりで、はめをはずしたくてたまらなかったのよ。夫は自由な精神の持ち主とは言えなかったから」

マイケルはフォーブス男爵夫人が言っていたことを思い出した。「楽しみに水を差すような男だったのかい？」

「そんな元気もなかったわ」エリザベスが答えた。「ただただ動こうとしない、退屈で頭のかたい人だった。わたしの顔を好きになったのよ。でもそれも結婚するまでのことで、結婚してからは、ほかの男性がわたしの顔をじろじろ見るからという理由で、嫌いになったの。わたしが思わせぶりな態度を取っていると思っていたのよ。そんなことしていないのに」声が小さくなる。「夫はどんどんわたしを責めるようになった。夫が亡くなったとき、当時とても人気のあった、ミスター・リーディという写真家にモデルになってくれないかと頼まれたの。この顔で、少しでもお金がもらえるならと思った」

エリザベスはじっとマイケルを見つめたあと、唇に笑みを浮かべた。アラステアが承諾してくれなかったら、エリザベスはほかの男の妻になる。マイケルは何も差し出せるものを持っていないのだから。この思いは……。

どうなろうとかまうものか。年老いて白髪になるまでこの思いを引きずればいい。もう賽《さい》は投げられた。マイケルは大きく息を吸い込んだ。あとは手紙の返事を待つだけだ。

「どうしたの、ため息なんかついて？」エリザベスが軽い口調できく。「ものすごく気になるんだけど」またひと口ワインをあおった。彼女は何かをごまかしたいときに、酒を飲むのだろうか、とマイケルは思った。

あるいは、酒が薬になっていて、鎮静剤のような働きをするのかもしれない。エリザベスは彼から目をそらすと、静かに言った。「もっと無難な話題に変えましょうか」

「そうだな」マイケルは咳払いをして背筋を伸ばし、両手で手すりを握りしめた――エリザベスに触れてしまわないように。優美な曲線を描く小さな顔が夕日に照らされて金色に輝き、森の精みたいに見える。だがいまでは、何度見ても息をのんでしまうほど完璧な顔よりも、頭の回転の速さにより強く心を惹かれていた。

頭を働かせなければいけないのは自分のほうだ、とマイケルは思った。

「じゃあ、ウェストンのことはあきらめたんだね？」

エリザベスが肩をすくめる。「成果がないもの」

「ホリスターは？」

エリザベスが一瞬、顔をしかめた。「ウェストンのほうがいいわ。ホリスターはなんだか……積極的すぎるから」

道理に合わない結論だ。積極的なほうが見込みがあるのに。しかし、マイケルはその点をあえて指摘するつもりはなかった。エリザベスの言葉に一縷《いちる》の希望を見いだしていた。

「それならやっぱり、ウェストンにしよう」マイケルは言った——ウェストンはジェーン・ハルに惹かれはじめていることに気づいていたから。「まだあきらめるのは早い。きっと誘惑の仕方を間違っているだけだ」

「でも——」

「どんなふうにやっているのか見せてごらん」

エリザベスが驚いた顔をする。「どんなふうにって……誘惑する表情のこと？」

「ああ」

エリザベスが白い歯を見せ、少女のように笑った。「本気で言っているの？」

マイケルは腕を振って促した。「景気付けにさ」

「わかったわ」エリザベスがグラスを置いてうしろを向いた。気取った足取りで何歩か歩いたあと、顔をうしろに向けて顎を引き、媚《こび》を含んだ表情を浮かべる。

これに反応しないでいられるウェストンが信じられない。

「ひどいな」マイケルは内心とは裏腹にそう言った。「笑い方がよくない」

エリザベスがくるりと振り返って両手を腰に当てた。「笑っているつもりはないんですけど！」

「いや、笑ってるよ。片方の口角がつり上がっている。両端を上げるよりなお悪い。そんな笑い方だと、何かたくらんでいるように見えてしまう。要は、頭がからっぽに見えればいいんだ」

エリザベスが腕組みをする。「それがウェストンを落とす秘訣《ひけつ》なの？」

「あいにくそうなんだ」マイケルは同情するような口調を装った。「あいつはあどけないのが好きだから」そして、ジェーン・ハルがそういう女性だと思い込んでいる。うまくいくといいのだが。

エリザベスが信じられないというように首を横に振った。「わたしにそんな人と結婚してほしいの？」

いや——マイケルは心のなかで言った——してほしくない。

だが、まだゲームに参加する気はなかった。アラステアにうかがいを立てるほうが先だ。だから、マイケルはただエリザベスをじっと見つめた。すると彼女は、自分が不用意な発言をしたことに気づいた。

エリザベスは目をそらし、急いでグラスを取りに行った。ワインを一気に飲み干したあと、周囲を見まわす。お代わりを持ってこさせるために、呼び鈴を探しているのだろう。

マイケルはエリザベスを止めたかった。悪気はなかったにせよ、深酒をさせる原因になどなりたくない。さいわい、彼女の気をそらす方法ならわかっていた。

「ジェーンを見習うべきだ」マイケルは言った。「彼女はさりげない媚態《びたい》を示すのが実にうまい」

一瞬、エリザベスがぴたりと動きを止めた。そして、からになったグラスのことも呼び鈴のことも忘れて、マイケルのほうを向いた。「ジェーン？　もう下の名前で呼びあう仲になったの？」

「人前では呼ばないさ」嘘ではない。ふたりきりになったとしても呼ぶことはないが、それをあえて言う必要はなかった。

「あら」エリザベスがマイケルをじろじろ見る。「嘘から出たまことになったわけ？」

エリザベスの声は明るかった――うさんくさいほど。マイケルが黙っていると、案の定、エリザベスは満面の笑みを浮かべた――彼女がもっとも頼りにしている仮面だ。「おめでとう！」

「冗談はよしてくれ」マイケルは言った。「ぼくとジェーン・ハルだって？　最悪の組みあわせだ」

「あら、そうかしら」エリザベスはグラスの脚を持ってくるくるとまわしたあとで、また置いた。「案外、最高の組みあわせかもしれないわよ。お兄さまも賛成してくださるでしょうし。ということは、あなたは援助を受けて、病院を続けていくことができる。ジェーンだって、英国でも指折りの名家に嫁ぐことになるわけだし。どちらにとっても理想の結婚相手だわ」

マイケルは言葉に詰まった。正直に答えたら、さらに気まずい会話になるだろう。「しかし、そこに愛がなかったら、幸せな結婚にはなり得ない」

エリザベスの笑い声は張りつめていた。「わたしにそんな話をするの？　わたしの目的を忘れているわよ」

「あなたの理想ならちゃんと覚えている」マイケルはやさしく言った。「ご両親の話をしてくれただろう？」不意に、エリザベスに望ましい相手、つまり裕福な貴族と結婚する機会を放棄させ得る唯一のものが、彼女の理想だと気づいて怖くなった。エリザベスの理想をかなえるのは、ふつうの男でも難しい。幸せな結婚のことなど何も知らない男ならなおさらだ。

エリザベスはこちらを見つめている。マイケルが微笑んでみせると、彼女はあとずさりした。くるりと背を向けて、テラスの出っ張りにあった呼び鈴を取りに行く。だがマイケルは、呼び鈴を鳴らそうとしたエリザベスの手をつかんで引き止めた。

エリザベスが体をこわばらせた。手首が驚くほど細い。彼女はこれほど力強い生命力を秘めているとは信じられないほど、ほっそりしている。

「よく聞いてくれ」マイケルは穏やかに言った。エリザベスの結論を引き延ばすために、全身全霊を込めて話すつもりだった。アラステアに反対されたとしても、なんらかの解決策を見いだすことができるかもしれない。しかし、それには時間が必要だ。「ずっと考えていたんだ。あなたは来シーズンを乗りきれないほどせっぱ詰まっているわけじゃない。三月になれば、財産のある独身男性がロンドンに集まってくる。その機会を――」

「いいえ、待てないわ」エリザベスが歯を食いしばる。「わたしがこんなことを楽しんでしていると思う？　やらなくてはならないからしているのよ」

「でも、金のために愛のない結婚を――」

エリザベスがマイケルの手を振りほどいた。「あなたなんかにお説教されたくないわ！　恋の病を治す一番の薬が結婚だなんて言っている人に」

マイケルはため息をついた。「あれはウェストンに対して言ったことだよ、エリザベス」

「でも、わたしも聞いたわ。自信たっぷりだったじゃない。それに、ずっと前からそんなことを言っていたみたいね！　人生哲学なんでしょう？」

「違う……」あなたに関してだけは――。「相手が自分にぴったりの女性だったら、そんなことはない」マイケルはゆっくりと言った。くそっ。これでは傷つけあっているだけだ。こんな状況には耐えられない。

「つまり、こういうこと？」エリザベスがきく。「だからお兄さまの命令に従わないの？　自分にふさわしい女性が現れるのを待っているから？」

マイケルは言葉をのみ込んでエリザベスをじっと見つめ、口に出してはならない思いを押し殺した。彼女が挑むようにつんと顎を上げる。沈黙が流れたあと、先に目をそらしたのはマイケルだった。血が出ないのが不思議なほどきつく舌を嚙んだ。

「そういうことなら」エリザベスが言った。「幸運を祈るわ。待ったかいがあるといいわね。あなたの言うとおり、来年になればまた裕福な候補者が集まってくるわ――男性にかぎらずね」

マイケルが弾かれたように向き直ると、エリザベスは身をすくめた。「くそっ、エリザベス。ぼくに言ってはならないことを言わせたいのか？　ああ、言ってやるよ。世界じゅうの誰の前でも、兄の前でだって言ってやる」

エリザベスは黙り込んだ――頑固な臆病者だ。挑発しておいて、いざとなったら身を引くとは。マイケルは堪忍袋の緒が切れた。彼女の肘をつかんで引き寄せ、反対の手で頭を支える――抜け落ちたピンがれんがに打ち当たる音がした。彼は唇を奪い、いきなり舌を差し入れた。

ここが自分の居場所だ、とマイケルは思った。いつだってここにいたい。昼も夜も、エリザベスのなかに身を沈めていたかった。彼女の小さくて熱い手がマイケルのウエストをつかむ。やがて、その手が肩に移り、渇望するようにしがみついた。彼がきつく抱き寄せると、うめき声が聞こえてきたが、かまわなかった。もう抑えがきかない。いまだけはエリザベスを従わせるのだ。どうするか決めるのはマイケルだ。頭上には窓があり、右手にはガラスの扉がある。それでもかまわない。唇を噛むと、エリザベスが脇によけようとしたので、彼はうなり声をあげた。「動かないで」耳たぶを口に含み、息を吹きかけると、彼女は体を震わせた。こうされるのが好きなのだ。それを知っているのが、自分だけであってほしい。

「ホリスターにもこんなふうにキスされたのか？」マイケルは耳元でささやいた。「どうなんだ？」

「あの人には……何もされていないわ」エリザベスが答えた。マイケルの顔を両手で引き寄せ、むさぼるように口づける。彼はひるむことなく受け入れた。それ以上に求めていたから。痛みを感じるほど頭をわしづかみにされても。

頭上には窓が、右手にはガラスの扉がある。

「さあ」マイケルはかすれた声で言い、エリザベスを窓から見えない物陰へ連れていこうとした。ところが、彼女は足を踏み出した瞬間に魔法が解けたようで、はじまったときと同じくらい唐突に体を離した。首を横に振りながら、否定の言葉をつぶやいている。マイケルは荒々しい欲望――怒り狂ったように脈打ち、エリザベスの意思を無視して暗闇に引きずり込み、篭絡《ろうらく》することを望んでいる――を抑え込んだ。自分は彼女の父親でも、ろくでなしでもないのだから、無理強いはしたくなかった。

エリザベスがおぼつかない足取りであとずさりし、呼び鈴を取って鳴らした。その耳障りな音を聞いたとたんにわれに返ったらしく、うつむいて小声で悪態をついた――ウェストンが耳にしていたら、腰を抜かしただろう。それから、呼び鈴を胸に抱きしめてマイケルに背を向け、無言で屋敷のなかに逃げ込んだ。

扉を通り抜けると、エリザベスは立ち止まって振り返った。どんな表情をしているのか知る由もないが、マイケルの顔を見るとガラスに手のひらを押し当てた。彼は胸を引き裂かれるような痛みを感じながら、立ち去る彼女を見送った。

エリザベスの仕草は、まるで別れの挨拶のようだった。

ライザはテラスから逃げ出した。臆病者みたいに走りつづけて、応接間に近づくとようやく足取りをゆるめた。

部屋のなかからささやき声が聞こえてくる。通り過ぎる際に、マザーを部屋の隅に追いつめているティルニーの姿がちらりと見えた。ライザはほっと立ち止まって踵を返した。

「すてきな瞳だね」ティルニーにそう言われたマザーは、近視の人がよくやるように目をぱちぱちさせた。

なんてこと。ライザは自身の悩みが吹き飛ぶくらいの衝撃を受けた。少年が子犬を棒でついている場面に遭遇したとしても、これほど腹は立たないだろう。「ティルニー!」鋭い声を出すと、ティルニーはぎくりとして背筋を伸ばした。「彼女から離れなさい」ティルニーが言い逃れをする前に、ライザはぴしゃりと言った。「じゃれあう相手が欲しいのなら、キャサリンかミセス・ハルを探しに行くといいわ。わたしの秘書には大事な仕事があるんですからね。そのことを今後も忘れないでちょうだい」

ティルニーは眉をつり上げ、マザーとライザを交互に見た。「わかったよ」こわばった口調で言い、お辞儀をしてから出ていった。

ライザがドアを閉めると、マザーが言った。「奥さまの手をわずらわせなくても、自分で対処できました」

「あら、そうでしょうね」マザーの紅潮した顔を見て、ライザはますます怒りをかきたてられた。自分の地位を悪用して使用人に手を出す男は許せない。「あなたのことですもの、タイピストの学校に通うまでに、大勢の男性を泣かせてきたんでしょうね」

ライザの皮肉を聞いて、マザーがかすかに微笑んだ。「きっと奥さまも驚かれることと思います。タイピストは軽薄な男性を惹きつけるんですよ」

マザーの頬の赤みが引いてしまうと、ティルニーにふしだらなことをされた可能性を示す証拠は何もなかった。それでも、ライザは招待客の好きなようにさせる女主人ではないことを、マザーに対してははっきりさせておきたかった。「もしまた誰かにちょっかいを出されたら、相手が誰であろうと──たとえ小国の国王であろうと、大声を出すのよ。それから、どこを蹴れば、男性に大きな痛手を与えられるかは知っている？」

マザーは一瞬びっくりした顔をした。それからにっこりし、とうとう声をあげて笑い出した。「奥さま、驚かさないでください！　大丈夫です、タイピストの学校の最初の授業で習いましたから」

「それならよかった。わたしの言いたいことはわかってくれたわね」

「はい」マザーがつぶやくように言う。「奥さまは本当におやさしい方ですね」

「よして。それより、眼鏡はどうしたの？」

「どこかに置き忘れてしまったんです」マザーが答えた。「それで、ミスター・ティルニーが一緒に探すとおっしゃってくれたんですが……」

　最低な男。ライザは室内を見まわし、豪華なアフタヌーン・ティーの残骸に目を凝らした。肘掛け椅子の上に、食べ残したスコーンの皿が捨て置かれていて、そのすぐ横にマザーの眼鏡があった。ライザは皿をどかし、眼鏡をマザーに手渡すと、椅子に腰かけた。しばらくここに座って、落ちつきを取り戻そう。

　マイケルのことを考えてはだめ。

　マザーは眼鏡をかけると、何度かまばたきした。ライザは急に疲れを感じた。「ティルニーはどうしようもない人ね」男は面倒の種でしかない。ひとり残らずだ――立派な男性でさえも。「眼鏡を見つけたのに、気づかないふりをしたんだと思うわ」

　マザーが肩をすくめる。「わたしに忠告しようとなさっているのだとしたら、その必要はありませんよ、奥さま。ミスター・ティルニーのおっしゃることを本気にしたりはしませんから。あんまり何度も鼻の先で笑うものですから、口髭を伸ばしていたら燃えてしまうんじゃないかと考えていたんです」いったん言葉を切ってから続ける。「奥さまのおっしゃるとおり、ミセス・ハルならお似合いだと思います」

　ライザは思わず笑い声をあげた。「マザー、お願いだからそのままのあなたでいてね。あなたが突然、人情家に変わったりしたら、がっかりしてしまうわ」

　マザーがライザの向かいの長椅子に腰かけた。「奥さまがそうおっしゃるのなら、徹底した気難し屋でいられるよう日々努力します」

「最高の秘書だわ！」そのとき、腹の鳴る音がして、ライザは朝からほとんど何も食べていないことに気づいた。食べることはいい気分転換になる。何かしていないと、テラスで起きたことについて考えてしまう。一番考えてはいけないことを。マイケルのキスや、彼に言われたことを思い出したら……。

窓辺に手つかずのケシのシードケーキを発見した。傷ついた心は砂糖が癒してくれる。ケーキを手にして振り返った瞬間、ライザは言葉を失った。珍しくマザーが、いつものもったいぶった態度を身につけていなかったのだ。ひだ飾りのついた瑠璃色のサテンのスカートをはき、少し前かがみになった姿は、ロマン派の絵画から抜け出してきたようだ。ドレスの深い青が瞳の色を引きたて、白い肌につやを与えている。オークの紅葉のような深紅色の髪を巻いているため、四角い顎の線がやわらかく見える。乳白色の光を放つなめらかな顔は、まるで火に囲まれた真珠のようだった。

「まあ、とてもきれいよ」つい驚いた声が出てしまったが、ライザは謝る必要はないと判断した。そういったことに腹を立てるような虚栄心を、マザーはまったく持ちあわせていない。

案の定、マザーはライザに視線を向けると、びっくりしたような笑みを浮かべた。「からかわないでください」

「からかってなんかいないわ」どうしてこれまでその美しさに気づかないでいられたのだろう、とライザは思った。マザーを雇ってもう二年になるというのに。

マザーの笑顔が愁いを帯びる。「きっとドレスのせいですよ」目を落として、ドレスを愛でるようになでおろした。

恐ろしい考えがライザの頭に浮かんだ。「もしかして、仕立屋を利用したのは今回がはじめて？」そう言えば、マザーの服はどれも既製品ばかりだった。「わたしとしたことが！ロンドンで一式用意してあげるべきだったのに」

「それは違います、奥さま」マザーが穏やかに言った。「雇い主が秘書にそこまでしてやる必要はありません」

「じゃあ、お給料が少なすぎるの？なかにはとても手頃な仕立屋も――」

「じゅうぶんいただいています。ただわたしは倹約家ですから」

ライザは面食らった。「それは美徳だわ」見習わなければならない。「でもなんのためにお金を貯めているの？」マザーには送金しなければならないような家族はいない。孤児だと自分で言っていた。

マザーが肩をすくめる。「万一に備えて、とでも言っておきましょうか」ライザが突っ込んだ質問をする前に、マザーが言葉を継いだ。「改めてお礼を言わせてください。このドレス、とても気に入っているんです。正直に言うと……驚いているんですよ。服装でこんなに変われるものかと」

ライザは微笑んだ。「でもあなたがきれいなのはドレスのおかげではないわよ、おばかさん。というより、ドレスがきっかけで、あなたの本当の姿が見えるようになったの。あと、やっぱり眼鏡がいけなかったわね。眼鏡をかければあなたは目が見えるけど、反対にわたしたちは目をくらまされてしまっていたわ」

マザーが唇を噛んだ。「たぶん、それが眼鏡の役割なんですよ」

「ええ？」ライザは部屋を横切り、恥を忍んでシードケーキを手に取った。そのかいあり、ケーキは風味豊かで、しっとりしていて、まさに絶品だった。「タイピストの学校ってそんなに危険なところなの？」

マザーは目をそらしてうつむいたあと、窓の外を見てから、ライザに視線を戻した。マザーは過去の話をしたがらない。尋ねると決まってこんな表情をするから、ライザも問いつめることはしなかった。タイピストの学校の女校長はマザーを強く推薦していた。それだけでじゅうぶんだった。

「いまの質問は忘れてちょうだい」ライザはやさしく言いながらも、好奇心をかきたてられた。この問題にかかずらっていれば、自分の悩みをしばらく忘れていられる。地主の娘のように着飾り、また難なく着こなしているマザーの姿を見ていると、さまざまな考えが頭に浮かんだ。マザーは洗練された話し方をする。といっても、仕事を探さなければならなかったのだから、家庭教師を雇えるほどの余裕がある家庭の生まれではないはずだ。「フランス語はタイピストの学校で教わったの？」そのうえ、マザーはピアノも弾けるし、地理にも詳しい。

マザーが眉間にしわを寄せた。「いいえ。タイピストの学校ではもっと実用的なことを教わりました」

「なんだかつまらなそうね」

「そんなことありませんよ。役に立つことを学ぶのはとても楽しいです。自分が役に立っていると実感するのも。フランス語なんて……」マザーが顔をしかめる。「役に立ちませんから」

「パリなんて眼中にないというような口ぶりね」ライザはまたひと口ケーキをかじった。「それにしても、あなたは実用性を体現したような人よね。だから、生まれつきそうだったんじゃないかと思うの。そうなると、フランス語を話せるのが不思議でならないわ。学校で教わらなかったのなら、いったいどこで習ったの？」

「母に教えてもらったんです」マザーが慎重に答えた。

「ピアノも？」

「そんなことより、奥さまは勘違いされていますよ。わたしだって、生まれたときは役立たずでした。おまけに、うるさい子だったと思います」

質問をうまくはぐらかされた。「ええ、そうでしょうね」ライザは言った。「赤ん坊は泣きわめくし、腹痛を起こすし——それはいまだってたまにあるでしょうけど」

マザーが歯を見せて笑った——驚くほど白い歯だ。その気になって探せば、過去を知るための手がかりはいくつも見つかった。気品ある立ち居ふるまい。高い身長——幼少期に栄養たっぷりの食事を与えられていたことを意味する。落ちついた態度。これらを考慮すれば、貧しい家庭で育ったはずがない。

「お母さまはフランス人だったの？」ライザはきいた。

マザーが身じろぎし、スカートを握りしめた。「いいえ、生粋の英国人でした。名もない人です」それを聞いて、ライザは奇妙に思った。無名の人だなんて、わざわざ言わなければならないことかしら？

「お父さまは？」

「母ひとり子ひとりの家庭でした」

「お母さまは未亡人だったの？」

マザーがわずかに口を引き結んだ。「捨てられたんです」言葉少なに答える。質問攻めにされてうんざりしているのだろう。

「そうなの」ライザは新たな疑問がわいてくるのを感じた。

「だからと言って、そんなにつらいことはなかったんですよ」ライザの表情に何を見たのか、マザーが急いでつけ加えた。「自分たちでどうにかやっていけましたから」

ということは、施しを受けて暮らしていたわけではないのだ。ライザはぴんと来た。「お母さまはとてもきれいな人だったんでしょうね」

マザーが満面に笑みを浮かべた。「ええ、とても美しい人でした」

きっと裕福な男性の愛人だったのだ。それなら、マザーが口を閉ざすのも当然だし、捨てられた女性が子どもに教育を授けられるほどの収入を得ていたことについても説明がつく。

「じゃあ、お母さまからその美貌を受け継いだのね」ライザは言った。「ドレスを着なくても、あなたはきれいだわ。隠そうとしたって無理よ」飲み残しの紅茶に手を伸ばす。「ろくなことになりませんから」

「美貌なんて欲しくありません」マザーが暗い口調で言った。

ライザはカップを口に運ぼうとしていた手をぴたりと止めた。「いまなんて言ったの？」

マザーがため息をついた。「奥さまはこのパーティーを楽しめていらっしゃらないようですね」

ライザはカップを置いた。「誰かが何か言っていた？」

「いいえ、誰も気づいていないと思います。でも、わたしにはわかるんです」マザーがしかめっ面で身を乗り出した。「奥さまが早急に結婚しなければならないと感じていらっしゃるのはわかっています。申し分ないお相手を探していらっしゃることも。でもわたしは……」ためらいがちに言う。

ライザは手を振ってさえぎった。「お気を悪くなさらないでほしいんですが……」「遠慮なく言ってくれてかまわないのよ」微笑んでつけ加える。「少なくとも、わたしに関することなら。さあ、率直に言ってちょうだい」

「爵位は絶対に必要な条件ではありませんよね？」マザーがずり落ちた眼鏡を指で押し上げた。真剣な目をしている。「マイケル卿は……無垢な乙女を求めていると、以前に奥さまはおっしゃっていましたが、わたしはそうは思いません」

「まあ」ライザは気力が萎えるのを感じた。たちまち取り戻したはずの落ちつきを失ってしまう。

〝ぼくに言ってはならないことを言わせたいのか？　ああ、言ってやるよ〟

「出すぎたまねをしてしまいました」マザーがあわてて言った。「お許しください、わたしは――」

「いいのよ。大丈夫だから」ライザはふたたびカップを手に取り、くるくるとまわしながら考えをまとめた。厄介なことになった。「マザー、あなたも請求書を見ているでしょう。どれほど切迫した状況にあるかはわかっているはずよ。次男では……」ごくりとつばをのみ込む。「彼では埋めあわせられないのよ」

沈黙が流れた。ライザはカップの底に沈んだ茶葉をじっと見つめた。茶葉の模様で運勢を占えると信じる人もいる。気の滅入るような話だ――人の運命がかすかにまみれているなんて。

「わたしはロマンティストではありません」ようやくマザーが口を開いた。静かな声で続ける。「そんなふうには思わないでください」

ライザが小さく笑うと、紅茶にさざ波が立った。「あらあら、マザー、あなたがロマンティストだなんて一度も思ったことはないわ」

「ロマンティストでないからこそ、勇気を出して申し上げます。結婚は女にとって最大の賭けです。奥さまが経験者であることは承知していますが、さまざまな種類の不幸が待ち受けている可能性があるんですよ。そのなかでは、貧困なんて取るに足りないものかもしれません」

ライザは顔を上げた。マザーは肩をこわばらせながらうつむき、膝の上でかたく組みあわせた手をじっと見つめていた。

「そう考えるようになった個人的な理由があるの？」ライザはやさしくきいた。

マザーが目を上げた。表情は読み取れない。「わたしには目がふたつあります、奥さま。その目でたくさんのものを見てきました」

マザーのことが急にわからなくなり、ライザは戸惑った。「困ったときは、いつでも力になるわよ、マザー」

マザーの表情がやわらいだ。「ありがとうございます、奥さま。でもいまは、わたしの話をしているのではありません。奥さまが悲しそうにされているのを見たくないんです」

ライザは無理やり微笑んだ。「わかったわ。お金があっても不幸になるかもしれないという意見には賛成よ。お金で幸福は買えないものね。だけど、愛もまた当てにならないものだというのは、あなたもわかるでしょう？　それに、自分のことだけを考えて結婚するわけにはいかないの。ボスブレア全体のことを考えないと。この土地で働き、わたしに頼って暮らしている何百人もの小作人のことを」土地を売ってしまうことだってできる。だが土地を購入するような資本家は、農業になど見向きもしない。ホリスターのような男たちは、地中の鉱物に目を向けて財を成そうとするだろう。あるいは木材を切り出すか、工場を建てるか……。「わたしの人生はわたしだけのものではないのよ」

なんて分別くさい意見だろう。心の声に耳を傾けられたらいいのに。

「ということは、愛していらっしゃるんですね？」

ライザはっと息をのんだ。「まあ、マザー」やっとの思いで言う。「ばかなことを言わないで」

まあ、ライザ——心のなかでつけ加えた——お願いよ、お願いだからばかなことはやめてね。

17

心霊筆記者のミスター・スミスは、舞台に関して特別な要求をした――薄暗い場所で、意味がよくわからないが〝幻影が自由に移動できる〟よう、天井が高くなければならない。ライザはマザーと話しあって、画廊で行うことに決めた。雰囲気を出すために枝付き燭台をいくつも用意した。そしていま、スミスはライザの父親の肖像画の下に座って、ヨークからわざわざ持参した小さな書き物机の上に、インク壺《つぼ》、羽根ペン、羊皮紙の束といった道具を並べていた。

磨き上げられた木製の机の脚に、謎めいた絵文字が刻み込まれている。ライザがそれに気づいたのは、マイケルの視線を懸命に避けようとして下を向いていたからだった。マイケルはすぐそこに立って、こちらを堂々と見つめている。熱い視線を浴びせられ、ライザは手のひらで肌をなでられている感じがした。彼は視線を合わせようとしているのだとわかっていても、それはできなかった。テラスでのできごとが生々しく記憶に残っている。目を合わせたら、マイケルのもとへ行ってしまうだろう。そして、彼のもとへ行ったら、その腕をつかんでこの場から連れ出してしまいそうだった。

マイケルがつけた心の炎を、どうしても消すことができない。

でも愛ではない。そんなはずないわ。

気を紛らすために、ライザは隣にいるリディアに耳打ちした。「あの机の脚に刻まれた絵文字、変わっているけど、なんだかわかる？」リディアはそういったことにも詳しいはずだ。

「わたしもはじめて見たわ」リディアが答える。「古代エジプトの象形文字にどことなく似ているけど、ああいうのを創作するのが好きな芸術家もいるから」

「まがい物かい？」ジェイムズが口をはさんだ。「あいつを告発しよう、リディア」

ジェイムズとリディアが声をあげて笑った。ふたりが出会ったときのことを思い出したのだと、ライザは推測した――リディアが偽物だと非難したなんらかの遺物のことで、ジェイムズは自分の父親を公衆の面前でなじったのだ。

ライザはふと心に思い描いた。ジェイムズたちのように冗談を交わす自分とマイケルの姿を。村医者が本当にただの村医者かどうか怪しんでみせたりして。ふたりは一緒になって笑うだろう。その場にいるほかのみんなを置き去りにして。

ライザは甘酸っぱいしびれが全身を走り抜けるのを感じた。ネロのことを本当に愛していたのだろうか？　ネロとは、他人を犠牲にした意地の悪い冗談しか交わしたことがなかった。もちろん、彼とつきあって楽しかったこともあったけれど、怒ったり悩んだりすることも多かった。一緒にいるあいだはずっと緊張していて、離れているときは前にあったことをあれこれ思い返してやきもきしていた。あれは愛ではなかったのだ。愛とはまったく違うものなのだと、いまわかった。

愛とは単なる情熱ではない。親密さの上に築かれるもので、顔を見あわせたり、無言で微笑みあったりする、ひそやかな一瞬一瞬が積み重なったものだ。子どもの頃はそれを知っていたはずなのに。大人になってどうしてわからなくなってしまったのだろう？　父と母のあいだには、そのような愛がたしかに存在していた。そしてライザ自身はいま、生まれてはじめて愛を予感している。マイケルとならきっと……。ほかのものをすべて捨ててしまえば。

両親が遺してくれたもの。

自身の責任。

小作人たちの未来。ブロワード家の子どもたちのように聡明な青年たちの希望。

そんな残酷なことはできない。考えただけで心がえぐられるような気がした。目の前でささやきあっているジェイムズとリディアをこれ以上見ていられなかった。ライザはその場を離れ、ティルニーとホーソーンきょうだいの会話に加わることにした。辛辣なやり取りのほうがいまの気分にはふさわしい。

「やあ、ミセス・チャダリー」ナイジェルが声をかけてきた。「霊魂が文書で意思を伝えることなんて本当にあるのかな？」

「ナイジェルは想像力に欠けているのよ」キャサリンが言った。暗灰色のサテンのドレスが、蠟燭の明かりを反射してゆらゆらと光っている。「だって、衝撃的で愉快な情報を伝えたいときには、手紙を使うでしょう？」細い眉をつり上げて締めくくった。

思わせぶりな口調だった。「なんだか気になるわ」ライザは言った。「まるでとんでもなく面白い手紙を交わしているような口ぶりね」

「そのとおり」ティルニーが意地の悪い笑みを浮かべた。「この場でキャサリンに手紙を朗読させたら、最高の余興になるんだがな！」

キャサリンがご満悦の様子で顎を上げた。「文通相手の信頼を裏切るわけにはいかないから、今日とても興味深い手紙を受け取ったとだけ言っておくわ」ライザに向かってふたたび眉をつり上げてみせる。「あなたはミスター・ネルソンと連絡を取っていないんでしょう？」

やはりそう来たか、とライザは思った。「ミスター・ネルソンのことなんてもう興味はないのよ。いまのいままですっかり忘れていたわ」

「そう」キャサリンがティルニーと顔を見あわせたあとで言った。「かわいそうに。彼の名前を出したりしてごめんなさいね」

いったいネロに何があったのだろう？　どうでもいいことだ。彼の記憶はかさぶたのようで、むずがゆいけれど気に留める価値のないものだった。

スミスが手を叩いて一同の注目を集めた。書き物机の上には、火のついた一本の蠟燭と、重ねた羊皮紙が置いてある。「そろそろはじめますので、お静かに願います」

観客は声を潜めた。だがスミスが蠟燭を持ち上げて自分の顔を照らし出すと、すっかり静かになった。というのも、深いしわが刻まれ、まぶたと顎のたるんだブルドッグのような顔が、揺らめく光を受けて恐ろしい仮面のように見えたからだ。つぶらな黒い目が怪しい輝きを放っていた。

すばらしい演出だわ、とライザは思った。微笑んで一同を見まわし、マイケルにひと際まばゆい笑顔を向けたあとで、その名残をとどめたままホリスターと目が合った。

はじめて会った人はみな、マイケルよりホリスターのほうが美男子だと言うだろう。ひと目見ただけでは、マイケルの魅力はわからない。何をするにせよ手先が器用なことも。穏やかな微笑みの裏に皮肉っぽいユーモアが隠れていることも。見つめられると、すべてを見通されているような気がするのに、なぜか安心できて……。

「これからペンを取ります」スミスが言った。「そして、霊がおりてくるのを待ちます。静寂が破れたら、入神状態《トランス》もとぎれてしまい、はじめからやり直すことになります。ですから、紳士淑女のみなさん、みなさんをお待たせしたくありませんので、しばしお静かに願います」

ライザはマイケルに注意を払ってはいなかった。それでも彼が仲間からこっそり離れたのに気づいた。スミスの右側にある絵を眺めている。ライザは鼓動が速まるのを感じた。あれは少女時代のライザの肖像画だ。まだ頰がふっくらしていて、母好みの、純真さを体現したような白のドレスを着て、腰に青い絹の飾り帯を締めている。恥ずかしそうで、希望に満ちた表情は、ミスター・リーディがとらえた美貌を売り物にしている女とはまるで違っていた。

マイケルはあれが誰だかわかったの？　ライザはどんな子どもだったのだろうと考えをめぐらしているのかしら？　そうであってほしい、とライザは思った。彼に自分のことを理解してほしかった。

おかしな話だ。謎めいた女性にこそ魅力があるはずなのに。マイケルにはすべてを知ってもらいたいと願っていた。

「来てます」突然スミスが声をあげた。「来てます……来た」

彼の持った羽根ペンが動きはじめた。

羽根ペンを使うなど時代遅れだが、その効果は抜群だった。カリカリという劇的な音を伴奏に、スミスは興奮した面持ちでひたすら書いて、書いて、書きつづけた。ときおり、世にも恐ろしいことを書きつけてしまったと言わんばかりに、あえぎながらペンを紙から引き離し、声にならない悲鳴をあげるかのごとく口を開けた。そのあとは、ペンを荒々しくインク壺に浸してから、ふたたび書きはじめた。

ライザはつい笑いそうになった。自ら用意した余興を台なしにしてしまわないように、頬の内側を噛みしめた。

五分ほど経った頃——三〇分にも感じられた。面白がるのを自分に禁じたら、ただただ退屈なだけだった——ようやくスミスが息を切らしながらペンを投げ捨てた。最前列の女性たちは、インクがドレスの裾にはねかかるのを恐れ、うしろにさがった。彼女たちからにらまれているのにも気づかずに、スミスは立ち上がると、インクを乾かすためか、あるいは、悪筆に加えて、精神が錯乱しているという演出効果をさらにあげるためか、羊皮紙を振りまわした。

「耳を傾けよ！」スミスが叫んだ。「霊界からのお告げだ！」紙で顔を隠すようにして、声を出して読みはじめる。つぶやくような声でよく聞き取れなかったため、観客はしかたなくスミスに近寄った。

「まばゆい髪を持つ優美な女が暗がりから姿を現して勝利をおさめる」スミスがものすごい早口で言う。「悲しみから立ち直り、フェニックスは新しく生まれ変わる」

「ミセス・ハルだ」ウェストンが興奮した口調で言った。「ミセス・ハル、きみのことだよ！」

「まあ、まさか」ジェーンの恥じらい方は堂に入っている。クリスマスが来る前にふたりは結婚しているだろう、とライザは予想した。「いやよ――」

「だけど、いいお告げだよ」ウェストンが安心させるように言う。「きみは勝利をおさめるんだ！」

ペテンをうのみにするなんて。ライザは苦々しく思った。

スミスがぶつぶつ読み上げる。「鏡が打ち砕かれたとき、双子の像は引き裂かれる。両者のあいだに新たな像が出現し、危機を招く。破壊に注意せよ！」

一同がいっせいにホーソーンきょうだい――このなかで双子の像にもっとも近いと思われるふたりに視線を向けた。キャサリンがくるりと目をまわす。ナイジェルは「くだらん」と一蹴した。

「いがみあう君主たちは没落する！」突然スミスが叫んだ。「地中から現れた毒蛇に襲われる。生き延びて王位を奪還できる者はひとりのみ。しかし、その者がすべての報いを受けるであろう！」

「さっぱり意味がわからない」ティルニーが文句をつけた。「このなかに身分を隠した王がふたりいるとでも言うのかい？　あり得ない」

「フォーブス卿はハプスブルク家の遠縁に当たるの」男爵夫人が朗らかに言った。「でも大丈夫よ、この人が喧嘩する相手なんて猟犬くらいだもの」

フォーブス男爵がぶっきらぼうに言う。「争いなど自分で解決できる」

「もちろん、そうよね」男爵夫人がのんびりした口調で応じた。

そこで、スミスが咳払いをした。「先を続けてよろしいですかな？」

もしかしたら、ミスター・スミスは過去に執事をしていた経験があるのかもしれない、とライザは考えた。冷やかで威厳に満ちた雰囲気が、ロンソンを思い出させた。

「ぜひとも」ホリスターが言った。「固唾をのんで聞いているよ」

ホリスターが性急に事を進めようとしたのがつくづく残念だ。ライザは彼の皮肉っぽいユーモアは高く買っている。もっとさりげなく口説いてくれたら、彼を好きになれたかもしれないのに。

ライザは唇を噛んだ。自分は嘘をついている。ホリスターへの関心を失ったのは、それが理由ではなかった。恋をしなくても結婚はできる。胸が張り裂けるような思いをする必要はない。それなのに、ライザはマイケルを盗み見ては、わざわざそんな思いをしていた。

「黒髪の魅惑的な女は声の主を訴えて口を封じる。新たな人生、彼女自身が味方となる」スミスがふたたび読みはじめた。

ライザはうなじがぞくっとするのを感じた。

「あなたのことじゃない？」キャサリンが尋ねた。

「さあ、どうかしらね」ライザは明るく答えながら、こっそり首筋をさすった。心霊術者のたわ言だ。そんなのに一瞬でも惑わされるなどばかげている。別に本当に母の声が聞こえているわけではないし。あれは想像の産物にすぎないのだから。

スミスの口調は仰々しさを増していった。「王の弟は歴史を繰り返す。不貞な母親、不貞な妻、彼は道化となり、宮廷じゅうの笑いものになる」

ライザははっと息をのんだ。いまのお告げが誰に当てはまるかは言うまでもない。〝王《キング》〟の異名をとる兄を持つ男性は、この場にひとりしかいなかった。

薄暗いため、マイケルの表情は読み取れない。けれども、まったく動じていないように見えた。張りつめた沈黙が流れ、ライザは怒りがわいてくるのを感じた。

ライザは前に進み出た。「続けてちょうだい」鋭い口調で言う。「次の予言は何？」

スミスがむっとしたのがわかった。「これは予言ではありません。霊界からのお告げです」

傲慢なペテン師だ。「じゃあ、そのお告げとやらを早く進めて」

スミスが羊皮紙に目を戻した。「不健全なる精神を有する偽りの王。自らが築いた牢獄のなかで衰退し――」

「王の話はもう結構よ」ライザはそう言いながら、ホーソーンきょうだいが顔を見あわせて
にやりとしたのを視界の隅でとらえた。
きっとネロの手紙に書いてあったのだ。マーウィック公爵の様子がおかしいことが噂にな
っていて、その話をホーソーンきょうだいがスミスに吹き込んだに違いない。
「ほかのお告げはないの?」ライザは戒めるような口調で言った。「何かもっと――」マイ
ケルが光の当たる場所に移動したのを見て、言葉を切った。
「いや、実に興味深いお告げだ」マイケルが言う。「ミスター・スミス、ぜひ続けてくれ」
マイケルは口調こそ穏やかだったものの、スミスに話しかけながらホーソーンきょうだい
に向けた笑顔は、獲物を見つけたオオカミを連想させた。
きょうだいの顔からたちまち笑みが消えた。スミスさえも急に自信をなくした様子だった。
マイケルと羊皮紙を交互に見ながら口ごもった。「えー、そのー」紙をめくる。「大金を支払
って地位を手に入れたミダスは――」
「ああ、もうたくさんだ」ホリスターが物憂げに言った。男爵の爵位を金で買ったことをほ
のめかされて、面白くなさそうだった。「そろそろ酒を飲まないか?」
「いいわね」フォーブス男爵夫人が同意する。
「そうね」ライザはすかさず言った。「テラスへ移動しましょう」腕を大きく振って廊下を
指し示したあと、急いでスミスから羊皮紙を取り上げた。「あとで話があるから」声を潜め
てスミスに言った。たとえ臨時雇いであろうと、使用人が自分以外の人間から賄賂を受け取

るのは許せなかった。

一同がテラスに集まり、急いで用意されたシャンパンを飲みながら言葉当て遊び《シャレード》をはじめた頃、ひとりだけ姿が見当たらないことに、ライザはふと気づいた。マイケルがいない。ライザは近くにいたジェーンとウェストンに適当な言い訳をして、屋敷のなかに戻った。水差しを寝室に運んでいたメイドに尋ねると、数分前に図書室へ入っていくマイケル卿を見かけたという返事が返ってきた。

それで図書室へ行ってみると、マイケルはそこにいた。すべての明かりをつけて、シェイクスピアの本が並んでいる棚を眺めている。ライザに気づくと、不自然なほど陽気な笑みを見せた。「立派な図書室だね。勝手に入ってしまったけどかまわなかったかな？」

ライザはわざわざ許しを請う必要はないというように手を振った。「さっきは悪かったわね。すべてわたしの責任よ。ミスター・スミスがいかさまをしないよう、前もって確かめておくべきだったわ」

マイケルはすぐに返事をせずに、推しはかるような目つきでライザを見た。ライザは息が苦しくなり、片手をうしろに伸ばしてドアの取っ手に手を置いた。ひとりでここへ来たのは間違いだったかもしれない。

それに気づいたマイケルはかすかに微笑んで、本棚に目を戻した。指先で本の背を縦になぞる。その仕草が妙に優雅で……なぜか官能的だった。彼の手には魔力がある。その力にライザはいつでも魅了された。

「ホリスターにも謝ったのかい？」マイケルが小声できいた。

ライザは落ちつきなく真鍮《しんちゅう》の取っ手をまさぐった。「どうして？　あれは本当のことでしょう？」

マイケルが肩をすくめる。「だったら、ぼくの話も本当のことだ」

ライザは反論した。「ばか言わないで！　誰かがミスター・スミスに入れ知恵したに決まっているでしょう？　あなたを――」

「怒らせるためにかい？」マイケルは本棚に背を向け、長椅子に腰かけた。

「ぼくは全然気にしていないよ。心配して探しに来てくれたのだとしたら……機嫌を悪くしてここに隠れているわけではないから安心してくれ。シャレードに参加したくなかっただけだから」そう言って笑い声をあげる。「でも、よくよく考えてみると皮肉なものだな。ぼくとあなたがしていることこそ、見え透いた芝居《シャレード》じゃないか」

早くここから出ていくべきだ、とライザは思った。このままだと夕方と同じ過ちを繰り返すことになる。すでにせつなさに押しつぶされそうになっていた。

だがマイケルのとげとげしい口調が妙に引っかかった。自分よりも彼を心配する気持ちのほうが勝っていた。ライザは取っ手から手を離すと、マイケルに歩み寄った。「まさか信じたわけじゃないでしょう？　あなたがお父さまと同じ運命をたどるだなんて。あなたの……妻がお母さまと同じ道を歩むだなんて」

「母は過ちを犯してはいない」マイケルがきっぱりと言った。

質問をはぐらかされた。「ごめんなさい。あなたのご家族のことをよく知らないの」

「そんなはずがないだろう」

ライザはひるんだ。もちろん、だいたいのところは知っている——離婚裁判が行われ、衝撃的な不貞が次々と明らかにされ、激しい争いになったことは。とはいえ、デ・グレイ家の騒動が新聞をにぎわせていた当時、ライザはまだ子どもだったのだ。昔のゴシップがいまさら話題にのぼることもめったになかった。「本当のことを知っているわけではないもの。噂が好きなように事実をねじ曲げて伝わることは、わたしが一番よくわかっているわ」

「ぼくの親の噂のほとんどは本当だ」マイケルが片方の肩をすくめる。「少なくとも、父に関する噂はね。父は紛れもない虐待者で、浮気者だった。ぼくの母に……悪いところがあったとしても、誰も母を責められない。父のような夫を持てば、しかたのないことだ。父は相手の悪いところを引き出す天才なんだ」

「つらかったのね」ライザはそっと言ったあと、ぎこちなく腕組みをした。仲のいい両親に育てられた自分には想像もつかないことだった。「ひどいわ」

「ああ、ひどい話だ」マイケルが歯をむき出し、感じの悪い笑みを浮かべた。「だが、それが愛についてぼくが知っているすべてなんだよ、エリザベス。子どもは両親を手本にするものだ。だから、あの予言者の言っていたこともあながち間違いとは言えない。歴史は繰り返すって言うだろう？」

柄にもなく自己憐憫《れんびん》に浸っているマイケルに、ライザは心をかき乱された。「歴史からきちんと学べば、繰り返さずにすむわ。そんなあなただからこそ、不幸な結婚を避けることができるんじゃない？」

マイケルは片方の腕を長椅子の背に置くと、ふんぞり返ってライザをじっと見た。「あなたは？」穏やかに尋ねる。「何か学んだの？　ミスター・ネルソンとの歴史から？」

ライザは体をこわばらせた。わたしの過去を、マイケルは知っていたのだ。つきあっていた相手を知られていたからといって不思議はないが、それでもやはり屈辱を覚えた。「わたしが彼を愛していただなんて勘違いしないでね」

マイケルは無言で眉をつり上げた。

「愛してなんかいなかった」ライザは言った。「愛していると思い込もうとしたときもあったけど……」

必死に否定している自分に戸惑った。でも、ネロの話を持ち出されるとは想像もしていなかった。だから、必要以上にうろたえてしまったのだ。ライザは……マイケルと出会ってからの彼女だけを見てほしかった。ネロのような男とは縁が切れてからの彼女を。マイケルと出会ってからの自分こそ、本当の自分だと思えた。

ライザは心が乱れて、マイケルの向かいの椅子に体を沈めた。「あなたはお父さまとは全然違うわ」ささやくように言う。彼はライザのよい面だけを引き出してくれる。彼には奇跡を起こす力がある。「あなたはみんなのためになることしかしない。ミセス・ブロワードの命を救ったじゃない。それに、ロンドンの病院でしてきたことだって！　どうしてお父さまと似ているだなんて言えるの？」

マイケルが両肘を腿に置いて身を乗り出した。「それは」やさしい声で言う。「あなたを見ていると、あなたの事情などどうでもよくなってしまうからだ。あなたの意思などおかまいなしに、あなたが欲しくてたまらなくなる。あなたが抱えている問題など打ち捨てて、あなたを奪いたくなってしまうんだよ、エリザベス」

ライザははっと息をのんだ。乱暴な言い方をされ、いやおうなしに本能が刺激された。「それなら、わたしもあなたのお父さまに似ているわ」やっとのことで言う。「わたしも同じように感じているから」

マイケルが目を細め、腰を上げようとするかのように体に力を入れたのがわかった。ライザはあわてて先に立ち上がり、あとずさりした。

「でも、そうするわけにはいかないのよ、マイケル」考える前に言っていた。自分でも何を言うつもりなのかわからない。心の声に耳を傾け、急いで言葉を継いだ。「とんでもなく間違ったことだわ。あなただけじゃない。わたしにも助けてあげなければならない人たちが大勢いるの。その人たちを裏切るわけにはいかないわ。わたしには義務があるのよ！　だけど、それでもわたしは……」食い入るように見つめられ、息ができなくなる。彼の目にそのまま吸い込まれてしまいたかった。「あなたを求めてしまうのよ」それが本心だった。

「それならこっちに来て」マイケルがそっと言う。「ぼくを奪えばいい」

ライザはほんの一瞬、躊躇した。しかし彼女を縛りつけているのは、マイケルの視線だけだった。夢見心地で足を踏み出す。分別はどこかへ行ってしまった。絨毯の上をふわふわした足取りで歩いていくと、腰を引き寄せられ、マイケルの膝の上に座らされた。

喉に唇を押し当てられる。ライザはマイケルの背中に手を当て、彼が息を吸い込むのを感じた。そのあと、荒々しく吐き出された息のぬくもりが胸元に広がった。

「ねえ」マイケルが言う。「ぼくはあなたに嘘をついていたけど、これだけは本当だ。愛とは何か、ようやくわかったんだ。だから、たとえどれだけの犠牲を払っても、夜も眠れないほどの不名誉や罪悪感を味わうはめになってもいい。そうすればきみのことを手に入れられるのだとしたら」

ライザは目を閉じて涙をこらえた。「でも、そんなことわたしが許さないわ」弱々しい声で言う。

「だろうね」マイケルが鎖骨にそっと口づけた。「あなたのそういうところを愛しているんだよ、エリザベス」

ライザは全身に衝撃が走るのを感じた。それから、驚きと恐怖の入りまじった感情に襲われた。「やめて」マイケルは言ってはならないことを口にしてしまった。彼女が一生忘れられないであろう言葉を。

ライザは自ら唇を重ねた。この体勢だと不自然な角度に首を曲げなければならないが、それでもかまわなかった。いま、どうしてもキスをしなければならないと感じていた。手のひらでマイケルの頬を包み込み、唇で思いを伝える――愛しているわ。ずっとこうしていたい。いま、この瞬間は光り輝いていて、すべてが正しいと思える。不意に舌を吸われ、不徳の歓びに思わずうめき声をもらした。

マイケルが身をよじり、長椅子に横たわった。キスが激しさを増していく――互いをむさぼるように。ひとつに溶けあうように。彼の手がライザの背中をなでおろし、スカート越しに臀部をつかんだ。ライザは脚を広げて覆いかぶさり、マイケルのぬくもりとたくましさを全身で味わった。石のごとくかたい体がしっかりと支えてくれる。腰骨が腿に食い込むのを感じた。それでもまだ物足りない。ライザはそんな自分に驚いて体をこわばらせた――これほど激しく欲望をかきたてられるなんて。

マイケルが小さく笑った。ライザの首筋をなで上げ、髪に指をからめてきつく握りしめる。ライザはかすかな痛みを感じて一瞬驚いたものの、すぐにこれでいいのだと思い直した。だって、これからふたりは取り返しがつかないほど互いに傷つけあうのだから。それがふたりの運命なのだ。絶対に変えることはできない。これが最後――マイケルの唇を味わえるのも。ライザはしなやかで完璧な形をした唇を舌でそっとなぞった。それから、体を引いて親指で唇をなでつけ、その眺めを楽しんだ。こんなことができるのも、いまこのときだけ。

マイケルはライザの親指を口に含み、歯ではさんだ。ライザの目を見つめながらゆっくりと吸い、舌をからめる。ライザははっとして手を引き抜くと、喉元に頭をうずめ、健やかな香りを吸い込んだ。彼の体はまるで薬のようだ。生まれてからずっと探し求めていた癒しのようだった。

覚えておきたいことはたくさんあるのに、残された時間は少なかった。ライザはマイケルの上着を乱暴に脱がせた。彼の手を借りなければならないことにいらいらしながらベストを引き開け、シャツのかたいボタンに手こずりながらそれも脱がせる。筋肉に覆われた引きしまった腹部があらわになり、ライザはうっとりした。へそに唇を押し当てると、マイケルが体を震わせたのがわかった。

ライザは頭を下へずらしていき、ズボンのなかへと続いている薄い毛をたどった。その頭をマイケルがつかんで引き止めた。「待って――」息を切らしながら言う。

ライザはマイケルの両の手首をつかんで体の両脇に置いた。ズボンのボタンはちゃんとわかっていて、抵抗せずにはずれてくれた。あらわになったかたいものにライザは舌を這わせ、先端をなめた。

マイケルのせっぱ詰まった声が聞こえてくる。「エリザベス――」

「いいのよ」ライザは熱のこもった声で答えた。ずっと覚えていてほしかった。口に含み、あえぎ声を聞きながら、舌をからめる。彼が腰を突き上げたときには、勝利感に酔いしれた。お願い、忘れないで――。

「エリザベス……」

ライザは顔を上げた。マイケルが息を荒くしながら、ぼう然とした表情でこちらを見つめている。一度まばたきをしたあと、次第にわれに返っていくのがわかった。

「じっとしていて」ライザはふたたび口をつけた。これほど親密な行為をしたのははじめてだ。男性の弱点を攻めるのは思いがけない歓びだった。ライザはやさしく愛撫し、徐々に力を込めていった。マイケルが身もだえし、うなり声をあげる。ライザの両手を握って指をからみあわせた。「もうだめだ」かすれた声で言う。「これ以上――」

ライザは無視して頭をリズミカルに動かしつづけた。マイケルを打ち負かしたかった。めちゃくちゃにしてやりたい。聞こえてくる小さな声から、もう少しで達すると思われたそのとき、マイケルが手に力を込め、ライザを引っ張り上げた。

ライザはあらがおうとした。だが太い手首に触れたとたんに、その腕に心を奪われた。引きしまった前腕。肘頭。たくましい二の腕。脳裏に刻みつけておかなければならないものがたくさんある。マイケルが腕を曲げ、両手でライザの腰をつかんだ。ライザは彼の肩を握りしめた。マイケルの体は引きしまった美しい筋肉からできている。少しもたわまない。彼は愛していると言った。一生忘れられない言葉を――。

ライザは肩を強くつかんだまま、ふたたび唇を奪った。理不尽な怒りにも似た感情はたちまち欲望にのみ込まれた。マイケルが夢中になってキスを返しながら、手を上に滑らせてライザの首筋に触れる。ライザが腰をすりつけると、彼は鋭く息を吐き出して、体を起こしはじめた。

ライザは膝を突いてうしろにさがろうとしたが、ドレスが邪魔になって思わずいらだった声をあげた。「ぼくにまかせて」マイケルがささやき、ライザを抱えたままくるりと向きを変え、ふたたび長椅子に座る姿勢を取った。高ぶったものが腿のあいだに押し当てられ、ライザはじっとしてそこに意識を集中させた。

マイケルも動きを止め、目と目が合った。そして、両手でライザの顔を包み込んだ。唇にそっとキスをする。

「ずっと覚えていてくれる？」

マイケルが息を吐き出した。「あなたはいつもそばにいる」かすれた声で言う。「絶対に忘れない」

ふたりは同時にスカートに手を伸ばした。手がぶつかったとき、ライザは思わず笑いそうになった。だがマイケルの思いつめたような険しい表情を見るなり笑みは消え失せ、体がとろけた。一緒につるつるしたスカートをたくし上げる。マイケルの導きで体を沈め、彼のものを包み込んだ。マイケルが腰を突き上げ、深々とつらぬく。ライザはあえぎながら、受け入れられるかどうか不安に駆られた。

しかし、マイケルに腰をつかまれ、持ち上げられたとたんに激しい欲望が不安に取って代わった。もう一度、彼を奥深くまで感じたい。衣ずれの音をさせながら、ライザはゆっくりと腰を動かした。マイケルが頰に、こめかみにキスをしてから耳元でささやく。「ああ、それでいい。あなたのなかは……」過激な言葉が飛び出した。「そんな感じだよ」マイケルが唇を重ね、ちょうどいい具合に腰を動かしたので、ライザはつま弾かれた弦のごとく体を震わせた。「声が聞きたい」マイケルが言う。「声を出して」ライザは言われたとおりにした。

そうせざるを得なかった。彼の言葉と体に完全に支配されていた。ふたたび耳元でかすれた低い声が聞こえる。「今度は叫び声をあげさせてやる」

マイケルの熱い手が、ライザの心を読み取るかのように動いて、うずく箇所をくまなく愛撫した。「もっと強く」ライザが言うと、マイケルは静かに笑った。

ライザのこめかみに口づけながらささやく。「愛しているよ」

やめて――ライザはキスで彼の口を封じた。それは言わないで。舌を差し入れて懇願する。約束はいらない。いまこのときだけ――。

けれども、腰を揺らすようマイケルに促された瞬間、不安は消え失せた。彼が誓ったとおり、ライザは叫び声をあげそうになっていた。あえぎ声が徐々に大きくなっていく。快楽の波が押し寄せてくる。マイケルが耳に舌を這わせてささやいた。「いって、ライザ」

その瞬間、ライザは叫び声をあげながら達した。ほかにどうすることもできなかった。

18

寝室のドアをそっとノックする音がした。ライザは寝返りを打ち、毛布を肩まで引き上げた。カーテンの下からもれ入る光が、絨毯の縁を照らしている。正午過ぎといったところだろうか。昔は一日を寝て過ごすことが得意だったが、もう無理なようだ。

最近になっていろいろなことが下手になってしまった。男性と戯れること。笑うこと。自制心を働かせ、自身の願望を押し殺すこと。結婚生活のあいだにその技を身につけ、ネロのひどい扱いに耐えていた時期に磨き上げたはずだった。それなのに、どうしてできなくなってしまったの？

マイケルを手に入れることはできないのよ——。

ドアが勝手に開いた。ライザはむっとして起き上がった。「いったい……」

「サンバーン子爵が奥さまにお会いしたいとおっしゃって」メイドがみじめな口調で言い、脇へどくと、ジェイムズの姿が見えた。

両手をポケットに入れ、つま先を丸めながら、ジェイムズがにやりと笑った。「ずっとここに隠れていたわけか」

ライザは毛布をはねのけた。「放っておいてちょうだい！　頭が痛いのよ」

ところが、ジェイムズはぶらぶら部屋に入ってきたかと思うと、突然立ち止まった。茶化すような目つきであたりを見まわす。「これはこれは、楽しそうだ。部屋を出たくなくなるのも無理はない」

ジェイムズの視線をたどったライザは、恥ずかしくて赤面すると同時に、怒りが込み上げた。置きっぱなしのティートレイ。開いたまま絨毯にうつぶせに放り出された二冊の本。からになったワインの瓶。サイドテーブルの上で水滴をしたたらせている冷湿布。舞台で自己憐憫を演出したいときは、この部屋を参考にするといいかもしれない。

痛烈な言葉を返してやり込めたかったけれど、何も思いつかなかった。頭がぼんやりしていて、まるで使い物にならない。昨夜は、やっとの思いでマイケルから離れ、一度も振り返らずに立ち去った。マイケルも引き止めようとはしなかった。ライザの事情を理解しているからだ。

手に入らないものを欲しがってはいけない。

これまでにも、つらい決断をしたことはあった。でも今回は格別だ。昨夜、立ち去ったときはナイフの上を歩いているような――ガラスの上で心臓を引きずっているような感じがした。いままで、判断を誤ったことはあっても、自分の気持ちを裏切ったことは一度もなかった。

マイケルから離れたとき、自分を裏切っているような気がした。

こんなことを考えてもしかたがない。ほかに選択肢はないのだ。

ライザはベッドに倒れ込んで羽毛を舞い上がらせた。「出ていって」つぶやくように言う。「人といる気分じゃないの」

ジェイムズがベッドの端に腰かけ、マットレスがかしいだ。強情な友人だ。

「あなたが女性の寝室に押しかけていることを、リディアは知っているの？」

「リディアに言われて来たんだよ」ジェイムズが軽い口調で言った。「ねぐらにいる雌ライオンを起こさないほうがいいと、ぼくは思ったんだけどね」

ライザは手首を目に当てた。「わたしってだめな女ね」心からそう思った。最初から手に入れられないとわかっていた男性を誘惑するなんて、愚かなことをした。ただの村医者だろうと、公爵の弟だろうと、ふさわしい相手ではなかったのだ。こういう結末になると、はじめからわかっていたはずなのに。

ジェイムズが舌を鳴らした。「そんなことないよ、リジー」ライザの手を握って、そっと下におろす。目にあふれた涙を見たとたんに真顔になり、眉をひそめた。「何があったんだ？」

ジェイムズの心配そうなまなざしが、ライザを余計につらくさせた。「別に何も」マイケルを愛することはできない。愛があっても貧困を乗り越えることはできない。少なくとも、このふたり――公爵の弟と美貌だけが売りの女――には無理だ。どうにかかつかつの暮らしを送ったとしても、領地は崩壊し、小作人たちを敵にまわすことになる。

それでも、マイケルと一緒に暮らせるのなら、貧困さえも耐えられる気がした。ライザはうめき声をあげそうになるのをこらえた。ばかげた考えだ。頭が混乱しているせいだわ。一時的にのぼせ上がっているだけにすぎない。

「だろうな」ジェイムズが言う。「とても元気そうに見えるよ。ああ、リジー、ぼくを相手に強がることはないだろう？」

ライザはため息をついた。ジェイムズは誰よりも彼女のことをよく知っている。子どもの頃、毎年夏になると、ジェイムズの家族はここから北へ馬車で一時間の場所にあるシットビーへ避暑に訪れていた。その海辺の別荘にライザの家族が招待され、長い時間を一緒に過ごすうちに、ジェイムズはきょうだいのような存在になったのだ。

でも、しばらくぶりに会ったら……ジェイムズが知らない人のように見えた。以前はどこか冷たい感じのする、ハンサムな放蕩者だった。ところが、いま目の前にいる彼は、思いやりに満ちた表情をしている。リディアと結婚して幸福なのだ。人間は心から幸せだと……なんでも理解しようとする。だが幸福であるがゆえに、理解できないことも多いのだ。ライザは薄幸だ。恋愛運がない。悪運は伝染するのかしら？　ジェイムズにうつしたくはなかった。

だから、何も話さないことに決めた。「そろそろ顔を出さないとまずいわね」

ジェイムズが片手を突いて背をそらし、ライザをじろじろ見た。「いや、みんな楽しんでいるよ。今朝、朝食の席にきみの秘書がやってきて、行事をずらずら書き連ねた一覧表を渡されたんだ。まあでも、ホーソーンきょうだいは、いつまで頭痛が続くんだろうって怪しんでいるに違いないけどね」

ライザは目をくるりとまわした。「ふたりの頭を引っぱたいて、自分たちで答えを確かめさせてやろうかしら」

「そいつはいい」ジェイムズが言う。「だけど、ぼくもきみが頭痛だとは信じていないぞ。もう一度きいてから、適当な言い訳をみんなに伝えに行くよ。いったい何があったんだ？」

ライザは目をそらして窓の外を見た。「ずいぶん長いあいだ留守にしていたわね」そのときはじめて、ジェイムズをひどく恨んでいたことに気づいた。必要としていたときに、そばにいてくれなかった。

ジェイムズがため息をついた。「だってカナダだぞ」まるでそれですべて説明がつくと言わんばかりだ。「たどりつくまでもとんでもなく苦労したが、出るのはさらに大変だった。港も道路も、氷が張って使えなくなる。雪が頭の上まで積もるんだ。イングランドまで穴を掘って帰るはめになるんじゃないかと心配になったよ。長い道のりだった。いったん中国に寄って、そこから船に乗ったんだ」

ライザは思わず微笑んだ。「でも楽しかったんでしょう？」彼の口調でわかった。

「ぼくひとりでは楽しめなかっただろう」ジェイムズが答える。「だけど、リディアの目を通して見ると……新鮮なんだ。まるで違って見えるんだよ」

ライザはごくりとつばをのみ込んだ。ジェイムズに自分を励ますことはできないだろう。

妻を崇拝するあまり、ウィットをなくしてしまった彼には無理だ。

ずいぶんと心の狭い女になってしまった。

ライザは唇を嚙んだ。ああ、お母さま――ジェイムズの結婚が決まると、母は大喜びしていた。〝ようやくふさわしい女性を見つけたのね。いつか出会えるとわかっていたわ。あなたも出会えるわよ。辛抱強く待っていれば、ふさわしい相手が現れるから〟

「なあ」ジェイムズが言った。「帰国すればよかったな。モントリオールを出てから二日後に、きみの電報が届いたんだ。そこから引き返して――」

「いいのよ」ライザはこっそり鼻の下をぬぐってから、ふたたびジェイムズのほうを向いた。「だって……そう言ってくれるのはうれしいけど、ジェイムズ、そのときにはもう母は息を引き取っていたんだから。それに……」

母を亡くしたあと、気を遣われるのがいやだった。それよりもばか騒ぎをして、現実逃避がしたかったのだ。ネロはその相手にはぴったりだった。「ひとりじゃなかったし」無理をしてそう言った。

ジェイムズが思いやりに満ちた目でライザを見つめた。「あの男は結局、きみを裏切った。ひとりでいたほうがずっとよかったのに」

ジェイムズには考えていることをすべて読み取られてしまう。「あなたは前々から忠告してくれていたのにね。従っておけばよかったわ」

ジェイムズがわずかに頭を傾け、黄褐色の髪が目にかかった。「でも、あの男が原因で泣いているわけじゃないだろう？」

「違うわ」ライザはすべて打ち明けてしまいたい衝動に駆られた。しかしライザが苦しい状況に陥っていると知ったら、ジェイムズは黙っていられないだろう。借金を肩代わりしようとするかもしれないが、そんな余裕がないのは知っていた。父親との関係がうまくいっていないため、ジェイムズは主に北部にある彼の工場から得る利益に頼って生活している。爵位を継ぐまで、英雄を演じることはできないはずだ。

それに、そういう形でジェイムズが友情を示してくれたとしたら、リディアはいい顔をしないだろう。ライザに対してよい印象ばかりを持っているわけではない。中産階級出身のリディアは享楽的な貴族よりも礼節を重んじるのだ。

「ばかみたいだけど」ライザはようやく口を開いた。つらい思いをしていることなどみじんも感じさせない、落ちついた声で話した。「ちょっと……神経質になっているんだと思うわ。あなたのあと、フィンまで結婚してしまったから」フィン——アシュモア卿もシットビーで一緒に夏を過ごした幼なじみのひとりだ。彼が結婚した相手のことを思い出して、ライザは顔をしかめた。「よりによってアメリカ人と結婚するとはね！ しかもあんな変わった子と。たしかにきれいな子だけど、この前会ったときなんて、丘を転がって遊びましょうってしつこく誘われたのよ。ワース（［1825－95］パリのオートクチュールの基礎を築いた英国のデザイナー）のドレスを着ていたのに——わたしだけでなくて、彼女もよ！」

ジェイムズがにやりとした。「フィンだって相当変わった男だ。あのふたりから見れば、ぼくたちのほうが変なのかもしれない」

「そうね」フィンはワースのドレスを何枚でも買えるほど裕福だ。ライザは思わずため息をついた。「とにかく、幼なじみがみんな遠くへ行ってしまったような気がするの。もちろん、喜んでいるのよ。でも……わたしだけ誰にも愛されない運命なんだと実感してしまったの」

ジェイムズはまさかというように笑った。「ぼくの見たところ、下の階にいる独身男性のうち、少なくともふたりがきみに夢中になっているようだけど。そのどちらかが運命の相手だとは言わないが、愛されることをあきらめる必要はないんじゃないかな？」

ライザは目をくるりとまわした。「ウェストンとホリスターのこと？　どちらかとくっつけばいいと思っているの？」

ジェイムズが眉を上げた。「どうしてウェストンなんだ？　ぼくはデ・グレイのことを言ったんだよ」

一瞬、ライザは息ができなくなった。マイケルが目的にかなう相手だったらよかったのに。人生がおとぎ話のような結末を用意してくれたらいいのに……。

「マイケル卿は次男よ」つい険しい声が出てしまった。咳払いをしてから言葉を継いだ。「望みが低すぎるわ！　わたしなら国王でも狙えると思わない？」

ジェイムズがライザの顔をしげしげと眺めた。「もちろんだ」少し間を置いてから続ける。「だけど、きみがデ・グレイを見るときの目つきに気づいたら、何かあるんじゃないかと思ってしまうよ」

ライザはほっと息をのんだ。〝言ってはならないことを言わせたいのか？　ああ、言ってやるよ。世界じゅうの誰の前でも〟

マイケルの言いたかったことが、いまになってようやく理解できた。ライザもマイケルのことを話してしまいたかった。彼に触れられたのだと、とてもすばらしかったと自慢したくてしかたがなかった。

けれども、マーウィック公爵は弟が非の打ちどころのない女性と結婚することを望んでいる。ライザが認められるはずがない。マイケルが病院を続けられなくなってしまう。

「答えが顔に書いてあるぞ」

ライザは首を横に振った。「くだらないわ」

「実は、最初は驚いたんだ。きみとあの聖人君子のマイケルが？……とね。昔から独善的な男だったが、とうとう病院まで創ってしまった。騎士の爵位をまだ授かっていないのが不思議なくらいだ」

ライザは信じられなかった。「あなたは彼を誤解しているわ。ちっとも独りよがりなところなんてないわよ」

「そうかい？」ジェイムズが肩をすくめる。「まあ、それほど親しい仲ではなかったからな。だけど、頑として信念を譲らないというような感じだった。しかし兄上があの……」意地の悪い笑みを浮かべる。「マーウィックは父親譲りのかなりの暴君だという噂だ。だから、ぼくは意見を変えたんだ。そんな暴君に逆らうとは、デ・グレイには根性がある、とね。マーウィックは弟のために、ただの医者よりももっと輝かしい人生をお膳立てしていたに違いないから」

ライザはいらだちを覚え、眉をひそめた。「でも、あの病院はすばらしい成果を挙げているわ！　その……死亡率が国内で一番低いはずよ。それを誇りに思わないのだとしたら、マーウィックは愚か者ね！」

ジェイムズが無言でこちらを見つめている。ライザは自分の言葉を思い返し、熱心に弁護しすぎたと気づいて目を閉じた。愚か者はマーウィックではなくて、この自分だ。

「レディ・エリザベス・デ・グレイ」ジェイムズが口を開いた。「なかなかいい響きだ」

ライザは唇を噛んだ。「ジェイムズ、やめて」

「人気者だし。ぼくたちの仲間にもすぐに溶け込めるだろう。もちろん、少々きまじめ――」

「きまじめですって！」ライザはぽかんと口を開けた。「女講師と結婚したあなたがそんなことを言うの？」

ジェイムズがにやりとした。「リディアは全然きまじめなんかじゃない。もっと親しくなれば、それがわかるよ。彼女の頭脳は……アートなんだ。どんな仕組みになっているのか、ぼくにはさっぱりわからない。ぼくなんかといて退屈じゃないのかな」

ばかばかしい、とライザは思った。「あなたは退屈とは無縁の人よ。とにかく、リディアがきまじめではないと言うのなら、マイケル卿は絶対にそうじゃないわ」

「だけど、マイケルは働いているんだぞ。ぼくたちは怠け者だって気分にさせられる」ジェイムズはそう言ったあと、ためらいがちに続けた。「それに、ご両親のこともある。そのせいで……ひねくれた性格になったとしても驚きはしない」

ライザは毛布に飾りつけられたレースをもてあそんだ。「裁判で争ったのよね？」

「ああ、とても醜い争いだった。前公爵は妻を数々の罪で訴えた。なかには新聞に書けないほど猥褻《わいせつ》なのもあった。一方、公爵はなんの罪にも問われなかった」ジェイムズがため息をついた。「あまりよく覚えていないんだ。それも情報源は同級生のくだらない冗談だ。デ・グレイは入学したその日から標的にされた。想像がつくと思うが、さんざんからかわれた。腕でも負けずにやり返したんだ」微笑んで言葉を継ぐ。「まるで小さな野獣みたいだった。腕っぷしが強くてね。別に責めているわけじゃない」声が暗くなった。「いじめに屈する必要などない。やられたらやり返せ、だ」

ジェイムズは別のことを考えているのだろう、とライザは思った。ジェイムズの妹のステラは、夫に暴力を振るわれていた。父親は助けてやろうとせず、それがきっかけでジェイムズは父親を憎むようになったのだ。

結局、ステラは夫を殺害した。いまもケントにある施設にいる。

「いまだに連絡がないのよ」ライザはそっと言った。ステラは親友だった。しかし、何度手紙を書いても返事は返ってこなかった。「ステラは……よくなっているとあなたは言ったわよね。それなのに手紙の返事が来ないというのはどういうことかしら？」

ジェイムズが肩をすくめた。「ぼくにもわからないよ。本人が望みさえすれば、明日にだって施設から出してやれるんだ。だが、ステラはまだ出たくないらしい。父親が死ぬのを待っているのかもしれない。その気持ちはわかる」唇を引き結ぶ。「あいつはあんなところにいる必要はないんだよ、リジー。どこもおかしくないんだから」乾いた笑い声をあげた。「それどころか、ぼくよりずっと理性的だ。結婚式の直前に会いに行ったんだ。その話はもうしたかな?」

「ええ、聞いたわ」ライザはささやくように答えた。

ジェイムズが首を横に振った。「本当に元気そうだった。それなのに、施設に残ると言い張るんだ。あんなところに、動物みたいに閉じ込められて――」荒々しく息を吐き出す。「そっとしておいたほうがいいと、リディアは言うんだ。説得しようとしたりせずに、あいつの心の準備ができるまで待つべきだって」

ライザはジェイムズの手に自分の手を重ねた。彼のつらそうな顔を見ていると、胸が痛んだ。「リディアの言うとおりだわ」穏やかに言う。「せかしたらだめよ。心の準備ができるまで待ちましょう」

ジェイムズが手のひらを上に向け、ライザの手をぎゅっと握ってから放した。「ちくしょう、デ・グレイは立派な男だよ。攻撃されたら黙っていない。不当に扱われたら怒りを爆発させる。うわべだけ愛想よくふるまうより、そのほうがずっといい」

ライザは警戒して体を引いた。ステラとマイケルは似た者同士だとジェイムズが決め込んだのだとしたら、マイケルとライザをくっつけようとしはじめるだろう。「ジェイムズ、わたしはマイケルと結婚する気はないのよ」自分だけではなく彼のためにも、結婚するわけにはいかない。

ジェイムズがうなずいた。「きみは人生に疲れた厭世家だからな。まあ、そこが魅力なんだけど、経験者の言葉を聞いてくれ。愛は人を楽天家に変えるんだ」

ライザは弱々しい笑みを浮かべた。「あなたの考え方は楽天主義というより理想主義ね。だって、たとえ愛を見つけたとしても……」

ジェイムズはしばらく待ったあとで、やさしく言った。「きみ自身の話かい？」

ライザは心がずっしりと重くなるのを感じた。「その愛を持ちつづけられるとはかぎらないわ」

「おやおや」ジェイムズが微笑んで立ち上がった。不安をかきたてるような笑い方だった。「そう言うなら、確かめに行こう。下へおりて、ウェストンを誘惑してみせてくれ」

ライザのいないあいだに、人間関係は複雑化していた。キャサリン・ホーソーンはどういうわけかウェストンに興味を持ちはじめたようだ。ジェーンがすねていた。一方、アフタヌーン・ティーをとろうとしていたライザは、部屋に入るなりホリスターに隅のほうへ連れていかれ、ふたりきりで話がしたいと言われた。

ホリスターの穏やかな顔を見つめながら、突然怒りを覚えた。知りあったばかりなのに結婚を申し込むのは失礼だ。せめて、ライザがどういう人間なのか知ろうとするふりくらいできないのだろうか。少しは緊張してみせるとか。お金と美貌と、新たに手に入れた爵位さえあれば、振られるはずがないと決め込んでいるのは明らかだった。

ライザは女主人としての務めがあるからと言ってホリスターの誘いを断り、ホリスターを避けるためにつねにほかの誰かと会話するようにした。とはいえ、マイケルは別だ。マイケルのことも避けなければならない。

マイケルもライザのことを避けているような気がした。七時半に応接間へ移動したとき、ライザはうっかりしてマイケルのいるグループに加わってしまった。ところが、ライザがそれに気づいたと同時に、マイケルはくるりと背を向けて、ジェーンとフォーブス男爵夫妻のいるほうへ歩き出した。勝手なもので、ライザは自分が避けられると傷ついた。遠ざかっていくマイケルの背中を見つめながら、心を突き刺されたような痛みが走り、息が苦しくなった。

こんなことではいけない。しっかりしないと。

うんざりするほど長い晩餐の時間はずっと、ホーソーンきょうだいやティルニーと軽口を叩きあい、蒸し返された千里眼の予言を笑い飛ばし、今夜の余興の内容について尋ねられた際はもったいぶって話さなかった。飲みすぎるつもりはなかった。すでに頭がぼうっとしていて、飲む必要を感じなかったから。でも乾杯を断ったら失礼になる。食欲がなくて、テーブルの上の料理に手をつける気にはなれなかった。食事の時間が終わり、立ち上がろうとしたとき、足元がふらついてテーブルの縁をつかんだ。

「あらいやだ！」ライザは甲高い笑い声をあげた。絨毯でつまずくなんて面白いじゃない！でも、みんなはそう思ってくれない。リディアがあわてて目をそらすのが見えた。その仕草に、ライザは強い非難の色を感じた。

次の瞬間、ホリスターがそばに来て腕を貸してくれた。初日の晩に形式を取り払っていなければ、男性が葉巻を吸うあいだ女性だけが応接間にさがるので、彼がエスコートを申し出る機会はなかっただろう。ライザが席を立つや、一同も立ち上がり、このあとの余興について興奮した口調でしゃべりながら、ぞろぞろと食堂から出ていった。ライザは頭がくらくらして、ホリスターに支えてもらっていなかったら、また転んでしまいそうだった。心臓が喉から飛び出しそうな感じがする。すきっ腹にワインを飲みすぎた。

「みんなのところへ行く前に、少し休んだほうがいい」ホリスターがそう言って、ライザを反対の方向へ連れていこうとした。彼の手を振り払おうとしたとき、ふたたびめまいがして、ライザは一歩も動けなくなった。生まれてはじめて本物のパニックに襲われた。飲みすぎたことを、はじめて心から後悔した。体が全然思いどおりに動いてくれない。理不尽な恐怖が押し寄せる。ここは自分の家だ。絶対に安全な場所にいるのに。

「大丈夫よ」ライザはそう言ったものの、めまいはおさまらなかった。

ホリスターが笑い声をあげる。「五杯目を飲みはじめる前までは、そうだったかもしれないが」

彼の笑い声に意地の悪い響きはなかったにもかかわらず、さらなる恐怖がこみ上げた。空けたグラスの数を男性にこっそり数えられていたと知って、不快に思わない女性などいない。

ライザは足を踏ん張った。「わたしは——」

「部屋まで送るだけだから」ホリスターが言う。「弱みにつけ込む気はない」

「ああ、もちろんだ」

突然、マイケルの穏やかな声が聞こえた。とたんにライザは安堵に包まれ、心が落ちつくのを感じた。マイケルが近づいてきて、ホリスターの手を払い落とすようにしてライザの腰に腕をまわした。

ライザは泣きたくなった。いったいどうしてしまったの？

母の声がした。〝本当にどうしてこんなふうになってしまったのかしらね〟

ライザは背筋を伸ばした。「大丈夫」今夜は酔いつぶれたりしない。「マイケル卿に送ってもらうから」

ホリスターがふたりの顔を交互に見た。「本当に？」ライザがうなずくと、ホリスターはうしろにさがった。「わかった。じゃあまたあとで、ミセス・チャダリー」

ホリスターが歩き出し、ライザもあとに続こうとすると、マイケルに引き止められた。

「もう少し待って」マイケルが言う。

マイケルはライザのななめうしろに立っていた。ライザは彼のほうを向く気になれなかった。こんな自分を見られたくない。「大丈夫だから」実際、めまいはおさまっていた。

「よかった。でも何度か深呼吸してみて。それから、水を飲んだほうがいい。ほら——」ライザの腰に腕をまわしたまま、マイケルは身を乗り出してテーブルの上の飲みかけのグラスをつかんだ。「ぼくのだ」そう言ってライザに手渡す。言われなくてもわかっている。ワインと一緒に水を頼む人など、マイケルのほかにはいなかった。ライザはグラスを持った手を彼に押さえてもらいながら口に運んだ。

まるで父親と子どもみたい。ライザは屈辱とは違う感情に駆られて、目に涙を浮かべた。ずっと――こんなふうに面倒を見てくれる？

愛想を尽かしたりしない？

ライザは戻してしまうのを恐れて、おずおずと水を飲んだ。飲み込んだ瞬間に、これこそ体が欲していたものだとわかったものの、気管に入って咳き込んだ。

マイケルがライザを抱きかかえるように両腕をまわした。「全部飲むんだ」耳元で言う。「ぼくに寄りかかって」

ライザは一瞬、動きを止めて、体にまわされた腕の感触に酔いしれた。これ以上に安心できる場所はないだろう。

〝ここよ〟ふたたび母の声が聞こえた。〝ここがあなたの居場所よ〟

喉が締めつけられる感じがして、水を飲める自信がなかった。頭がぼうっとしている。

「ほら、飲んで」マイケルのぶっきらぼうな声が聞こえて、はっとわれに返った。

ライザは急いで飲み干すと、身をよじってグラスをテーブルに置いた。そのとき、ドアのところに従僕たちが集まっているのに気づいた。邪魔をしてもよい状況かどうか決めあぐねている様子だった。

ライザはうなずいて許可を与えたあと、心を落ちつけるためにテーブルにあるものを観察した。デザート皿、パンくず、ツタを巻きつけた銀製の枝付き燭台。

軽蔑の表情を浮かべているかもしれないと思うと、マイケルの顔を見るのが怖かった。

「少しはよくなった？」マイケルがきいた。

ライザはしぶしぶマイケルの腕のなかから抜け出た。彼はまじめな顔をしていた。その下に潜む感情は読み取れなかった。

誰にも言い訳しない。それがライザの主義だ。

「少なくとも、今夜は薔薇の園行きは免れたわ」ライザは言った。

マイケルは表情を変えなかった。「何を聞いても変わらないよ、エリザベス」

ライザは彼の言いたいことがわからなかった。わかったと思い込んで、それが間違っていることを恐れているのかもしれない。

あるいは、正しいことを恐れている。マイケルはふさわしい相手ではないのだから。

「あなたはもう帰ったほうがいいのかも」ライザは震える声で言った。「もしそのほうが……楽になれるのなら。お互いのために」

「飲みすぎたのがぼくのせいなんだとしたら」マイケルが冷静に言った。「今夜は帰るよ」

ライザははっと息をのんだ。「違うの」はっきり説明しておかなければならないと感じた。

「あなたと会うずっと前からなの。それに……」いつもこれほどひどいわけじゃない。「ひとりのときは飲まないし。それから……」あなたといるときも飲まない――。

「そういうことなら、つきあう相手を考え直したほうがいい」マイケルが言った。

食器の触れあう音が聞こえてきた。このままここにいたら、ライザは自分が何を言い出すかわからなくて不安だった。マイケルは青い目でライザをじっと見つめている。金色に縁取られた淡い青の瞳。この世で一番美しい目。「応接間へ行かないと」ライザは言った。ふたりきりでいるわけにはいかない。もうこれ以上。「今夜は……霊媒師が登場するの。叩音降霊術師よ」張りのない笑い声をあげる。「やっぱりそれが基本でしょう？」

マイケルが首をかしげた。「なんだか酔いがさめたみたいだね。それでも、今夜は早めに寝たほうがいい」

ライザは手で唇をぬぐったあとで、自分のしたことに気づいて驚いた。子どもじみた仕草だ。

マイケルが微笑んだ。「まだ取れていないよ」かがみ込んでライザの顎についていた水滴を、親指でそっと拭き取った。

ライザの喉から言葉にならない声がもれた。マイケルの顔から笑みが消える。ライザは息を凝らしてあとずさりした。そんな目つきで見ないで。「それほど量は飲まなかったのよ」あわてて言った。「ただ、夕食まで何も食べていなかったから」

「夕食にもほとんど手をつけなかったね」マイケルがささやくように言う。

彼に見られていたのには気づいていた。ずっと視線を感じていた。ここから出ないと。早く。「大丈夫よ。ちょっと――」

突然ドアが開いて、マザーが息を切らしながら飛び込んできた。「奥さま。たったいま駅から来た馬車が到着したんですけど、それが……ミスター・ネルソンが訪ねてきたんです！」

「誰？」ライザはまぬけな質問をした。「なんのこと？」

「ぼくが応対しよう」マイケルがしかめっ面で言った。

ライザはまだ理性が残っていたようで、すぐさま言い返した。「それはだめよ」マイケルの表情を見れば、友好的に応対するつもりがないのは明らかだった。

「あなたは招かれざる客の相手をできるような状態ではない」マイケルは冷淡な口調でそう言うと、食堂から出ていった。ライザはしかたなく彼を追いかけ、マザーもあとからついてきた。

マイケルとネロを絶対に会わせたくない。考えただけで頭がおかしくなりそうだった。ネロには……何も話してほしくない。マイケルに、ネロとライザを結びつけて考えてほしくもなかった。

主廊下に入ったところでようやく追いつき、マイケルの腕をつかんだ。「ちょっと待って！あなたには関係ないでしょう！」ネロが何をしに来たのか想像もつかないが、マイケルの出る幕でないのは確かだ。

マイケルが悪態をついて振り返った。「そうなのか？　ぼくには権利――」

マイケルはどう猛な顔つきをしていた。ライザはぎくりとして、本能的に手を引っ込めた。

そんなライザの反応に、今度は彼のほうがショックを受けた様子だった。

マイケルはまばたきしたあと、片手で顔をこすった。そして、長いため息をついて手をおろした。

「あなたの言うとおりだ」冷ややかな口調で言う。「ぼくにはまったく関係のないことだ。差し出がましいまねをして申し訳なかった、ミセス・チャダリー。じゃあ、ぼくは失礼して応接間へ行かせてもらうよ」

マイケルはいやに改まったお辞儀をして立ち去った。ライザはぐっとつばをのみ込み、彼の背中が見えなくなるまで見送ってから、マザーのほうを向いた。

「ネロが来たのね？」

「そうなんです、奥さま！」

「何をしに来たのかしら？　何か言っていた？」

マザーが首を横に振る。「ロンソンは困惑してしまって。ミスター・ネルソンは勝手にサロンに入り込んだんです。もちろん、追い出しますよね？　わたしにまかせてください。奥さまはお会いになる必要はありませんよ」

「いいえ、話を聞いてみるわ」ネロはホーソーンきょうだいと同類だということには、別れる前から気づきはじめていた。ネロは他人の不幸を食い物にする人だ。明らかに何か理由があって訪ねてきたのを追い返すのは得策ではない。彼の目的をきき出すほうが賢明だ。

ライザは背筋を伸ばした。「しっかりして見える？」不思議にも、危険を感じたとたんにめまいはすっかり消えていた。

マザーが眉根を寄せた。「ええ」まじめな口調で言う。「でもどうもいやな……ドアの前で立ち聞きしていましょうか？　万一……助けが必要になったときのために」

「その必要はないわ」ライザは言った。

19

ネロは炉棚の前に立って、そこに並んでいる骨董品《こっとう》を眺めていた。ライザが部屋に入っていくと、ネロはすぐさま振り返り、唇をゆがめて笑った——彼のとっておきの武器だ。かつてはその笑顔を見るたびに胸が高鳴ったものだが、いまは死と隣り合わせの体験をしたあとのように、背筋が寒くなっただけだった。

とはいえ、ネロは危険な人物にはまったく見えない。自分は記憶違いをしていたのだと気づいて、ライザは驚いた。思っていたより背が低いし、美しかったはずの金色の髪は薄くなった気がする。身につけている上着は流行の型であるにもかかわらず、幅広の襟が線の細さを強調していて、野暮ったく見えた。

彼はこんなに小さかったかしら？

ライザは心が落ちつくのを感じた。鼓動がゆるやかになり、楽に呼吸ができた。「なんの用？」

「挨拶もなしか」ネロが言う。「まずは酒でも飲まないか？　ここまではるばるやってきたんだから」

「旅はまだ終わっていないわよ。今夜あなたをここに泊めるつもりはないから」

「おいおい！」ネロは笑い声をあげ、近くにある椅子にどさりと腰をおろした。手袋を脱いで両手を組みあわせる。少女のごとくほっそりした青白い手だ。「そんなに冷たくするなよ。古い友人だろう？」

ライザは身震いした。「別に冷たくしているわけじゃないわ。ただ飽きてしまったの。少し話を聞いただけで」

「気になるな」ネロが言う。「ぼくがいなくても楽しくやっているようだね。女性に冷たくされると、余計にそそられてしまう」

こういう軽口を、面白いと思っていた自分が信じられなかった。別れた恋人との再会ほど気の滅入ることはない。こんな男性に魅力を感じていたのかと、自身の判断力のなさを思い知らされるだけだ。

「ぼくにもお世辞を聞かせてくれよ」ネロがそう言ってウインクする。

ライザはいらだちを覚えた。ネロは舞踏会へ行くたびにあのウインクを振りまいていた。幼稚できざな仕草だと、つねづね思っていた。

ライザは自信がわいてくるのを感じた。ネロが鼻持ちならない男であるのを示す片鱗《へんりん》に、最初から気づいていたのだ。

「お世辞が聞きたくて、はるばるコーンウォールまで来たわけじゃないでしょう？」

「きみが恋しかったんだよ」

ライザは微笑んだ。「あらあら！　もしかしてミス・リスターに婚約破棄されたの？　結婚式の日取りがなかなか決まらないから、ホーソーンきょうだいが不思議がっていたわよ」

ネロが笑いながら意味なく手袋を弾いた。「まさか！　あの子はぼくに夢中だ。ぼくがここに来ていることも知らない。問題は、彼女の父親なんだ」ため息をつく。「手こずっている。なあ、きみも座ったらどうだい、リジー」

ライザのことをその愛称で呼ぶのはジェイムズだけだ。ネロはこれまで一度も使ったことがなかった。いまさら親しげにふるまおうとする彼に、警戒心を抱いた。

ライザは椅子に腰かけた。「さあ、説明してちょうだい」

「その、実は……提案があるんだ。手紙に書けるような話じゃなくてさ」ネロがふたたび笑った。低い笑い声は彼の最大の武器だが、残念ながら黄色い歯がむき出しになる。それにも、ライザはずっと前から気づいていた。

「わたしたちはもう関係がないのに、どんな話があると言うの？」

「そうかい？」ネロが貧乏揺すりをはじめた。じっと座っていることができないようだ。視線をさまよわせ、酒の入った棚に目を止めると、顎をしゃくって示した。「一杯だけやらないか？」

「自分で注いでちょうだい」ライザは手を組みあわせた。「わたしはいらないわ」

ネロが唇を引き結んだ。「使用人に暇を出したのかい？　金に困っているとは聞いたけど、そこまでせっぱ詰まっているとは夢にも思わなかった」

「みんなお客さまをもてなすのに忙しいの」

「ああ、愚か者が勢ぞろいしているとキャサリンから聞いたよ」ネロは立ち上がってゆっくりと戸棚へ向かい、ウイスキーの入ったデカンタを見つけ出した。栓を抜いて香りを吸い込むと、顔をしかめた。「酒も節約しているのか？」

「もっと頭を使ったら？　わたしを侮辱したかったら、何か新しい方法を考えないとね」

「なんだって？」ライザはやり返した。「わたしの窮状についてはもう打ち明けたでしょう？　わたしを侮辱したかったら、何か新しい方法を考えないとね」


「なんだって？」ネロはウイスキーをグラスになみなみと注いでから席に戻った。「まさか、きみを侮辱するつもりなんてないよ。もちろん、誰にもひと言ももらしていない……いまのところは」

ライザは口に手を当て、あくびをするふりをした。「今度は脅すつもり？　でもそんなの手紙ですむ話よね」

「まいったな」ネロがウイスキーをあおってから言葉を継いだ。「きみを傷つけたいなんて思っていないのは本当だよ、リジー。きみはすばらしい女性だ。きみと過ごした時間は大切な思い出だ」

ライザは肌が粟立つのを感じた。これなら大嫌いだと言われたほうがはるかにましだ。

「わたしのことは忘れて。あなたの好意に報いることはできないから」

「違う、そんな話をしに来たんじゃないんだ」ネロがあわてて言った。

ネロが何を考えているのか、ライザはさっぱりわからなかった。「それなら、早く話して。

パーティーの途中なんだから」

「わかった」ネロが言った。「じゃあ、単刀直入に話すよ。ホリスターのことなんだが、彼が爵位を授けられたのは三年前かな？」

予想もしない展開だった。「そんなこといちいち覚えていないわ。知りたかったらわたしの秘書にきいて。呼び出しましょうか？」

ネロがはねつけるように手を振った。「いや、いい。三年前なんだよ。それにマーウィック公爵が深く関わっているという噂を耳にしたんだ」

ライザは思わず体をこわばらせた。ふたりのあいだでこの前マーウィック公爵が話題にのぼったのは、ネロがマーウィック公爵夫人と浮気したのがばれたときだ。ライザは大泣きし、ひどく傷ついたのを思い出してぞっとした。「それがどうしたの？」

ネロは脚を組んで椅子の背にもたれ、くつろいだ姿勢を取った。「はっきりさせておきたいんだが……これはここだけの話だよ。お互いのためにも」

「わかってる」ライザは待ちきれずに言った。「わざわざ言う必要はないわ。個人的な話を広められるのはわたしも望んでいないから」

「よかった」ネロが先を続ける。「率直に言うと、ぼくの婚約者の父親が、この結婚に乗り気ではないんだ。娘の結婚相手には爵位が必要だと考えているらしくてね」

「なるほど、あなたではその期待に応えることはできないものね」ネロはずっと前から、もうすぐ爵位が手に入ると言いつづけている。はとこを通じた女王の親類に当たり、ときおり謁見を願い出ているのだが、去年の春に劇場で酔っ払っているところを女王に目撃されて以来、覚えはよくない。それにもかかわらず、女王と縁続きだし、数年間、近衛騎兵隊に所属していたのだから、爵位を授けられる資格があると信じきっているのだ。

「どうかな?」ネロが片方の肩をすくめた。厚かましい人。恥を恥とも思わない。「だって、ホリスター——流刑地で育った両親のもとに生まれた名もなき男が男爵になれるんだぞ! ぼくがなれない理由がわからない。最近では、ほとんど金で買えるんだ。けしからん話だよ」

ライザはため息をついた。聞き飽きた議論だ。「爵位が本当に売りに出されているのだとしたら、ホリスターにはそれを買う資金があったということね。でもあなたもその女相続人と結婚したら、どうにかなるんじゃない?」

「そこが問題なんだ」ネロが顔をしかめる。「彼女の父親は、結婚前に、ぼくが出世するという確約を欲しがっている」

「そんなのばかげているわ」保守党寄りの新聞にあれこれ書きたてられているとはいえ、爵位の新設はそれほどよくある話ではない。毎年、新たな准男爵が数名、男爵もひとりかふたりは生まれているかもしれないが、爵位は本来、何も成し遂げていない人間に授けられるものではない。

「そう思うだろう?」ネロがため息をつく。「あの子の財産を資金源にするほうが、ずっと話は簡単なのに。彼女の父親は譲らないいんだ。だから、ひそかに問いあわせてみたんだが、来年のはじめに女王陛下に提出される候補者名簿に、ぼくの名前を載せられるかもしれないという確約を、二、三の方面から得られたんだ。でも、わかると思うけど、確実なものにするためには金が必要だ。それだけでなくて、ふさわしい人物からの推薦をもらわなければならない」

「当然よね」ライザは言った。「でもやっぱり、わたしになんの関係があるのかさっぱりわからないわ」

「きみに直接の関係はないんだ」ネロが言う。「ただ、ぼくはきみが秘密にしておきたいと思うような情報を持っていて、それをどうするかはきみにかかっている。それに、ぼくを援助することができる人物がきみの近くにいるだろう。正確に言えば、その人物の弟だが」

話の筋が読めてくるにつれて、ライザは不安に襲われた。「それで?」

「きみはぼくがいなくてもとてもうまくやっているみたいだから、ぼくとマーガレット・デ・グレイのベッドでの会話を話題にしても、つらくはないだろうね」ネロが言葉を継ぐ。「彼女はベッドの外でも饒舌《じょうぜつ》だった。よく赤裸々な手紙をもらったよ。そのなかでも特に軽率なのがいくつかあってね。はっきり言うと、マーガレットと関係を持った男たちの名前が並べたてられている。さらに、その男たちとの実に興味深い逸話や、彼女が打ち明けた夫の秘密を彼らがどう利用したかまで書いてあるんだ。知ってのとおり、キングメーカーは噂に敏感になっている。その手紙が日の目を見ずにすんだら、感謝してくれるんじゃないかな。だがぼくは、マーウィックに直に接触するほどばかじゃない」

「ええ、そうでしょうね」ライザは言った。「不義がばれるんじゃないかと、あなたがびくびくしていたのを覚えているわ」

「別に怖くはないけど」ネロが不愉快そうに言う。「配慮する必要があるからね。だから、交渉はきみにまかせるよ」

ライザは鼻で笑った。これほどばかげた話は聞いたことがない。「どうしてわたしが？　ほとんど話したこともないのに！」

「ああ、だけど、きみの噂はマーウィックにも伝わっているはずだろう？　ぼくとの関係もさ。それに、有名な美女が訪ねてきたら、公爵も興味をそそられると思うんだ。奥方を亡くされているんだからね。きみは失恋して傷ついた女を演じるといい。男やもめは喜ぶかもしれない。手紙を引き渡す代わりに、新たに爵位を授与する相手として、ぼくを女王に推薦するよう要求してくれ。別れたあともぼくに尽くそうとするきみに、感動してくれるんじゃないかな。あり得ない話ではないだろう？　もしかしたら公爵夫人になれるかもしれないぞ」

ネロが微笑んだ。「わかったかい？　ぼくはきみが幸せになることを心から願っているんだよ」

ライザは腰を上げた。笑止千万な話だ。「チャールズ・ネルソン！　どこかに頭をぶつけたんじゃないの？　たとえ暴走した馬車にひかれそうになっていたとしても、あなたを助けるつもりなんていっさいありませんからね。当然でしょう？」

「そう言うなよ。悲鳴をあげて、御者に警告くらいしてくれたっていいだろう？」

られなかった。

ライザは目をくるりとまわした。彼の軽薄なおしゃべりを面白いと思っていた自分が信じられなかった。

ネロも立ち上がった。「もっと言えば、きみも報酬を要求できるんだぞ。ぼくは自分のことしか考えないような男じゃない。爵位の問題さえ解決して、ミス・リスターと結婚できさえすれば、金はいらないんだ。マーウィックになんでも好きなものを頼めばいい。この屋敷や、ささやかな地所を守りたいんだろう？　いいかい？　ぼくは贈り物を持ってきたんだぞ！」

「まあ」ライザは言った。「ご親切にどうも。わたしをゆすり屋だと思っていたのね？」

「いや、でもきみならできると信じている」ネロがなまめかしい笑みを浮かべた。「きみは創意工夫に富んだ人だから」

もっと近くにいたら、彼を引っぱたいていただろう。「帰ってちょうだい」ライザは言った。「追い出される前に」

ネロが舌を鳴らした。「よく考えるんだ。自分自身のためじゃなくても、手紙が公になって、マーウィックが恥をかくのはいやだろう？　弟にとっても不名誉な話だ」

ライザは体をこわばらせた。

「やっぱり」ネロが言う。「きみは隠し事が下手だな。ホーソーンの手紙にいろいろ書いてあったよ」

臆測に基づいたはったりに決まっている。ホーソーンきょうだいの前で疑われるようなことは何もしていない。「何を言っているのかさっぱりわからないわ」

「そうかい？」ネロは残っていた酒を飲み干すと、グラスをコーヒーテーブルに置いた。「わかったよ。じゃあ、手紙が間違っていたんだ。マイケル・デ・グレイが家族のせいでまたもや笑いものになろうと、きみには関係ないんだな。それならいい」

いいえ、そんなのちっともよくない。ライザはすさまじい怒りに駆られ、心臓がどくどく脈打つのを感じた。深呼吸をしてから頭をひねる。「あなたは嘘をついているんだわ。公爵夫人はそんなことを手紙に書き残すような愚かな人ではないでしょう？」

「アヘンを常用していたんだよ」ネロがにやにや笑う。「そんな目で見ないでくれよ。前にも言ったが、彼女と寝たのは間違いだった。でも、いまでは感謝している。そのおかげですばらしい解決策が見つかったんだから」

「よかったわね」ライザは言った。「つまり、あなたはわたしにマーウィックの屋敷に乗り込んで、いまの話を繰り返せと言うのね。きっとあなたの思いどおりにいくでしょうね。公爵がわたしの言うことを信じればの話だけど！」

「ちゃんと証拠の手紙があるから」ネロが言う。「妻の筆跡ならわかるだろう？」

ライザはネロをじっと見つめた。「あなたは恥を知らないのね」

ネロが穏やかな笑みを浮かべた。「そういうところが好きだったんだろう？」

ライザはうんざりし、はねつけるように手を振った。「もしこれが本当の話なら、わたしではなくてマイケル卿のところへ行くべきよ」

「だから、ぼくは正体を明かしたくないんだ。それから……」ネロがためらいがちに言う。「この話をデ・グレイにひと言でももらしたら――ぼくの計画だということがばれたら、手紙を公表する。同時にきみの窮状もみんなの知るところとなるだろう」

手紙が引き起こす醜聞に比べたら、ライザの個人的な事情などかすんでしまうだろう。だがライザは、あえて指摘するつもりはなかった。それを言ったとしても、ネロはライザを従わせる新たな方法を探すだけだ。そんな方法が見つかるとは思えないが……いずれにせよ、マイケルが犠牲を払うはめになる。

ネロに言われたとおり、手紙をマーウィックに届けるしかない。出所は公爵が突き止めるはずだ。

ライザのしたことがマイケルの耳に入ったら、一生許してもらえないだろう。

そうだ、マイケルはネロがここにいることを知っている。「マイケル卿はあなたがここに来たことを知っているのよ。彼は頭が切れるから、あなたが黒幕だと見抜くでしょうね」ライザは言った。

「そうではないときみが言いくるめればいい」ネロが言う。「それができないなら、手紙の写しをばらまくぞ」

ライザは唇を噛んだ。きっと何か解決策があるはずだけれど、考えるのに時間が必要だ。

「少し時間をちょうだい。マーウィックに近づく方法を考えないと」

「あんまり根を詰めるなよ」ネロが陽気に言う。「かわいい頭を痛めたくないだろう？」

最低な男。「あなたって前からそんないやな人だった？」ライザはきいた。「それともやっぱり、最近頭を強く打ったの？」

「だから、きみはこういうぼくが好きだったんだよ」ネロは笑い声をあげると、ドアへ向かって歩きはじめた。「じゃあ、ぼくは帰るよ。返事は手紙で知らせてくれ。まだ郵便代を払う余裕があるのなら」

ネロが出ていき、ドアが閉められると、ライザは息苦しい静寂に包み込まれた。

あのろくでなしと話したあと、エリザベスは戻ってこなかった。ほかの客たちが誰もそのことを指摘しなかったことが、マイケルを余計に憂鬱な気分にさせた。ここにいるのは彼女の友人だ。彼女がどこへ行ってしまったか気にならないのだろうか？　浴びるほど酒を飲んで、くだらない会話をすることができればそれでかまわないようだ。

夜も更けると、話題は信仰の問題に移った――神秘主義者を信じるかどうか。すると、サンバーン子爵夫人――それまでずっと、夫の当意即妙のやり取りを微笑んで静かに聞いていた美しくまじめな女性が身を乗り出し、呪術は実在すると主張した。一同はその説を相手にしなかった――フォーブス男爵さえも含み笑いをしていた。だがサンバーン子爵夫人はくじけなかった。妖術のたぐいは自分も信用していないが、その変革をもたらす特性を否定できないかぎり信仰自体が神秘に満ちていて、おそらく魔力を持っていると力説した。

「たとえば」サンバーン子爵夫人は言った。「アメリカ北西部のある部族が、三日三晩徹夜で行う儀式があるの」部族の男たちは太鼓の音に合わせて陶酔効果のある煙を吸い、どんな幻覚を起こしたかについて話す。だが、三日目の夜には沈黙してトランス状態に入り、音も映像も認識しなくなるのだそうだ。「その儀式を終えたあとではじめて男性と見なされるのよ。理性を超えた聖なる地へ行って、理屈の及ばない深遠な真理を知った人間とね。そして多くの場合、本当に別人のように見えるの。新しい能力を身につけていたり、人格が変わってしまったりするのよ」子爵夫人が話を締めくくった。

いつものごとく、ホーソーンきょうだいが笑い飛ばした。だがマイケルはみんなと別れたあともずっと、子爵夫人の話が頭から離れなかった。もしかしたら、大いなる真理はすべて、強い衝動から現れるのかもしれない。なぜなら、いま暗い廊下を忍び足で歩いているマイケルを、理性も理屈も引き止めることはできないからだ。別人に変わってしまうとしても、この道を行くしかない。

エリザベスを手放すことはできない。

たとえ名誉を失うはめになろうと、これまで自分が信じていたすべてを犠牲にしようと、エリザベスをあきらめることはできなかった。

もう少しでエリザベスの寝室にたどりつくところで、目の前に人影が現れた。「さてはよからぬことをたくらんでいるな」

その声で誰だかわかり、マイケルは立ち止まった。「サンバーン。ここで何をしているんだ？」

サンバーンが壁付き燭台の明かりが届く場所に足を踏み入れた。部屋着姿で、眠そうな目をしている。「午前二時半に呼び鈴を鳴らすのを妻がいやがってね。アフタヌーン・ティーのときにペストリーが出されただろう？」苦笑いしながら言う。「あれを妻がどうしても食べたいと言うんだ。それなのに、使用人を叩き起こすのは禁止されてね」

マイケルは思わず微笑んだ。「厨房に忍び込むつもりかい？」

「ああ」サンバーンがマイケルをじろじろ見る。「きみこそ何をしているんだ？」

マイケルは返事をしなかった。三つ先のドアの向こうに、エリザベスの寝室がある。この数日間、その事実を知っているだけで体が熱くなり、夜遅くまで眠れなかった。

しばらく経って、サンバーンがため息をついた。「もしリジーを傷つけたら、後悔させてやる」感じのよい口調だった。「必ずな」

マイケルはしらばくれるのをやめた。「そのつもりはない。それから、彼女のことを気にかけてくれる友人がいてよかった」

サンバーンが落ちつきなく肩をまわした。「ぼくだけじゃない」

「なおさらうれしいよ」

一瞬、沈黙が流れ、サンバーンは物珍しそうにマイケルを眺めてから言った。「きみがちゃんとした男だというのはわかっているんだが、たとえば、リジーがペストリーを食べたがったとしたら、どこへ探しに行く？」

マイケルはわけがわからなかった。「まず食料貯蔵室へ行くだろうな」

サンバーンがうなずいた。「ストロベリー味のしか食べたくないとしたら？」

やれやれ。「全部持っていって、好きなのを選ばせるよ」

サンバーンが笑った。「気に入ったよ」近づいてきて、マイケルの肩を力強く叩いた。「その気持ちを忘れるな。全種類のペストリーを用意するんだ。そうじゃないと妻は満足しない。リジーも同じだ。さて……ぼくは何も見なかったことにするよ」かぶっていない帽子を持ち上げるふりをしてから立ち去った。

マイケルは暗がりに立ち尽くし、遠ざかっていく足音に耳を澄ました。頭がぼんやりしている。まるで催眠術にかかっていて、たったいま目を覚ましたかのようだった。

全種類のペストリーか。マイケルは微笑んだ。おかしな男だが、サンバーンの言うことにも一理ある。エリザベスにはすべてを捧げる価値がある。

だが、サンバーンはふたりの状況をわかっていない。マイケルがどうしようと、エリザベスは結局傷つくことになる。愛で彼女の領地を救うことはできない。

引き返せ。それが人として正しい道だ。

マイケルはいらだちを覚えた。今夜はすでに一度立ち去っている。エリザベスを追いかけて、チャールズ・ネルソンを叩きのめしてやるべきだったのに。そしてそのあと、エリザベスに向かってこう言えばよかったのだ。ぼくにはこうする権利がある。これからもずっと、と。

あのろくでなしと会ったあと、エリザベスはどうして戻ってこなかったのだろう？　裕福な男と結婚しなければならないというのならしかたがない。だが、もしあの男とやり直すつもりなら……彼女は計画を捨てたということだ。それなら、ぼくにもチャンスはある。

マイケルは早足でエリザベスの寝室へ向かった。ドアは音もなく開いた。月明かりが絨毯を照らしていて、奥の部屋のドアが少し開いているのが見えた。その向こうに……。

マイケルは足音をたてずに歩きはじめた。


ライザは不意に目を開けた。真っ暗な部屋に、誰かが入ってきたのがわかった。

怖くはなかった。ベッドの足元に立っているのが誰か、なぜか最初からわかっていた。千里眼だと、心霊術者なら言うかもしれない。でも、そんな不思議な力をライザは持っていない。空気の流れがマイケルのぬくもりとにおいを運んできたのだ。

動物的な感覚で、彼が近くにいるのを感じ取った。

ライザは体を起こした。人影が近づいてくる。

「明日帰ることにした」マイケルが言った。

ライザは睡眠不足でごろごろする目を、指の節でこすった。ほんの一〇分前まで、ネロの計略を阻止する方法を考えあぐねて、寝返りを打っていたような気がした。

マイケルは帰ると言っている。それが一番だ。ふたりのためには。

「あなたがあの男とやり直すつもりなら」マイケルがうなるように言う。「そんなの見ていられない」

彼に勘違いさせておいたほうが都合がよい。けれども、それほど愚かな女だと思われるのは耐えられなかった。

「ネロとやり直すつもりはないわ」

マイケルが息を吐き出したあと、ベッドに腰かけたのがわかった。

「あり得ないわ」ライザはささやくように言った。

彼の手のぬくもりを頬に感じ、目を閉じた。ふたりは長いあいだ黙って座っていた。開いた窓の外から、夏のあたたかいそよ風が木の葉を揺らす音が聞こえてきた。

マイケルが寝室の奥の部屋まで入ってきたのははじめてだ。それが信じられなかった。ライザが眠るあいだ、彼がここにいるのが当然のように思えた。

ライザは切迫感に駆られ、鼓動が速まるのを感じた。マイケルが公爵の心配をしていたときのつらそうな顔を、両親の話をしていたときのつらそうな声を思い出した。これ以上の苦しみから守ってやれないのなら、彼を愛しているとは言えない。

ライザは言った。「帰ることにしたと聞いて安心したわ。それが一番よ」

「ああ」マイケルがつぶやいた。かがみ込んで、そっとキスをする。ライザの心のなかで何かが崩れた。

ライザはマイケルのうなじに手を添え、熱いキスを返した。あなたを守らなければいけない――そう思うとさっきは恐怖に襲われたのに、いまは力がわいてくる気がした。彼のためなら頑張れる。決して後悔はしない。

「来て」ライザはマイケルの体に両腕をまわし、ベッドに倒れ込んだ。

マイケルはエリザベスに導かれるまま、ベッドに寝転がった。カーテンを開けておけばよかったと、ほんの一瞬考えた。このつるつるした薄いシュミーズ姿の彼女を見ておきたかった。だが、ふたたび唇を重ねた瞬間に、そんな思いは吹き飛んだ。やわらかい体の感触や、肌から立ちのぼる花の香水のほのかな香りにたちまち心を奪われた。指にからめた冷たい髪の重みや、首筋の優美なライン、その下にある骨の突起に。エリザベスが彼の背中に軽く腕をまわしたまま、腰を強く押しつけてくる。マイケルは舌を吸いながら、手を滑らせて臀部をつかんだ。

このままいつまでも触れていられる。焦りも切迫感もまるでない。ただこうして、寝室に受け入れてもらえた喜びを噛みしめながら、彼女の体をなでまわしていたかった。

エリザベスが体をずらして場所を空けた。マイケルは彼女の隣に腰を据え、だらだらと長いキスを交わした。急ぐ必要はない。唇を重ねたまま、髪の生え際をなぞり、こめかみや耳の曲線や顎の先端にそっと触れた。エリザベスのため息や、はためくまつげを頬で感じると、体に震えが走った。記憶にある頰骨のほくろに唇を押し当てる。ぼくは知っているんだ、と行動で伝える。

耳に口づけられ、ふたたび身震いした。下腹部が張りつめ、結局、欲望には勝てない自分に少しがっかりする。首から胸のふくらみに唇を滑らせ、シュミーズの下で誘うようにかたくなっている先端を口に含んだ。そっと嚙みながら、エリザベスがあえぎ声をあげはじめるまで強く吸った。

それでも満足できない。まだまだしたいことがたくさんあった。シュミーズを少しずつ引き上げ、あらわになった肌に唇を這わせていく。ほっそりした足首、ゆるやかな曲線を描くふくらはぎ、膝の裏の敏感な箇所。しなやかな太腿は、唇の下で震えていた。

時間は特権だ、とマイケルは思った。正しい世界なら、このベッドはふたりのベッドで、この夜は死ぬまで分かちあう夜の最初の一夜にすぎない。男が結婚する理由がようやくわかった。時間を手に入れるため――〝あなたの時間は全部ぼくのものだ〞と宣言するためだ。それから、愛を交わすことはただの営みとは別物だというのも理解した。はじめて経験することなのに、本能に刻み込まれているかのように、どうすればいいか知っていた。これは単なる性行為とはまるで違う。欲望を超えた、深遠な行為だ。マイケルは駆りたてられるように歓びを追い求めた――自分自身ではなく、彼女の歓びを。

腿のあいだに舌を這わせると、エリザベスが身をよじって逃れようとしたので、腰をつかんで押さえつけた。海の味がして、波音のような吐息が聞こえてくる。小さな突起をなめてあえがせ、何度も何度も舌を突きたてて身もだえさせた――彼女がもうやめてとささやき、叫び声をあげるまで。エリザベスはぐったりしていたけれど、これはほんの手はじめにすぎない。まだまだこれからだった。

マイケルは唇を上に滑らせ、手を腿のあいだにあてがうと、胸の先端を強く吸いながら、手のひらの付け根で感じやすい場所を愛撫した。エリザベスの声がとぎれがちになり、意味をなさない懇願の言葉をうめく。手に力を込めると、ふたたび彼女が身をよじり出した。

「早く来て」エリザベスがかすれた声でささやく。

まだだめだ。これから――。

屹立《きつりつ》したものを熱い手に握られ、マイケルは思わずうなり声をあげた。エリザベスはそのまま手を引いて、先端を入り口にあてがった。たちまち海よりも潤ったひだにのみ込まれていく。

「お願い」エリザベスがささやいた。

マイケルは唇を重ね、一気につらぬいた。もはや歓びを分かちあわずにはいられなかった。欲望が燃え上がり、それを抑えきれないことに怒りを覚える。だがエリザベスが脚を巻きつけ、腰を押しつけてくると、すぐさま甘美な歓びの波にのまれた。

ここには怒りなど存在しない。あるのは感謝の念だけだ。

「ああ、あなたはきれいだ」

エリザベスが引きつった笑い声をあげる。「何も見えないでしょう」

そんなの関係ない。「あなたはすばらしい。暗闇の中にいても、ぼくにはわかる」

エリザベスがまだ言葉を紡げることが、マイケルは不満だった。腰をまわすように動かすと、息をのむ音が聞こえてきた。耳たぶを舌で愛撫しながら、さらに奥まで入っていく。エリザベスが脚を締めつけたのを合図に、もっと速く、もっと激しく、繰り返し突きたてた。

彼女の荒い呼吸が叫び声に変化し、どんどん大きくなって――。

　エリザベスがきつく締まっていくのを感じて、マイケルは頭がはちきれそうな気がした。さらに一度、二度、三度腰を動かして――ああ、まだ終わらせたくない、まだ――。

　エリザベスが彼の臀部を強くつかみ、せがんだ。マイケルはうめき声をもらし、彼女のなかで自らを解き放った。

　しまった。マイケルはあわてて体を離したが、そのあとすぐに間違いではないと思い直した。ひと呼吸置いて、頭にずっとあった言葉を口にする。「結婚してくれ」

　エリザベスの荒い呼吸がやんだ。それから、震える息を大きく吸い込む音が聞こえてきた。

「できないわ」エリザベスが答えた。「わかっているでしょう？」

「できない理由は忘れて」マイケルは言った。「したいとだけ言ってくれ。結婚すると」

　エリザベスが彼の喉に触れたあと、手を頬に滑らせ、そっとキスをした。

「無理よ」やさしく言う。「あなたもでしょう、いとしい人《マイ・ラブ》」

「そんな言葉を使わないでくれ」マイケルは声を荒らげた。「その気もない――」

「明日の朝あなたが帰ったら、わたしは失恋してしまう」エリザベスがさえぎった。「でも、あなたを愛しているの。それは変わらないわ。たとえこの胸が張り裂けたとしても」

　マイケルはじっとして、どちらが先に壊れるだろうかと考えた――エリザベスの心臓か、彼自身か。

　突然、何もかもに対して無性に腹が立ってきて、むくりと起き上がった。兄は手紙の返事をよこさない。そろそろ対決してもよい頃だ。「もしあなたの状況を打開する策を持ったとしたら」もしアラステアを説得することができたら——脅したっていい。「そうしたら、ぼくと——」

エリザベスが体を起こし、ふたたび口づけた。汗に濡れたふたりの肌が触れあう。彼女の無言のメッセージを受け止めるつもりはなかった。

マイケルは体を引いた。「答えてくれ！」

「あなたにとって一番いいようにしたいの」エリザベスがささやくように言う。「それが愛よ」

「あなたにとって一番いい相手は、ぼくのはずだ」

返事が返ってこない。マイケルは歯を食いしばった。「子どもができていたらどうするんだ？」

「あなたに話すわ」エリザベスが答えた。「そのときに考えましょう。でもその可能性はないと思う。月のものが終わったばかりだから」

エリザベスはすべての答えを用意している。そのどれも、マイケルは気に入らなかった。ベッドから立ち上がり、服をつかんだ。「次に会うときまで、何も決めないと約束してくれ」

「わかった」エリザベスが言った。「約束するわ」

マイケルは夜が明けてから一時間後、太陽が緋色のたなびく雲から顔を出した頃に屋敷を出発した。そのとき、ライザは屋敷にいなかった。寝室ではずっと平気な顔をしていて、彼が出ていったあとで、喉が痛くなるまで泣いた。しばらくのあいだ恐ろしいこと――マーウィックを弟の意思に従わせ、ライザを認めさせる方法――を考えていたが、やがて正気に返った。

夜が明けはじめた頃、ベッドから出て森へ向かった。朝日に照らされ、湖はきらきら輝いていた。そこで一五分ほど過ごしたあと、ふたたび歩きはじめた。

最後の最後まで、自分の足がどこへ向かっているのか意識していなかった。墓地は今日も安らかに見え、墓石が芝生に長い影を落としている。掛け金をはずして門を開けたとき、意外にもライザの心は落ちついていた。

母の墓の上に、みずみずしい薔薇の花束が置いてあった。赤い花びらが露に濡れて光っている。ライザは手を伸ばして花束を拾い上げた。水滴が袖にしみ込み、豊かな香りにめまいがする。ライザはぎゅっと目をつぶった。睡眠不足と、涙ぐんでいるせいで、墓石に刻み込まれた文字がぼやけて見えた。

〝わたしをあなたの心に置いて印のようにしてください……愛は死のように強い〟

「お母さま」ライザはつぶやいた。風が頬に吹き当たる。これから暑くなる気配を感じさせる夏のにおいと、朝食をあたためているどこかの暖炉の煙がかすかに運ばれてきた。

ライザは芝生にひざまずくと、花束をそっと戻した。わたしからよ、お母さま。これまでもずっとそうだったのよ――。

この場所に来ることを恐れていた。合わせる顔がないと思っていたのだ。でも、母はここにはいない。それに、もしここにとどまっているのだとしても……ライザを厳しく批判したりはしない。

頭のなかの声は……自分自身の声だったのだ。

「お母さまに会いたい」ライザはささやいた。

視界の隅で何かが動いた――茶色のフィンチが父の墓の上に留まっている。頭を傾けてライザを見ていた。

母は父との別れにどうやって耐えたのだろう？　もちろん悲しんではいたが、決して悲しみに暮れることはなかった。やさしさも思いやりも、変わらず持ちつづけていた。いつだって愛にあふれていた。

マイケルの言うとおりだ。親は子どもの手本。母を見習おう。

ライザは立ち上がった。愛する人がロンドンへ帰ってしまったというのに、墓地で忘れ去られた人たちに囲まれているというのに、なぜか寂しさが消えていく気がした。

わたしはひとりだけれど、孤独ではない。

母を亡くし、無条件で自分を愛してくれる人など二度と現れないだろうと思っていた。だが、ずっと愛してくれていた人がもうひとりいたのを忘れていた――自分自身だ。

〝あなたはすばらしい〟マイケルはそう言ってくれた。

そのような人であろうと決意した。ときにはその名にそむくようなことをしてしまうかもしれないけれど……それでも自分を愛してあげよう。そう心に決めた。

「安らかに眠ってね、お母さま」

背中を向け、屋敷へ戻る道を歩きはじめた。


二時間後、ライザは化粧台の前で、午前中の用事に関するマザーの説明を、うわの空で聞いていた。明日には残っている客も全員出発するため、手配しなければならないことが山ほどあったが、マザーは問題なくこなしているようだった。

「フォーブス男爵ご夫妻はそれより早い時間の列車にお乗りになる予定ですが」マザーが話しつづける。「問題ありません。ご自身の馬車でいらっしゃったホリスター卿が、ウェストン卿とミスター・ティルニーを駅までお送りするとおっしゃってくださいましたから」

「よかったわ」ライザはおしろいと口紅とコール墨に目をやった。昨夜泣いたせいで顔が赤く腫れている。「それなら、あなたとわたしはポニーの馬車に乗っていきましょう。ジェーンをせかす必要はないわよ。あとで好きなときに合流すればいいのだから」

マザーが眉根を寄せる。「その……どちらへ行かれるんですか、奥さま?」

「駅よ。わたしも始発列車に乗りたいの」おしろいの瓶を手に取りかけて、やっぱり使わないことに決めた。どんなに化粧をしたとしても、今日はきれいに見えないだろう。そう思っても、どういうわけかまったく平気だった。

「その……全然知りませんでした」マザーが口ごもった。かわいそうに。急な予定変更に弱いのだ。「でも、タウンハウスは閉めてありますよ、奥さま。すぐに使用人たちに連絡を――」

「鎧戸なんて、わたしたちが到着したあとに開けてもらえばいいわよ」そんな細かいことを待っていられないほど急を要する用件がふたつある――ネロに会い、そのあとすぐマーウィック公爵を訪問しなければならない。

「それから」ライザは振り向いて言葉を継いだ。「使用人たちをなだめる覚悟をしておいてちょうだい。わたしが破産しかけていることが、まもなく世間に知れ渡るから。使用人たちはひどく動揺するでしょう。ひとりも解雇するつもりはないことを、ちゃんと伝えておいてね」とりあえずいまのところはだけど。「予告もなしにそんなことはしないと」そうつけ加えた。あと半年は持ちこたえられるだろう。使用人たちが新しい仕事を探す時間はじゅうぶんにある。

マザーが突然、許しを求めずに椅子に腰かけたので、ライザは驚いた。本当にお節介なんだから。彼女がいなくなったら寂しくなるだろう。

「どういうことですか」マザーが言う。「どうして――誰がそのことを知っているというんですか？」赤褐色の眉がさがる。「ミスター・ネルソンですね。奥さまはどうなさる……」

不意に口をつぐんだ。

ライザは肩をすくめた。「どうせいつかばれることよ」ネロをキングメーカーに売り渡すつもりだった。彼を守る気などさらさらない。ライザが体面や金のために、ネロを懲らしめる機会をみすみす逃すと思ったら大間違いだ。

マザーがライザをじっと見た。「わかりました」ゆっくりと言ったあと、手紙を差し出した。「今朝届いたものです、奥さま」

ライザは手紙を受け取り、はっと息をのんだ。自分宛の手紙ではなかった。

ライザは鋭い目つきでマザーを見上げた。「どうしてわたしに渡すの？　マイケル卿に転送すればいいじゃない」

マザーは目を伏せて表情を隠した。いつも遠慮のない彼女が恥じ入っている。「奥さまがお読みになりたいかもしれないと思ったんです」

ライザは口をぽかんと開けた。「あなたって人は！　ホーソーンきょうだいの教えでも受けたの？　わたしは他人宛の手紙なんて読まないわよ」たとえ激しい誘惑に駆られていたとしても。「いったいどうして――」

マザーが眉をつり上げたのを見て、ライザは言葉を切った。わたしはごまかされませんよ、と言わんばかりの表情だった。

ライザはため息をついた。「そんなにわかりやすかった？」

マザーが肩をすくめる。「ときどき盗み聞きしてしまうんです。悪い癖です」

「まあ、マザー。そんな人だったなんて知らなかったわ」

マザーが赤面した。「ゆうべ、ミスター・ネルソンが何かよからぬことをたくらんでいるんじゃないかと心配で、いつでも助けに入れるようにしておきたかったんです」顔をしかめ

「そうしたら、思ったとおりでしたよ！　あんなとんでもない計画を奥さまに持ちかけるなんて」

ということは、マーウィック公爵の件も知っているのだ。「あら、ほかにどんなことを小耳にはさんだの？」

「ホーソーンきょうだいの話によると、奥さまのおっしゃるとおりのようですね。マイケル卿は金銭的な問題で力になってもらえるお相手ではないでしょう」マザーの顎がいつにも増して角張って見えた。「それを奥さまが非常に残念に思われていることは、盗み聞きしなくてもわかります」

ライザはあ然とし、言葉を失った。マザーは優秀な諜報員《ちょうほう》になれるだろう。「あなたにだいたいの事情を知られているのはわかったわ。それでもその手紙は読まないわよ」

マザーが膝の上で両手を組みあわせた。「でしたら、もうひとつご提案があります。それもお気に召さないとは思いますが」急いで言葉を継ぐ。「例の手紙とやらを利用して、公爵を脅迫するんです。その……ミスター・ネルソンも勧めていたとおりに、借金を肩代わりしてもらいましょう。それから、ふたりの結婚を認めてもらうんです」

ライザはため息をついた。驚きはしなかった。昨夜、自分も同じことを考えたから。「そんなことはできないわ」やさしく言った。マザーの青ざめた顔を見れば、彼女も乗り気でないのは明らかだった。「マイケル卿はお兄さまを愛しているのよ。真実が明るみに出て、わたしがお兄さまを脅迫したことがわかったら、どう思われるかしら？」

それにライザは、まったく別の角度で公爵を脅すことを考えていた。脅迫の経験はないけれど、ひとりで行うべきことのような気がした

「ええ、そうなったら具合が悪いでしょうね」マザーが言う。「でももし、奥さまの代わりにほかの誰かが手紙を持っていけば――」

「まあ、とんでもない。こんなことにほかの誰かを巻き込むつもりはないわ」ライザは手元の手紙に目を落とした。手が熱くなっていくように感じる。「とにかく、これは読まないから」手紙をマザーに突き返した。

「でも……」

マザーの顔には動揺の色がありありと浮かんでいた。マザーを見つめているうちに、ライザの心に恐ろしい疑念が生じた。「マザー、マイケル卿が結婚にお兄さまの承諾を必要としていることを、どうしてあなたが知っているの？」

マザーの顔が真っ青になり、そばかすが青黒く見えた。

ライザはうめくように言った。「まさかその手紙を読んだなんて言わないでね」封印に目をやったものの、破ったようには見えない。マザーは手紙を拳が白くなるほどきつく握りしめていた。

「もう……しません」マザーが弱々しい声で言う。

ライザは目を覆った。なんてこと。「手紙の盗み読みなんて、許されないことよ！　絶対に、二度としないでちょうだい！」

「絶対にしません！　約束します！」

「それで……」ライザは手をおろし、大きく息を吸い込んだ。「その手紙を読んで、わたしにも読ませたいと思ったわけよね。ねえ……どうしてなの？」

　マザーがごくりとつばをのみ込んだ。「その……この手紙を読めば……奥さまがマイケル卿にとても大事に思われていることがわかります。それから……マーウィック公爵がとんでもない頑固者だということも！」

　ライザはどうにか微笑んだ。「そう」これでとうとう最後の望みがついえてしまった。まだ一縷の望みを心の隅に残していたことに、このときはじめて気づいた。「それなら読まなくても知っていたわ」

「病院を閉鎖したんですよ！　病人を追い出したんです！」

　ライザははっと息をのんだ。それは知らなかった。こうなったら、一刻も早くロンドンへ行かないと。「マザー、列車の切符をすぐに予約してちょうだい——一番早いのよ。明日じゅうにロンドンに到着したいの」いったん言葉を切ってから続ける。「それから、その手紙を転送しておいてね」

「奥さまはわたしより善人でいらっしゃいますね」マザーがかすれた声でそう言ったので、ライザは思わず笑った。たとえ何が起ころうと、笑うことはできるらしい。母のようなやさしさは持ちあわせていないかもしれないけれど、みじめな境遇に置かれても、陽気な性格は決して変わらないだろう。

「マザー」ライザは言った。「それはわたしにとってはすばらしい褒め言葉よ。でもあなたにとっては厳しい批判の言葉だわ――まあ、スパイ行為の才能は認めるけど。さあ、その手紙を持っていってちょうだい。くれぐれも一度開けたことがわからないようにしておくのよ」

「かしこまりました、奥さま。すぐに手配します」

20

マイケルは二日続けて、兄と向かいあって座っていた。今日は声を荒らげないようにしよう。兄のように冷淡な態度を保つつもりだった。

「会ってくれて感謝する」マイケルは穏やかに言った。最終的に裁判沙汰になるのなら――歴史が繰り返すのを避けられないのだとしたら、せめて修正したかった。新聞に書きたてられるような派手な喧嘩はしない。被害者であるマイケルがみっともないネタを提供する必要はない。

「正直に言うと、おまえが訪ねてきたことに驚いている」アラステアが言った。今日も机の前に座っている。ジョーンズによると、ほとんど毎日書斎で過ごしていて、あいかわらず屋敷の外には一歩も出ようとしないらしい。いよいよ衰弱がひどくなっていて、骨と皮だけになっていた。兄が助けを求めている患者だったら、マイケルはその姿を見るなり、熱いスープと栄養たっぷりの食事を用意させていただろう。

だが、体はどんなに黄ばんで痩せ細っていようと、その意志はいまでもダイヤモンドのごとくかたかった。〝おまえ自身のためなんだぞ〟昨日、兄は言った。〝未亡人、それも美貌だけで世の中を渡ってきたような軽薄な女。だめだ、そのような女は認められない。話をするだけ時間の無駄だ。そんな申し出をすること自体、わたしをばかにしている〞

その言葉を思い出すと、マイケルはなんの抵抗もなく兄に書類を渡すことができた。兄がそれを読んでいるあいだも、何も感じなかった。

「どういうことだ」アラステアが平板な口調で言った。

「スマイスとジャクソンが作成した訴状だ」昨日、ふたりの事務弁護士たちの顧客となり、勝訴したら報酬を支払うことで同意したのだ。「父上の遺言で決められた手当を渡すことを拒むのなら、ぼくはその訴状を裁判所に提出する。さらに、病院の理事から兄上を解任する訴えを起こすつもりだ。閉鎖を命じるのは越権行為だ。後任はウェストンに頼んである。ホリスターも加わるかもしれない」ハヴィランド・ホールを出発する前に、ふたりに話をつけておいたのだ。

「面白い」アラステアがつぶやくように言った。書類を放り出し、その上に震える手を力なく置く。印章付き指輪がゆるくなっていて、指の付け根に垂れさがっていた。「だが、そのふたりがおまえの活動に資金を融通してくれるとは思えないが」

「実は」マイケルは言った。「ウェストンがかなりの額を提供してくれることになったんだ。それにふたりとも、中産階級の人たちも患者として迎えたいというぼくの計画を支援すると言ってくれた。彼らから治療費を受け取れば、慈善事業も続けられるだろう」昨夜、予算を見直してみた。中産階級の人々が慈善病院で治療を受けることを承諾してくれれば、うまくいくかもしれない。もちろん、過度の期待は禁物だが可能性はある。三日前に比べれば大きな進歩だ。

アラステアの顔にかすかな笑みが浮かんだかと思うと、すぐに消えた。笑う活力もないようだ。「ホリスターがおまえの仲間になるとは思えない。おまえも知っているとおり、わたしの親友だぞ」書類をマイケルのほうへ押しやる。「わたしは忠誠心のない人間は評価しない。義理を欠いた相手には、必ず後悔させてやる主義だ」

マイケルは歯を食いしばった。「それはおかしいな。最近まで、ぼくは兄弟のあいだにも忠誠心は存在すると思っていたんだ。どうやら忠誠心の定義がぼくとは違うらしい」書類を兄に突き返してから立ち上がった。「そろそろ失礼するよ」

「待て」アラステアがマイケルをにらんだ。「おまえは……」

マイケルはいらいらしながら待った。落ちくぼんだ目をした兄が髑髏《されこうべ》のように見える。

「なんだ？」

「本気なんだな？」アラステアが言う。「わたしを訴えるのか」

マイケルはできるだけ冷酷な笑みを浮かべた。「見事な皮肉だと思わないか？　兄上はあれほど醜聞を避けたがっていたのに」

アラステアが顎を引きつらせた。それから立ち上がろうとしたが、そうするのにも両手を使わなければならなかった。手のひらを机に押しつけ、やっとのことで体を持ち上げた。

上着の肩がだらりと垂れさがっている。それほど痩せこけてしまったのだ。

兄に同情を受ける資格はない。だがマイケルは、もはや冷淡な態度を保つことができなかった。「ああ、アル。このままでは死んでしまうよ。兄上は――」

言葉に詰まった。これまで何を言っても無駄だったのだ。

いや、まだ言っていないことがひとつだけある。「ぼくは兄上を愛している」ようやく言った。「それは変わらない。なあ……ぼくたちは子どもの頃、地獄にいた。ぼくには兄上しかいなかった。兄上だけが味方だった。一番の親友だったんだ。ぼくを守って、支えてくれた。ぼくがまともに育ったと言えるのなら、それは兄上のおかげだ。その恩は絶対に忘れない。兄上はこれからもずっと、ぼくの兄だ」

アラステアが眉をひそめた。「その結果がこれか。おまえの言う兄弟愛とはこういうことか」

「こうするしかなかったんだ」マイケルは首を横に振った。「兄上は変わってしまった。父上の生まれ変わりだ。でも、ぼくは母上とは違う。兄上が強い人間に育ててくれたからだ。だから、ぼくは容赦しないよ。自分のものを取り返すために、兄上を訴えて必ず勝つ。そしてその日が縁の切れ目になるだろう。ぼくも苦しむだろうが、兄上は父上と同じ運命をたどることになる――自ら招いた結果だ」

アラステアはまばたきもせずに、マイケルをしばらく見つめていた。それから、枯れ葉がカサカサいうような、しわがれた笑い声をあげた。「いやはや、実に感動的な演説を聞かせてもらったよ。だが、おまえは誤解している。わたしはおまえの愚かさにあきれているだけだ。おまえは絶対に負ける。わたしがあっさり打ち負かしてみせる。ウェストンやホリスターなど簡単に買収できる。それに、わたしにはこういった訴訟を速やかに終結させるのを得意とする事務弁護士たちがついている……毎回必ず、わたしを訴えたほうが損失をこうむるんだ」

マイケルはため息をついた。「ああ。それなら知ってるよ。兄上のやり方はずっとそばで見てきたんだ。だけど、兄上にそんな力が残っているのかな。正気を失っていると、ロンドンじゅうの噂になっているのに。まあ、それでも大丈夫だと思っているのなら、せいぜいその力を振るってくれ」

アラステアが目を細めた。「世間から嘲笑されるのはわたしだけではない。おまえのせいでまたしても、一家が笑いものにされるんだ。それもなんだ——どこかの女のためか？　世間からなんと言われるか想像してみろ。デ・グレイが未亡人のために恥をさらし、身を滅ぼしたと言われるんだぞ。美貌を振りかざし、自分の写真を売るような女のために。調べたところによると、愛人——」

「もうたくさんだ！」マイケルはあとずさりした。

兄に飛びかかってしまわないように。兄の顔に拳を食らわせてしまわないように。

「本当なら殴っているところだ」歯を食いしばって言う。「だけど、そんな不憫な体じゃ死んでしまいかねないからな。いいか。その女とは、ぼくの愛する女性だ。しかも、兄弟愛とは違って、自ら手に入れた愛だ」陰気な笑い声がもれる。「兄上は手下が集めてきた噂話から彼女を判断するのか？　世間が母上をどんな悪女に仕立て上げたか、兄上だってわかっているだろう？　くそっ、兄上は羞恥心をなくしてしまったんだな——正気と一緒に！　もう縁を切らせてもらうよ、アラステア。だが、もし彼女を困らせるようなまねをしたら、またここに来て叩きのめしてやるからな」

マイケルは激しい怒りにまかせて言い連ねた。それから、ふたたびあとずさりした。怒りがおさまらず、あとで後悔するようなことをしてしまいそうだった。

自制心を働かせていると、兄がようやく人間らしい反応を見せた。アラステアは何度もまばたきしたあと、倒れ込むように椅子に座った。ついに動揺の色を見せた。

だが、マイケルは何も期待しなかった。期待しても裏切られるだけだ。「もう縁を切るよ」そっと繰り返した——自分自身だけでなく、アラステアのために。終わらせるのだ。

そして、背を向けて立ち去った。

廊下で行きあったジョーンズが、あきれたような視線を投げてきた。鍵穴から話を聞いていたに違いない。マイケルは足取りを速めた。一刻も早くこの屋敷を出て、兄に毒されていない空気を吸いたかった。

しかし階段をおりようとしたところで、ぴたりと立ち止まった。階下の玄関広間に立っていた人物を見たとたんに、心臓がひっくり返った。

本能的に、西翼への入り口を覆い隠すアルコーブに身を潜めた。アラステアと話しているあいだは静まり返っていた心臓が、急に早鐘を打ちはじめた。

いったいどうしてエリザベスがここにいるんだ？

ジョーンズが目の前を通ったが、隠れているマイケルには気づかなかった。急いで階段をおりていく。エリザベスと何やら言葉を交わしたあと、一緒に階段を上がりはじめた。アラステアがエリザベスに会うことを承諾したのだ。

筋肉が収縮し、鼓動が激しさを増した。まるで戦闘態勢に入ったかのように、全身に緊張が走る。マイケルはありったけの意志の力をかき集めて、飛び出していきそうになるのをこらえた。エリザベスを書斎へ行かせたくなかった。アラステアは軽々しく扱ってよい相手ではない。もし兄が彼女に手を上げたりしたら——いや、声を荒らげただけでも——。

息を詰めて待っていると、ジョーンズがひとりで戻ってきて階段をおりていった。

マイケルはすかさずアルコーブから抜け出すと、足音をたてないようにして廊下を急ぎ足で進んだ。

書斎のドアは閉まっていた。だが、鍵穴がある。マイケルはひざまずいてそこに耳を押し当てた。恥ずべき行為だろうとかまわない。少しでも問題が起こりそうだと感じたら、すぐに部屋に飛び込んで——。

「紹介も受けていませんのに、どうかぶしつけをお許しください」エリザベスの声が聞こえた。「急を要するお話があって、無礼を承知でまいりました」

兄の見た目に、エリザベスは衝撃を受けているはずだ。そのうえ、嫌悪に満ちた目つきでじろじろ見られているに違いない。それでも、彼女の声はとても落ちついていて、冷淡な響きが感じられた。

「残念だな」アラステアが答える。「わかっているとは思うが、わたしはそのまま見ず知らずの他人でいたかった」

「それなら、こうしてお会いしてくださったことにお礼を言うのが礼儀というものでしょうか」

マイケルは息を吐き出した。彼女は何をしに来たんだ？

「遠慮がないな」アラステアが言った。

「よく言われます」

「来る途中で弟に会わなかったか？」

エリザベスは一瞬ためらってから答えた。「いいえ。ここに……いるんですか？」

マイケルは拳を握りしめた。これまで平然としていたのに、エリザベスが動揺している。彼女はどんな――。

深呼吸をして心を落ちつかせた。ここはこらえなければならない。エリザベスが兄を訪ねてきた理由を知りたかった。

「もう帰ったはずだ」アラステアが答えた。「さあ、早く用件を言ってくれ。きみのような女に割いている時間はないんだ」

エリザベスの陰気な低い笑い声が聞こえた。「最近はずいぶん女性に対して厳しくなられたようですね。この手紙が書かれた頃に比べると」

長い沈黙が流れた。マイケルは鍵穴から部屋のなかをのぞいた。エリザベスの背中が見える。アラステアはエリザベスに渡されたとおぼしき手紙の束に、訴状を読んでいたときよりもはるかに熱心に目を通していた。

「どこで手に入れた?」アラステアがガラスのように鋭い声で言う。

「ミスター・ネルソンから」エリザベスが答えた。「この手紙をあなたのところへ持っていくよう言われたんです。彼は最低でも男爵の爵位を手に入れたくて、あなたの後押しを求めています。それから、わたしも金銭を要求することになっていました。わたしには借金があります。八万か九万ポンドあれば、それらが返済できます。ミスター・ネルソンが黒幕であると明かしたことを彼が知れば、わたしの窮状を世間に触れまわるでしょう。でも、わたしはそれとはまったく違う提案をしにまいりました」

マイケルはかすかに首を横に振った。ネルソンに脅迫されたのか? 窮状をばらすと?

「ネルソンね」アラステアが言った。

「チャールズ・ネルソン。あなたの亡くなった奥さまの愛人、というより愛人のひとりです。ご存じのように」

「バークリー」アラステアがつぶやいた。「パットンもだ!」

マイケルははっと息をのんだ。これではっきりした。エリザベスが持ってきた手紙はマーガレットのものだ。

ネルソンはマーガレットの私信を手に入れることができた。

愛人のひとりだったから。

マイケルは驚きのあまり、もう少しで大きな笑い声をあげそうになった。拳を口に押し当ててこらえ、次の言葉に耳を澄ましながら考えをめぐらした。どうしてエリザベスは話してくれなかったんだ？　どうしてぼくのところに来なかった？

「これは原物か？」アラステアがきいた。

「見本です」エリザベスが言う。「残りはあとでお渡しします。でもその前に、ひとつだけわたしの頼みを聞いてもらいます」

マイケルは息をのんだ。その手紙さえあれば、エリザベスはアラステアに対して……どんなことでも要求できる。

マイケルは弾かれたように立ち上がった。この先は聞きたくない。ネルソンに脅迫されたことを、エリザベスが話してくれなかったのも当然だ。ネルソンにされたのと同じことを、アラステアにするつもりだったのだから。胸に大きな穴が開いたようで、マイケルは呼吸ができなくなった。失望。裏切り。耐えられないほどの――。

いや……彼女がそんなことをするはずがない。マイケルの兄に対して。

次の瞬間には、その思いが確信に変わった。エリザベスがマイケルを失望させることは絶対にない。こんな形で彼を裏切ったりしない――どんな形でも。

あまりにも強いその気持ちに、マイケルは圧倒された。

エリザベスを少しも疑わなかった。女性を心から信じることはできないと思っていた。ところがいまは、それは奇跡などではなく自然なことだと感じていた。彼女を信じるのはとても自然で簡単なことだ。息をするように、無意識のうちに信頼していた。

これまでずっと、両親の悲劇を繰り返すことを恐れていた。けれど、これが愛なのだ。信頼とは別々に存在するものではなくて、信頼が織り込まれている。両親にはこの愛が欠けていたのだ。

両親の物語と、マイケルの物語はまったく違う。

ぼう然としながらふたたびひざまずくと、エリザベスの声が聞こえた。「病院を再開してください。それがわたしの頼みです。それから、これまで病院のためにあなたがしていたことも続けてください。わたしの事務弁護士が作成した書類に署名して誓ってもらいます。マイケルが望むかぎり、ずっとです」

マイケルは目を閉じた。エリザベス、あなたは大ばか者だ。こんなことをする必要はないのに。マイケルが自分の手で対処できた。彼女こそ金を要求するべきだったのだ。彼女は――。

マイケルは立ち上がって勢いよくドアを開けた。

アラステアが手紙から目を上げた。エリザベスは振り返ってマイケルを見ると、青ざめた。

「盗み聞きしていたのか？」アラステアが言う。「いい趣味だな」

「彼女に金を渡すんだ」マイケルは言った。「八万か、九万ポンド。そうしなければ、手紙を公表する」

「だめよ」エリザベスがマイケルに近寄ってきた。「それは正しい道ではないわ。マイケル――」

「ぼくなら兄の援助がなくてもやっていける。もう必要ないんだ。一方、あなたには金が必要だ」

エリザベスが顔色を変えた。立ち止まって喉に手を当てる。「わたしがそんなお金を受け取ると思っているの？　あなたのお兄さまから？　わたしをそんな人間だと思っているの？」

彼女を傷つけてしまった。マイケルは自分のばかさかげんにあきれた。「まさか」エリザベスに歩み寄り、両手を握りしめる。「違うよ。あなたは誤解している。ぼくが欲しいのはあなただけなのに――」振り払われそうになり、手に力を込めた。「聞いてくれ、エリザベス！　あなたはほかの男とは結婚できない。そんなことはぼくが許さない。だから、金を受け取ってくれ！」

そのとき、何かを引っかくような音が聞こえてきた。音のするほうに目を向けると、アラステアが手紙を暖炉の火にくべて、火かき棒でつつきまわしていた。

「ほかにもあるんだ」マイケルは兄に向かって言った。「ぼくがこの手で写しを作ってやる。それを通りにばらまいて――」

エリザベスが手を返し、マイケルの手首を強く握った。マイケルははっとわれに返った。

「だめよ」エリザベスが鋭い声で言う。「あなたはこの件に関わってはいけないの。あなたのお兄さまなのよ、マイケル」マイケルの手を放し、アラステアのほうを向いた。「でも、わたしはあなたを脅迫します。レディ・マーウィック病院を再開すると――来週からずっと開けつづけると約束してください。そうしないと、後悔することになりますよ」

それから、マイケルに向き直って片手を上げ、頬にそっと触れた。だがマイケルがその手をつかもうとすると、彼女は首を横に振ってあとずさりした。

「もう行かないと」エリザベスはささやくように言うと、ドアへ足早に向かった。

「行くな」マイケルは無意識のうちに彼女を追いかけ、部屋の出口で腕をつかんでこちらを向かせた。「ぼくから逃げ出すことはできないよ。いいかい？　ぼくは病院を再開する方法を見つけたんだ。それに――」

「でも、わたしの問題は解決できないわ」エリザベスがやさしく言った。「マイケル、これがわたしだけの問題なら――喜んであなたのもとへ行くわ。だけど……」

「愛しているんだ」マイケルは言った。「ぼくがなんとかする。解決策を見つけてみせるから。行かないでくれ」

エリザベスが唇を開いたまま、マイケルを見つめた。唇が震えているのに気づいて胸が苦しくなり、マイケルは手を伸ばし、親指でそっと押さえた。

「ぼくを信じてくれ」マイケルはささやいた。「ぼくはあなたを信じている。ふたりで切り抜けよう」

エリザベスがいまにも泣きそうな声で言った。「でも……わたしは……わたしだけなら……大勢の人がわたしを頼りにしているのに……」

「だから、ふたりで解決策を見つけよう」もう少しで彼女を説得できる。マイケルは勝利が近づいてくるのを感じた。「ただぼくを信じているとだけ言ってくれないか。そうしたら、ぼくは誓うよ。あなたを絶対に失望させたりはしないと」

エリザベスがまばたきしながらマイケルを見上げると、翡翠色の美しい目からひと粒の涙がこぼれた。彼女の泣き顔は見たくない。マイケルはゆっくりと身をかがめて、唇で涙をぬぐった。

「これからは泣くことを禁じる」マイケルは言った。「牧師に言って、それを誓いの言葉に加えてもらうよ」

エリザベスの震える息が、彼の耳を焦がした。「もしあなたが……約束してくれるのなら……」

「なんだって約束するよ」マイケルはやわらかい声で言った。

「いいかげんにしてくれ！」

エリザベスが体をすくませたのがわかった。うんざりした表情を浮かべたアラステアの顔は、久しぶりに生き生きして見えた。「お涙ちょうだいか」嚙みつくように言う。

「お兄さまの性格が代々遺伝しないことを願うわ」

マイケルは大声で笑ったあと、自分で驚いた。「行こう」エリザベスを促して廊下へ向かう。

「手紙を渡してもらうぞ！」兄の狼狽した叫び声が聞こえてきた。

「無視すればいい」マイケルはエリザベスに向かって言った。「そろそろその習慣を身につけていい頃だ」

「金はやるから！」

マイケルはぴたりと足を止めた。エリザベスが顔をしかめてこちらを見たので、マイケルは眉をつり上げてみせた。

エリザベスが首を横に振り、マイケルに向かって言った。「お金なんていらないわ。こんなのはいや」

「きみの金だ。それから、病院にも資金を提供する」アラステアが必死になって言う。「ふたりとも何不自由なく暮らせるようにするから」

「汚いお金よ」エリザベスはそう言いながらも、そわそわと唇を噛んでいた。

「金のために結婚するよりは純粋だ」マイケルは指摘した。「それに、あなたはそうしてもいいと思っていた――とまでは言わなくても、ちょっとは考えただろう？」エリザベスが眉根を寄せたのを見て、あわててつけ加えた。

「やれやれ！　借金も肩代わりする！　これが最後の提案だ！」

エリザベスがくるりと兄のほうを向いた。「応じますわ」元気よく言った。

マイケルは驚きのあまり笑い声をあげた。なんてことだ。彼女は本音を隠しているのだとばかり思っていた。ところが、最後の最後まではったりをかけて、掛け金をつり上げていたのだ。

「それで決まりだ」アラステアが言った。「弁護士に契約書を作成させる。きみは手紙を持ってきてくれ。ただしもうひとつ条件がある」

「断る」マイケルはすぐさま言った。

エリザベスがマイケルの腕に触れる。「待って。まず話を聞きましょう」

アラステアは炉棚に片手を置いて体を支えると、大きく息を吸った。「その……ふたりの結婚式のことなんだが……」

「まあ、気が早いわ」エリザベスがつぶやいた。

「筋は通っている」マイケルは言った。「ぼくはあなたと結婚するつもりなんだから」

「求婚もしていないのに？」

「すぐにするよ。ふたりきりになったときに」

「盛大にやってもらうぞ」アラステアが怒鳴るように言った。「それから、わたしも招待するんだ。わたしが欠席したら噂になってしまうからな」

エリザベスがマイケルを見た。「それはあなたが決めることよ」やさしく言う。

マイケルは頰の内側を嚙んだ。兄の条件は謝罪に聞こえた。甘い考えかもしれない。もはや兄のことをじゅうぶん理解しているとは言えないのだから。

「結婚式はこの屋敷では挙げない」マイケルは言った。「だから、選ぶのは兄上だ。式には歓迎するが、出席できるかどうかが問題だ」

アラステアが目を細めた。「できるさ。まさか、わたしがおまえの結婚式を見逃すはずがないだろう？」

マイケルはこの数カ月間、知らないうちに締めつけられていた肺がゆるむのを感じた。

アラステアの回復にはまだまだ時間がかかるかもしれないが……それでも前進しはじめたことに変わりはない。

21

マイケルを連れてハヴィランド・ホールに帰るのが当然だと、ライザは思った。幸せな結末を迎えたばかりで、まだ絆が強まっていない気がして、ひとときでも離れるのが怖かったのだ。馬車に乗り込むやマイケルと手をつなぎ、唇を合わせた。彼の膝の上に座り、熱い口づけを交わした。その時間はあまりにも――いらだたしいほど速く過ぎ、ふたりは乱れた格好で、息を切らしながら馬車を降りた。そして屋敷に着くと、まっすぐに寝室へ向かった。

そこで、うれしくない驚きがライザを待っていた。

衣装戸棚にしまい込んでいたはずの、マーウィック公爵夫人の手紙を入れていた箱が、化粧台の上にのっている。

ライザは狼狽し、箱の蓋を開けた。「よかった。手紙はちゃんとあるわ」

でも――減っている気がする。

手紙を引き出し、急いで数を数えた。

「半分なくなっているわ」ライザは叫んだ。「一二通あったはずなのに！」

「どうしてまた？」マイケルが手紙を取り上げて数え直した。「七通か。たしかに一二通あったのか？」

「絶対に！　でも誰が盗むというの？」ライザは隠れている泥棒を見つけようとするかのように、ぐるぐると部屋のなかを歩きまわった。だがこの部屋まで入ってこられるのはハンソンくらいだ。

ライザは背筋に冷たいものが走るのを感じた。

「マザーが……」マザーが部屋に入ってきたのは、ちょうどこの箱をしまっていたときだった。

まさか。あり得ないわ。

「マザーがどうしたんだ？」マイケルが問いつめた。

ライザは首を横に振ると、廊下に走り出た。廊下を歩いていたふたりのメイドが驚いて立ち止まった。まだマザーの姿を見かけていない。家政婦にきいてみても、ボスブレアから帰ってきたばかりのロンソンにきいてみても、答えは同じだった。

だが、従僕のひとりが、一時間前に屋敷から出ていくマザーを目撃していた。旅行鞄と紙ばさみを両脇に抱えていたそうだ。

「マザーがこんなことをするはずがないわ」ライザはふたたび階段を上がりながら、マイケルに向かって言った。「理由がないもの。手紙を全部渡せなかったら、お兄さまはどうなさるかしら？」

「あるだけ渡せば、それで満足するさ」マイケルが言った。「全部で何通あるかは言わなかったんだから」寝室に戻ると、彼は残っている手紙をざっと調べた。「これでじゅうぶん納得させられるだろう。数が足りないなんてわかるはずがない。たぶんマザーは――」

マイケルが言葉を切った。

「何？」ライザは不安になった。

マイケルは深刻な表情で、化粧台に手を伸ばすと、一枚の紙をつかんだ。ライザは動揺のあまり気づかなかったのだ。

その手紙はマザーの筆跡で、角張ったきちんとした文字で書かれていた。

〝奥さまへ

奥さまはやはりわたしより善人です。けれども、わたしの犯す罪が奥さまの役に立つ日が来るかもしれません。公爵夫人の手紙を預かっておきます。奥さまが公爵からふさわしい扱いを受けられるように。公爵が奥さまの邪魔をしつづけるようでしたら、わたしが必ず後悔させて差し上げますと公爵にお伝えください。

わたしがどうしてこんなことをしたのだろうと、奥さまは不思議に思われるでしょう。理由は申し上げられないのですが、このまま奥さまのもとで働くことができなくなってしまったのです。奥さまはわたしにとてもよくしてくださいました。奥さまがなんとおっしゃろうと、わたしは奥さまに恩義があります。ですから、こうして恩に報います。このような卑怯な方法で恩返しすることを心苦しく思いますが、どうか、これを裏切りではなく、お礼の贈り物だと考えていただけることを願っています。

オリヴィア・マザー

追伸

わたしたちがロンドンへ出発した日の朝、ミセス・おてんば《ハシー》ハルがウェストン卿と寝室にこもっていたことを一応ご報告しておきます。結婚について話したり……いろいろなことをしていたようです。花嫁は結婚式の前に、コルセットをかなりゆるめなければならなくなると思います〟

「いったいどこへ行くというの？」ライザはつぶやくように言った。

ライザの肩越しに手紙を読んでいたマイケルが尋ねる。「家族はいるのか？」

ライザは首を横に振った。「母親を亡くしているの。ほかに家族がいるとは聞いていないわ」

「前の勤め先は？」

「タイピストの学校であの子を見つけたのよ」ライザは答えた。「どこを探したらいいか見当もつかないわ！」

マイケルがなだめるようにライザの肩をつかんだ。「悪気はないんだと思うよ」

「なんですって？　そんなことわかっているわよ！　だって、マザーよ！　でもどうして逃げる必要があるの？」ライザは急いで手紙を読み返した。「どうも気に入らないわ。まるで出ていくほかなかったように読めるじゃない。だけど、どうして？　出ていく気配なんて少しも――」

「落ちついて」マイケルが肩を揉みはじめ、ライザは緊張がほぐれていくのを感じた。「どこへ行ったにせよ、男並みに背が高い赤毛の女性なら、簡単に追跡できるだろう。警察がすぐに見つけ出してくれるよ」

ライザは唇を噛んだ。「わかっていないのね。わたしは……怒っているんじゃなくて、心配しているのよ。つまり――そうね、マザーがしたことはたしかに間違っているけれど……それに、全然予想もしていなかったし……だって、なんの気配も――」本当にそうかしら？　思い返してみると、マザーはこう言っていた。〝もし、奥さまの代わりにほかの誰かが手紙を持っていけば――〟

「警察は呼ばないわ」ライザはきっぱりと言った。マザーに何かあったのだ。逃げざるを得ない状況に追い込まれたということは、助けを必要としているに違いない。「自分で探すから」

「わかった」マイケルが言う。「一緒に探そう」

「見つかるといいけど」ライザはやきもきしていた。

マイケルはライザを振り向かせると、身をかがめて目をのぞき込んだ。「必ず見つけ出すよ。約束する」

ライザは深呼吸をしたあと、自然と微笑んでいた。「どうしてかしら。あなたが言うとなんでも信じられるわ」

「それは、ぼくがあなたのためならどんなことでもするからだよ」突然マイケルが真剣な顔をした。

ライザは彼にもたれかかった。ふたりの体に押しつぶされてくしゃくしゃになったマザーの手紙を、マイケルが見おろした。「裏にも何か書いてある」

ライザは手紙をひっくり返し、眉間にしわを寄せて読んだ。「招待客の規準の写しだわ！求婚者のためにわたしたちが作った」小さな笑い声がもれた。「あの子はこんなのを取っておいたの？　しかも――ばかね、手を入れているわ！」

マイケルがふたたびひっくり返して読みはじめた。「補遺がついている」

「発言と行動に関することよ」

「ああ、そう言えば彼女はあれが気に入らなかったみたいだね」

「猛烈に反対したのよ」ライザは言った。「本当におかしな子」

マイケルが静かに笑った。「きっと心配だったんだと思うよ、どこかの紳士の愛犬のことが――しまった」不意に、驚いた表情を浮かべた。

ライザは不安がよぎり、鼓動が速まるのを感じた。「今度は何？」あまりにもいろいろなことがありすぎて、卒中を起こすのではないかと心配になった。

「まだあなたにお茶を淹れていなかった」

ライザは目をしばたたいた。「あら、いいのよ。ちょっと待って——どこへ行くの？」

マイケルは部屋を横切りながら答えた。「呼び鈴を鳴らしてお茶を持ってこさせるよ。心を入れ替えて望ましい男性にならないと。あなたに心変わりされないように」

ライザは笑いながらあとを追い、彼の手首をつかんで呼び鈴のひもから引き離した。「いまはお茶はいらないわ」ささやくように言う。「望ましい男性だと証明してみせて……別の方法で」

ライザが奥の部屋を顎で指し示すと、マイケルの目に新たな光がともった。ライザの手首をつかんで引き寄せる。「喜んで」そう言うと、身をかがめてキスをした。

ライザは彼の首に腕をまわしてキスを返した。唇を合わせていると、窓ガラスを伝う雨のしずくのように心配事が消えていった。背中に置かれた大きな手の感触に酔いしれる。マイケルは自分のものだ。これからもずっと。激しい欲望が込み上げ、五感がとぎ澄まされていく。背後の窓から差し込む午後のあたたかい光がうなじをなでた。コーヒーテーブルの上の花瓶に生けた薔薇の香りが鼻孔をくすぐる。遠くの町の喧騒まで聞こえてくる気がした。

いま、世界はふたりのものだ。

それなのに、マイケルが唇を離したので、引き戻そうとすると、彼は首を横に振った。

「あなたに言いたいことがまだあった」

「いまじゃなきゃだめ——」

「もし今度誰かに脅迫されたら、ぼくに助けを求めるんだよ。ひとりで対処しようとしないで」

ライザはため息をついた。「わかったわ。それも誓いの言葉に加えてもいいわよ」

不意に、マイケルが唇を引き結び、うつろな目をした。「もうひとつやらなければならないことがある。ネルソンを捕まえて、あなたを脅迫した報いを受けさせる」

「その必要はないと思うわ」ライザは言った。「わたしの話を聞いたときの、お兄さまの顔を見なかったの？　お兄さまがすぐに行動を起こすわよ。敵の名前がわかっただけで、別人のように見えたもの」

マイケルがライザを見つめた。「本当にそう思う？」

ああ、マイケルはお兄さまを愛しているのだ。彼の顔にかすかな希望の色が浮かんでいるのを見て、胸を打たれた。マイケルは懸命にそれを隠そうとしていたにもかかわらず。

ライザは彼の頰に触れた。「お兄さまがよくなることを祈っているわ」やさしく言った。「あなたのために」公爵のことを好きにはなれなかったが、マイケルのためにそう願った。

「時間が経てば、きっとよくなると思うわ」

マイケルがゆっくりと微笑んだ。「兄上が回復したら、あなたのおかげだな」

そう言われて、ライザはうれしかった。「じゃあ、わたしもお医者さまみたいなものかしら？」

マイケルがライザの手を持ち上げ、手のひらに口づけた。「ああ。あなたがどんなふうにぼくを癒してくれたか、いつか全部話して聞かせるよ。とりあえずいまは、ぼくはとても賢明な女性を妻に選んだとだけ言っておこう」

「わたしと結婚できるなんて、あなたは果報者よ」ライザは笑いながら言った。それから、まじめな顔をし、彼の手を引き寄せて手のひらにキスをした。

「あなたと結婚できるわたしは、それよりもっと幸せだわ」

ふたりは一瞬うっとりと見つめあった。そのあと、同時に顔をしかめた。

「甘ったるいわね」ライザは言った。

「べたべたしすぎだ」マイケルが同意する。

「この調子だと、リディアとジェイムズみたいになってしまうわ。もっとひどいかも――リディアは人前でいちゃつくのが好きではないから」

マイケルが眉をつり上げた。「あなたは好きなのかい？　意外だな」なまめかしい目つきで眺めまわされ、ライザは胸が高鳴るのを感じた。

だがライザも負けてはいない。「あなたが知らないことは、まだたくさんあるのよ。それを教えてあげるのに、ぴったりの場所があるの。都合よく近くにあって、とても居心地がいいのよ」

マイケルはライザの言葉の意味を正確に読み取った。「それなら、早く行こう」いきなり彼女を抱き上げる。ライザは悲鳴をあげて彼にしがみついた。「いざ寝室へ」マイケルが言った。

ライザは吐息をついた。「そのあとは、馬車に乗りましょう」

「そして」マイケルが肩でドアを押し開けた。「湖へ行くのかい？」

「どこへでも」ライザはそう言ってキスをした。

分別のないレディが結婚相手として望ましい紳士と、不良・ならず者・その他すべての悪党を見分けるための規準

一　望ましい独身男性は美男子でなければならないが、自分がレディより美しいと思ってはいない。

二　望ましい独身男性は自然と魅力的にふるまえる。甘い言葉は下心や利己心から出るものではない。

三　ついでに言えば、話すため以外にも、もっと価値のあるさまざまな舌の使い方を知っている。

四　借金はなく、気前がよい。しかし、友人に対して気前がよすぎてはならない。レディの装身具を買いしぶることはない。たとえそれが彼の好みよりリボンがつきすぎていたとしても。気をつけなければならないのは、リボンが好きすぎてもいけないということ。

五　望ましい独身男性は思わぬ形で役に立つ。たとえば、レディのためにお茶を淹れてくれる。頭痛の治し方を知っている。そもそも、頭痛の種には絶対にならない。　すべての水た

まりに覆いをかけてくれる。

六　めかし屋ではないのに、しゃれて見える。体に合った服を着ていて、服を脱ぐといっそう見栄えがする。

七　望ましい独身男性は上手に謝れる。過ちを告白し、必死に許しを請い、最低でも一日か二日、返事を待つことができる。そのあいだにすてきな宝石の贈り物を用意してくれる！

八　望ましい独身男性は、恋人を称賛のまなざしで見つめるが、際立った美貌よりも、ほかの魅力が奇跡的にほんの少しだけ勝ることを知っている。

九　望ましい独身男性は、つねに発言と行動が一致していなければならない。から約束ほど最悪なものはない（ただし、からっぽの頭とからっぽの財布はなお悪い！）。補遺！　望ましい独身男性は犬を大事にする。使用人のことはさらに優遇し、とても大切に扱う。

一〇　何にも増して重要なこと。望ましい独身男性は勇敢で、愛する女性に対して誠実だが、無駄に感傷的ではない。かぎりなく繊細に、なおかつ激しく愛を交わすことができる。

訳者あとがき

二〇〇八年に『愛は陽炎《かげろう》のごとく』でデビューして以来、精力的に執筆を続け、いまやRITA賞受賞作家となったメレディス・デュランの人気シリーズ、第一作をお届けします。

物語の舞台は一八八五年、コーンウォール。ヒロインのエリザベスは未亡人の女地主で、店で写真が売られるほどの美女。本来なら安楽な暮らしを送れるはずですが、実は領地経営は借金まみれ、親の決めた相手と愛のない結婚生活を送ったのち、ようやく見つけたと思った愛にも破れ、男性不信に陥ってもいます。とはいえ、領地を守るためには裕福な男性と再婚しなければなりません。

そんなエリザベスの前に現れたのが、二歳年下の村医者、マイケル。印象的な瞳と引きしまった体の持ち主で、身近にいる上流階級の紳士とは違ってうわついたところのない彼にエリザベスは心を惹かれます。金銭的な困難を抱えた彼女にとって、医師の彼は理想の結婚相手とはいえないのに、次第に本気になってしまい、やがて彼が大きな秘密を抱えていることも明らかになり……とストーリーは展開します。

エリザベスは酸いも甘いも嚙み分けた大人の女性。恋愛上手なはずが男性を見る目がなく、ウィットに富んでいて領民にもやさしいけれど、つらいことがあるとついお酒に逃げたり、若くてかわいい子に嫉妬したりと、人間味あふれるとても魅力的なヒロインです。甘くせつないだけでなく、ユーモアたっぷりの物語になっています。

さて、本書には心霊術者が登場しますが、一九世紀後半の英国では心霊主義が流行し、霊との交信や透視、自動筆記などを行う降霊会が盛んに開かれていました。一八八二年には英国心霊現象研究協会が設立され、心霊現象が科学的に検証されるようになったのです。会員にはあのルイス・キャロルやコナン・ドイルも名を連ね、知識人や文化人の集まる学会となっていたようです。当時のような勢いはなくなったとはいえ、現在もなお存続しています。

本書は〝Rules for the Reckless〟シリーズの一作目に当たります（この前に本シリーズの作品として短編が刊行されています）。二作目は本書にも登場したふたりの人物が主人公となっています。意外なようで、妙にお似合いのような気もする、とても楽しみな組みあわせです。作者はこの二作目で二〇一五年にＲＩＴＡ賞を受賞しました。彼女の活躍から今後も目が離せません。

二〇一六年五月

ライムブックス

誓《ちか》いは夏《なつ》の木蔭《こかげ》で

著　者　メレディス・デュラン
訳　者　水野麗子《みずのれいこ》

2016年6月20日　初版第一刷発行

発行人　成瀬雅人
発行所　株式会社原書房
〒160-0022東京都新宿区新宿1-25-13
電話・代表03-3354-0685　http://www.harashobo.co.jp
振替・00150-6-151594
カバーデザイン　松山はるみ
印刷所　図書印刷株式会社

落丁・乱丁本はお取替えいたします。
定価は、カバーに表示してあります。
 ISBN978-4-562-04484-9 Printed in Japan